火之山

火の山

富士山下的女人们（下）

[日] 津岛佑子 著

郭丽 译

贵州出版集团
贵州人民出版社

有森家家系图

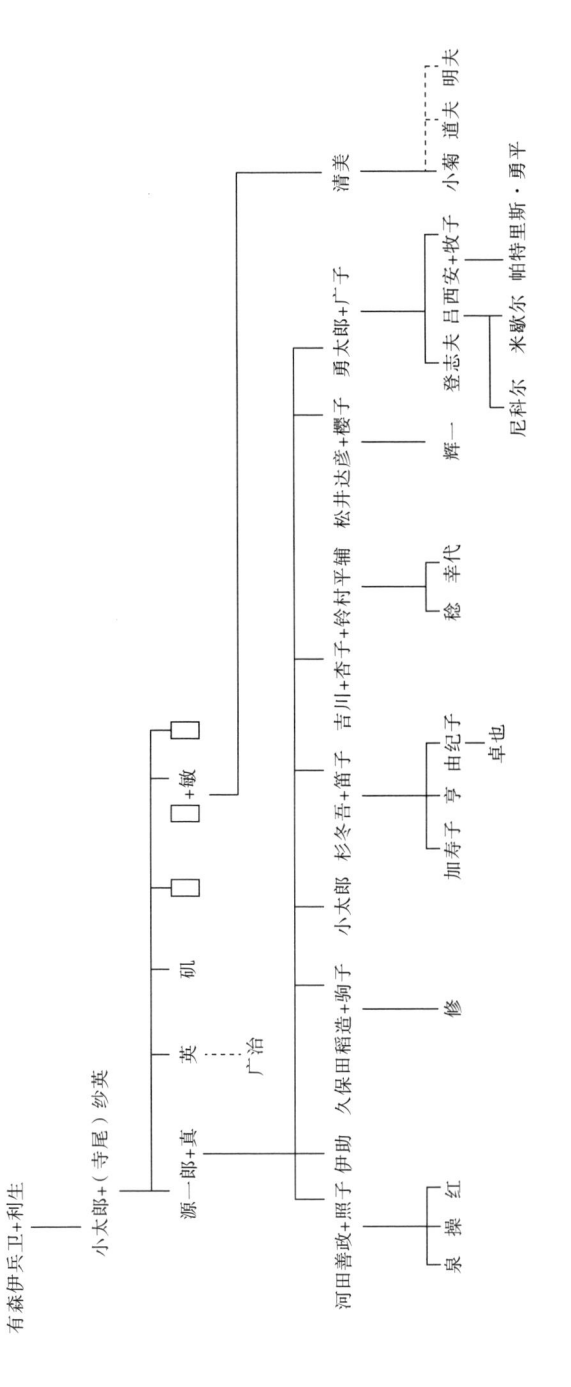

有森伊兵卫 + 利生
 └ 小太郎 + (寺尾) 纱英
   ├ 源一郎 + 真
   ├ 英 ┄ 广治
   ├ □
   └ □ + 敏

河田善政 + 照子　伊助　久保田稻造 + 驹子　小太郎　杉冬吾　吉川 + 杏子 + 铃村平铺　松井达彦 + 樱子　勇太郎 + 广子　清美　小菊　道夫　明夫

- 河田善政 + 照子
  ├ 泉
  ├ 操
  └ 红
- 久保田稻造 + 驹子
  └ 修
- 杉冬吾
  ├ 加寿子
  ├ 享
  └ 由纪子
     └ 卓也
- 吉川 + 杏子 + 铃村平铺
  ├ 稳
  └ 幸代
- 松井达彦 + 樱子
  └ 辉一
- 勇太郎 + 广子
  ├ 登志夫　吕西安 + 牧子
  └ 尼科尔　米歇尔·帕特里斯·勇平

注："+" 表示伴侣关系；方框表示姓名不详；竖实线表示亲生子女；虚线表示收养子女。

目录（下）

2-6　手写的A4开『回忆录』（续）　淡蓝色纸夹里装订成五册的、用圆珠笔

16　痛快！山椒、辣椒！ … 449
17　启程——携带《遍历理论》 … 481
18　Lacrimosa 盈泪之日 … 505

0-6 … 509

2-7　『回忆录』继续

19　火！火！ … 510
20　月之光——黄玉（topaz） … 553

0-7 … 585

413
414

2-8			3-2	2-9		0-8

『回忆录』继续

21 归乡
22 战败第二年——蓝眸
23 明日，也请保持原样

B4开的复印件（小笔记本的放大版）

『回忆录』继续

24 Miserere！神啊，显灵吧

591　592　621　652　　697　721　722　　773

2-6

淡蓝色纸夹里装订成五册的、用圆珠笔手写的A4开『回忆录』（续）

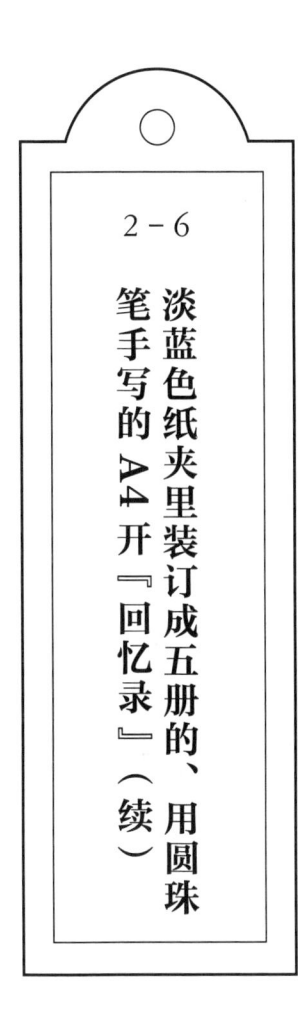

16　痛快！山椒、辣椒！

　　那年的十二月八日，太平洋战争打响，宣告了日本与英美两国正式开战。战争不同于火山这种大自然的创造物，它是在别有用心之人的一意孤行下诞生的。日本满心期待着这场战争，但实际上它是一个潘多拉魔盒。在日本，这场战争被称为"大东亚战争"[①]，当时的日本政府打着要从欧美的支配下解放亚洲诸国的旗号，企图将自己的行动正当化。为什么不能再忍耐一阵子，继续尝试和英美两国的谈判呢？说实话，有太郎失望至极。与中国的战况本就十分胶着，要是再与英美开战，任谁都知道会招致多么严重的后果，可是完全看不出这群日本政客想要避开战火的意思。想到此，有太郎的脑海中浮现出了源一郎曾经说过的一句话："政治的真面目就是野蛮的！"（仔细想来，无论是樱子四处碰壁还是杏子被捕，都要归咎于政治的野蛮。但是，杏子最终能被释放出来，也多亏了这种野蛮在背后运作，作为既得利益者，我也确实没资格说得那么难听，

[①] 二战期间，日本帝国主义对 1941—1945 年以日本帝国为首的轴心国和以美国为首的盟军进行的一系列战争的称呼，战线范围包括太平洋、印度洋、印度尼西亚、新几内亚、东亚等地区。二战之后，日本政府明令禁止在官方文书中再使用此词。

就当作是善意利用野蛮的一个例子吧。说到这里,杉隆一先生作为政治家,并没有站在赞成开战的那一派,这点让我感到些许宽慰。)

大东亚战争一打响,报纸上就陆陆续续冒出来很多相关报道,就连军队攻下一些此前从未听说过的小岛这种新闻,都要一惊一乍地大肆宣扬,一时间带来一种美国马上就要投降的氛围。但是实际上,日本的军队分散在了中国、印度支那①以及太平洋各处,宛如一脚踏进泥沼之中。同时,日本国内开始频繁地组织防空演习,食物与衣服等物资逐渐短缺,征兵规模也开始猛增。刚开战时,冬吾还事不关己地叫着:"果然还是开打了啊!烟酒本就这么稀缺,往后的日子真不知道该怎么办。"笛子都对他这番话感到无语。就连这样的冬吾也被强制叫去军检,不过,跛脚又罹患肺病的他自然用不着大家担心,不出意料地落选后,他又回到了江古田。在那样的世道里,体质差如冬吾都必须扎上绑腿。入春后不久,就到了家住赤羽的泉出征的日子。

尽管当时杉冬吾的画作已经得到了非常高的评价,但他贫困的生活并未因此有所改善。欣赏冬吾画作的人虽然在不断增加,但其中大部分都是朝不保夕的年轻人,他们实在是没有购买画作的财力。冬吾的画家同伴们在经济状况上也与他大同小异。名气与生计之间这种悖论一般的宿命,在凡·高与莫迪利亚尼等画家的一生中都出现过,现在也落在了冬吾身上。越是倾注心血的艺术品,越难成为人们家中墙上的装饰品,自然也就无法成为炙手可热的商品。无论在哪个时代,那些富豪和权势人物的品位都如出一辙,他们只会对阿谀奉承自己的作品另眼相待。因此,那些在视觉上追求表现人类真实性的画作,在他们看来不过是令人不快的"恶作剧涂鸦"罢了。

---

① 指法属印度支那,1887—1954年法国在东南亚的一块殖民地,范围相当于现在的越南、老挝、柬埔寨和强迫租借的中国广东省湛江市,1940—1945年一度被转让给日本。

与其说是因为冬吾主张的主义与那个赞美战争的时代不符，才让他陷入贫困，倒不如说冬吾孱弱的体质本身就让他与法西斯主义格格不入了。所以，他在那个年代过得如此贫困也算是意料之中。冬吾只画自己想画的，他本人也没有足够机灵到去画些趋炎附势的作品，于是就专注于自己擅长的领域。要是恰巧有几幅画被军部看中，便再好不过了。毕竟要是成了军部的眼中钉，画材和参展就都会变成痴人说梦。那时候，光是在外写生都会被怀疑是间谍，画妇女肖像又会被视作"颓废派"。谨小慎微的冬吾每次都不得不仔细挑选题材，正因为如此，军部并没有过于为难他，当然也没有优待过他。总之，冬吾和敢做敢言的共产主义者不同，只要军部以慰问士兵的名义叫他去画肖像画，他就会老老实实地过去，还会说些"我也很荣幸能为国出力"的场面话。但另一方面，他又总是偷偷逃掉自己不擅长的防空演习和专为参不了军的男人们准备的军事训练。笛子的立场倒是明确而坚定，她是"反战主义者"。而在这种情况下，能撑起整个家的也只有笛子了。

自从冬吾他们搬到东京，他身边的"狐朋狗友"犹如雨后春笋般冒了出来。两人的家中时不时就会办酒宴，冬吾在外喝得酩酊大醉的次数也不少。眼见着再这样下去，他们的生活肯定会变得难以为继。好在冬吾的老家会定期寄来生活费，所以比起那些境遇更加凄惨的同伴，冬吾算是境况稍好，至少他负担得起每月的租金，不至于让笛子往当铺跑。虽说冬吾的画销路不好，但有位大前辈有时会集中购买他的画作。如果冬吾更加精明世故一些，笛子便能更加安心地养育孩子吧。为了赚钱，冬吾也开始画起绘本，帮人绘制和服腰带，不过这些钱一般不会交到笛子手上。

笛子不得不背着加寿子到处奔走，寻找食物。由于举国上下都在实行配给制，笛子每次都要排很长的队才能分得极少的鱼和米。

但这些食物远远不够,所以笛子还必须绕很远的路去练马附近的农家,求他们分给自己一些蔬菜和柴火。再到后来,甚至不得不捡起路边的碎木头,拔些杂草回家。虽然当时只要有钱就能通过地下交易(法语"marché noir"。——帕特里斯注)买到任何东西,但无论是冬吾还是甲府的有森家,谁都不具备这个财力。清美利用海军中的关系暗中进行的可疑倒卖交易,也随着大东亚战争的爆发而变得岌岌可危。别说是搞来巧克力了,甚至连冬吾的画材也爱莫能助。冬吾就只能在旧画布和画板上作画,最终连颜料都见底了,有时还会去前辈那里"抢"些颜料来用。

即使是面对这样的生活窘境,笛子也没有表现得忧心忡忡,或是流露出一副深受折磨的模样。当然,她的确会叹叹气,想着自己的丈夫要是能像常人一样再靠谱一些就好了,对于未来的强烈不安也时常袭来,不过,她从未对杉冬吾的才能产生过一丝怀疑。每当笛子旁观冬吾工作时,她都会心中一颤,深刻体会到"可能天才就是指这样的人吧"(这是笛子的原话,她就是喜欢用这种夸张的修辞)。所以,笛子下定决心要让冬吾专心于他想做的工作,她绝不会对他抱怨任何生活琐事。虽然这份态度令人敬佩,但从结果上来看,也可以说笛子这样做把冬吾宠到了无可救药的地步。不过,从另一方面来说,正是因为有笛子做贤内助,冬吾才得以在战时继续埋头致力于自己的事业。

家里人都为笛子的生活现状感到担忧,姐妹、弟弟,包括母亲真也毫不例外。只有樱子与他们不同,她到江古田拜访时会偷看几眼冬吾正在画的作品,看完后她就把自己的担忧抛之脑后了,转而忍不住向笛子诉苦,倾诉自己在甲府生活的诸多不满。在樱子看来,自己如今只能遵循着乡下顽固腐化的世俗规训,每天无所事事地等待那早已记不清长相的未婚夫。比起这样的生活,她更加憧憬自己能像"波希米亚人"一样，哪怕过得贫苦，也要在大都市里追逐梦想。

虽然樱子的抱怨听着刺耳，但她每次来到江古田，都会从甲府带来不少食材。笛子就一边让她帮忙做些家务，一边耐着性子听她讲述在甲府受到的委屈。比起樱子，杏子和有太郎就没那么受江古田一家的欢迎了。两人都尽可能地把自己分到的烟酒送给了冬吾，他们每次到访，笛子势必要尽一番地主之谊，准备吃食。他们也都过得很辛苦，自己同在东京，却对他们的困境无能为力，每每想到此，笛子作为姐姐就不由得感到自责，会将家中珍藏的肉和蛋拿出来补偿两人。而这让冬吾感到十分不快，他不仅胆小还很小气，他很想大声告诉笛子，家里拿去招待客人的那些食物本来是属于他的。冬吾认为，自己做的是最重要的工作，自然有权享用家里最好的食物，至于笛子和加寿子，只要随便吃些剩余的粮食，饿不着就好。"本就该如此，为什么要削减我的那份去给笛子的弟弟妹妹吃啊！"冬吾在心中一遍遍地质问。不过，尽管如此，他还是懂人情世故的，这样的话无论如何也说不出口。他也理解杏子和有太郎回不了甲府的苦衷。况且，笛子委婉地暗示过冬吾，樱子从甲府带来的食物几乎都给了他们一家。所以，冬吾虽然不满，终究还是没有宣之于口，只是拉着脸，默默地埋头作画。

那样尴尬的气氛，杏子和有太郎也感受到了。两人不约而同地在心中告诫自己不能过于依赖笛子，尤其是杏子，开始有意识地避开饭点前往江古田。不过，对两人来说，在东京能依靠的只有照子家和笛子家，比起年长有太郎二十一岁的照子，他们与笛子要亲近得多，相处起来也更轻松些。所以只要一有空，他们就想去江古田，要控制自己少去的话可太难了。再说，笛子做的料理实在是令人难以拒绝。虽然杏子和有太郎两人处境不同，但都在东京挨了不少饿。真从甲府送来的食物终究有限。有太郎平日的伙食都靠学生公寓提供，所以他更加渴望吃到笛子的乡土料理（虽然笛子做的称不上什么正式料理）。

（一旦涉及食物，人类的肤浅就会暴露无遗。尤其是男性，在这点上他们似乎天性如此。平日里，男人就认为自己理应比女人优先分得食物，所以当食物不够时，他们就会立刻陷入恐慌。回想一下当时的笛子和冬吾，我不禁感到不可思议，笛子到底都吃些什么维生呢？那时的冬吾比任何人都害怕缺少烟酒与食物。本应是自由艺术家的他，在日常生活中不过是个古板的明治男人罢了。

可是仔细想想，说不定"艺术家"这一族群生来就与自立一词无缘。毕竟艺术本来就不实用，因此艺术家必须寄生在他人身上才能生存。过去，上至王侯贵族，下至富豪商贾，都不乏愿意赞助艺术家的富人。但自从贵族没落，艺术家们就不得不自己去寻找新的赞助人。对于包括冬吾在内的众多男性艺术家来说，赞助人的人选就成了妻子或是妻子的娘家。因为是打着妻子名义的赞助人，所以夫妻关系对他们来说反倒是其次。就算妻子无法给予他们经济上的支持，作为丈夫，一般也会让妻子做自己的会计、秘书，甚至是经纪人。至于女性解放运动什么的，大部分男性艺术家都没有什么概念。但这样的夫妻关系隐含着巨大的矛盾，背后或许就是男人的自私在作祟。不仅是艺术家，科学家也是需要赞助人的职业。如果科研资金不充足，研究无论如何都进行不下去。只不过，几乎没有科学家会将妻子或妻子的娘家当作赞助人。科研所需的资金实在是过于庞大，所以科学家们基本上都会依附国家、企业财团，有时也会利用大众传媒获得赞助。毕竟没法装神仙，就要想尽办法筹措资金。不知这样是好还是坏，但现代的科学家没有其他选择，所以他们将整个社会经济当作自己的赞助方。站在科学家们的立场上来看，杉冬吾那样的活法可谓是古板至极。啧啧，不过看到杉冬吾留下了那么多画，我这些想法立刻消失得无影无踪。《森》《夏日》《悲戚草木》《石》，时至今日，他的画依然能够打动人心，不断勾起观者内心深处的共鸣。站在这些画作面前——话虽如此，其实我的手边只有展览会的目录和美术书上的照片，我已经很久没有见过真迹了——就连我这样的门外汉都不由得缄口不言，沉浸于其中。"艺术"真是不可思议啊。）

新年伊始，春回大地，樱子的自暴自弃非但没有减轻，反而越发严重。日本在中国的战事陷入僵局，达彦仍旧杳无音讯，这令樱子十分沮丧，此时日本又与美国开战了。有人说这场仗最多打一年，也有人说至少要持续十年，谁也无法预测。有太郎和笛子对此持悲观态度，但樱子却没有想过日本会落败，或者说，她无法去想日本会落败。但不可否认的是，战事若拉长，死者人数会随之增加，达彦生还的可能性也就一天天地降低。松井家早就逃难去了大矶，他们家在那里有一栋别墅。樱子却只能留在甲府继续等待达彦，两相比较，她只觉自己遭到了背叛。之前樱子去东京时还愿意去拜访松井家，而现在他们搬到了大矶，她实在提不起兴致特地跑一趟。

"我没必要浪费时间去大矶吧。要是有什么事，他们肯定会写信或者发电报通知我的。"

樱子把话说到这个份儿上了，真也没法反驳她的决定。就算订婚的各项规矩再怎么重要，可是既然现在已经全面陷入战争，和平时期的那些社交礼仪也就失去了意义。比起那些习俗，时下专心履行"勤劳动员"（动员无法上前线的妇孺去工厂工作，生产战争物资。——帕特里斯注）的职责才是社会最看重的。住在甲府也闲不下来，要开邻组的例会，进行防空演习，干各种农活。真只能对樱子说，不去大矶没什么，也希望她今后也尽量少去东京。

"可是，要是没有我去东京送食物的话，住在东京的大家可就雪上加霜了。笛子姐一家过得很拮据。小有也是，我看着都觉得可怜。他们几个在东京有多辛苦，妈妈你估计都想象不出来。虽然小有住的宿舍和学校里面都开垦了农田，但种出来的粮食可进不了他的嘴里。"

樱子的反驳充满了攻击性。

"我也不是不许你去东京，我是让你做完要紧事就直接回来。你在东京住一周，要给照子添多少麻烦啊。"

樱子一听真这么说，不由得火气上来，再次大声驳斥道：

"我才没给照子姐添麻烦！自从泉入伍后，照子姐天天都是以泪洗面。明明大家都很期待我去东京陪他们。大家都在盼着我，等着我！"

说罢，樱子撅起下巴，喘着粗气，故意迈着目中无人的步伐走了出去，穿过起居间和套间来到走廊上，最终停在走道北侧尽头的标本架前。那是源一郎的标本架，里面绝大多数的石头标本都已经捐赠给了师范学校，只剩下一套标本。那套标本是小太郎和驹子专门挑选出来的，留作源一郎的遗物。樱子也不清楚自己到底是在向源一郎诉苦，还是在和小太郎、驹子倾诉，她只是伸出手摩挲那个珍贵的遗物，然后悄声低语着走回自己里间的房间，手心里还托着几块颜色各异的石头。

"……冬吾先生认可了我拍摄的照片，我也向他展示过何谓石头。但是，无论我如何努力，也肯定成不了像他那样的人……这一点我是有自知之明的。所以才会想着把石头的魅力更多地展现给冬吾先生，让他画在自己的画里。这些标本也是，与其埋没在这里，不如送给冬吾先生。这些石头也一定很乐意，冬吾先生也一定会欣然接受……听说连小有都有可能被征兵,不知道是不是真的。为了战胜美国,我们到底会变成什么样呢?不过,我们绝对不能落败。所以……我们要把各种东西托付给像冬吾先生那样的人。我要把这些石头交给他,希望他能描绘出石头的魅力,希望石头的深邃将眼前的战火吸收进去,战争就此销声匿迹。……"

一番自言自语之后,樱子窝进自己的房间,开始读小太郎留下的《矿石入门》,琢磨起了石头。

终于又到了樱子前往东京的日子。除了用包袱皮包裹起来的蔬菜和味噌,她也没忘记在手提袋里装入那些石头。真看在眼里,却装作若无其事的样子把她送到门口,嘴上还不忘敲打一下樱子。

"你最晚要在后天前回来,知道了吗?我这边也离不开你哦。"

"只能待到后天?恕难从命。不过我会尽可能早点回来的!"

樱子头也没回就斩钉截铁地拒绝了真,一个人朝车站快步走去。真留在原地望着门边的雪松的枝梢,独留一声叹息。雪松正抽出朵朵新芽,芽儿柔软,泛着青涩,一如往年。

樱子抵达东京后,立刻赶往江古田,在冬吾面前得意扬扬地从手提袋中取出一块又一块石头标本,装模作样地开始了自己的长篇大论。

"……这个叫作发晶[①],虽然也是水晶,但是你们看,里面有些绿色的线,对吧?这可不是青草,也不是头发。不过,正是因为这种水晶看起来好像包裹着青草一样,所以十分珍贵。这种石头好像被称为电气石[②],至于为什么这样称呼,解释起来很复杂,就先

[①] 内部包含不同种类的针状矿物的天然水晶体,因内包体细如发丝而得名。
[②] 电气石族矿物的总称,以含硼为特征的铝、钠、铁、镁、锂的环状结构硅酸盐矿物,化学成分较复杂。

跳过吧。总之，石头诞生时，要是混入了其他矿物，偶然就会产生这种有趣的现象。石英因为是透明的，让我们得以从外部清楚地看到混入内部的矿物，才有了如此美丽的邂逅。小时候父亲带我们去的山上就埋藏着许多发晶。……这块也是水晶，叫作烟晶[①]，你们看，它的黑色晶体里有层像烟雾一样朦胧的绿色絮纹，对吧？看起来是不是有点像大理石？好像是因为有放射性矿物混入水晶，就会变成这样的烟晶。……这块是红石英，很漂亮吧？之所以会呈现出这种颜色，似乎是因为含有锰元素。设想一下，要是用这块水晶做成戒指，该有多美啊。当然，我只是想想罢了。……接下来是这块靛蓝色的玉石，也就是蓝宝石，听说它产自长崎的五岛列岛。这种玉石硬度大，也被称为刚玉，蓝色的叫作蓝宝石，红色的则是红宝石。快看，这块就属于红宝石哦，听说开采自朝鲜，也不知道老爸是从哪儿入手的。这块红宝石看起来也很适合做戒指，不过既然被制成了标本，肯定说明它不适合做成戒指吧。……还有这个。我想想，对了，这个是精进湖里的熔岩，但是它正式的叫法应该是火山渣。你们掂一掂，很轻吧？这块是由玄武岩的熔岩形成的泡沫岩。基本上熔岩分为玄武岩和辉石安山岩两种。说实话，这种火山渣不过是熔岩的沉渣，但你们不觉得它的外形很有趣吗？"

笛子和有太郎也在场，他们听着樱子暧昧不清的解说，心里直冒冷汗。可惜他俩并不具备有关矿石的专业知识，不然就可以帮樱子做补充了。两人只能暗自祈祷，樱子不要一不小心说出太过自相矛盾的信息来。

幸好冬吾对辉石安山岩、电气石之类的并不在意，他只对那些颜色各异、奇形怪状的石头感到稀奇。冬吾将石头托在掌心，时而

[①] 也称烟水晶或茶晶，是烟灰色、烟黄色、黄褐色的水晶品种。

俯视着观察，时而举高双手来仰视，最后甚至伸出舌头舔了舔，把玩了许久，一副爱不释手的样子。冬吾的工作间里原本就堆满了许多怪异的物件。在他看来，世间万物都可以作为绘画的素材。正如源一郎收集奇石、有太郎收集昆虫标本一样，冬吾也会捡各种东西回家，诸如树根、菜花蛇蜕下的皮、粗草绳、老旧瓦片、裂成两半的木屐、鱼骨等，全都来者不拒。你甚至能看到药瓶、实验烧杯、掉了头的陶瓷犬等等。这些物件里有的对画画大有用处，有的完全派不上用场，而樱子带来的这些石头标本算是能堪大用。

在这期间，樱子大概往江古田送了三趟源一郎的石头标本。樱子这样草率地将父亲遗物带出来，笛子和有太郎都有些担心，但是甲府的有森家宅反正也难脱覆灭于空袭的结局，留在家里的那些石头标本后来都化作灰烬。而被樱子送到江古田的那几块石头反倒逃过一劫，直到战后都完好无损地保存在笛子手上。这部分石头后来又返给了樱子几块，至于笛子手头剩下的那些，有太郎也不清楚怎么样了，可能随着笛子到处漂泊，在哪次搬家时流落到某处去了吧。

（至少在我的记忆里，那类石头一个都没了。不过，这倒是勾起了我的另一道回忆，想起了家里的矿石标本箱。忘了从我几岁起，家中多出了一个标本箱，那是母亲从百货商场买回来的，和父亲源一郎并无瓜葛。虽说如此，母亲也是想借此多少弥补一下自己弄丢了父亲那些石头的遗憾吧。对我们这些孩子来说，那个标本箱就是一个充满别样魅力的小世界。一掀起宽大轻薄的盖子，排列整齐的小格子便出现在眼前。每一格都收纳着一小颗精致的石头，各式各样的矿石塞满了整个标本箱。赤铁矿、石英、硫黄、铁矿砂、黑云母、黄铜矿、锰矿、钟乳石、翡翠、绿松石以及金刚石，如今我只记得这些了。不过,我仍能清晰地一一回忆起来:硫黄那艳丽的黄色;被黑云母划伤指尖的痛楚;从玻璃纸中一次次掉出来,导致逐渐减少的铁矿砂;用放大镜才能看清的金刚石;绿松石的奇异色彩。可是,就连这个标本箱不知何时也消失了。我的哥哥患有唐氏综合征,虽然他并没有恶意,但从结果上来看,我们家里能成为小孩玩具的东西确实都十分短命。如今只有我和姐姐分别保管着母亲保留下来的几件装饰品。清美送给我母亲的结婚礼物,那串黑水晶项链,我姐姐加寿子一直还当成宝贝。——由纪子记)

在常人看来,杉冬吾的行为举止实在令人费解,更别说那时到处都弥漫着战争紧张的气氛,就连留长发都有可能招致宪兵的殴打。然而,冬吾仍旧我行我素,一如既往地留着长发,继续大量购买烟酒,躲在家中一连几天沉溺于酒精之中。正当大家以为他就要这么消沉下去的时候,他却又把自己关进工作间,像尊石像一样纹丝不动。据笛子所说,冬吾有时甚至会在自己还没完成的画前泣不成声。

冬吾的这种生活方式或许也是对那个容不下艺术自由的时代的一种反抗。但实际上,像他这样醉心于某种事物的人大多都会不自觉地做出一些脱离常识的事情。在外人看来,这类人热衷的都是些可笑的事物。不仅是艺术家,在学者中间表现出这种倾向的人也不在少数。比如说,有太郎也是其中之一,他进入大学后第一次撰写的关于"水滴"的论文,就被冬吾狠狠地嘲笑过。

"我还以为大学的物理专业在研究多了不起的课题呢。没想到居然是在研究水落向地面会怎么样,这还真是,该怎么说呢,还真是可爱啊。水落到地上当然是会溅开啊。就连小孩子都知道的事,你们居然还要用公式一本正经地一遍遍重复实验,做学问真是件苦差事啊。水滴是吧?听起来要做的实验确实不是一般地多呢。现在困扰我们的是那些泥巴路才对，求求你们去发明一个防止泥巴飞溅开来的办法吧。"

实际上这篇论文荣获了指导教授的推荐，才上一年级的有太郎因此得以在物理杂志上刊文。有太郎兴冲冲地拿当期杂志展示给冬吾看，但外行的冬吾别说是佩服有太郎，甚至还毫不客气地大笑起来，就连在旁的笛子也笑出了声。有太郎自己也渐渐心虚了起来。难道自己在大学里倾注满腔激情的"水滴"研究在现实中只不过是可笑的玩乐吗？有太郎心中开始不断冒出这样的疑问。当时的有太郎就算是想要在冬吾面前解释这项研究的意义，他也还不具备侃侃而谈的能力，真是太遗憾了。

如果换作如今在物理领域长年摸爬滚打后的有太郎，想必就能做出像样的说明了吧。说到底，物理研究的精髓就在于改变现存的既定思维。实际上，在人类将"力"作为一种物理量来把握之前，确实经历了相当长的岁月和思维上的革命。有太郎在大一时进行的"水滴"实验的确只是极小规模的研究，但是有关"破坏"的物理现象与地震、材料的强度等关系匪浅，这项研究可谓未来可期。特别是观察到液体在被破坏的极短时间内呈现出与固体相同的破坏状态，有太郎由此在固体与液体的对比论述中引入了"时间"因素，也正是这一点使有太郎的论文颇具吸引力。这一实验当初被用作"摇动现象"课程的课后练习，这门课的教授也被有太郎他们这些大一新生灵活又崭新的思维所俘获。在当时，这样的物理研究总给人一种不入流的印象，但站在半个世纪后的今天来看，比起传统的物理研究，这样的研究反而更具前瞻性，也更有意思。

稍微扯远了。

应该就是这年春天，东京遭到了来自美军战斗机的轰炸。当时恰好在学校的有太郎跟着一群学生爬上教学楼的天台,"目睹"了这场突如其来的空袭。这时的美国战斗机还都是敦实的螺旋桨飞机,它们以极低的高度掠过东京的晴空。日军的高射炮从地表直刺向高空,在美军战斗机身后形成一片片爆炸,却一架都没有命中。有太郎心生一抹失望,但又感觉空袭显得那么虚幻,仿佛离自己还很远。战争原来是这样的啊,有太郎心中回荡起这样的感叹,目不转睛地远眺着前方。

有太郎刚上大二,在甲府的真就跟他提了好多次结婚的事。有太郎第二年就要面临大学毕业,要是战争到那时尚未停歇,他未来的路就只剩下入伍一条。如果有太郎要进入军队,作为母亲的真也不得不做最坏的打算。有太郎是不是会死,这成了真的梦魇,但要是他能在入伍前组建好家庭,再生个孩子的话,她也能稍微安心一点。不只真如此,担心自己的独生子被强制入伍的父母不在少数,他们此时也都有着同样的想法,心急如焚地想为儿子定下一桩婚事。更别说有森家了,长子小太郎早夭,樱子也因为达彦被征兵而没能成婚。再加上照子的长子泉,连商量婚事的机会都没有就被送到了中国战场。真非常清楚,泉走了之后,照子每天都在扼腕叹息,如此更加重了她希望有太郎早日成家的念想。

"得赶紧让小有娶个妻子,我家操眼看明年也要入伍了,可他刚满二十岁,实在是找不到老婆。他自己也只是冷笑着说:'别开玩笑了。'虽然我也想先逼他成婚再说,但也不能随随便便找个人将就,而且他本人也对这事不太上心。不过,小有马上二十二岁了吧?是该好好考虑结婚的事了。毕竟他也有这个责任,妈妈,这点你明白的吧?我也会去劝劝他的,妈妈你在这件事上也别太依着小有啊。"

照子一来甲府就对着真诉说自家的不幸,等她发泄完,又立刻摆出以往的强硬姿态，仿佛在威胁真一样，积极地推进有太郎的结婚计划。

在真和照子的操持下，整个暑期都有人源源不断地到有太郎那里说媒。照子有时还叫有太郎来赤羽，把相亲对象的照片摆出来让他过目。其中既有善政同事的女儿，也有泉身边同学的姐姐，甚至还有达彦的堂表妹。听说那位堂表妹还是公司社长的千金。真这边也不甘示弱，她通过源一郎的关系网，找来了京城帝大[①]（朝鲜日据时期在汉城[②]建立的日本国立大学，日本战败后即被废弃。——帕特里斯注）教授的女儿，还有一高（指日本战前的第一高等学校，也是如今东京大学教养学部的前身。——帕特里斯注）教授的女儿，以及盛冈熟人家的孙女。尤其是最后这位小姐，听说后来有人向她介绍别人的时候，她哭着拒绝："我忘不了有森先生，非有森先生不嫁。"她的家人为此困扰了好一阵子。照子挖苦地说起这件事，有太郎知道后心生不忍，不过他对此也无能为力。

有太郎毕竟还是个学生，加上战争的影响，前途一片茫然，光是专注于学习就已自顾不暇。对那时的有太郎来说，连"结婚"二字听起来都像是来自遥远异国的词，因此所有提亲都被他回绝了。他也觉得自己这样辜负母亲的努力实在不孝，毕竟真为了他特地跑去盛冈找人说媒。不知是不是因为姐姐太多了，他完全想象不出找一个比他年轻的小姑娘做人生伴侣会怎么样。杏子和樱子时不时就到东京的宿舍看望他，生活中需要女人搭把手的部分基本上都得以满足，他也听惯了两个女人的闲聊。凡事都讲究时机，结婚也不例外。

"妈妈她还不愿意放弃呢，真伤脑筋。"

那段时间，真总会把自己收集来的相亲对象的照片交给樱子，

---

① 全称为京城帝国大学，首尔大学的前身。
② 韩国首都首尔的原名。

让她转交给有太郎。而樱子每次把照片交到有太郎手里时，必定会抱怨上一两句。

"反正这次你又会和以前一样，最后还是要还给我的吧？不如就把照片留在我这里。你都没有那个意思，还对着人家姑娘的照片指指点点，对别人也怪失礼的。"

樱子还说过这样的话。但有太郎还是觉得，如果不看看照片的话，实在对不起真的一片苦心，所以他拿到照片后，总是会仔细观看，而后从交过来的信封中取出一张写着对方家庭、履历、兴趣等信息的折页，一阵沉默，又将纸张塞回信封。有太郎之所以这么做，权当是为了真，一步不落地认真完成整场"仪式"。不过，正如樱子所言，也就到此为止了。每当此时，樱子就在一边一脸忧郁地见证这场"仪式"。

直到前五次，樱子还故意揭别人短，看到比自己小整整五六岁的相亲少女的照片摆在眼前，不由得嘴碎了起来。"不是吧？这位小姐的照片，眼睛周围好像修饰过欸。""这位十八岁？照片看起来不止这个年龄吧。""看她这下颚线，恐怕是个小胖子。""这位的鼻子也太塌了，总觉得看起来有点穷酸。"樱子两眼放光，坏心眼地说得非常起劲。有太郎想，樱子如此反应，可能是因为这些照片会刺激到女人特殊的神经，他也就没理会她的言论。几次过后，樱子不再在意这些相亲照片，甚至都没兴致和有太郎聊起来了。她只是坐在一旁，看着有太郎机械地扫视完照片，完成所谓的"仪式"。等有太郎将手中的照片放回桌面，樱子才会轻轻地叹一口气，开始和他聊起毫不相干的话题，比如自己在庭院里开垦的农田，或者是她最近沉迷的小说，等等。樱子原本就喜欢读书，只是她在青春期开始喜欢音乐了。不过，那段时间，她好像又沉浸到了文学世界里。在北堀町的家中，笛子和小太郎的藏书仍一如既往地留在原处，所以樱子没什么购置新书的必要。（我记得她读的大都是契诃夫、迦尔洵[1]、艾米莉·勃朗特和狄更斯等外国作家的小说。）

与说亲"仪式"相比，樱子后面随意的闲谈倒是让有太郎的心情稍微放松下来，以一种轻松的心态倾听她的谈话。但直到秋季来临，有太郎才意识到每次这种时候，樱子的心情该有多复杂，自己也是真的毫不体贴。他不由得陷入深深的自责。明知樱子不得已被限制在了未婚状态，却下意识地觉得，反正樱子暂时与自己一样未婚，立场一致，作为弟弟甚至还感到了一丝安心。人类是多么自私啊！（不，也许如此自私自利又爱耍小性子的人只有有太郎一个人，也就是我。）

十月的某个周日，天空淅淅沥沥地下着秋雨。

学生宿舍里有条不成文的规定，那就是没有急事绝不动用楼里的公用电话。但是在那个雨天，随着电话铃声响起，宿管呼喊有太郎的声音响彻宿舍楼。遇到这种情况，任谁都只会想到肯定出了什么事。有太郎也以为是不是有谁死了，他做好心理准备，来到楼下的办公室，用颤抖的双手拿起话筒，里面传来的是照子的声音。有太郎立刻倒吸一口凉气，心想难道是泉战死了吗？

"喂？小有，今天善政他……"

照子此话一出，有太郎便认定了离世的是善政。他紧攥着话筒，不由得一阵头晕目眩。但照子并未觉察到有太郎的异常，她的声音连珠炮似的传了出来。

"……善政他说，希望大家都来赤羽家里聚一下，你抽得出时间吗？是想谈谈关于小樱的事情，必须和大家一起商讨一下。小笛

---

[1] 弗谢沃洛德·米哈伊洛维奇·迦尔洵（1855—1888），俄国短篇小说家。

和小杏也会过来。你也会来的，是吧？要是来的话，就在今天三点左右到我家，明白了吗？总之，辛苦你了。我在家里等着你们。还有就是，今天占用了公用电话，你别忘了向宿管阿姨道谢。"

了解到家中没人去世，有太郎先是松了口气，犹如劫后余生，但随之新的疑惑又让他急躁了起来，关于樱子的事到底指什么？既然是善政提出的，想必一定是非同小可的大事。只要去了赤羽，自然会真相大白，所以有太郎决定立刻出发。

冷冷的秋雨被风裹挟着，毫无规律地织成绵密的网。要去照子家，必须从赤羽的车站徒步穿越荒凉的原野，足足有半个钟头的路程。整条路泥泞不堪，有一半都浸泡在积水中。有太郎脚踩着木屐，他的脚已经冻僵，裤子也因溅起的泥水而变得沉重，拖缓了步伐。等有太郎到达照子家时，从头到脚都已湿透，冰冷的秋雨几乎使他失去知觉。而这天，笛子抱着一岁的加寿子肯定比有太郎要辛苦五倍，才从江古田赶到了赤羽。

全员终于在照子家中会齐。笛子和杏子好像半小时前就到了，而樱子前一天就来了，在照子家住了一晚。有太郎借用浴室冲洗了双脚，换上泉的裤子，收拾清爽后回到起居间，然而谁也不愿出声。樱子一脸疲惫地为众人斟茶。加寿子被留在隔壁房间，由十岁的红和十九岁的操来照顾。

才过三点，屋子内外却已暗了下来。"这种阴雨天喊大家过来，是有什么大事啊？"有太郎本想跟照子或樱子开个玩笑，可是起居间里沉闷的氛围让他开不了口。

照子前往里屋告知善政全员到齐后，又退回了起居间。

"善政马上就到。"照子捏着嗓子说道，"小笛必须尽早赶回去，我们就只挑重点，快点谈完吧。小樱，这样没问题吧？反正昨晚我们应该已经把想说的都说完了。"

樱子依旧毫无表情地点点头，继续为众人一一递茶。这时，身着国民服①（日本在战时，没有前往战场的男子也被强制要求身着与军服相似的一种制服。——帕特里斯注）的善政进入起居间。有太郎不禁觉得，他的登场方式也太装腔作势了。而樱子自然也为装腔作势的善政斟上了一杯茶。

善政在背对着茶具柜的专属座位上盘腿坐下后，盯着笛子看了一会儿，语速稍快地讲述起来。有太郎瞥了一眼在旁端坐的杏子，她似乎已知悉事情的全貌，两手紧紧握拳放在膝盖上，耷拉着脑袋，好像在思索着什么。

"我一直在纠结，到底要不要把有太郎和小杏也叫来，但是小樱说一定要把你们喊来，所以今天才把大家都叫来的。确实，在当今这个世道，这件事也有些微妙。总之，在三周前，岳母大人从甲府寄来了一封信，信的内容首先就吓了我一跳。简单来说，就是小樱强烈要求正式解除她和松井达彦的婚约。……"

善政的脸型偏圆，眼睛和鼻子都十分小巧，整体呈现出温和的气质。他的语气也是如此，说好听点是淡然，说难听点就是颓废。无论从他口中听到多么艰难的事态，听者都会在不知不觉间接受下来，感觉好像没有必要痛苦，然后开始随遇而安，不愿意去想什么解决办法了。他在一群性格单纯直接的有森家族成员里最为独特，也正因此，每当有森家遇上要解决的问题时，他总能力挽狂澜。这次也是，善政说话时就像是一位老者在回忆着往事与人诉说一般，那悠然的语气，荡起直让人扬起微笑的温暖嗓音。

……对于樱子的请求，真认为自己一个人无法定夺，所以才写信向善政请教。真作为母亲，自然没有其他想法，一心只希望樱子

---

① 日本政府 1940 年颁布了《国民服令》，太平洋战争期间，国民服成为日本男子的标准制服。该规定于 1947 年被废除。

最好明天就能成婚。然而，"卢沟桥事变"已然演变成了大东亚战争，达彦生还的可能性微乎其微。所以，樱子想要暂时解除婚约的请求不见得是她一时兴起的任性。樱子说只要解除婚约，她就能拜托熟人帮自己在甲府找一份工作。虽然战时也找不到什么体面的工作，但至少能自己赚点钱了。她还再三强调，并不是因为身边出现了她想结婚的其他对象才提出解除婚约的，这一点请大家一定要相信她。万一将来达彦平安归来，到时他还单身的话，两人也可能再续婚约。即使解除婚约，也要让樱子有保留这种可能性的自由。当然，另一方面，她也有了邂逅良人，最终嫁与他人的自由。在这点上，达彦也是一样。如果达彦还活着，在长年都杳无音信的情况下，总不能让他被多年前定下的婚约一直束缚下去吧。虽不知他在海外的哪个战场，但在外地①度过四年光阴，一直留在日本的樱子她们恐怕永远想象不出那是一种怎样的生活。不过，上面说的一切都建立在达彦还活着的假设上，其实大家越来越确信达彦已经离开了人世，这么长时间音信全无就是最好的证据。仅仅是因为没收到死亡通知，就笃定地相信他还活着，这已经算是不讲道理了。樱子就这样据理力争，一边像是发烧了一样扭动着身体，一边放声大哭。

真在给善政的信中诉说着自己的挣扎，对一位母亲来说，这是多么痛苦的考验。要是知道达彦已经死亡，樱子的悲伤说不定就能告一段落。但是，这种想法简直就像是在期待着达彦死亡一样，怎么也说不出口。

说实话，真的内心也逐渐偏向解除婚约。当然，她也有所顾虑。不管怎样，想要与松井家协商此事，就必须拜托帮两家牵线搭桥的河田夫妇。没有河田夫妇，尤其是善政的首肯，一切讨论都是空中

---

① 此处的"外地"是二战前及二战期间，日本对侵占的殖民地的称呼。

楼阁。真迫切地想知道善政如何看待此事。樱子不必多说，就连真自己最近也疲于思考此事，实在是无法做出决断。"这可谓是决定樱子人生的关键时机，还请善政先生助她一臂之力，替我们做出冷静的判断……"

读完这封充斥着悲痛的来信，善政和照子讨论过后，决定直接去甲府和两人面谈。于是，善政立马回信给甲府。信中写道：

"小婿与照子深谙您内心苦楚。既是此般缘由，信纸之言终究难以阐明，故小婿望在本周六前往甲府。也望樱子能对小婿开诚布公，互诉肺腑之言。此外，小婿因公事缠身，抵达甲府时恐已入夜，望您能收留小婿一晚。多有打搅，还请见谅。照子也欲同行，但家中有孩童需人照料，很是遗憾，此番她只得留于东京照看。在此之前，还请您放宽心态，权当已将此事交由小婿处理。"

于是，善政在周六晚上准时到访甲府。第二天，他认真聆听樱子与真的想法，三人开始一同商讨。那是一场沉重的会面，面对命运的十字路口，没有任何可以辅助判断的材料，自然没法做出任何决定。真与樱子的态度同先前寄来的那封信相差无几，只不过樱子这次还谈及了有太郎的相亲。樱子认为，有太郎对结婚不感兴趣，可能也是在顾忌她这个一直被束缚在婚约中的姐姐。考虑到明年有太郎就要入伍了，樱子也和真一样，强烈希望有太郎能在此之前成婚生子。有太郎自己也明白这个道理，他必须这样做。但他对相亲提不起一点兴致。可是仔细想想，说不定有太郎就是看到姐姐困于北堀町的窘境，才下意识地决定要先见证她安稳地结完婚，他再考虑自己的婚事吧。樱子要是重获自由后实现自给自足，有太郎的想法大概也会跟着转变。比起樱子那虚无缥缈的婚姻，此刻众人要抓紧确保的是有太郎切实可行的婚事。一想到自己可能成了有太郎重要婚姻之路上的绊脚石，樱子就开始惴惴不安，甚至想和达彦一样死了算了。当然，她这么说并不代表她认定达彦已经不在人世了。……

起初，樱子的语气非常冷淡，脸色苍白，表情僵硬，但她的脸很快就涨得通红，嘴角微微颤抖，双眼噙满了泪水。

"樱子她并不是不想和达彦先生结婚，只是再这么下去，她会一直处处受限，实在是……"

真也在旁轻声补充道，深深地叹了口气，眉头都皱了起来。

善政面对两人的挣扎，陷入了沉思。樱子所言确实有一定的道理，真作为母亲的种种考量也可以理解。的确，应该想办法让有太郎成婚。但是，未来战事会如何发展，身为庶民自然无从得知。日军多次取得压倒性胜利，民众期待短时间内战争就能终结，但是近期中途岛和瓜达尔卡纳尔岛的战况越发焦灼，恐怕会陷入持久战。就算达彦现在侥幸还活着，也不能保证不会在接下来的战斗中殒命。这样算来，达彦的生还概率不足百分之一。不过，也有可能今年之内日本就大胜，结束战争。这样的话，如果再考虑到达彦至今都杳无音信，那么他的生还率大概也就到百分之三十吧。

善政继续沉思着。尽管如此，凡事终究不能只用数字来衡量。松井达彦首先是帝国军人。（在世人看来）军人就是要拼上自己的性命为日本而战斗。要说这位军人的个人精神支柱是什么，自然是留在国内的未婚妻了。也就是说，樱子光是作为未婚妻待在家中，就等同于在支持着日本。不管实际情况如何，如今的日本就是这样理解樱子她们的立场的。只有继续默默背负婚约才是爱国精神的体现。

"……我知道小樱你很痛苦，但是这种时候还是应该再忍耐一下啊。战争期间，无论是谁，或多或少都在忍耐。而且，小樱你要是现在解除婚约，一定会遭人非议，被周围人当作'非国民'对待。

不只是你，整个有森家都会受到波及。如今的世道只要受到周遭的厌恶，就连分配物资都会被克扣，到时候连正常生活都成问题。所以，只能默默忍下这口气。我想，这份忍耐不正是爱国精神吗？为了日本能取胜，所有人都要忍耐，再忍耐。"

樱子听了善政给出的结论后，没有立刻做出答复，而是陷入了长时间的沉默。五分钟，十分钟，半小时，她一直垂着脑袋，默不作声。真与善政不愿打扰樱子的思考，只是小心地维持着这场静谧，默默读着报纸，或者吃当作茶点的番薯。

忽地，樱子的身子抖得厉害，脸色因紧张而变得惨白。她直面善政说出了自己的想法。

"感谢您的忠告，我理解您的意思。我只有一个请求。这件事能否先搁置讨论，等去东京和有太郎、姐姐们商讨过后再做决定？我想了解一下姐姐们和弟弟的看法。既然这件事已经不止关乎我个人，那么大家的意见不可或缺。……"

善政接受了樱子的请求，便在一周后的这个周日将众人召集到自己家中。他解释完来龙去脉后，用左手摸了摸自己的寸头以示结束，而后向一旁的樱子说道：

"我说到这儿，行吗？"

樱子脸上露出一抹羞涩，诚恳地点了点头。接过善政的话茬，这次轮到照子来讲。席间，笛子前往隔壁房间确认了一下加寿子的情况后，立刻折返回起居间。外头的雨势越发凶猛，雨水透过玻璃窗渗进屋内，打湿了走廊。

"那之后一周里，小樱自己又深思熟虑了一阵。昨晚，她来到我们家后和我讨论了一宿，看来她好像主意已定。这件事上谁都没有错，所以才更难受吧。我对她说，在我这里，她可以尽情地大哭一场，但小樱已经不再落泪了。好像在来我家之前，小樱先去了趟小杏那里，是吧？"

突然听到自己的名字，杏子像被吓到了似的，微张着嘴抬起头，但随即又低了下去。

"小杏安慰小樱的话好像起了很大的鼓舞作用。小杏很同情小樱，她也说，正是因为小樱的牺牲，我们才能如此安心。直到前段时间，大家还都以为小杏只能一辈子留在北堀町，得为即将嫁为人妻的小樱送行，为小有娶回家的妻子接风洗尘。但是，应该不会有人乐意看到家里有这么一个吃闲饭（日语写作'居候'，指不付租金还一直寄住在家里的人。——帕特里斯注）的人在吧？小杏，抱歉，我只是把你自己说过的话复述一遍。可小樱是有婚约的人，就算在家待着也不会有人说闲话。能有她陪在年事越来越高的母亲身边，不知让我们这些远在东京的姐弟安心了多少。对小樱来说明明很痛苦，我们却只是一边感谢着你，一边只顾自己方便。你是这么和小樱说的吧，小杏？"

面对照子的询问，杏子什么也没说，仅仅点了点头。

"……听小樱说，小杏你还说过这样的话：'最对不住你的就是我了，所以无论如何，我都要先向你道歉。'说罢，小杏你就大哭起来。小樱一下慌了手脚，开始拼命安慰小杏道：'不是的，我从来没有怨恨过杏子姐，我才应该道歉，一直以来都那么任性。'"

照子转向樱子，继续陈述自己的看法。

"不过，小杏的想法和在座的大家都是相通的。就算这不是小樱你的本意，但就是你在家帮着母亲，联系起北堀町和东京两地的家人，这些都是事实。大家都对你的功劳心中有愧。所以，要是小樱你无论如何都想解除婚约，离开母亲身边来到东京生活的话，我们当然不会阻拦。最终做何选择，取决于小樱你自己。不过，我想趁现在先向你表达我们的谢意，你为我们付出了那么多，给我们带来了那么多帮助。如果这份感谢埋藏在心里不说出来，我们恐怕都无法心安啊。小樱，真的，真的太……"

照子的声音突然掺入了一丝哭腔。正当这时，红心急火燎地从隔壁房间冲进了起居间。

"漏雨了！屋子漏雨了！"

不一会儿，操也抱着加寿子出现在了门口。

"屋子里到处都在漏雨，对面走廊更是重灾区。"

照子立刻起身，接着杏子和樱子也走去厨房取来了烧水壶、锅子、铁桶和大碗，大家冲向漏雨处。起居间上方有二楼保护，所以雨没有漏过来，然而一踏上走廊，就发现水滴正从天花板不停落下来。笛子和有太郎站在走廊上，放下一个个脸盆用来接雨滴，而后用抹布擦拭起了被打湿的走廊。只有善政一个人继续坐在起居间里，愣愣地望着天花板。

收拾完漏雨的烂摊子，众人再次坐到起居间的桌前。樱子稍微恢复了一点以往的活力，好似下定决心一般，将两手紧贴在榻榻米上，欠身道：

"这件事让大家多费心了，真是抱歉。我已经决定好了，会继续等待达彦先生归来，也会继续相信他还活着。在小有回家前，我会和妈妈两个人守护好咱们家的。"

而后，樱子直起身，看着有太郎低声说道：

"……我之前做了个梦。……梦里，在一片荒漠一样的地方，孤零零地竖着一根写有达彦名字的木牌，一个奇装异服的老爷爷在木牌前面供上了一大捧红花。所以……所以我才……虽然我一直坚信着达彦还在人世……不过，现在却连他的声音都回忆不起来了……"

有太郎还没整理好自己的措辞，樱子的眼眶和鼻尖就已通红，她双唇紧闭,泪水却已在无言中顺着两颊淌下。看着眼前的樱子,有太郎也不禁鼻子一酸,几欲落泪。不过,他到底没有哭出来。

一时间,所有人都沉默了,唯有雨声在起居间回荡,时不时还能听到从隔壁房内传来的孩子们的笑声。

"……总之,大家都明白小樱的决定了吧。如今的世道大家都半斤八两,只能互相体谅,尽力帮衬了。"

善政的这番话宣告了讨论的完结。

接下来的时间里,每个人一一分享自己的近况,还传阅了作为陆军军官被派往中国的泉寄来的信。其余时间完全是善政一个人在侃侃而谈,比如谈到日本的军费开支和武器制造数量有了飞跃性的增加(据说和几年前相比,规模增长了六七倍),所罗门诸岛、阿图岛和瓜达尔卡纳尔岛到底位于太平洋何处,日本有了婆罗洲和苏门答腊的石油资源后多了不少底气[1],等等,诸如此类的话题。

最后,笛子将加寿子从隔壁房间抱回来,给她替换完尿布,就开始仓促地准备回家了。此时时针已指向五点,笛子分别和善政、照子打完招呼后,起身来到樱子身旁,将手搭在樱子肩上,快速说道:

"小樱,我们真的给你添了不少麻烦,大家都很感激你。冬吾每次看到你来,也会舒心不少。你什么时候想来江古田过夜都行,就算明天立刻过来也没关系。我什么都帮不上你,实在很难受,但如今大家都是如此,没有人能过得称心如意。那么,回见,我等着你。"

笛子说完就走出起居间。杏子急忙追上笛子说道:

"稍等一下,笛子姐,我也和你一起走。这么大的雨,一个人抱着婴儿回江古田太辛苦了。"

---

[1] 此处提到的都是日军二战期间在太平洋地区的几场关键性战役。

樱子也一下子恢复了活力，站起身来。

"还是我去吧，我抱过小加寿好几次，早就习惯了。杏子姐你难得来一次，就留下来吃晚饭，尝尝照子姐的手艺吧。毕竟杏子姐你一直都是一个人生活啊。"

"可是小樱你这两天累坏了吧？照这个雨势，恐怕电车都要停运了，那样的话可就麻烦了。还是我去吧，毕竟我的腕力和脚力要比小樱你大一些。"

"要是那样的话，杏子姐你又要怎么一个人从江古田赶回品川呢？反正我不用工作，可以在江古田借住一晚。"

正当二人争执不下时，一旁的照子一脸无奈地打断她们，把有太郎招呼过来。她凭着大姐的威信，一声令下，决定由有太郎护送笛子母女回家，杏子留下来吃完便饭后立刻回品川，樱子当晚则继续留宿在她家。

有太郎无法违抗大姐的命令，只得不情不愿地穿着泉的裤子，饥肠辘辘地背着加寿子，跟在笛子后面一起钻入冰雨横飞的夜幕之中。幸好，三人最终安全到达了江古田，这次有太郎又不得不换上冬吾的裤子。冬吾和他的"野人"同伴此时正躺在画室地板上醉得不省人事，呼噜声此起彼伏。有太郎每次在江古田留宿，都得在这间画室里将被窝铺在冬吾一旁。当晚，两个人的呼噜声，加上加寿子的哭闹声，有太郎的脑海里还不断回响着樱子诉说自己决定时的话语，最终他一整夜都没睡好觉。

"非国民"这个惹人厌的字眼在二战时期的日本经常出现，人们也打出诸如"不获全胜，什么都不要！"的口号。也就是说，在战时，"我慢"①本身就成了一种"爱国"行为。"非国民""我慢"这样的词语，在美国似乎并不存在，因此我无法将意思原汁原味地翻译出来。"非国民"姑且可以解释成"betrayer"，背叛者，但是"非国民"在使用上更偏日常化、主观化，还带着一种更为深层的微妙的排他性。"我慢"在日英辞典中多被译为"patience"（忍耐）和"self-restraint"（自我约束）等，但日语中的"我慢"还包含一些微妙的差别。例如，在军队中"我慢"是比军规更需要谨记的原则。就算被长官毫无理由地痛殴了一顿，也要咬紧牙关"我慢"，忍耐下去。我自己也挨过不少毒打，但比起我那位物理系学长来说已经好多了。那是因为他企图向长官辩解。所谓"辩解"，就是对自己的行为做出解释，也可以理解为是对长官的抗议。那位学长是个正经又死板的人，因此他才无法"忍耐"这种被他人强加的"我慢"吧。

樱子当时就置身于这样的环境之中。如果父亲源一郎还活着的话，他或许能有所作为，帮到樱子。而作为弟弟的我不具备这个能力，只能在一旁同情地守望姐姐。然而，樱子却也通过辅佐我和笛子姐她们的生活，作为支撑自己的动力。

那年冬季，母亲真为我做了件微尘格子（应该是指细小格子纹样的织物。——帕特里斯注）的西装，不知是不是为我的相亲特地准备的，但成品在我看来过于土气，对它实在难生爱意。直到战后樱子告诉我，这种布料已经是当时市面上能找到的最高级面料了，再加上我自己也没有途径购置新西装，我才不得不开始重新看待这套西装的价值。说起这套西装，多亏母亲当时把它寄到我被分配去的江田岛（临近广岛的一座岛屿，也是海军学校的所在地。——帕

---

① 这里的"我慢"是日语词，意思是"忍耐"。

特里斯注），直到战后我都一直留在手头。一年后，真又想为我定制一套夏用西装。当时就算有钱也不一定买得到布匹，想必光是材料就让她困扰了许久。但是，这套夏用西装刚进入试样缝制阶段，还在等着我还乡的真就病逝了，它也就一直放在西服店里无人问津，直到空袭那天与整家店一同灰飞烟灭。不管是那套冬用西装，还是被烧毁的夏用西装，都是樱子去西服店里事无巨细地提出定制要求，甚至连内衬都是她决定的。她向母亲打包票说，自己对西服的品位肯定要更时髦。就这样，樱子甚至放弃了给自己做新衣裳，投身于为我定做衣服的工作中。

自从樱子下定决心回到甲府后，东京的天空仿佛都晴朗了不少。整条本乡街上飞舞着银杏落叶，闪着金灿灿的光。每次路过这里，有太郎的背后和头顶就会贴上不少镀了金似的叶片。

那段日子里有太郎养成了一个小爱好。一有时间，他就会登上教学楼的屋顶俯瞰四周。那时的东京与现在的高楼林立不同，站在教学楼顶上就足以将景色尽收眼底。特别是朝上野的那面，不忍池（位于上野公园的大型天然池。——帕特里斯注）的水面波光粼粼，再往前，池水反射出的白光慢慢过渡为上野山[①]的碧绿，大片大片的绿色与红叶、黄叶等各种鲜艳的色彩融合在一起，绘成一片让人百看不厌的美景。目光移向背面，东京无数的住宅向远处蔓延，远方隐约可见位于富士山前方的丹泽山系，仿佛还能看到秩父山地的甲武信岳（海拔 2475 米，位于长野县、埼玉县、山梨县交界处。——帕特里斯注），甚至是金峰山。当然，这也可能是错觉，但是至少有太郎可以在追寻这些山影的过程中获得乐趣。他甚至觉

---

① 东京上野公园里的一片台地。

得，只要从屋顶的栅栏间隙伸出手，指尖就能触碰到远方的山影。

在一个温暖秋日里，有太郎在屋顶上找了个阳光充沛的位置坐下，手中捧着吉布斯①的《统计力学的基本原理》开始研读，不知不觉，他打起了盹。

"小有！小有！"

突然，耳畔响起樱子的声音，有太郎震惊得睁开了双眼。他环视四周，却只见四五个学生在附近，找不到樱子的身影。

"小有，我在这边！"

樱子的声音又从上方传来，有太郎连忙站起身，抬头向空中望去。蔚蓝的天空中阳光闪烁，一片片透明的云彩缓慢而悠然地飘过。

"真是的，是这边啊，看这里！"

紧接着传来一阵笑声。不仅有樱子的声音，还混杂着另外两三个有太郎熟悉的声音。

有太郎在空中捕捉到了一团影子，他用右手遮住来自头顶的日光，眯眼确认那团影子。神奇的是，影子在日光的照耀下竟然不显黑，而是绽放出琉璃色（指青金石，可以用来制作颜料。据冬吾说，美术界把这种颜色称为群青色。似乎是非常昂贵的颜料）的光芒。

"小有！你看清楚点！"

等有太郎的眼睛适应了阳光的亮度，才逐渐看清琉璃色影子的形状。有三团三十厘米左右的影子并排开来，正从上野直飞向富士山。再定睛一看，那是三匹凌空飞行的马。第一匹马上坐着源一郎，第二匹马驮着小太郎和驹子。而樱子赫然跨坐在最后一匹马上。就连他们的身姿也都闪着琉璃色的光。几个人的头发和衣服在风中摇曳，一如马匹的鬃毛，裸露的手腕和脚踝也同样绽放着光芒。

---

① 约西亚·威拉德·吉布斯（Josiah Willard Gibbs, 1839—1903），美国数学家、物理学家、物理化学家。

那不是爸爸吗？正当有太郎吃惊时，源一郎咧开大嘴笑了起来，向有太郎挥动右手示意。嗯？哥哥和驹子姐也在？那两人似乎察觉到了有太郎的疑惑，脸上也同样浮现出了笑容，对着弟弟挥了挥手。怎么樱子姐也在？有太郎再次屏息凝视，不出意外，樱子最后也笑着挥起了手。三匹琉璃色的马儿悠闲地舒展修长的马蹄，踏着青空不断前进，尾巴甩起点点泛光的涟漪。

"太过瘾了，小有！瞧，痛快！山椒、辣椒！"

源一郎标志性的笑声随之响彻云霄。仔细一看，源一郎胯下的马儿嘴里含着金光闪闪的物体。难道它就是著名的"山中燃石"？正当有太郎这么思索时，从那匹马的口中绽放出一道道锐利的光芒，也射向了地上的有太郎。

"有太郎！你长大了啊，已经比我还出色了！"

是小太郎那久违的声音。紧接着驹子也喊道：

"小有！听得见吗？我们一起唱歌吧！"

    Ah! godiamo, la tazza e il cantico

    Le notti abbella e il riso;

    in questo paradiso

    ne scopra il nuovo dì.

    啊，一起享受吧，推杯换盏，合奏笙歌

    用笑容装点夜晚吧；

    直到这片乐园中

    迎来崭新的日子。

有太郎情不自禁地唱起了《茶花女》中那首十分欢快的《饮酒

歌》，旋律令有太郎难以忘怀。他不禁一阵恍惚，耳边传来小太郎与樱子附和的歌声，回过神时，泪已淌过脸颊。

"好了，差不多该回山里了！"

源一郎的声音在空中回荡，仿佛天空都在为之震颤。三匹马瞬间加速，掠起的清凉旋风席卷屋顶，几个人就这样笔直地向富士山飞去。蓝天下几个琉璃色的背影带着"燃石"的光芒一同向彼端远去。

　　Ah! godiamo, la tazza e il cantico...

随着那欢快又有些不整齐的歌声逐渐远去，屋顶上只剩下有太郎一人。琉璃色的马儿留下的气流还未平息，有太郎全身心感受着那股凉风。蓦然间，他留下了茫然的泪水。

为什么，为什么不带上我一起？我也想和你们一起走！

但有太郎终究没有发出声音，就像是嘴里被塞入了一颗"燃石"一般，喉咙火辣辣的，开不了口。

琉璃色的马儿终于消失在了远方，整片天空都变成了蓝宝石般的冷色调。凝目远眺，富士山在天空西侧的彼端勾勒出一道美丽的曲线，那矗立着的山影也逐渐染上了琉璃的颜色。

宝永大喷发时，火山口的喷出物由砾石和火山弹组成。砾石分为三种。第一种是黑色的焦炭状砾石，第二种是致密的灰色砾石，第三种是致密的漆黑砾石。第一种砾石占据了绝大部分，其结构呈海绵状或面包状，质地轻盈。在显微镜下，可观察到其多孔基质中含有些许斜长石或橄榄石，基质非常精细，但并非玻璃质。第二种砾石非常坚硬，被认为与火山弹内核的成分一致。第三种乍一看像黑曜石，但在显微镜下所呈现出的也不同于玻璃质，而是磁铁矿和针状微晶的密集混合石基，其中富含橄榄石和少量斜长石，未呈流纹构造，因此与酸性火山岩中的黑曜石完全不同。

　　火山弹的个体从形状到大小等均有差别，小的仅略大于指头，大的则长达数尺。至于形状则更加纷杂多样，有的形如地瓜，有的形似烤鲷鱼，有些呈现出鲣鱼干、海参和盘子的形状，还有球状、桃状的火山弹。球状或桃状的火山弹通常外壳皲裂、有核，颜色多为黑色或者铁锈色。用显微镜观察一个铁锈色的桃状火山弹，会发现其外壳的褐色玻璃质中含有磁铁颗粒、自形[①]橄榄石，包体中富含显晶质斜长石，其内核为多角形石块，成分结构与上述第二种砾

---

① 晶体的形状由晶格构造决定，形状与构造吻合，则称自形晶。

石相同。宝永大喷发时，喷出的熔岩量并不大，主要是喷发的气体破坏了山侧，熔岩都化作了砾石或火山弹飞散开来。此时的岩浆同上文所述的第一种焦炭状砾石以及除内核以外的火山弹具有相同的物质，而其他种类的砾石或火山弹的内核，可能与形成富士山山体的熔岩碎片类似。

盘状火山弹是熔融体状态的岩浆落到沙地后形成的。鲣鱼干状与地瓜状火山弹则是熔岩在被喷到空中时，内部中心因离心力迅速膨胀而产生的。烤鲷鱼状的是未能及时冷固便坠落的火山弹，受到冲击后变扁平了。偏大的火山弹基本上都会被磁化，各个部位表现出正极或负极。

富士山上既有沙砾，又有矿渣；既有错杂的大岩盘，又有悬崖绝壁；既有缤纷的色彩，又有黑色、暗褐色的部分。虽然乍一看各处景观各有不同，但都可以总结概括为橄榄钙长石玄武岩，即 olivine anorthite basalt。这种岩石属于新火山岩[①]，多数是在最新时期喷发的，且大多呈盐基性。富士山基本上都由这种岩石组成，毕竟其形成要比日本的其他火山晚，后者大多数由偏酸性的辉石安山岩等组成。从地质学的角度来看，富士山出现以来的活跃时间并不长，因此其岩石种类没有明显的变化。此外，富士山的构造也不像箱根或阿苏的火山那样复杂，而是一座单式成层火山，即 Monogene Strato-volcano。最高峰达三千七百余米，且未曾有过大爆发现象，而是缓缓地重复喷出同一种岩石，这可能也是其活跃时间不久的原因之一。然而，富士山将来会如何变化，现在还无法推测得知。但可想见，就算将来喷发，恐怕也不会在岩石种类上有多

---

① 指第三纪（6430万年前—260万年前）以后的火山岩。

大的变化。因为这种岩石是爆发周期后期的产物。（略）

正如上文所提到的，构成富士山的岩石皆为橄榄钙长石玄武岩。关于其特质，首先，由于所有斜长石都会形成斑状结构，因此斜长石的消光角①非常大，达65°，且会转变为聚片双晶②，少数情况下也会转变为卡式双晶③。从消光角的方法来考虑，斜长石应该属于灰长石。

其次，存在于所有标本之中的斑晶④或显晶就是橄榄石。斜长石的斑晶能通过肉眼分辨，而橄榄石并不像斜长石那么明显。（略）

磁铁矿则以自形或者晶粒状态大量存在，尤其是在新生熔岩的丸尾⑤中。如东南侧印野丸尾的内部，磁铁矿所占比重较大，导致其宛如一块铁矿。

总之，构成富士山的岩石基本上都是橄榄钙长石玄武岩，其外观的多样化源于冷却情况、喷出时的状态等。若颜色为黑色，是由于磁铁含量高，呈现暗褐色则是因为铁质的氢氧化。想来是由地下的岩浆储源（magma reservoir）最底部的残浆喷发而形成的。

---

① 指结晶轴或晶面与光率体椭圆半径的夹角，这是一种根据矿物的光学性质，利用显微镜鉴定矿物的方法。
② 由两个相互平行的晶体组成，晶格存在一定的旋转角度。
③ 由结晶方向相反的两个单晶体组成，在正交偏光镜下，两个单晶体不同时消光，呈一明一暗的现象。
④ 指岩石斑状结构中一种较大的晶体，通常嵌进细粒或玻璃质火山岩中。
⑤ 住在富士山山脚下的人们对于从富士山中流出的熔岩流形成的台地有个称呼，叫作"丸尾"。——译者注

17　启程——携带《遍历理论》

（今天，牧子从巴黎给我打了一通电话。她决定和由纪子一起来我这里度假，两人大概九月十号从巴黎启程。由于机票买的是最便宜的，到达日期可能会有一两天的出入。电话那头的牧子一如既往说话很快，风风火火地告诉我具体日期改日再告知。

我随即表示欢迎，但由纪子是第一次来美国，为了不出纰漏，我敦促牧子万事要提前做好准备。她们在节约机票费用上花了不少心思，但至少由纪子要提前在巴黎准备好回日本的机票。不然，就算由纪子到了机场也会被拒绝入境美国，毕竟她与牧子不同，不是美国公民。

不出意料，话筒中立刻传来了牧子如青少年一般的惨叫："我忘记这茬了！由纪子肯定也不知道，我这就去通知她。真的好险！"

"就是因为你做事总是欠考虑，我才放心不下你啊，"我用稍显严肃的声音斥责道，"你的行程能随时更改，由纪子可做不到，现在就想清楚你们在美国的具体日程。玛吉，你们是打算直接来纳什维尔吗？"

"那样也不错，但我们也想去波特兰的新家看看。"牧子答道。

也是，牧子确实还未去过我们新购置的房子。我们打算晚年——也不知道到了几岁才算步入晚年——移居到这栋临海的二手房。纳什维尔的房子位于人工开发的居住区，而波特兰的新家则被美丽的天然林环绕，在自己家就能一览窗外静谧的入海口。虽然现在要为相关税款和贷款头疼好一阵子，但是能拿下这栋完美的房产，我和广子也毫无怨言了。遗憾的是，如今我杂事缠身，始终没法抽空离开纳什维尔。

于是我便决定在新家与牧子她们汇合。毕竟纳什维尔的房子迟早会卖掉，就算邀请由纪子去那里也没什么意义。但我在纳什维尔还有工作，只能陪她们过周末，不过有广子陪着两人，不会有什么问题。

牧子听完我的安排后，再次发出惊叫，只不过这次是在表达自己的喜悦。

"Great! Gorgeous! Dad，谢谢你！托比也来吗？"

"不知道啊，托比他也那么忙，不一定能来。不过我会通知他一声。"

登志夫为人热心，大概是继承了我姐姐杏子的性格吧，他全年都在为纽约的社会福利事业四处奔走。说起来，我现在才意识到，我在说英文的时候总会下意识地用"托比"和"玛吉"来称呼自己这两个孩子。毕竟一路抚养他们长大的过程中已经叫习惯了，事到如今想改口也难了。广子自然也同我一样。但是，只要用日语写起文章，或者在思考时，我就会下意识地使用"登志夫""牧子"，比如在这本"回忆录"里就是这样。这两个孩子只懂英语，至于日语就只会说个只言片语。所以我们在和他们沟通时不得不使用英文，而一旦说起英文，也就只会叫他们"托比"和"玛吉"了。不过讽刺的是，自从牧子去了法国，她倒是自己抛弃了"玛吉"这个昵称，转而开始使用日文名"MAKIKO"［牧子］来称呼自己。想必她作为一位移居法国的美籍日裔，对自己的美国名字产生了些许违和感吧。而且在法国，日本名字的发音可能听起来更加雅致。总之，牧子自己重拾起日文名字，这反而导致了一种奇妙的现象。我们在与她对话时都叫她玛吉，但她却称自己为MAKIKO。这还真是荒谬！要是牧子会日语就好了，这样我就无须用片假名来标注她的名字，而是能直接用汉字的"牧子"堂堂正正地称呼她了。

因为见不着牧子的面庞，她从电话那头传来的美式英语听上去令我感到烦躁，提醒着我她终究是个美国人。这一事实着实令我有些沮丧。牧子从小在美国长大，几乎没和其他日本人接触过，我甚至没机会带她去一趟日本，她变成这样也是意料之中。但最近这种后悔之情不断在我心中蔓延。我应该让牧子和登志夫去日本留学的。要是当初他俩小的时候，我有带他们去过日本就好了。如今，飞机已然成为大众交通工具，但在二十年前，想要带着一家子前往日本，价格可是高得离谱。登志夫与牧子从高中毕业时我稍微松了一口气，转眼间他们都已经离家独立。子女早早独立是美国社会的习惯，我也管不了。不过，登志夫六年前好像将自己的蜜月旅行安排在了日本，去见识了一番京都、奈良、广岛的景致，而牧子从音乐学校毕业后直接前往法国，日本对她来说，感觉越来越远了。

令我高兴的是，牧子在巴黎遇见了笛子的二女儿由纪子。听说她们时常造访彼此的公寓，偶尔还会结伴去圣马丁运河河畔散步。不知两人凑在一起都会聊些什么。既然牧子说不来日语，想来她们用的不是英语就是法语吧。牧子还是单身，不知由纪子过去经历了什么，成了一位单身母亲，就连唯一的孩子也不幸离世，如今孑然一身。每当想象她俩并排走在巴黎的街道上时，我都不由得体会到时代的变迁，甚至能从她们身上看到樱子、笛子、杏子的影子。每每念及于此，一股复杂的情绪便袭上心头。两岁时的由纪子是个非常害羞的孩子，眼神怯生生的。这样的她与土生土长的美国女孩牧子在巴黎相遇，会擦出什么火花？

两人即将在九月结伴飞来美国，这既让我有种不可思议的感觉，又觉得冥冥之中早有注定。毕竟她俩一个是笛子的女儿，另一个是我有森勇太郎的女儿。当初还是我先收到了由纪子从巴黎寄来的信，这才告诉牧子由纪子也在巴黎，给了牧子电话号码，让她俩见上面的。所以，这样来说，她们九月的美国之旅也算是我促成的。

不过，这么算来只剩下三个月了，准确来说是八十七天。我的"回忆录"还未完工，看来必须抓紧了。最初，广子对我这项写作工程很是怀疑，不过后来她发自肺腑的一段话，反倒令我不知所措。

"我隐隐有种感觉，这件事能给你带来心理治疗，而且对你来说也是必要的一步。在波特兰买下房子，你就等于放弃了回日本的梦想。明明之前那么积极地考虑过移居回湘南地区还是伊豆半岛。十年前要决定是否入籍美国时，你也纠结了许久，最终才做出决定。当初和你一起来美国时，对我来说就是回到了自己的家乡，感到非常自由，但对你来说却不是这样。不过，我却从未听你说过一句泄气的话。你为了家人，为了事业，一刻不停地工作，努力融入美国社会。你的那份努力任谁都学不来。但是，你最近却总爱发脾气，一本正经地说一些不切实际的话，一会儿叫着要去当隐士拥抱死亡，一会儿又说去日本帮牧子找结婚对象。我虽然是你的妻子，可是一个男人总有些部分连妻子也无法帮到。就像你那本'回忆录'，我只能帮你交给由纪子，让她带去日本。当然，我没机会一睹内容，但对你来说，把那本'回忆录'交给家住日本的由纪子才是最重要的吧。我不希望你的人生留下什么遗憾。既然这是你需要做的，那就放手去做。趁现在把你能想到的关于日本的回忆统统写进去，你想把它们送回日本，不是吗？要是日后有机会的话，也要让我读一下。毕竟我是永远爱着你的、你唯一的妻子。"

要问世上我最感谢谁，那一定是我这位贤明的妻子。不过，我也不知道广子将来到底有没有机会阅读这本"回忆录"。要是她无论如何都想读的话，日后拜托由纪子就能实现吧。这本"回忆录"终究是专门写来交给由纪子的。就像我自己在日本有家人一样，广子在日本也有她的家人，而那是身为丈夫的我也无法轻易涉足的领域。我只知道广子的家运多舛，双亲在她年少时就已离世，她与哥哥自那以后被亲戚收养长大。对她来说，那一定是段不愿回首的回忆。）

（SUGI·YUKIKO[1]去世前把这本回忆录交给我母亲的时候，好像还为广子外婆寄去了一本复印本。据登志夫舅舅回忆，他隐约记得外婆说过好像有收到类似的东西，但是他自己没有见过那本复印本。恐怕是在广子外婆去世之后，同其他物件一起被收拾掉了吧。虽然我母亲和登志夫舅舅都从外婆那里听说过许多勇太郎外公在日本时的故事，但那些故事究竟是外婆在外公的回忆录里读到的，还是她听外公亲自讲述的，这就不得而知了。——帕特里斯注）

（总之，距由纪子她们来美国的时间仅剩三个月。幸好最后一个月正好是暑假，我的写作效率一定能提高不少。不知不觉间，我开始沉迷于书写往事，这些承载着回忆的文字比我原先预想的要多得多。而事到如今，我也无法允许自己草草了事。因此，我只得继续依赖着广子的牺牲，在纳什维尔的酷暑中一味地书写、书写。

现在已是凌晨一点，此时此刻的巴黎是早上八点。而没有夏令时的日本应该是下午三点。笛子现在大概正躺在医院的病床上享受着午后的阳光吧。身处巴黎的牧子和由纪子估计快起床了，还是说两人都还沉浸在梦乡呢？时差这种东西真是奇妙有趣。我在纳什维尔的凌晨，想到巴黎的晨光，也想着日本的夕阳。这一刻，我深切地感受到，在地球这同一颗星球的表面，我们其实彼此都没有孤立地继续生活着。我深受鼓舞，继续提笔书写这本"回忆录"。）

---

[1] SUGI·YUKIKO，"杉由纪子"的日语发音。

美丽的秋日晴空再次如约而至，但是，有太郎一直害怕这年秋天的到来。

赤羽，照子家门前，此时的有太郎站在大门口。稀薄的卷积云（看起来就像是鱼群的云，在法语中被形容为"绵羊的天空"，ciel moutonné。——帕特里斯注）飘浮在澄澈的碧空。善政与照子搂着红，笛子抱着加寿子，杏子、樱子并排站在门前。还有周围的邻居，他们手持太阳旗（日本的国旗。——帕特里斯注）注视着有太郎。有太郎被这么多人盯着，羞得直想往家里躲。可是当邻居们的悄声低语传入耳中——"好英俊的军人啊""只有聪明人才当得上海军，我都有些心动了"，他又觉得挺自豪。有太郎那天穿着刚分发下来的海军军官制服。（我记忆中是这样一副光景，但是我记不太清楚他们是否真的举着太阳旗，也许是我把送别其他出征士兵、更加热闹的场景给记混了。不过，我身着军服的身姿被周围人赞美这件事深深地留在了我的脑海里，可能是因为当时只有这件事令我高兴吧。）杏子、樱子以及前一天晚上特意赶来的清美都对有太郎的军服身姿赞不绝口，只有笛子在一旁沉默不语。也许她是对有太郎穿上军服后就飘飘然的虚荣心感到不是滋味吧。这有太郎，明明之前一直害怕入伍，不停咒骂自己面临的窘境。人无论处于什么样的境遇，终究还是舍弃不了虚荣心啊。他一穿上军服，马上就觉得自己鹤立鸡群，先前的厌恶感竟然烟消云散。

出发的时间到了，还未褪去学生稚气的有太郎摘下帽子，向前来送行的人们鞠躬致谢。直到起身的那一刻，一阵害羞与眩晕感袭上脑门，但有太郎还是尽力挺直腰背，朝着集合地点——位于筑地的寺院大步迈去。不管这一刻看上去多么充满戏剧性，抑或是毫无意义，有一件事已成定局，那就是有太郎已经无法轻易回到原先的日常生活中了。秋风掠过，脖颈稍感凉意，有太郎不禁回想起中学入学仪式的那个清晨。新制服特有的味道钻入鼻腔，挺括的面料摩擦着皮肤，心中泛起对陌生环境的紧张，这些感触无一不历历在目。

但遗憾的是，有太郎的出征送别仪式一点都没有感动的气氛。虽说形式上除了真以外的家人全部到齐了，但樱子和杏子一滴眼泪都没流，笛子甚至因为她不得不抽空过来，觉得麻烦极了，还抱怨了有太郎几句。这也难怪，有太郎入伍后被分配去了横须贺[①]，要是想见面的话随时都有机会。如此一来，前来送别的人也就难生悲情了。

自大东亚战争爆发已经过去两年。这期间，不管有太郎怎么祈祷，时间都没有停下脚步，一刻不停地向前奔，最终他迎来大学毕业的那天。战局经过两年的演变，别说停战了，反而更加白热化。眼看有太郎就要被征兵入伍，好运却降临到了他的面前。当时出台了一项制度，理工类大学或高等工业学校的毕业生有机会成为短期技术军官。正好有太郎所属的大学里有海军前来征募。只要在海军学校教授两年物理，就能被视为完成服役。有谁会放过这一机会呢？有太郎几乎所有的同学都毫不犹豫地前去应征，他自然也不例外。据说当时现役的海军军官全都被外派到了前线，海军学校急需大量教师补足空位，这才诞生了这种制度。

有太郎在海军本部接受完一场形式上的测试后，还被允许挑选自己中意的分配地。有太郎心想，横须贺距离甲府和东京都不算远，便选择了横须贺的航海学校。对有太郎来说，最大的忧虑是自己好不容易大学毕业，今后不知还能不能继续实现物理研究之梦。不过，毕业时有太郎在学校成功保留了助手的身份，他的这一担忧便消除了。服完兵役后还有可回去的地方，这种保险最为珍贵。话虽如此，

[①] 位于日本神奈川县，是一座军港都市。

毕竟谁都预料不了战局的走势，无法保证按约定服完两年兵役后，他就能从中解放。战争就是这样一头怪兽，它能轻易吞噬所有约定，将它们啃食殆尽。

但无论如何，至少有太郎无须前往前线，只要远离战场，自然就不可能战死。有太郎毕业返乡后，将这件事告诉了真与樱子，两人悬着的心总算放下，开始安心帮有太郎做起入伍前的准备。

"横须贺啊，那里离杏子姐家最近，和住在横滨的清美离得也不远，以后带东西就方便了。既然是去当老师，那么星期日、暑假、春假也像以前一样都可以享受咯？太好了。不过，确实你以后就没那么多时间钻研自己的学问了。当然，事到如今你还在为这种事抱怨的话，可真是身在福中不知福了，小心遭报应哦！要是被照子姐听到你这些奢侈的烦恼，她绝对会恨你到牙痒痒。记好了，你之后见到照子姐，既不能抱怨，也不许摆出一副庆幸的样子，不然照子姐多可怜啊。"

樱子言之有理，北堀町这边可以放心了，赤羽的照子一家还笼罩在悲痛的阴影下。照子的二儿子操与有太郎同年毕业，虽然他是高等工业学校的毕业生，但由于海军并未前去他的学校征募，他就只得与泉一样成为陆军，被送往中国战场。先前被送到中国的松井达彦早已杳无音讯。日军与蒋介石国民党军、共产党八路军之间战况激烈，事态复杂，大家对中国战场的情况无从得知，但在照子和真子她们眼中，那里就是不祥之地。照子那些日子一直心情郁闷，不断地埋怨善政先前不让操上大学。明明操的头脑一点不比有太郎差，但有太郎上了大学，就能在横须贺悠闲地当物理老师，而自家的操就没这待遇，每天在枪林弹雨、泥泞丛林之中匍匐前进，只能吃中国的穷苦农民吃的高粱、谷子、稗子果腹。（在照子的印象里，中国非常贫穷，你实在不能奢求她还能有其他什么想象。）就算善政一再安慰："再怎么说，泉和操都有高工文凭，他们是被授予军官身份后再派去的战场，待遇差不了。"但照子的妄想仍一发不可收拾。确实，和有太郎撞上的好运相比，任谁都会心理不平衡，同情泉和操的境遇。

不仅如此，照子还必须代替父母，为弟弟有太郎的出征送行，想必她的心情一定很复杂吧。虽然有太郎想从甲府出征，可奈何集合地点在东京，不能从甲府出发。不过，照子和善政不是什么心胸狭窄之人，他们对前来打搅的有太郎和樱子笑脸相迎，并用四处搜罗来的单调食材准备了一场饯别宴（在日语中，这个饯别宴的说法原来写作"馬の鼻向け"，指将马鼻子朝向目的地，后略写为"はなむけ"。——帕特里斯注）。他们也叫上了清美和杏子。虽然和笛子也打过招呼，但她似乎有别的要事，并没有到场。总之，见到有太郎，照子并未吐露出任何怨言，也没有流露出类似的表情。她说的净是些诸如红的学校成绩、自家院子里的蔬菜之类的事情。不过，说着说着，话题却突然从家庭琐事跳跃到了国际视野。照子开始谈论意大利的无条件投降、缅甸发表独立宣言之后的形势，甚至还对丘吉尔破口大骂。不过她没有谈论任何与日本战局相关的事。而另一边，善政正在向清美讲述各种新式兵器的开发情况。

当然，虽说有太郎运气好，得以留在腹地，但再怎么说，他也是一头扎进了军队这一特殊组织。在那里，他要经历真正的集体生活，而培养作战军官的学校本质上也算不得研究学问的场所。虽然有太郎名义上是去教授物理的，但他从一开始就没期待过那里能诞生新的物理学者。在那种学校，对战争无用的理论物理自然完全没有立足之地。与刚进大学时对物理的美好期望相比，如今的他被一种正相反的绝望所笼罩。不过，无论如何他都不想在自己原来的道路上迷失。

毕业后回到甲府的那段时间，有太郎拜托樱子帮他手抄了一本书。在东京集合后，他就必须前往中国青岛接受为期三个月的训练。获得技术军官资格之后，才会被分配到横须贺的航海学校。有太郎没想到，他的军队生活一开始，就要前往条件严酷到难以想象的海外。虽然只有短短三个月，但他担心自己是否能在这期间保持自我，所以他无论如何都想携带一本物理书在身边。几经挑选，有太郎决定将霍普夫的《遍历理论》①带去青岛。相对来说，这本书比较薄，但根据相关规定，禁止携带个人图书，他不能把书直接带去青岛。因此他才试着拜托樱子帮自己手抄一本。

"只要带书过去就会被没收，可是我无论如何都想带上它。手抄下来应该不要紧，而我自己实在抽不出时间……就此放弃又挺不甘心的……"

樱子马上就领会了有太郎的真实想法，看着顾左右而言他的有太郎，她不耐烦地伸出手。

"把那本书给我看看。总之，把整本书全部抄写下来就可以了，是吗？啊，这好像不是英语，是什么语？"

有太郎缩了缩身子，低头答道：

"这是德语……还是算了，如果是英语倒还好。我就不该来难为樱子姐。我自己再想想别的办法。"

听到这话，樱子那细长的眸子中闪过一丝不服输的神情。

"虽然我确实不懂德语，但是只要依葫芦画瓢抄写下来就行了，对吧？小菜一碟，不管是德语还是阿拉伯语，只是抄写的话，没有任何区别。而且内容只有这么一点，比起抄写整本《源氏物语》

---

① 该书著于1937年，作者埃伯哈德·霍普夫（Eberhard Hopf, 1902—1983），德裔美国数学家，为遍历理论做出了重要贡献。遍历理论是一条数学分支，它从统计学角度研究一个系统在长时间内演化的性质，基本课题包括"动力系统""遍历性""熵"等。

可要容易多了。那上面写的都是认识的日语字,可抄下来太费劲了。只要在你去赤羽前完工是吧?也就是说,还剩一周的时间。放心交给我吧。"

结果,有太郎成功地利用樱子不服输的个性达成了自己的需求。就算他不是这样想的,长年以来,他也的确一直以这种方式得到樱子的宠爱。

有太郎自己没时间抄书,这倒是事实。在出征前,他必须到各处和亲朋好友们道别,还有政府的手续需要办理,甚至还要回一趟东京的大学。出征就是这么让人手足无措。

自从有太郎将那本德语书交给樱子的那天起,她一有时间就坐到儿童房里一心一意地抄写。虽然樱子擅长英文,但她对德语一窍不通。尽管如此,她依旧努力地辨认每一个字母,耐心地将它们原原本本地抄写下来。简直就像是抄写经书(指认真抄写佛经祷文的行为。人们相信这样做比一般的祈祷更具效用。——帕特里斯注)来修身养性一般。(那时候,还没有复印机那样便利的设备,人们只得亲手抄写。在源一郎那个年代,由于海外的书难以入手,人们经常手抄辞典。抄写过程中会形成记忆,也算是自学了。但是,很难讲樱子在这个过程中能够理解哪怕一点德语或遍历理论。那些算式和结论对她来说完全意义不明,亏她能抄写得如此专注!)

樱子将家务几乎都推给了真,最后甚至不惜熬夜来赶进度。她试着以自己的方式读出每个德语字母,每当遇上公式,她都会像临摹画作一样,一丝不苟地排列每一个小小的"t""Δ""Σ"。即使是这样,进度仍旧不理想。不管樱子推掉多少家务,仍有各种事情压得她喘不过气来,像是领取分配物资、参加邻组例会、完成妇女会分配的义务劳动、外出购买食材以及各种农活等等。

"只剩三天了,怎么办?这样下去可来不及。"

这天，樱子早上刚起床，还未洗脸就急躁起来。

"就算抄不完也没问题。"

有太郎心生不忍，安慰起樱子。但樱子盯着有太郎反驳道：

"就算你能接受，我也不愿意妥协。别管我，要是半途而废，我心里总是过意不去。"

樱子都这么说了，有太郎只得作罢。为了不妨碍樱子，有太郎就尽量抽空去帮忙打水、劈柴，有时还得给真搭把手，在院子里帮她洗衣、处理土豆。

有太郎在甲府的最后一晚，送别宴将如期举行，矶姑姑和英姑姑也会来北堀町出席。两位都是源一郎的妹妹，如今成了甲府有头有脸的大人物，但凡是在北堀町举办的重要活动，必然少不了两人的身影。真毕竟是嫁过来的外乡人，而两位姑姑都是土生土长的老居民。在这片盆地里，真的存在感远远不及这两位姑姑。因为要招待这两位贵宾，樱子一整天都得帮助真准备宴席。然而，抄写工作仍未收尾。

当天上午，有太郎前去市中心的寺尾本家拜访，午饭时对方端出馎饦热情地招待了他。返程路上，有太郎又去城址公园散了散心，而后才赶回北堀町。等他回到家，樱子和真正好在后院给鸡去毛。两人浑身沾满白色羽毛。

"今晚居然有鸡吃？樱子姐，这，难道是你杀的吗？"

有太郎话音刚落，樱子略带焦躁的声音便传了过来。

"我怎么可能办得到？这是请菜铺里的年轻人帮忙杀的。更何况我根本就没时间管这个。今晚我肯定要熬夜了，你还有闲心在这里跟我开玩笑。"

真在一旁叹气，安慰道：

"现在最重要的是专心为有太郎准备送别宴，小樱你放松一些。那件事后面就交给有太郎自己解决吧。反正那也只是他自己的任性罢了。"

有太郎也急忙附和，对樱子说：

"我今天下午就有空，剩下的让我自己来吧。那样肯定效率高一些。要是樱子姐你因为我的任性搞垮了身子，我可过意不去啊。"

樱子听罢猛地站了起来，左手还拎着剩一半羽毛的鸡。一根根羽毛飘扬在她周身，有一根细小的绒毛甚至飘进了有太郎的嘴里。

"这点工作量可搞垮不了我。明天去赤羽等你出征后，我再睡个一周、十天什么的。等把你送走，我就真的没什么事可做了。拿着，你有这时间还不如帮我把鸡毛拔完。我还要帮你清点行李呢，妈妈和我都是很忙的。"

说罢，樱子就把断了脖子、紧闭着眼的鸡塞给了有太郎，真也不出声阻拦。有太郎只得不情不愿地蹲下，开始处理鸡身上剩下的毛。樱子早已转身回屋，真说了一句"全部清理干净后，拿到厨房来"也进屋了。

不过，当天下午樱子并未继续抄写。当时，提到出征，自然少不了赤饭，要拿出事先准备好的糯米来做。而且，还必须去附近的鱼摊取回之前预订的甘露煮（用酱油和砂糖等熬制的小鱼。——帕特里斯注）。另外，两位姑姑对家里的清洁状况非常敏感，所以久违的大扫除也不敢怠慢。樱子还需要对有太郎的衣物行李进行最后的清点。

两位姑姑结伴而来，她们身着黑色和服准时出现了。两人分别送上了一块千人针[1]，听说是由她们各自的弟子和学徒帮忙制作的。所谓千人针，就是由一千个人在一块布上用线各缝一针后打结

---

[1] 第二次世界大战时日本盛行的一种护身符。

送给士兵的护身符，蕴含着希望上战场的人平安归来的祈祷。眼前的千人针想来不可能经过一千人之手，大抵是两位姑姑让二十几个徒弟拼凑出来的吧。

"虽说你在国内任职，但毕竟是入伍了，这些习俗不能落下。这些都是倾心于你的姑娘们饱含心意缝制的，你可要爱惜啊。"

英姑姑的这番话引得矶姑姑频频点头，补充说：

"我那里也是一样，姑娘们都嚷嚷着'终究还是轮到了有太郎先生'。真搞不懂你为什么不肯提前娶妻，你要是有那个意思，那些爱慕你的姑娘任你挑选。既然你固执地不肯成婚，那就一定要为了有森家活着回来！知道了吗？"

面对两人的说教，有太郎只得老实坐正，虚心接受。不过，这两人毕竟不是前来挖苦有太郎的。有森家的不幸事不断，她们也只是在发泄自己内心的不安罢了。等她俩倒完苦水，就又恢复原样，放松下来开始享受当晚的宴席。正处于战时，那顿饭菜算是非常豪华了。晚宴上，她们饶有兴致地谈论起各自的缝纫工厂和三味线教室。英姑姑和弟子们之前还到中国东北给军队举办过三味线慰问演出，非常忙碌。矶姑姑原来的缝纫学校改建成缝纫工厂，开始接大量军用手套和国民服装的订单。两人已然成了甲府的要员，甚至还幻想着今后要在甲府的城址公园或武田神社里建一座源一郎的铜像。自然，这天晚上，她们又提起了这个梦想。可是，不用多说，当时的时代境况太糟了。因此，两人提醒有太郎，让他在战争结束后一定要牵头实施这个"竖立铜像运动"。有太郎只是有些窘迫地点头回应。（英姑姑战后不久便病逝，她的养子广治也同样离世了。只剩下矶姑姑一人在为竖立铜像的事情四处筹款，但愿意为此掏钱的人少之又少，这个梦想终究还是化为泡影。建不成铜像，对笛子和我们来说倒是松了口气。当然，这也说明了两位姑姑对源一郎的敬爱非同寻常。她们没有其他兄弟，两人的丈夫也都去世了，所以才对自己的兄长源一郎有股执着劲儿吧。不过，话说回来，有森家的男人好像都命运多舛，存活率也太低了！）

晚宴结束后，两位姑姑心满意足地离去了。众人收拾完毕，樱子便钻进儿童房，就如她先前宣告的那样，开始完成抄写的收尾工作。即使有太郎再三提醒，让樱子别太勉强自己，她依旧充耳不闻。有太郎心中惦记着这事，也无法早早睡下。他开始重读自己大学时期发表的论文，又翻看那本熟悉的《数学概论》来打发时间，最终他还是败给了睡意，不知不觉间进入了梦乡。

翌日，樱子一大早便掀开有太郎的被子，喊醒了弟弟：

"快起床！小有！《遍历理论》，我抄完了！你快看！"

樱子的左手捧着厚厚一沓用黄线细致装订起来的白纸。有太郎撑起身子，樱子便故作轻松地将那一沓纸放到有太郎的膝上。眼前的樱子脸色苍白，眼皮浮肿，但可能是了却心事的喜悦驱散了疲劳，她的声音反倒更加高亢，动作也变得更加有力，整个人都散发着活力。

"凌晨四点就抄完了，所以算不上熬了一整晚。我原本还想给它加个封皮什么的，但小有你应该不想要那么花哨招摇吧。虽然有些遗憾，但也只能作罢。对了，这些线都是妈妈帮忙装订的哦。这样你就能安心出征了吧，我也能安心送你走了。好，都办妥了！别愣着，快起床！妈妈在佛龛前等你呢。"

有太郎还没来得及说什么，樱子就开始整理起一旁的被子，他只得慌忙穿戴整齐，抱着那个抄本跑向佛龛。佛龛在真的卧室里。一拉开门，只见佛龛前烛光点点，真手里攥着佛珠，已经在佛龛面前正坐，俨然一副等待有太郎的阵势。待有太郎坐下后，不一会儿，樱子也在佛龛前端坐下来。佛龛之上，摆着祖父母和源一郎的照片，旁边还摆着驹子和小太郎的小幅照片。当然，还有大量牌位。曾祖父母伊兵卫和利生的牌位也都位列其中，有太郎早夭的长兄伊助也没有被落下。有太郎将樱子抄写的纸张供奉到佛龛前。伴随着真的念经声，有太郎心中这才产生了作为即将出征的一名士兵该有的虔诚。他静下心来，向那些熟悉的死者们问候。

（爷爷奶奶，你们的孙子马上就要成为军人了……爸爸，您的有太郎明天开始就要离家入伍了，还请您保佑家中的妈妈和樱子姐……驹子姐、哥哥，终于还是到了这一天，时势如此，我也身不由己，只得赴任，还请你们在天上好好守望着我，我也一定会想尽办法活着回来的。）

接着，有太郎顺便将心中对樱子的感谢也一同倾诉了出来。

（樱子姐，你的这份恩情，我这辈子都不会忘记。）

随后，三人吃完早餐，前往位于南原村的有森家墓地。意外的是，他们在那里遇上了英姑姑和矶姑姑，身边还有一位寺院住持。真和樱子倒是一脸平静地与三人打招呼，看来她们事先约好了在这里碰头。祖父母和源一郎的墓前已经供上了崭新的花束。没过一会儿，住持就开始念起冗长的经文。

经文这种东西，就算有太郎听得再认真，他也理解不了一丝一毫。因此，他感到非常无聊。他的视线转向南阿尔卑斯山脉的群峰，与它们做短暂的道别。甲斐驹岳与凤凰三山的顶峰已被淡淡的白雪覆盖，那里吹来了源一郎的气息，传来了驹子和小太郎的声音。南阿尔卑斯山脉的群峰险峻陡峭、甜蜜美好，它们就这样静静地悬浮在这片秋空帷幕之上。红蜻蜓成群结队地在墓地里盘旋，有几只冒失地撞到了有太郎身上。樱子瞥见有太郎被那些红蜻蜓撞上后一副不知所措的样子，朝他"嘘"了一声。由于昨晚睡眠不足，樱子的双颊有些浮肿，还带着点血红。

（好怀念啊，让人忍不住想起我们小时候的时光。）

樱子压低嗓子，确保自己的声音只被有太郎听见。头顶上，秋日碧空如洗；脚下，绿草茵茵；草丛中，虫子、鸟儿、蛇、蜥蜴，应有尽有。遥想以前，有太郎和樱子经常在祖父的带领下，屏住呼吸，静静地伫立在草丛之间，感受着身边的一切。风一吹，草丛就变了颜色，一直延伸到远方，就连南阿尔卑斯山脉都染上了一抹绿。

扫墓结束，有太郎赶回北堀町，将先前暂时供奉在佛龛上的抄本塞入行李中，然后就和樱子前往车站。真、英姑姑和矶姑姑，甚至那位住持都站在家门前，为有太郎送别。周围的邻居、工匠，还有寺尾家的人也都在这天特地前来。正式的出征在第二天，而且众人事先知道有太郎将在腹地工作，因此人群中既没有出现太阳旗，也没有人高呼"万岁"，这场送别很安静。

两人乘坐拥挤的中央线前往东京，转乘省线（以前用省线称呼在东京都内的电车线路。——帕特里斯注）抵达赤羽。到达后，两人立马在照子家享受了几道珍馐。第二天一早，有太郎匆忙穿上先前寄放在赤羽的军服，作为海军的一员前往位于筑地的集合地点。

前几天各项行程都挤在一起，有太郎最终没能再次向樱子表达对于抄写本的谢意。但樱子的这份抄本对有太郎来说，就如同魔法石之于美洲原住民，抑或是《圣经》之于基督徒，成了有太郎的精神支柱。光是看看樱子那独特的字迹，有太郎就能在兵营中安心入眠。只要眼前浮现出樱子那熟悉的笑容，有太郎的所有悲观情绪便都瞬间烟消云散。这正是只有樱子才能制作出的、由字母和公式缝制而成的"千人针"。

有太郎抵达青岛后，等待他的是严酷的训练。在被改建成训练场的清华大学①，有太郎每天早起晚睡，一整天都在忙碌，因此一直没有时间好好看看煞费苦心带过来的"抄本"。不过，他每天都会抚摸纸张，以此来确认它的存在，时而又会粗略地翻看几眼樱子的笔迹。但是某一天，这个"抄本"被指导教官发现了——平时它被有太郎藏在叠好的衣物之间。然而，指导教官好像并不在意似的，看了几眼就把书还给了有太郎。有太郎本以为自己免不了要挨一顿毒打，抄本自然也会被没收，教官满不在乎的态度反倒让他有些意外，不由得愣愣地盯着这位教官。

"这次就放你一马，但别忘了，你小子在这里就只是个士兵。"

教官撂下这句话就离开了。也不知是樱子那酷似小孩的字迹让教官误以为这只是一本习字册，还是他知道有太郎他们都是大学生，离开这里后会成为各个领域的教师，所以才网开一面。不管怎样，至少那本凝结了樱子心血的"抄本"因此逃过了一劫。有太郎返回日本时，将这个"抄本"郑重地放回行李中，后来从横须贺转到江田岛②，也将它和珍惜的小提琴一同带了过去。（不过，说起这个"抄本"的结局，战争结束后，我确实记得自己带着它撤出了江田岛。但回到甲府后，我又去东京的照子家寄居了一段时间，等回过神来，手边就只剩下那把小提琴了，宝贵的"抄本"则不知所终。日本战败后的混乱时期，光是有个能安稳睡觉的地方就已足够幸运，哪还有心思在意什么"抄本"。不管是"抄本"的原书还是其他书，都已经葬身于空袭的火海之中。好在樱子、杏子、笛子和照子四人平安无事，那么书这样的身外之物，即便丢了也不足惜！）

说起来，有太郎刚抵达青岛时，曾往甲府寄了六张明信片。收

---

① 此处应不是现实中的清华大学。
② 位于日本广岛县，以海军学校和海军基地闻名。

件人分别是真和樱子几位姐姐，有一张是他特意写给冬吾的。前五张明信片的内容酷似电报："敬启　我已顺利抵达，还安好，请放心。"而写给冬吾的内容则是："……还请您照顾好笛子姐。她生性要强，遇上什么事都不喜抱怨，但一介女子，体力总是有限的，望您能多体谅她一些。"

有太郎准备出征的那段时间里，笛子总是一脸疲惫的样子。她周身弥漫着的紧张情绪仿佛一根根小刺，扎得有太郎不免有些担心。但他走之前没找到合适的时机与笛子谈谈就入海军了，所以他想着至少通过明信片嘱托冬吾多关心一下笛子。虽说有太郎年龄不大，但毕竟是笛子娘家的户主。如果源一郎或小太郎还在世的话，一定能站在婚后的笛子这边，和冬吾进行男人间的深入交谈，如此一来，两人的婚后生活一定出不了什么意外。当时由于战事影响，任何物资都十分匮乏，冬吾却没有改变自己生活的意思。他一如既往地挥动画笔，颜料见底了就用油墨，油墨用完了就用钢笔墨水，连钢笔墨水都被抽干了就开始用彩铅。为了赚到足够的钱，他不停地画绘本，设计围巾和包袱皮的花纹，甚至还帮军队画宣传海报。但与此同时，他也越发沉溺于酒精，对酒的需求日渐增加。而通过正当途径获得的酒十分有限，冬吾就开始为了买酒四处托人帮忙。有一次，他喝得烂醉如泥，不知从什么地方摔了一跤，身上布满了伤，被送进了医院。所幸那次只是有些淤青和擦伤，没什么大碍。对冬吾来说，战时的一切都是不自由的，只有和伙伴们把酒言欢、尽情放纵的那一刻，他才能将心中的郁愤发泄出来。像冬吾这样的画家，在战争中被贬为最劣等的人：没出息，街溜子（地痞流氓）。既然如此，那就破罐子破摔，没用到底吧。酩酊大醉的冬吾在街上四处撒野时，他的内心大概正在嘶吼着这样痛彻心扉的话语吧。只不过，本就家教森严、胆小怕事的冬吾显然成不了什么真的街溜子，他的所作所为顶多就是个不良学生干出的蛮事儿罢了。

这样的冬吾，谁也没指责过。说到底，冬吾只是一心扑在了自己的创作上，他只考虑绘画，生活中其余的辛劳则一股脑抛给了笛子。笛子不得不为了他去附近的农家找寻食物，排队领取分配物资，招待冬吾的"野人"朋友们，有时还要四处去找在外的冬吾回家。她还必须参加居民会组织的防空演习和义务劳动。恰逢此时，笛子怀上了第二个孩子，她的脸上逐渐表现出明显的疲惫。加寿子在这种环境下成长，不仅看起来脏兮兮的，而且经常生病。明显是由于营养不良，加寿子时不时就会感染风寒、腹泻不止，眼睛周围都有些溃烂，湿疹遍布全身。年仅两岁就遭遇如此折磨，脸上早已没有了生气。在这片泥潭中，来自清美、樱子和杏子的支援成了笛子唯一的救命稻草，然而她们三人也都被各自的义务束缚着，终究还是要回到自己的日常生活中去。

"要不笛子姐你们一家搬回甲府住吧。至少甲府有妈妈和樱子姐在，食物方面也不用像在东京这样发愁。"

有太郎把笛子的疲惫看在眼里，尝试性地这么建议过笛子，但笛子无动于衷地回答道：

"前提是我能说服那个人一起回去，但得到的回答一定是拒绝。就算只剩下他一个人，他也会坚持留在东京。我又不可能把他丢下不管，毕竟他只靠自己肯定活不下去。"

"可是，笛子姐家里不是还有你和加寿子吗？而且你们的第二个孩子也快出生了，冬吾先生一定会考虑到这些的吧。"

一听有太郎提到孩子，笛子就下意识地将手放在自己的小腹上，嘴角泛起微笑。

"对他来说，我们几个都无关紧要。要是他不这么做，就没法专心干他设想的伟大事业了。他现在心里装着的只有这件事，你就再体谅他一下吧。"

有太郎听闻此言，也只得默默颔首，不再多言。他也无话可说了。说到底，笛子的愿望只有一个，那就是为艺术家冬吾献身。笛子自始至终都没有流露出一丝对冬吾的不满。冬吾也信赖着这样的笛子，将一切俗事都交由笛子打理。既然他们夫妇二人都已经圆满和解了，有太郎这个外人也不好从旁插嘴。

即使内心明白，但有太郎始终有一层忧虑。笛子一家究竟会陷入何种境地？在那种境况下，真的能保住性命吗？在战争的非常年代，被迫上前线战死沙场也就罢了，可在自己国家的腹地自生自灭，这样的结局任谁都没法接受吧？

出于这样的考虑，有太郎最终还是从青岛特意写下了前面提过的明信片给冬吾。在有太郎看来，自己的措辞算得上委婉，甚至可以说是非常婉转了。

"我算是见识到你有多愚蠢了！这次让我怎么原谅你！"

有太郎在青岛期间唯有笛子一家没有寄来回信，自那时起他就察觉到了些许端倪。但他还是没有预料到，回国后刚见到笛子，迎面而来的就是姐姐对自己毫不留情的一顿训斥。

"他看完明信片，整张脸都气得发青，还把你的明信片默默地撕碎，随手扔在一旁。他一向很珍惜信纸，但这次却把收到的明信片撕了个粉碎，你能想象他当时的心情吗？我知道那是你寄来的明信片，所以看他这样，惊讶地问他：'对不起，那孩子是不是又写了什么失礼的蠢话？'但他什么都不肯说，盯了我良久之后，就自顾自地跑了出去。然后，我一个人把纸屑都收集起来并拼凑好，这才知道你写了些什么……为什么你考虑不到这种话只会激怒他呢？为什么你不多考虑考虑我的立场呢？像你这样的毛头小子（指年轻不懂事的人。——帕特里斯注），就别在这里趾高气扬地对别人家

469

的事指手画脚了。我近几天都不想再看到你。夫妇之间的关系没有道理可言，根本不是你想象的那样。那种微妙的关系要是有外人干涉，有可能就会土崩瓦解。真没想到我竟然会有你这种弟弟！别再给我徒增烦恼了，懂吗？！"

虽然被笛子一顿狂轰滥炸，但有太郎还是不懂所谓夫妇关系的本质。不过，他也只得承认自己确实思虑不周，并向笛子低头谢罪。毕竟，哪怕自己没有恶意，有时候也会深深地伤害到别人。可是，他的脑海里仍有一个疑问：如果这张明信片是源一郎或小太郎寄出的，结果会怎么样呢？这个疑问始终萦绕在有太郎的心头，使他无法释怀。看来，不管到什么年龄，弟弟终究只是弟弟，作为姐夫的杉冬吾永远不会对有太郎怀有敬意。这件事最终是如何收场的，自己后来到底有没有向冬吾致歉，有太郎也记不清。大概整件事就这样不了了之了。记忆之所以如此模糊，想必是因为自那之后，有太郎对冬吾的看法仍旧没有任何改变。

在青岛度过的三个月宛如一场噩梦，每日都要进行繁重的训练。有太郎的脑子里只剩下一件事，那就是想着离自己回日本还剩多少时间。然而，到了十二月份，当有太郎接到任职日本航海学校的调任命令时，他才忽然察觉时间流逝之快，竟然这么早就能回去了。紧接而来的，便是与伙伴别离的哀伤。在肉体临近极限的时候，人类的情绪会变得异常亢奋，身体感知不到时间的流逝，而人际关系随之发酵，变得越发深厚。虽说彼此之间以"战友"互称的时间只有短短三个月，但这是有太郎第一次也是唯一的一次体验。这三个月的训练是他一生中最像"军人"的经历。

有太郎同两位"战友"一起乘上了从青岛返回日本的运输船。这艘船没有三个月前开往青岛的船那么拥挤，但十二月这个时候，日本近海已开始有美军潜水艇出没，运输船靠近陆地得采用Z字形路线行进。因此，这次有太郎晕船了，感觉自己都快吐了。"身为海军军官，你们绝对不能将自己晕船的丑态暴露在别人眼前，说到底，你们就不该晕船！"回想起在青岛时教官的训话，虽然觉得有些为难人，但有太郎还是使尽全身力气稳住自己的肚子。没想到，反胃的感觉竟逐渐平息下来。自那以后，有太郎再也不怎么晕船了。在山间长大的孩子居然战胜了大海，这算是他加入海军唯一的益处。

运输船安稳地驶入黄昏轻抚下的横滨。与"战友"们恋恋不舍地吃完散伙饭后，有太郎前往杏子位于品川的宿舍，想在那里过夜。赤羽离得实在太远，杏子那里正好有两个房间，收留有太郎绰绰有余。

一见到有太郎，杏子就不停地感叹，"你瘦了好多""黑了不少啊""这样也挺不错的，回来就好"，说着说着，杏子笑了起来。不过，那不是在嘲笑有太郎的样子滑稽，她只是忍不住将内心的兴奋与安心通过笑声传达出来。

时针已指向九点。杏子赶忙催促有太郎去公共澡堂洗漱。有太郎回来后，换上杏子早已在房间里准备好的旧睡袍，躺进被窝中。三个月没睡过的柔软被窝里，有太郎不一会儿就进入了梦乡。在军队里，他的生物钟也是这样早睡早起。

翌日，与杏子吃完早饭后，有太郎就前往横须贺，向航海学校的长官报到。没想到迎接有太郎的是长官可怕的怒吼和毫不留情的掌掴（用手掌击打对方脸颊的行为。——帕特里斯注）。"下了船不第一时间来学校报到，还擅自在外过夜，哪有你这么自由散漫的！"听到被骂的理由之后，有太郎才理解原来是这么一回事，可是他不记得事前接到过这样的命令。难道这是军人的常识吗？就有太郎的常识而言，他还以为阔别了三个月回到国内，自己应该有一个晚上的自由，而他的两位"战友"昨晚因为没处落脚，才只能前往各自的分配地目黑和横须贺报到的。有太郎还一脸同情地送走了两人。看来，他俩想必没有像有太郎这样受到一顿痛骂。真是讽刺。

有太郎对待"海军技术军官"这一职务并没有多认真。毕竟这个职位是临时设立的，也没有办法。不过，就算是这样一个被赶鸭子上架的军官，在军队这种注重形式的地方，也能享受到与正式军官同等的待遇。在军队里，他的宿舍和食堂都与一般士兵不同，甚至配有勤务兵照顾其生活起居，从打扫房间到整理衣物，无微不至。也许这是在通过强调等级制来维持军队秩序吧。军官必须有军官的样儿，士兵必须有士兵的样儿，他们一直是被这么要求的。而对于三个月前还漫步在自由校园中的有太郎来说，他没那么容易将这种等级意识刻入骨子里。

比起青岛的气候，横须贺明显要温和得多。因此，有太郎晨练时会脱去上衣，裸露上身。一旁的士兵们见了都不由得吓了一跳，因为军官一般都不会在士兵面前这么做。于是士兵们只当有太郎是个热衷于晨练的奇怪教官。可是这样的情况没有多久，渐渐地，有太郎甚至无视早晨的起床动员号（是指军队里通知所有人起床时间的号声吗？——帕特里斯注），踩着点来到军官专用食堂，勉强赶上吃早饭。之所以起得晚，可能是因为他每天晚上开始压抑不住钻研学问的欲望了。有一次，有太郎记混了入浴时间，当他进入浴室时，撞见了在里面的校长，场面十分尴尬。出现这样的失误，有太郎身边的勤务兵更是难辞其咎。那一刻，勤务兵的脸上没了血色，身子不住地颤抖了起来。不过，校长最后倒没有为难他。说起这位勤务兵，他还获得了有太郎的特别批准，随时能回东京看望家人，因此他对有太郎一直都是感激涕零。一般而言，普通士兵是没有这种自由的。

在横须贺的日子里，虽然学校规定外出只能当天来回，但起码有太郎时不时可以回到甲府，或者去东京看望姐姐们，还有一定的行动自由。几位姐姐的生活也都一成不变。不，还是有些变化的。这年春天，笛子的第二个孩子亨出生了。虽说是个体重很轻、有点瘦弱的婴儿，但这是两人的第一个儿子，冬吾还是颇为满意的。樱子自不必多说，这期间她自告奋勇帮了笛子很多。杏子也会抽出时间来照顾笛子，还会给横须贺的有太郎送来一些物品，总之每天都忙得不可开交。杏子送来的东西有的是樱子从甲府带来的，比如有太郎大学期间的物理书、字典、内衣，有的是杏子自制的低糖芋羊羹和甜烹海味。海军的伙食自然要比外面的丰盛得多，所以有太郎强调了好几次，让几位姐姐不用操心他的饮食问题。但杏子就是想为有太郎做点好吃的。真也一样，她从甲府寄来了葡萄、桃子和提前做好的味噌等等。托她们的福，有太郎一时间成了横须贺物资最充足的人。

至于清美，自那时起，她就逐渐占不到海军黑市交易的便宜了，一心只想改变横滨寺尾商会勉强度日的现状。社长寺尾和久被征兵入伍，第二年就战死了。

同样是在这一时期，有太郎有一次拿自己钓的（？）鱼送给了真。说起钓鱼，有太郎有一个热衷于此的军官同事，是这位军官热心地给他指导。虽说有太郎以前有过在河里钓鱼的经验，但关于海钓，他一窍不通。据这位同事说，夜里涨潮时是最适合海钓的时候。一想到第二天就能将钓来的鱼当作礼物带回甲府，有太郎就立刻依葫芦画瓢地垂下了鱼钩。结果却一无所获。一旁的同事和学校理发店的大叔们虽然也称不上大丰收，但他们至少能钓上来一些小虾虎鱼。只有有太郎这边不知为何，丝毫没有动静。夜风裹挟着海洋的腥臭，有太郎已经在岸边无聊地坐了三个小时。睡意不断袭来，在海边湿气的包围下，有太郎感觉自己都快感冒了。此时的他心情已坠落谷底，只剩下难堪二字。

"有森君，你颗粒无收啊。真奇怪，钓鱼这事没什么诀窍可言的。这下你孝敬母亲的礼物可就落空了。"

"大概这些鱼儿都看不起我这个山里长大的乡巴佬吧。恐怕它们此刻就潜在水下朝我做鬼脸呢，叫着'谁要和你去甲府啊'。"

看到有太郎垂头丧气、自言自语的样子，旁边的理发店大叔忍不住向他搭话。

"你想钓点鱼给住在甲府的母亲带去，是吗？明天一早就动身？"

有太郎默默点了点头，同事代为说明：

"有森君的父亲已经离世了，他母亲就一直守在甲府等着他回去。"

"这样啊，难怪你会这么担心。我家也是，只剩下我老妈一个，不过我都这把年纪了，事到如今也看淡了。况且家里还有我媳妇和孩子在照顾她。说是孩子，如今也都是二十多岁的姑娘了。家里的男人只剩我一个，你说说，这叫什么事？"

那个身材矮小的秃头大叔口吻幽默，有太郎和同事两个人忍不住笑了起来。他俩都在这个大叔的店里理过发，三人马上就熟络了起来。

"在甲府，新鲜的海鱼极为珍贵，一般人家最多只能吃到干货。不过，现在就连干货都是可遇而不可求。"有太郎向大叔解释道。

"原来如此。这么看来，这些不肯为你的孝心出份力、不愿上钩的鱼儿可真是太恶劣了。这附近无论是鱼还是人，大都是一副贪得无厌的样子。好吧，你把我钓上来的这些笨鱼带去甲府吧。反正我钓鱼只是为了打发时间,要是真想吃,大不了明天我再来钓一趟。"

大叔的网中有二十多条正在活蹦乱跳的虾虎鱼,他将其中十条移入有太郎事先准备好的空网中。这份意外之礼令有太郎久违地感受到了发自身心的喜悦,他只会用"谢谢,今后我会常来照顾您生意的"之类的话来表达自己的喜悦。

第二天,有太郎一大早就美滋滋地乘上列车,坐身延线回到了甲府。三月份的温和天气下,相模湾和骏河湾折射出春季的缤纷,油菜花与紫云英铺开一张张色彩绚烂的网,远处是无言又坚实的白色富士山。虽说有太郎不太喜欢从这一侧观赏富士山,但眼前的美景还是令他着迷恍惚。

临近中午,有太郎终于抵达了北堀町,那十条虾虎鱼立刻被端上了有森家的饭桌。真吃了四条,樱子和有太郎每人各三条。

"总感觉吃起来有股石油味,不怎么好吃呀。果然军港里的鱼就是不行啊。"

有太郎尝了一口,整张脸都皱了起来。

"你平时净吃些好东西,自然看不上这鱼。我们可没这福气,这鱼其实挺不错的。是吧,妈妈?"

一听樱子这么说,真也笑容满面地点头附和。

"没想到现在还能吃到这么美味的东西。一想到是你亲手钓的,这鱼啊,就更鲜美了。"

真还以为这十条虾虎鱼出自有太郎之手。倒不是有太郎存心想欺骗她,但真和樱子都自说自话地如此认定了,他也就没好意思纠正。在有太郎看来,保持这个误会能让两人更开心一些。不过,谎言终究是谎言。而且,要是真拜托他下次再钓点鱼回来,那就难以收场了。毕竟他也不好意思再向理发店的大叔开口去要鱼,而他自己又钓不到。

先把未来可能发生的麻烦放到一旁，总之能让真开心就好，有太郎自己也是意外地欣慰。理发店的大叔也是如此吧。有太郎的年龄可以当他的儿子了。看到自己钓的虾虎鱼能助这位回到山里的军官一臂之力，他内心想必也宽慰不少。

在横须贺，还有一种名为鲻的奇妙的鱼。它们一般静静地趴在海底，人将钓鱼线甩下去，它们上了钩就能钓上来。虽然看起来操作简单，但轮到有太郎自己实际操作，却怎么都无法成功。

又过了一段时间，有太郎被调往位于目黑的海军技术研究所，在那里负责研究电探（也就是雷达）。当时，美国的电探技术远超日本，日本的一切机密情报无所遁形。直到此时，日本军队才意识到电探技术在战争中的重要性，紧锣密鼓地召集相关研究人员。但这一举措实际上只是为时已晚的挣扎罢了。有太郎在研究所期间没能拿出任何成果，一个月后就被调回了横须贺。这不禁让他对这些调任的意义产生了些许怀疑。不过，这一个月的时间里，有太郎就住在品川的杏子家中，像个普通公司职员一样每天往返于杏子家和研究所，对他而言也算是一场难得的休息。

樱子一听说有太郎住进了杏子家，一路将各种食材从甲府扛了过来。这些物资有些成了杏子家餐桌上的早餐和晚餐，有些则做成午饭便当给有太郎带去研究所。带来这些食材的大功臣樱子自然也顺势住了三四晚。她白天会去江古田帮笛子做些家务，晚上回到品川一边帮忙刷盘子、洗衣服、做针线活，一边和杏子、有太郎闲聊，三个单身姐弟聚在一起，毫无顾忌地谈天说地。樱子说着笛子一家的近况和甲府的各种消息，有太郎则聊起自己在航海学校的失败经历，杏子也搬出自己在海军医疗物资所里听来的传闻。传闻中最令杏子惊讶的，是自己拥有所谓"神通力"的事不知何时被所里的同事们知道了,她便开始为同事们提供心理咨询服务。有不少人白天因为工作脱不开身,便晚上找杏子去他们家里,希望杏子能聆听他们倾诉。

"那也太危险了,杏子姐你得小心啊。"

得知杏子重新开始做这种志愿服务,有太郎不由得有些急躁,声音都颤抖了。明明之前就被当成"按摩女巫"逮捕过,杏子实在是太善良了。

"我自己心里清楚。名义上只是和'朋友'碰面而已,不会出事的。大家都是寂寞又无助,想找个人说说话罢了。再说,除了倾听这些人的烦恼,我也做不到其他事。像是结核病和营养失调之类的,光是按摩可不会有任何好转。大家不仅被疾病所扰,能依靠的人也战死、失踪了。所有人的日子都不好过,食物匮乏,药品难求。每次我都在想,如果我是护士就好了,这样至少能去照顾病人。"

听到杏子这番话,樱子停下手中的针线活,将有太郎破洞的袜子放下,身子前倾,开口说道:

"杏子姐,要不你干脆在海军医院就职吧。你本来就很适合当护士嘛。再说,如今比起你的温柔安慰,确实还是实实在在的药更管用。现在大家都没有心思要心理治疗,光是身体、生活上就够苦不堪言了。"

杏子似乎有些动摇,圆圆的眼睛不停地闪烁,却没有做出回答。樱子没有停下的意思,自顾自地说了下去。

"小有现在不是在海军任职吗?让他去打听一下。反正要是战争还在继续,什么都在军部的掌控之下。接下来,就看我们暗地里给他们塞多少钱了。要是这条路也走不通的话,就算了。这不只是同不同情别人的问题。我想,如果杏子姐待在医院里的话,一定多少能救一些人。而且,说不定也能将医院里的药品转出来。"

477

"怎么可能那么顺利？最重要的是，如今哪有医院愿意聘我当护士啊。"

大概是白天工作站了一整天，腿脚浮肿的缘故，杏子此时半起身跪坐在榻榻米上，一边给小腿按摩，一边苦笑着回答道。

"现在这世道都可以凭空塞给我一个教官的职位，只要杏子姐有意向，其他应该都不成问题吧。我下次托人打听一下。"

有太郎来回观察着两位姐姐的表情，如此说道。也许是先前为了透气而打开了窗子，夜色使屋里好似暗了几分，面孔都看不真切了。虽然杏子与樱子都感叹说自己消瘦了许多，仿佛老了不少，但在有太郎眼中，两人分明看起来越来越年轻了。因为物资严重匮乏，她们只得将少女时代的旧衣服翻出来穿上，而为了不显得突兀，还留成了女学生的发型。樱子将头发剪短，杏子则把梳成麻花辫的头发盘起扎紧。不过，应该还有一个原因，那就是原本两人被社会打上了"离婚后回娘家的女人"和"订婚者"的标签，而在战争期间，这些烙印极强的标签全都失去了意义，两人终于不必装出一副成熟的样子，所以才会流露出孩童般的神情吧。有太郎甚至经常忘记她们是自己的姐姐。

"可是，我耳朵不太好，干现在的工作都有些勉强了。当然，要是真有当护士的机会，我自然很乐意去尝试……还是别说我的事了。小有，谈谈你吧，你的经历最新奇了。"

杏子笑着扯开话题。

有太郎和樱子原本也没有深究的意思，杏子换工作的话题便就此结束。两人都觉得，本来应该是杏子比起他们要成熟得多，但是，每当看见杏子那张稚气未脱的脸，他们就不由得为她担心起来，所以才经常忍不住为她出谋划策。

有太郎一听轮到自己讲话，便盘起双腿，将读到一半的报纸放到一旁，对着两位姐姐讲述起自己在横须贺的经历。

"让我想想。我之前把短剑（海军军官的正装配饰。——帕特里斯注）落在电车行李架上的事，你们已经听我讲过了吧？那么，我去航空母舰观摩学习的事情呢？"

两位姐姐立刻两眼放光，齐声道："没听过！"两人最喜欢听有太郎分享自己在海军的失败经历了。她们越是期待，就越能说明有太郎总是犯下傻里傻气的失误。

"航海学校有一次组织我们前往航空母舰参观学习。毕竟我名义上也是个教官，所以带了一队学生。姐姐你们可能不清楚，像战舰、航空母舰这样的舰船上到处都有突起的部分，连机枪也是这样。我头上的军帽就不小心挂在了上面。当我意识到不妙时，军帽已经晃晃悠悠跌入了海中。没有军帽就等同于军官失格，要是被发现弄丢了，最坏的结果是要上绞刑台的。但我好歹也是军官，表面上不能展现出一丝慌张。我佯装无事发生，一脸平静地在甲板上踱步，后来遇上了一些士兵和学生。他们遵从军队规定，一一向我敬礼。可能是发觉我头上少了帽子，大家的表情都很微妙。有的人经过我身边之后，还特意回头看了我好几眼。我实在不好意思，真想找个地方躲起来，但身为教官，也没法躲着他们，只得继续装作没事人一样堂堂正正地往前走。大概在宽大的甲板上走了半个小时，我的眼睛直冒金星，好在终于让我遇到了当天值班的军官（？——帕特里斯注）。那一刻，我高兴得当场就想给他一个拥抱。当然，我没有上去抱他。对方帮我下船，把海里的军帽捞了上来。他将军帽交给在甲板上原地待命的我，我连忙致谢，接过帽子后第一时间戴了上去。这下沦为航母上的笑柄了，我想死的心都有。毕竟是掉进过海里湿透的帽子，水哗哗地往下落。可是事到如今，我也没法再脱下帽子，甚至不敢擦拭从帽檐流下的水滴。我努力装作一脸镇定的样子,可脸上的水滴流个不停。当我站在集合的学生们面前时,眼睛和嘴巴也没逃过这场洪灾,视线朦胧,直冲脑门的寒意又让我想打喷嚏,耳朵、头颈一阵发痒。即使这样,我也必须保持立正的姿势,这简直像是专为我一人准备的地狱,难受极了。"

杏子和樱子听有太郎讲述完,放声大笑起来,笑得都流眼泪了。两人的笑声是那样天真无邪,和她们儿时撒欢时的爆笑声如出一辙,感觉她俩都要透不过气来了。这样的笑声在有太郎的耳中是如此悦耳动听,姐姐们的声音就仿佛是一段女高音和女中音的美妙和声。

一个月的研究员生活转瞬即逝,有太郎再次回到横须贺,继续当起了教官。

正值六月梅雨时节,有太郎这边还不清楚详细的战况信息,但最近他在走廊上听到各种负面传闻,诸如"飞鹰"(好像是航空母舰的名字。——帕特里斯注)沉没了之类的消息。有太郎不得不下判断,日本确实陷入了苦战。这段时期,日本接连在"马里亚纳海战"①、缅甸方面的"英帕尔战役"中惨败。不过,有太郎直到战后才了解到真实情况,这倒不是因为他对前线发生的事不敏感,而是由于当时的日军将己方的败北当作机密进行了情报封锁。"马里亚纳海战"与"诺曼底登陆"有所关联,美军成功登陆此前由日军占领的塞班岛,大约有五万名日本人死于这场海战,其中不乏一些平民,他们有的用手榴弹集体自杀,有的饮毒自尽,还有些人选择跳崖。这座悬崖也成了美军的饭后谈资,将其称为"万岁崖"。大概是日本人一边叫着"天皇陛下万岁",一边一个个从悬崖上一跃

---

① 马里亚纳海战发生于第二次世界大战期间的1944年6月19—20日,地点位于太平洋战场的马里亚纳群岛附近,交战双方为日本帝国海军与美国海军,最终日本惨败。

而下的身姿深深震撼到了美国士兵，也让他们心生恐怖。至于"英帕尔战役"，则是日本陆军企图从缅甸入侵印度，从而重创英军而发动的战役。日军在缅甸与印度边境山岳地带的进军和撤军路线被比作"白骨路"，后世也将此次战役称为凄惨的"死亡进军"。因传染病、饥饿，陆军损失了三万到四万人。

像这样由于日本军方的愚蠢方针所招致的惨败，开始陆续在中国、新几内亚和印度尼西亚等地上演。

恰在此时，日本列岛的北海道南部、洞爷湖湖畔发生了激烈的火山喷发，昭和新山由此诞生。那里原本像是个突兀的肿包，顶多高出地面五十米，但此次喷发后一下子高出了三倍，自那之后也一直在隆起，最后形成高达四百米左右的火山。要是源一郎还在人世，他一定会对这新奇的火山现象倍感兴趣，并亲自跑到北海道见识一番。

（战争的惨剧与火山现象并无关系。但是为什么如此惨事和火山喷发在同一年出现呢？这不由得让我心中感到一阵战栗。）

18　Lacrimosa[①] 盈泪之日

夏去秋来，有太郎再次接到调任通知，此次的就职地点是江田岛的士兵学校。不知具体理由为何。海军的教育功能已经近乎瘫痪，战局越发严峻，比起正常的培育方式，军方还是决定在江田岛临时训练出大量士兵投入战场。

队列中甚至出现了十四五岁的稚嫩面庞，这些士兵日后会成为叫作"自杀飞行员"的特攻队员。由于没有足够的时间培育出技能

---

① Lacrimosa 是拉丁语，意为哭泣的、流泪的。

娴熟的飞行员，少年们就像是拆袋即食的速食产品一样被训练成临时驾驶员。他们驾驶着小型飞机前赴后继地俯冲向美军的战舰。这种自杀式做法是军方教给他们，并叫他们实施的。当时的日本民众被灌输了这样一种想法——为了国家，为了天皇，献出生命是最高荣耀。因此，志愿成为特攻队员的纯真少年大有人在。这种令人难以置信的作战方式便得益于此，并且化作了现实。接二连三的异常局面，令人觉得这场战争毫无救赎可言。不，说到底，任何战争都不存在救赎。

自有太郎大学毕业已过去整整一年。与在横须贺时不同，被调到江田岛后，有太郎没有多少机会回甲府了。樱子与有太郎都备受打击，倒是真不仅没有表露出不满，反而让有太郎别挂念家里的事，好好完成自己的使命。说着，她将怀里的手织围腰和内衣塞给有太郎，让他注意身体，小心别患上感冒、腹泻，尤其是腹泻，麻烦得很。几番嘱托之后，她又端出雪花羊羹这种过年才有的点心为有太郎饯行。有太郎不能为樱子和真做些什么，只能在离家前劈完足够两人过冬的柴火，还象征性地在院子里挖了个防空洞。虽然他预感这次自己将离家很久，但令有太郎万万没想到的是，这竟是他与真之间的永别。

在前往江田岛之前，有太郎与杏子见了一面。杏子在得知有太郎要调任到江田岛后，向横须贺发了一份电报，说是希望能和他见面聊聊，自己有事相托。

在出发去江田岛前，有太郎还需要回一趟横须贺，杏子和他约在出发前一天见面。当天，杏子准时来到航海学校，外面天气正好，有太郎便申请外出，和杏子来到船坞旁的一座小神社。红蜻蜓成群结队，熟悉的场景似乎将有太郎带回一年前出征扫墓的那天。而当时并未在场的杏子看到在头顶飞舞的红蜻蜓，觉着很是新奇。说起来，横须贺的蜻蜓可是名声在外。

"不好意思，小有，你这么忙，还要你抽出时间来见我。"杏子在神社前的石阶上坐下，从手提袋里拿出一大块切好的人形烧（形似人偶的烤点心，内馅是红豆。——帕特里斯注），边小心翼翼地递给有太郎边说道："这是我的朋友昨天送给我的点心，也带给小有你尝尝，就当是借花献佛了（日语写作'お裾分け'，指用自己收到的东西待客或送人，但我不清楚'お裾'什么意思。①——帕特里斯注）。我本来不想麻烦小有你，但还是想让你当面回答我，毕竟谁也不知道下次见面要等到何时。"

有太郎将人形烧大口塞入嘴中，点头示意杏子继续说下去。

"……我在想，以后连你也不清楚未来会怎样，而且最近战火是越烧越旺了。不过，总有一天日本会获胜，小有你也会成家，然后做个大学老师，对吧？"

"……要是情况允许的话，可能吧。"

有太郎开口回答道，嘴里还有一点人形烧没嚼完。

"回到刚才的话题……啊，这些蜻蜓又开始嗡嗡叫了……像鸟的话，不会无缘无故叫唤的吧。虽然在我们听来，它们的叫声都差不多。说起来，在甲府经常能听到伯劳和竹鹨鸽的鸣啼……"

有太郎耐心地等待着杏子引出正题。

"……听笛子姐说，在江古田经常能听见云雀的叫声。她还和我提到过她们一家拒绝被疏散到其他地方。不过，实际上就算她愿意疏散，也无能为力。冬吾先生的情况你也知道，她一直抱怨家里都买不起收音机接收防空警报……其实，我也不知道自己以后该怎么办……就算能活下去，也注定要一个人过一辈子。明年我正好

---

① "お裾"是指和服的下摆部分，因为是衣物贴近地面的末端部分，有"微不足道，小小心意"的恭敬之意。

三十，是时候像清美那样，下定决心谁也不靠，自己独立生活了。所以，我本不想多麻烦小有你的……但是，该怎么说呢？等到最后，譬如说，要是我比你先走一步，我希望你一定要出席我的葬礼。现在妈妈还在世，倒没什么，可是等你以后娶了老婆、生了许多孩子之后，我可以把你的家当作是自己的家吗？如果不行的话，像我这样的孤家寡人，身体健康时倒也罢了，要是日后得了病、失了双臂，连身子都不能动弹，那我恐怕就要曝尸街头了。清美和我提过，她在寺尾家的墓地里为自己准备好了一块坟地，所以并不担心后事。听她这么说，我就想到了我自己……眼下只有拜托以后会继承有森家的户主，也就是小有你，如果你能为我人生的末路提供保障，我这颗心也就能放下了。有了你的保证，我就能打消所有的迷茫和担忧，专心投身于事业之中。我保证不会给你添太多麻烦，我只是希望有人能陪伴我走完人生最后一程。没有什么比曝尸荒野更悲惨了。等我走了，希望你能把我埋进南原村的那片墓地里。这是我唯一的愿望……"

有太郎突然想起，眼前这位年长自己五岁的姐姐，她的一只耳朵几乎已经失聪。他下意识地朝杏子重重地点了点头。

"好，我答应你。杏子姐你别胡思乱想了，我怎么可能对你见死不救呢？"

"真的？你没骗我？太好了！这样一来我就放心了。我好高兴！你肯定不明白我现在有多开心，我终于不是孤身一人了。"

面对杏子满心喜悦的样子，有太郎心中反而多出了一丝不安，但他不可能现在就给杏子泼冷水。虽说有太郎答应杏子，对她的未来负责，但战争还没有结束，反倒是有太郎可能哪天就一命呜呼了。"未来"这一概念恐怕已与有太郎无缘。不过，被人依赖的感觉倒也不坏，年轻的有太郎心中一股正义感油然而生，他毫不犹豫地与杏子定下了负责其余生的重要约定。看着眼前因一句承诺便露出爽朗笑容的杏子，有太郎这才惊讶地意识到，一直以来她内心深处所承受的孤独。

那天，杏子穿了一件颜色奇特的毛衣，一问才知，原来是驹子以前穿过的毛衣。衣服原先是粉色，杏子认为过于显眼，就重新染了一遍，结果成了这种难以形容的样子。杏子对自己的失误倒是直言不讳。

"但是你看，这衣服的材质还是不错的。驹子姐的衣裳没有一件是劣质品。你看这里，这儿不是有雪花的纹样吗？小有，你看看，是不是有点眼熟？"

杏子拎起毛衣的下摆，指给有太郎看。有太郎仔细看了几眼，只觉得印象模糊，好像见过，又好像没见过。不过，当浅茶色的雪花花纹倒映进他的眼帘时，一股强烈的怀恋之情猛地袭上了心头。那雪花花纹看起来很幼稚，但在有太郎眼里，一片片雪花栩栩如生，仿佛在缓缓转动，好似下一刻就要从毛衣上飘浮起来。有太郎的耳边甚至回响起了一个小女孩的歌声。那到底是谁的歌声呢？他答不上来。

有太郎用指尖细致地扫过雪花纹样，沉吟片刻后，他对杏子低语道：

"等战争结束，要是大家都平安无事的话，要不要一起去滑雪？"

"好啊。"

杏子那双杏眼望向悬停着无数红蜻蜓的半空，含混不清地回答道。

"下次见面就不知何时了，咱们都要保重身体啊。"二人几番道别后，在航海学校门前依依不舍地分别。不过，没想到他们很快便重聚了。

调到江田岛后,有太郎唯一的期待就是收到从甲府寄来的家书。杏子和笛子都很忙,就算挂念有太郎,也没时间写信。年事已高的母亲真虽然会写信寄来,但寄信的频率也在逐渐降低。只有樱子,她寄信的频率不降反升。这不仅是因为她的空闲时间最多,更是因为比如真的身体状况、葬礼上的法事、家里的经济问题等,需要她关心的事如雨后春笋般冒了出来,她难免要寄信征询意见了。

有太郎转到江田岛的十月,日本的境况越发危险。北九州地区十月间接连遭到了美军的轰炸。其后,日本各地都受到了美国B29新型轰炸机的空中攻击。

军校里,预先安排好的讲座全部被取消,取而代之的是学生们的校园疏散演练。收集松树根、进深山挖防空洞等,在学校的组织下,所有人都投身进了这几项突击工程。说起松树根,也不知是谁发现的,从松树根中提炼出的油可以用作飞机的润滑油——这也是当时日本唯一的国产油。不光讲座被取消了,隧道挖掘的工作量只增不减,熬夜干活也是常有的事。在生活作息如此不规律的折磨下,有太郎的精力被彻底掏空。他原本习惯于盆地中那种干燥轻盈的风,濑户内海这淤塞、沉重的空气也成了他的负担。

江田岛是日本海军最大的基地,正因如此,这里成了美军舰载机的目标。就算日本的军舰躲到海湾深处,藏得再深,这些舰载机总能找到它们。在飞机的全力攻击下,日军损失惨重。受伤的士兵被送进了前面提到的隧道防空洞,但是在那里,他们得不到正经的治疗,只能躺着不断呻吟,任由鲜血流淌。尽管陷入如此绝望的状况,所有人仍旧相信日本绝不会败北。经历过苦战,熬过各种艰辛之后,等待着的一定是胜利。他们相信,哪怕日本不能取得完全胜利，战争结束时至少也能占据优势。就连有太郎也并未对此产生过怀疑。

军校的教育理念便是培养士兵们的韧性，教导他们在任何情况下都要牢记这份信念。有太郎所住的单身技术军官宿舍里大多是理工专业的毕业生，得益于此，有太郎有了不少聊天对象。但军校学生总是区别对待他们这些"付烧刃"（指只是刃上加钢的刀，引申出徒有其表、临阵磨枪的意思。——帕特里斯注）的技术军官，将他们划分在"真正"的军人之外。学生们在校外见到"付烧刃"的有太郎他们，甚至不会主动敬礼，而是视而不见，转头就走。当然，学生们的心情也不难理解，因为在他们看来，有太郎这些人只经历了三个月的训练，海军军官的身份只是走个过场，心中说不定还藐视军人精神。而有太郎这边也很不愉快，自己又不是自愿来到江田岛当"付烧刃"的。成家的军官们会被分配到独立的房子，他们定期会邀请学生们到家里举办小型聚会，拿出茶水和点心招待他们。有太郎有时会去凑热闹，自然也要拿些自己的点心分给年轻学生。这些十六岁以上的青少年，意气风发地谈论自己为国捐躯的坚定决心，使聚会的气氛高昂到了一种诡异的地步。虽然他们对有太郎这种"软弱"的短期技术军官抱有敌意，但他们也不过是一群十分认真的年轻人。

那年十二月以及翌年一月，名古屋地区接连发生了大地震。轰炸也并未停歇，美军的目标不局限在军工厂，就连市区也都逃不过激烈的空袭。天灾加上人祸，那段时期，越来越多的人开始相信日本的末路已然近在眼前。也正是在那时，真寄给了有太郎一张明信片。

"要是你不回来试穿一下，你的夏季背心永远都完工不了。"①

这行文字让有太郎有了一种不祥的预感。真，一位有教养的女性，她平时写信汉字与平假名使用得当、字迹清晰，出自她手的信件几乎能作为书信范本。然而，眼前这张明信片是怎么回事呢？有太郎望着这张略显诡异的明信片，百思不得其解。没过几天，樱子又寄来了一封信。

"……有个坏消息。母亲现在罹患重病，据医生诊断是肾盂肾炎。

"妈妈之前在厕所摔了一跤，引发了膀胱炎，而她一直忍着没告诉我。据医生说，要是当初早点接受治疗的话，恐怕早已痊愈，但现在就麻烦了。总之，医生先让她卧床休息，给她打了一针。之前妈妈的体温居高不下，还总是因为背部的疼痛浑身发抖、不住地呻吟，这下我慌了，害怕妈妈会不会就这么死了啊。不过，那一针的确有效，后来妈妈的体温总算降了下来，看起来暂时脱离了危险。但是，这种注射治疗不仅价格昂贵，还有副作用，害得妈妈身子不听使唤。虽说这样可能比持续发热要好，但我还是不由得怀疑起那个庸医，有必要注射那么多磺胺剂②吗？那医生七十多岁，样子颤颤巍巍的。如今前线告急，只剩下这种医生，医术不高，收费却不低，家里现在一贫如洗。小有你寄回来的工资真是帮了大忙。

"母亲她现在连张嘴都有些吃力，就餐还需要我在旁服侍，但情况还算稳定，请你放心。……"

自那以后，樱子寄信的频率从一周一封一下子缩短到三天一封。如果是现在这个时代，樱子大概会每天给几位姐姐打电话，将

---

① 这封信的日版原文汉字、平假名和片假名混用。——译者注
② 磺胺类药物具有广谱抑菌活性，常用于预防和治疗细菌感染性疾病。

心中的不安、烦闷与她们分享。但在当时，樱子只来得及写信向户主有太郎汇报情况。以下是有太郎记忆中的部分信件内容。

"明明只过去一周，但我已经精疲力竭。

"没想到照顾病人是这么一件苦差事。妈妈的体温又升高了，只能再次接受注射。据那个庸医所说，如今磺胺类药物在市面上已经不多见了，可能只有东京的医院才有。若真如他所说，希望着实渺茫，我也束手无策。那个庸医还让我尽量将屋子弄暖和些，但如今就连煤球都成了稀罕品。照顾妈妈吃饭也不容易，我尽量把食物都做成流食。她的嘴巴不受控制，我就只能亲手将食物往她嘴里喂，结果不可避免地洒出将近一半。妈妈一边流泪，一边用含混不清的话语道歉。看着她那个样子，我更加难受了。

"我也想过，是不是该让杏子姐回来帮忙照顾，但她好像分身乏术。听说之前在清美的劝导下，杏子姐充分利用自己的产婆资质，加入了日本红十字会。我接下来会挤出时间写信告知大家，小有你那里近期可能也会收到杏子姐的信。不过，说来还真是讽刺，杏子姐是为了尽可能多救助一个人才加入红十字会的，她却因为红十字会的事没法来照顾最需要她看护的妈妈……"

"妈妈的后背疼得越发厉害，甚至长出了褥疮。自己的身体和嘴巴都不能活动，该有多难受啊。最近妈妈每次发热就会出一身汗，我不得不一次次地为她更换睡衣、擦拭身体。我们两人都在这场拉锯战中饱受煎熬、精疲力竭。

"妈妈的体温时高时低，止痛药完全不起作用，看着她那么遭罪，我心里很难受。妈妈的身体还离不开磺胺剂。我真想把这害她受苦的药都扔出窗外，但想想还是收手了。

"两天前，哥哥从前的朋友突然来拜访，送来了一些煤球。听说他是从那个医生那里得知我们家近况的。之前就觉得那个医生有些聒噪，但看来他的健谈也帮上了我们。那位前来拜访的先生提醒我，低气温还得持续好久，在此期间一定要备好煤球。哥哥的这位朋友原来是开米店的，现在成了甲府的宪兵。虽然宪兵听起来有些吓人，但这人倒是挺和蔼可亲的，非常爱孩子。每次经过米店，都能看见他在和自家孩子玩。

"看来世上也并不全是坏事。前几天达彦先生的母亲特地从大矶赶来看望我们，还送给我们蛋糕和黑鲷鱼。为了让妈妈能享受到这份美味，我把鱼剁成肉糜做成了味噌汤，像平时那样喂进她嘴里。妈妈好像很喜欢吃，让我续了好几次。……"

"矶姑姑派了个学生来给我当帮手，帮了我不少忙。一般我都让这学生去领分配物资，或是去取煤球和药品。不过，到了晚上，又只剩下我一个人。每晚我都会被母亲的呻吟声吵醒好几次，比起难过，更多的是害怕，感觉自己马上就要崩溃了。有时候，我会突然想弹钢琴，要是还能听听唱片该有多好啊。爸爸的忌辰就在眼前，但今年矶姑姑和我能做的就只有为他上根香而已。英姑姑在中国东北进行慰问演出，目前不在甲府，矶姑姑认为没有必要特地把她叫回来。……"

"家里的磺胺剂已经见底，我是不是该向杏子姐和清美她们求救呢？妈妈的体温最近一直很正常，应该不需要再用那种药了，但直接停用又觉着心里没底。实际上，妈妈现在最需要的是治疗被磺胺剂破坏的神经的药物。我觉得神经的问题最严重。妈妈瘦了好几圈，褥疮也越发严重。我每天都会给她翻身好几次，仔细想想，一个人不能自己翻身，实在是太可怕了。

"今年冬天尤为寒冷，家里的水井冻了起来，现在取水都成了问题，需要洗的衣服不断增加。我只在妈妈睡的那间房里烧煤取暖，算是住在那里了。每天在那里醒来，在那里用餐、下厨。说是下厨，实际上只能煮煮土豆、豆腐这些，或是热一下味噌汤，仅此而已。

"好希望快点开春啊。春天，我都有些望眼欲穿了。我太怀念瑞香的香气了。等到春天，妈妈的病情也一定会好转，我总有这种预感。希望如此吧。……"

"清美寄来了中国的秘方药，说是费了好大力气才到手的，据说有生死人、肉白骨的奇效，遗憾的是，妈妈她连喝药的力气都没有，现在全靠医生的注射（包括营养剂、止痛药、安眠药）才吊着一口气。那个颤颤巍巍的庸医只会事不关己地说什么'要耐心等待，看看情况'。虽然他认为只是神经麻痹罢了，但是严重到连饭都咽不下，最后不就危及生命了吗？

"庸医那张营养充足的脸让我越发觉得可恨。但如今这世道还有医生来出诊，就应当心存感激了。……"

"妈妈又开始发热了，她的手指头和脚趾头都像长了冻疮一样开始溃烂。我该怎么办才好？……"

最终，有太郎还是收到了这样的一封电报。
"【妈妈病危，速归】樱子"

那是二月的某日，天气严寒。
收到电报的当日，有太郎立刻动身赶往甲府。他乘船离开吴市前往冈山，又从冈山换乘山阳本线来到了刚被地震摧残过的名古屋，在那里再次换乘中央线，随后坐上了每站都会停靠的慢车。整趟旅途耗费了整整两天，等有太郎赶到北堀町时，真已不在人世。

房间里围坐着照子、红、笛子和她的两个孩子，还有清美和矶姑姑。真静静地躺在众人中间，她已经与世间一切痛苦无缘，得到了解放。有太郎凑到真跟前，盯着她的面庞。随即他笑了起来，大喊道：

"妈妈这不是还活着吗？你们也太过分了，居然用这种事吓我。"

眼前的真面色红润、皮肤光滑，怎么看也不像是过世的人。

话音刚落，一旁的照子与清美，以及在厨房里的樱子和杏子都放声哭了起来。

"笨蛋，谁会拿这种事骗你啊。"

笛子抱着婴儿移坐到有太郎面前，就连斥责的低语里都带着哭腔。

"但是……"

有太郎犹豫了一下，用指尖抵上真的脸颊，冰凉的触感传遍他的全身。他仍不信邪地将指尖移向真的鼻子下方，但没能等来温热的鼻息。

"但是，为什么……"

有太郎再次重复了一遍先前的低语。

"妈妈她现在很美……能像这样和爸爸、哥哥他们相聚，她一定毫无遗憾了吧。你看她的表情，那么幸福，那么充满魅力……"

看着照子泣不成声的样子，有太郎这才不得不相信母亲已离自己而去。无言中，他垂下了头。

直到第二天早晨，死亡的阴影都没有袭上真的面庞，原因成谜。清美说是自己辛苦找来的中国秘方起了作用，樱子却不认同。实际上，真只喝了一点点秘方。比起那个秘方，不如说是磺胺剂带来的影响吧。照子则认为，并不是这种生理上的原因，一定有更神秘一些的理由。照子相信真抵达了一处特别的极乐净土。不管是何种缘由，真美丽的死之表情确实极大地抚慰了留在人世间的众人。

翌日，善政与冬吾从东京赶来，当天上午葬礼如期举办。虽说仍在战时，但好在有熟识的住持，经过对方的筹备，葬礼姑且看得过去。不过仍有一些遗憾，诸如英姑姑人在中国东北回不来，出席者很少，守夜被简化，头七（在佛教习俗中，葬礼后第七天还要为亡者举行仪式。——帕特里斯注）也没过完。

葬礼当晚，女人们在厨房一边收拾一边互相汇报自己的近况，而杏子转职的事成了众人尤为津津乐道的话题。说实话，喝不了酒的有太郎其实很想加入这边的谈话，但许久不见冬吾和善政，他们之间的酒席对话也同样难以割舍。最终，有太郎在那个夜晚不断来往于客厅与厨房之间。

杏子原本觉得将照顾真的责任全都推给了樱子，十分自责，一整天都沉默寡言。但被樱子追问起近况，又不好意思拒绝回答。从去年夏天开始，杏子就充满了迷茫。她认识的四个孩子接连死亡。四人中有两个是双胞胎婴儿，他们是早产儿，母亲也染上了梅毒。听说这位母亲是在海外被士兵侵犯才得的梅毒。她根本没有去医院或是请产婆的财力，杏子就免费为她接产。但是，自己接生下来的这两个小婴儿浑身发青，简直就像是为了体验死亡才在这世上现身一下子一样。此后不久，杏子又听说，自己认识的一个四岁女孩死于疫痢。过了几天，噩耗再次传来，一个三岁男童感冒恶化，已经离世。女孩这边，父亲战死前线。男童的家中，母亲不知逃命去了哪里，而他的父亲患有结核病，这才逃过了兵役，得以抚养自己的儿子。

身处困境、需要帮助的人不计其数，而杏子有自己的工作，只能利用一点点空闲时间尽可能地帮助身边人，但这样的帮助只是杯水车薪而已，并不足以让他们脱离苦海。杏子能为大家做的非常有限，顶多对他们说一些安慰之词，或是将自己微薄的工资和物资票分给他们。意识到自己的无力后，杏子越发沮丧，疲劳日渐掏空她的身体。要是自己认识有实力的医生的话，要是自己能自由支配时间、经济状况再富裕一些的话……所有现状无一不在告诉杏子，她在这个城市无计可施。而当她急得焦头烂额时，孩子们离世的噩耗又接踵而至，她只能任由泪水溢出眼眶。这些无意义的泪水拯救不了任何人。

正当杏子茫然不知所措时，秋天的某个周日，她到横滨清美的公司去了一趟。说是公司，实际上只是在一栋空旷的老旧大楼中租下的一间办公室，作为代理社长的清美每周日都会在那里打打电话，平时接待一些来自中国或德国的客人。杏子前来拜访时，除了清美以外，只有一个中国青年员工在。清美将杏子引到屏风围起来的接待处，两人刚并排坐下，杏子就开始号啕大哭。自从杏子搬到东京，她就把清美当作了自己的亲姐姐。实际上，若不是清美，杏子就连东京的工作和住处都得不到保障。虽然清美平时抽不出时间与杏子经常见面，但两人之间的书信交流却从未间断过，她们不时还会通电话。不管杏子怎么向清美撒娇，问她要东西来送给有太郎和笛子，清美都像是拥有万宝槌（日本传说中的一种法宝。——帕特里斯注）一样，为杏子准备好。至少至今为止都是如此……

一直在认真倾听杏子讲述自己经历的清美听到这里，露出了一抹颇具讽刺意味的笑容，她笑着说道：

"虽然到处都物资匮乏，但那些东西想办法还是能弄到的。不过，法国产的就有些困难了。到了这种地步，战争大概马上就会结束了吧……"

说到这里，清美的声音突然低沉了下来。

"……敌人拉拢了苏联，如今正在讨论该如何处置投降后的日本。虽然在敌方看来，这么做理所当然，但我很不甘心啊，罗斯福和丘吉尔，我恨不得亲手杀了他们……"

厨房陷入寂静，谁都没再出声。就连刚上学的红也一脸担心地望向母亲照子。

半晌，清美再次说道：

"……算了，管他呢。这种事轮不到我们操心，管它是蜗牛还是蜥蜴，无论何时，我们都只要凭自己的智慧生活下去就行了。去年秋天和小杏谈话时，我也是这么和她说的。"

清美留着一头男式短发，一身黑色打扮活像一位女兵。杏子听到清美提到了自己，笑着点了点头。这两人相差五岁，但杏子长了张娃娃脸，所以她们站在一块儿，看起来年龄差得还要大一些。由于工作的缘故，清美那张原本偏黑的脸庞比起年轻时出落得更具知性美了。客观来说，清美的五官算不上精致，但看上去有些英迪拉·甘地[①]（1917—1984，印度政治家。——帕特里斯注）的神韵。

清美接过杏子的接力棒，继续聊起杏子调动工作的事。

听完杏子的苦恼后，清美第一时间询问她是否愿意在日本红十字会工作。清美曾与日本红十字会的内部人员有些私交，认识不少相关人士。虽然杏子的听力有些许障碍，但既然有内部关系，应该有办法可以安排进去。再怎么说，杏子有助产士的证书，红十字会的工作与她现在的工作内容相差无几，就算跳槽过去，也什么大碍。要是这条路走不通，也可以向其他医院申请。只不过，如今进入日

---

① 英迪拉·甘地（1917—1984），印度政治家，印度迄今为止唯一的一位女总理。

495

本红十字会很有可能会被立马送往海外前线。但看在杏子不是正式护士的份上，大概率会让她留守国内。无论如何，只要是在医院任职，杏子就能照料更多病人和伤员，也能与医生交流经验。如今，普通医院的功能早已瘫痪，基本上都没有雇用新人的余力。可以说，除了陆军与海军，日本境内仍能正常进行医疗活动的组织就只剩下日本红十字会了，而且它本身也与军方有所勾结。话说回来，等战争结束，杏子反正又得自力更生再找工作。要是她现在再这样勉强自己，迟早会倒下的。像她这样白天忙自己的工作，晚上又去帮助别人，等同于一个人打了两份工，怎么可能撑得下去？不过，清美也不能替杏子拿主意，因为最后还是要看杏子自己的决定。清美就告诉杏子："你要是做好决定了就联系我。"

那次会面后过了十天左右，杏子向清美的公司打去电话。其间，她去横须贺与有太郎聊过一次，并且向他嘱托了后事。

听到这儿，厨房里的女人们一同看向倚在门框上的有太郎。有太郎一时间慌了神，面红耳赤，但还是向清美与杏子点了点头，表示确有此事。照子与樱子几乎同时叹了口气。

"不过啊……"

原本正在为婴儿哺乳的笛子，此时突然抬起头开口道。还是婴儿的亨出生十月有余，但他还不会抬头，体型也偏小，就连吸奶都有气无力的，加上笛子的母乳也稀少。已经四岁的加寿子正在樱子膝盖上熟睡。

"……容我先插一句，清美在背地里不知吃了多少苦才和日本红十字会搭上关系，而且她本意也是为了帮助我们大家。这不是清美一个人的独断专行，她在得到杏子的回复后，特地抽空来江古田征求我的意见。杏子调动工作，我是赞成的，所以清美才放心去联络关系。这件事最后是我敲定的，要是小杏后面遇上什么事，都是我的责任。"

"笛子姐，别这么说，要说责任，应该由我一个人承担。"杏子一边收拾漆饰餐具，一边说道。

"当然少不了你的责任……"

笛子垂下眼眸，目光落到了伏在自己胸口的亨身上。可能是累着了吧，笛子双肩松弛下来，连带着挤出一声叹息，小声道。

"这样说来，清美的人脉真广啊。"

樱子这时正在清点擦干净的餐具数量，她轻声感慨。清美得意地朝着笛子的方向瞥了一眼，随后语调做作地说道：

"还好啦，我也不是自己要当职业女性的……"

说完这话，她好像突然害臊起来似的笑了笑。杏子见状，接过话头做了总结：

"总之，去年十一月份我就搬到了日本红十字会的宿舍，现在正在接受实习护士的基础培训。虽说我应聘的是助产士，但作为医院的一分子，还是需要对护士的工作有所了解，否则难免会变成同事们的累赘。而且现在正值人手不足的时期，就算是实习护士也都要赶鸭子上架，投入实战。具体会被分配到哪里，等实习结束估计马上就能知道。多亏实习地点有清美认识的护士长在，不然像我这种年纪大的产婆混在一众小年轻里多尴尬啊。等分配命令下达后，我会马上通知你们，到时候还不知道能不能当面一一道别。正好今天我们大家聚在一块儿，我就提前和你们打声招呼。接下来一段时间你们可能都见不着我了，不过我本就想努力履行自己的职责，请你们放心。"

随后，杏子郑重地向大家鞠了一躬。周围人见她煞有其事的样子，反而不好意思起来，照子更是笑出了声，清美和笛子也露出了一抹苦笑。

"没想到能从你嘴里听到'履行职责'这几个字,有点怪怪的。不过挺好的,你已经长大了,无论干什么工作,总之是该靠着工作自力更生了。只不过,想不到现在就连我家红都得去工厂或农家劳动,明明她还是个学生啊。她现在都顾不上学习,才十三岁就得这样,这也太……"

照子接着讲起了最近学生们的境遇有多惨。而后,笛子提起冬吾的新系列《石》(画石头不需要太多颜料,石头也确实是容易找到的素材)收获的绝佳好评。她还强调真当初便察觉到了冬吾的才能,自己对母亲的敏锐十分叹服。众人频频点头赞同,之后自然地谈起了真与源一郎仍健在时的回忆。

客厅中,住持、冬吾和善政三人热络地聊起北斋(葛饰北斋,1760—1849,江户时代的画家。——帕特里斯注)与广重(歌川广重,1797—1858,画家。——帕特里斯注)的话题,气氛正好,三人微醺。矶姑姑与寺尾家先代家主在旁边一脸无奈地望向三人。席间不断响起男人们痛骂美国的声音,他们嚷嚷着:"管它什么B29、C50、D100,尽管上吧!"烟草不断飘出轻烟,朦胧的声音乘着袅袅烟雾,那晚在北堀町的宅邸中飘荡。

翌日清晨,空中飘起了雪。河田夫妇和红先冒着雪赶回东京,说是因为善政的工作和红学校那边都请不了假。

"要是有什么需要帮忙,尽管联系我们。小樱,这段时间你照顾妈妈辛苦了,这几天就好好休息吧。"

照子匆忙丢下这句话便转身离去,樱子老实地点了点头。

中午,杉冬吾一家和清美在享用完樱子与杏子特制的馎饦后,也准备启程返回东京。

"冬吾想尽快赶回东京,所以我们一家也要走了。这次无论是照顾妈妈还是她的葬礼,全都让小樱你来辛苦张罗,实在是抱歉。

不过，还请你记住一点，大家都很感谢你。我们几个的生活每天都如同背水一战，多亏有你守在北堀町，大家的心里才踏实了不少。等我们安顿好了，你也来东京住几天吧。过来看看冬吾的画，我相信一定能让你重新振作起来。"

清美跟在笛子后头，也来和樱子道别。

"小樱，你现在看上去病恹恹的，要不干脆请个病假，暂时就别参加那些消防演习和会议了。现在养好身子最重要，我会去和阿姨们打声招呼，让她们照顾好你。要是你有什么想要的，尽管向我开口，知道了吗？"

三点的时候，杏子也焦急地站了起来。

"我也差不多该走了。抱歉，小樱，在你最需要我的时候，我却无能为力。为什么时机总是这么不凑巧。我对小樱你也有些不满，当初为什么不早些告诉我实情？你当时联系我，我压根没想到事情会变成现在这样。"

杏子就这样哭丧着脸，向樱子和有太郎鞠了一躬，转身迈入屋外的积雪之中，逐渐远去。

家里只剩下有太郎与樱子两人，但他们也没闲着，而是赶往甲府的闹市。两人花高价在常去的日式点心店买了一些小馒头，而后依次送给关照过真的人家，包括樱子讨厌的那个庸医、提供煤球的米店、南原村的住持、矶姑姑和英姑姑家里以及寺尾本家，此外还有零零散散的几家，他们都得登门答谢。矶姑姑用美味的天妇罗热情地款待了两人，随后樱子先行回家，有太郎则赶往米店，再次讨要煤球。虽然真已经不需要煤球了，但米店老板的儿子提醒说："这么冷的天，樱子一定也需要的。"便豪爽地将煤球分给了有太郎。樱子好像不记得了，其实在米店老板儿子十二三岁时，他经常和小太郎一起或捉弄或宠着当时只有三四岁的樱子。小太郎还给了一个不靠谱的约定，说将来要把樱子嫁给他。

有太郎在米店饶有兴致地听对方聊起了陈年往事，导致他很晚才回家。屋外飞雪依然鼓足劲下着，积雪的道路令有太郎足下的海军皮靴频频打滑，而装有十五块煤球的麻袋实在太重，不出意料，有太郎狠狠地摔在了路中央，两块煤球从袋口滑落摔碎了，他也顾不上捡起来，将它们留在背后的积雪里继续向前。为了不重蹈覆辙，他一步一步小心谨慎地朝北堀町走去，等到家时已然精疲力竭。

"回来得好晚啊，我担心坏了。"刚进家门就遇上樱子，有太郎自然忍不住向她抱怨自己一路上的辛苦。没想到，当他提到那两块摔坏的煤球时，樱子别说安慰他了，反倒开始训斥他，那样子像极了真。

"两个煤球！你知道那有多珍贵吗！就算你自己摔伤了，也得把它们保护好。我之前一直都是这样一个人搬回来的。我都能做到，你一个大男人居然还摔碎了两个，摔坏了还不算，居然就这样把它们扔在路边？要不是现在雪下得这么大，我真想叫你立刻去给我捡回来。哎呀，早知道就不拜托你了，那可是整整两个煤球！"

有太郎仿佛一瞬间回到了儿时，垂着头，缩着身，默默承受着樱子的怒火。他这几年身处海军那样的温室之中，导致他对外界物资匮乏的情况并没有清楚的认识。

樱子生着闷气，睡在真的骨灰罐所放置的客厅里。有太郎则孤零零地在儿童房内，盖着像冰块一样寒冷的被子，浑身颤抖地度过了这一晚。

第二天，樱子仍未消气，就连吃早饭时都心情欠佳。那之后，有太郎便开始收拾自己的行李准备出发。雪在昨晚就停了，但从八岳席卷而下的烈风裹挟着夜间残留的积雪到处肆虐，因此气温反倒比昨日更低。

难得回家，有太郎准备挑一些大学时期的书籍和笔记。行李即将收拾完毕时，樱子拿着一件毛背心走进了儿童房。据她所说，这是真还没完工的背心，自己后来给它收了尾。那是件藏青色的暖和背心。

"……谢谢你，樱子姐。我会小心保管的。总觉得难以置信，这是妈妈织的最后一件衣服了。"

有太郎胸口一紧，轻声喃喃道。谁知，樱子突然伏下身子，整张脸都贴在榻榻米上号啕大哭起来。

"小有，你别留我一个人在这里！……带我去江田岛吧。行吗？带我一起走……我也想去江田岛。求求你了，答应我吧。别让我一个人留在这里，算我求你了……小有，拜托了……"

樱子不断抽泣，有太郎一遍又一遍地轻拍着姐姐的后背，他深觉自己的无力，只能忍着泪，一言不发。真都离世了，樱子怎么可能一个人在这座空旷的老宅中处之泰然呢？这段时间里，真的病情令樱子焦头烂额，但那也成了她唯一的牵挂和支柱。而回过神时，真也消失了。接下来该怎么办？樱子一个人该怎样生活呢？她不得不立刻直面空虚的未来。仔细想来，樱子年仅二十六岁，面对迄今为止都无法比拟的孤独深渊，谁又能责备她情绪失控呢？

但是，军队的规定容不下例外。列车的发车时间一秒一秒地逼近，有太郎不得不扶起樱子，一遍遍地对她喊道：

"我会尽我所能帮你的！但是江田岛不行，请你理解我。我会给笛子姐她们发电报，让她们回来的。我会让她们立刻就回甲府，她们也一定回的，行吗？所以你只要再忍一忍就没事了。矶姑姑那边也由我来联系，你看，英姑姑也快回日本了。真的，再忍一段时间吧。我也不想去江田岛那种地方，但我要是不回去，不知道会造成什么后果。我也在忍耐，所以樱子姐，你也再忍耐一下，好吗？"

最后，樱子终于红着眼点了点头，眼眶中又滚出了泪珠。

有太郎抵达江田岛后，第一时间遵守约定，向笛子发了份电报。正当他着手写信劝说笛子一家趁这时机疏散去北堀町时，樱子从北堀町寄来了一封信。

有太郎启程后不久，樱子便收到了杉冬吾与清美寄来的慰问信。两人仿佛打过招呼一般，信中都默契地引用了文章与诗歌。冬吾的那封信字迹出自笛子，信封的落款也是如此，最初樱子误认为是笛子的来信。但读过才知道，是冬吾递给笛子一本书，说是想将其中一首诗送给樱子，笛子就替他抄写下来。那是冬吾的友人小熊秀雄[1]的诗句。清美的明信片则毫无铺垫地摘录了贺川丰彦[2]的文章。看上去像是小太郎会喜欢的那类文章，但实际上这篇文章面世时，小太郎已过世，想必是清美年轻时看着中意抄写下来的吧。这两封书信不仅是想鼓励樱子，也有告慰真在天之灵的意思，因此，樱子将它们供奉在真的骨灰罐前面。但是，樱子同样想将冬吾和清美两人的心意传达给有太郎，与他共享这份难得的喜悦。

樱子的这封信让心情沉重的有太郎宽慰不少。冬吾（笛子）与清美引用的文字被有太郎原封不动地抄录进自己的笔记本中，但后来这个笔记本不知流落到了何处。幸亏日本战败后樱子重新手抄了一份送给有太郎，有太郎才得以将这两段文字在此重现。

看到冬吾此刻的用心，有太郎便料定他会同意举家疏散回甲府。

---

[1] 小熊秀雄（1901—1940），诗人、小说家、漫画作者、画家。
[2] 贺川丰彦（1888—1960），社会活动家、基督教牧师、小说家、和平主义者，在战前的日本劳工运动、农民运动中发挥了重要作用，在西方曾博得如同马丁·路德、特蕾莎修女一样的尊敬。

然而收到这封信不久,东京便遭遇了大规模空袭。

石已妊娠
月亦当空
悬于晕染着银白的森林之上

伟大而洁白的空地上
比死亡还寂静的石头
好似周身着火的婴儿
它正因阵痛哭闹尖啸
矗立的感情不断动摇
春啊
来吧
因妊娠而战栗的寒冷季节将离去
为石头之间
燃起青色生命的明天

干杯

为了某天能向千里外啐口唾沫
年幼的妖精们必须团结
不必忧虑
清晨的叶子也会手滑
滴滴露水被大地吸收
没有肥皂
大自然仍旧洁净

人类没有用以洗涤心灵的手臂

　　但却享有洗涤彼此心灵的心灵

　　叶子撒出的露水有土壤吸收

　　你所传递的美好能令我洁净

　　身为自然之子的人类应为自己的力量祝福

　　为了我们之间的某种共通

　　今天便举杯吧

　　人间的生活就如同代数方程式，既有系数又有符号。但是，其中所蕴含的"根"（root）永恒不变。人类无法随意更改宇宙创造者所定下的规律。不管多次元的世界看上去有多么复杂，只要将其还原回神的"根"（root），世界便会展露出单纯的原貌。在那里，充满不灭之爱的世界将重铸邪恶的世界，令其重归洁净。

　　所有的生命终会回归为元素，而原子不灭。人类由这些不灭的事物所构成，相信这点的人不会再感到不安。法则、能量皆是不灭的事物。"生命"的本源、"合理"的世界同样不灭。这些不灭的事物会超越时聚时散的世界成为永恒，将我们联系在一起。我们将不再胆怯，只因我们与无尽的爱联系在一起。那里有天，有隐藏在相对世界深处的绝对。

　　天位于我们的内在，我将回到深藏于我内在的天之中。天将驱散所有的恐惧、死亡和灾害。我们所构建起来的人格世界，即灵魂世界，它就像我们构想出的空气般无穷无尽。即使空气不可视，它也同样在运作。而超越死亡的"灵魂"将向我们传达天的使命。因此，我相信，灵魂不灭。

0 – 6

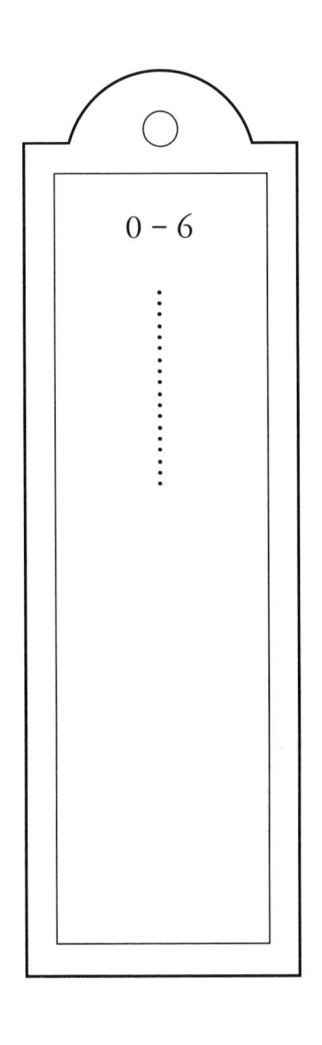

……喂,帕特里斯?我是久仁子。这么早,真不好意思。我们老人起得比较早。……哦,没打搅你是吗?那就好。日本有句俗话,"早起三分利",三分究竟是多少,不得而知。不管它了,总之意思就是早点起床的话,就能多做些工作、多赚些钱。……对对,就和法语中的"Heure du matin, heure du gain."[①]一样。……对了,我刚刚还在和你妈妈通电话呢。……嗯,牧子很担心我,建议我去更大的医院看一看,做一下精密检查。我的病情,你妈妈是怎么和你说的呀?……这样吗?说得太夸张啦。……当然了,我已经是当奶奶的年纪了,稍微摔一跤,身边的人都会担心我呢。……嗯,谢谢啊。不过,你也知道,没什么大不了的。就是得老老实实地待在这幢别墅里。……就是这样,这里既有医生和护士,也有后勤人员,反而叫人安心,只是出去旅游比较麻烦。如果只是去一趟蒙彼利埃的话,要是帕特里斯你能开车带我去,差不多再休息一个月我就能去了。如果这个夏天和大家一块儿去日本,休养三个月恐怕也没法成行。……帕特里斯,这是不一样的。我本来就是日本人,和你们的立场不同。和勇太郎先生一样,如今再去日本,我的心情大概就

---

① 意为"赢得了早晨,就赢得了时间"。——译者注

不仅仅是开心、喜悦了吧。虽然日本是我的故乡，它却已经离我很远了。毕竟我的父母和姐姐已经去世了……所以，去不了日本就去不了吧，我甚至感觉松了一口气。我其实也想过，同你们一块儿去的话，应该会是一次很开心的旅行。不过，原本说来，我如果去的话，也只是锦上添花而已。……不是的，我和牧子或者你都不一样。如今已经做好了详细的计划，我却要退出，真是非常抱歉，但还有四个月，应该没有给你们添太多麻烦吧。这会儿倒让我想起了东京和关西的夏天。虽然这里的夏天也很热，但是那边八月的热气与这边可不能相提并论。你和墨西哥出生的米米倒是没问题，可千万要注意你妈妈呀。奈良啊、甲府啊这些小盆地，暑气会在里边聚集，因此特别炎热，勇太郎先生的回忆录里不是也写了吗？说什么"甲府热得要死"。……嗯，是啊。……不过，牧子非说，这回要是我不去日本，她也不去了，说我不去的话，她也不想去。……是啊，真不敢相信她竟然这么说。她说要等我能去了，再和我两个人一块儿去，她觉得应该不会等太久。……她这么说，我真的很感动。但是牧子总要和你这个儿子一起去的呀，对吧？不然的话，总觉得很奇怪啊。……对吧，你也是这么想的吧？……你妈妈也是挺倔的人。……嗯，我也知道，老年人和年轻人一块儿旅游，总会有些心理负担。……总之，我有点儿拿你妈妈没办法。还是由你和你妈妈沟通吧，请告诉她，事到如今，别再为我改变想法了。拜托你啦。……当然了，这个夏天着急忙慌的，牧子就算不去，只要帕特里斯你还在日本留学的话，她什么时候去都一样。不过，我也不清楚自己的身体在你留学的这段时间里能否好起来。你的第一次日本之行，就和你母亲两个人一起去好了。怎么说呢，这不是挺让人感动的吗？……哎呀，怎么连你都在笑呢？……害羞？那叫什么话？孩子和母亲之间，偶尔在人生中有这样感动的经历，不是很好吗？……总之呢，你妈妈说了，下次会来巴黎看我，到时你也和你妈妈好好谈一谈，就跟她说，你们的计划已经改不了了，久仁子可以不去日本，但是妈妈可不能不去。……对啊，就是这么回事。多亏了勇太郎先生的回忆录，我们才相识，原本彼此陌生的关系，现在变得这么要好，真是不可思议。牧子最近还和我说，要是养老院有空床位，她也想搬过来。……牧子原来就住在巴黎，对她来说，这样不是更好吗？只是，我想，要进养老院的人太多了，根本就没有空床位。……不好意思啊，在早上这么忙的时间打扰你。……嗯，你好好和你妈妈聊聊。下周日，还是老时间啊。……我现在坐着轮椅，读回忆录怎么会有影响呢？倒不如说正因为出不去，我正无聊着呢。……是啊，过去一年多了，已经坚持这么久了啊。你也是，现在你的日语进步很多了，我的任务好像快要结束了。接下来的阅读也让我期待一下吧。……是呀，不知道到七月份能不能读完。总觉得心里有点空落落的。等你去了日本，发现什么有意思的东西，要写信告诉我哦。……对对。……嗯，那就这样，代我向米米问好。……

2-7 「回忆录」继续

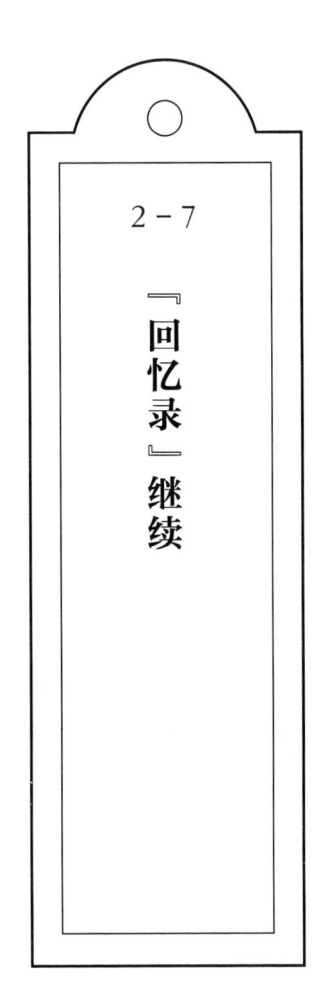

19 火！火！

（在这一章节里，绝大多数的故事都发生在甲府。来源是我从笛子、樱子那里听来的话和收到的信件。）

穿过小佛隧道，又通过了二十条以上的小隧道，再穿过笹子隧道和大日影隧道后，盆地的风景终于展现在眼前。映入眼帘的是山的斜坡，坡上种满了葡萄田。正值三月，尚未见到新叶的颜色。尽管从那么低的位置向外看视野很差，难以看清车窗外的风景，但笛子还是心满意足地望着这片梯田，随后，前方南阿尔卑斯山脉的群峰进入视野。紧接着，又是一个隧道。"盆地深处真是重峦叠嶂，四周除了山还是山！"笛子仿佛这时才意识到这一点，一边数着穿过了几条隧道，一边不由得感叹道。被众多山脉守护着，在盆地里一定不会遭遇可怕的灾祸，她此前的紧张感就此消散。

笛子缩在慢车车厢的过道里，加寿子在她的两膝间熟睡，亨躺在她的胸和腿之间。加寿子和亨都得了感冒，喘着粗气，咳嗽时总是卡痰。哪怕长到了一岁，亨的个子还是小小的，连爬行都还不会。加寿子头戴防空头巾（一种长边的棉布兜帽，妇女和儿童常在战争期间穿戴，以保护头部免受炸弹伤害。——帕特里斯注），眼睛被眼屎糊住了一半。笛子自己的样子也不体面，头发凌乱，衣服上到处沾着泥巴。在这之前，空袭警报都遇上两回了，她不得不带着孩子们跑到外面，卧倒在铁道边。不过，一想到那些在空袭引发的火灾中流离失所的人们，她又觉得，自叹自怜有些矫情。

两周前那个狂风肆虐的夜里，东京的东侧遭到了美军大规模的空袭，很多人都在空袭中被烧死了。笛子满目所及的，仅有火焰映照下翻着红黄波浪的夜空和在低空中呼啸而过的B29轰炸机之间那交错的探照灯光。认识的人里倒是没有人受伤，但在空袭的三天后，冬吾拖着不便的腿脚，和一位朋友一路走到上野附近画起了速写。"你画的这是什么啊？这是从哪儿看来的？为什么非要画这么让人不舒服的画呢？"笛子看过那幅速写，当即怒从中来，忍不住喊出了声。烧焦的、伤痕累累的尸体层层叠叠，仿佛从画里散发出了无情的焦臭味，因此这幅画反而像是一幅常见的、描绘战场的画作。不过，冬吾的速写里没有士兵的身影，只有妇女、老人、儿童的尸体，他们躺倒在地，脸朝下蜷缩着。

冬吾没有对自己的速写做任何辩解，只是说："去甲府吧。你带着孩子们，现在就走。我收拾完行李，就去追你们。"

去甲府的打算早就做好了。无须啰唆的有太郎特地写信来提醒，他们也不能把樱子一个人留在北堀町的房子里不管。此外，美军在各地的空袭越来越激烈，即使是东京，也差不多每晚都会拉响空袭警报，让人没办法好好睡觉。每日提心吊胆之下，笛子他们也不得不认真考虑撤离的事情了。且不论空袭，在东京的生活对笛子他们来说也到了极限。配给的食物一直在减少，冬吾的酒也不够了，身边的朋友们被征招入伍，仅有的赚钱的工作也没了。参加笛子母亲的葬礼时，冬吾也回过一趟甲府。他发现，在那里，至少获取食物和酒不像东京那么不方便。从那时起，冬吾就开始倾向于回甲府生活了。当笛子说担心小樱一个人在家，询问他是否可以搬去和小樱一起住时，冬吾大喜过望，爽快地同意了。要一意孤行地继续在东京这一棵树上吊死，在他看来毫无道理。丈母娘真葬礼的那天夜里，他和善政、南原村的住持三人不知喝了多少酒。那是一种无须考虑余量，能够尽情饮酒的解脱感。他们喝的东西，说是酒，其实不是日本酒，而是战前代替药物的生葡萄酒，没有一丝甜味。即便如此，那也毫无疑问是酒。那一夜醉得畅快无比，让冬吾很是怀念。

虽然决定回甲府避难了，但那之后过了几日，一家人却迟迟没有动身的迹象。冬吾除了在家画画，就是和往常一样，像在忙些什么似的，和当下还留在东京的为数不多的几个朋友在街上闲逛，找酒喝。笛子要照顾年幼的孩子，她就是想整理行李也动不了手，只能一天一天数着日子度过。打包行李之类麻烦的工作，冬吾最不擅长，这样下去的话，永远也回不了甲府。笛子正开始叹息时，东京的东侧遭到空袭，被烧了个精光。冬吾比谁都胆小，却主动出门去美术学校、附近的画室和前辈们的家中确认受灾情况——不，或许正是因为他胆小才去的吧。面对大火后的废墟，虽然因为恐惧而看得模糊不清，身体也颤抖着，感觉都快要晕倒了，冬吾在绘画本能的驱使之下，还是动手开始了写生。他一边画，一边喃喃道："要去甲府了，东京已经完了，我不想死……"

第二天起，为了早点买到中央线的车票，冬吾和笛子两人轮流去车站排队，到了夜里就开始收拾行李。他们决定先由笛子带着孩子们去甲府，冬吾则把自己带不走的写生簿、旧作和画集交由熟人保管，并拜托画商原封不动地保存在他们手上的那些画。把这一切安排妥当后，冬吾再去追笛子他们。第三天，笛子去邮局给樱子发了一份电报，然后给照子和清美寄了明信片，又给杏子打了一通电话。杏子住在日本红十字会的宿舍里，最令人担心。照子住在火药工厂宽敞用地的一个角落。工厂与她家之间原本就隔着一片极为宽广的原野，即使工厂爆炸，在这个距离下，她的安全也能得到保障。照子说她因此反而感到心安，没有打算从赤羽离开。清美住在横滨，她的住所位于最危险的中心区域，这样看来，的确很不安全，但她毕竟是清美，一定准备好了周全的避难方案。住在江田岛的有太郎大概也不需要担心。唯独对杏子，笛子是无论如何也放心不下的。笛子想着，要是杏子还在日本红十字会实习的话，她一定要劝杏子也回甲府避难。倘若杏子有所疑虑，笛子也已经想好怎么劝她了："难道你是为了被美国的燃烧弹烧死，才特地留在东京的吗？"

杏子却没在宿舍里。电话那头，一个上了年纪的女人用不快的语气告诉笛子："现在这里已经一个人也没有啦。空袭这段时间以来，所有人都忙着照应伤员、收容病人，连回这里的空闲都没有。去受灾地或者医院的话倒可能遇见，不过她们有没有时间和家里人说上话，那就不知道咯。"

于是笛子就拜托对方带了口信，至于杏子何时能收到，就不得而知了。

"我们一家人准备前往甲府避难。你的职责很重要，希望你能平安无事地完成任务。不过，你也要注意自己的身体。等安定下来了，就给我写封信。我相信你会有好运的。"

杏子戴着日本红十字会的白色臂章，在废墟中到处奔走。杏子身上穿着白色护士服，还是说因为不是护士，所以穿着别的什么制服，总之是戴着红十字会的臂章。她绷着有些苍白的脸，一边用圆圆的眼睛小心翼翼地望向四周，一边敏捷地在烧得焦黑的原野上不停穿梭。烟柱还在四处升起，被烧死的人们，尸体无法一次性收殓完，直接被放置在路边。目光所及之处，还有马的尸体和蹲在废墟上的人影。一串婴儿的哭喊声，隐约传入杏子听力不佳的耳朵里。比起

513

耳朵，杏子的眼睛更像是有森家的人，视力好得不像话，清楚得倒像是患了远视眼。杏子像运转雷达似的，驱动着那双视力1.5的大眼睛，在烧焦的木材、裸露出来的浴缸和马桶以及垂下来的电线之间的细小缝隙中寻找目标。她似乎看见了什么小小的、发光的东西，朝它跑过去。竟然是一个包在被褥中的婴儿，被褥已烧去了一部分，孩子的脸上忽闪着泪光。杏子将婴儿抱起，激动地高声呼喊："有谁在吗？！这孩子的家人在吗？！"

没有任何回应。杏子从背在肩上的包袋里拿出写有日本红十字会医院地址的木牌，把它插在附近的地上，又一次呼唤婴儿的家人。最后，她盯着婴儿的脸，这小婴儿正扯着嘶哑的嗓子抽泣着。或许是被烟熏得厉害，紧闭的双眼中，泪珠一滴一滴地洒落。从婴儿的脸颊到脖子有一道撕裂伤，前臂弯曲成不自然的形状，似乎是骨折了。

"好啦好啦，真是个好孩子呀。没事了，没事了，你应该很冷吧。"

杏子一边说着，一边泪眼婆娑地回到救护卡车上。

笛子自己想象着杏子在受灾地的模样，眼泪汪汪的，不由得向后环紧手臂，握住靠在背上熟睡的亨的小手。脚边，加寿子蹲在地板上，正专心收集裁切邮票散落的碎屑。"我可不想和我的孩子们分开，要是发生那种事，我会死的，我会想去死的！"想到这里，笛子心跳得厉害，忽然间，又为自己这种想不开的念头感到羞耻："我明明就是为了和孩子们一起活下去，才准备去甲府的。"

笛子把脚边的加寿子喊起来，走出邮局。寒风吹起尘土，笛子的心仍然跳得很厉害，手心直冒汗。走在路上的人无一不是戴着防空头巾，猫着腰，脚步沉重。也有很多人背着大背包走路。不仅是这些人，就连不拿行李的孩子们也是低着头，盯着地面行走，就像在寻找路上有没有落下的食物，或是滚落的一小块木炭、红薯。"明天我就要离开东京了。"笛子在心中喃喃自语，"或许明天，或许就是后天，江古田会遭空袭，冬吾有可能会被烧死。我可能就再也不回来这里了。杏子也是，照子也是，不见得都能活下来……但是，我不想和我的孩子们阴阳两隔，如果要死，就一起死吧……不过，这算不算是一种自私呢？"

忽然回过神来，笛子发觉自己正盯着在路对面走过的两名宪兵。结婚前，笛子从未想过自己会喜欢小孩。不知为什么，她很不擅长与不懂事的小孩子打交道。弟弟妹妹们一旦哭个没完，她就会被他们吵得愤怒不已，直想往他们头上招呼一拳。但是如今，她却在想着什么死也要同孩子一起，思考一些母性过剩的事情。不过这可不是什么母性，只不过因为是自己的孩子，她才不想与他们分开罢。本来大家认为杏子会生许多孩子，没有人会比她更沉浸于做母亲的幸福之中。可是她还没有自己的孩子，只是一直奔走在照顾别人的路上。

"小杏，我真是佩服你啊，"笛子向脑海中的杏子诉说着，她现在应该正在废墟或医院中忙碌，"为什么你对别人能够比对自己还好呢？以前那个又笨又让人心急的孩子，真的变了啊。不过，即使整个东京都烧成灰烬，你也一定要活下来啊。"

列车一过石和①，笛子就先叫醒加寿子，然后将亨驮在背上，把用作背带的三尺带（一种柔软的带子，可以用来代替绳索。——帕特里斯注）在胸下打了个结，站起身来。在乘客熙熙攘攘的通道中站起来也不是一件容易的事。但要是不早点站起来，很可能会被涌

---

① 位于山梨县甲府盆地中央的笛吹市。——译者注

向出口的乘客们踩死。

"我想尿尿。"加寿子睡得迷迷糊糊的。

"乖，还有一会儿就到了。"笛子安抚加寿子，回想起了和哥哥小太郎一起坐这条中央线时的记忆。当时小太郎为素不相识的病人让出了座椅，害得笛子也必须在车里一直站着。想起来，那时的笛子是挺不满的，对小太郎颇有些怨气。这都是多少年前的事了啊。十年，不对，已经是十二年前的事了。虽然那时世界也绝对算不上安定，但和如今比起来，总归还是人情味更浓一些。

"我要尿出来了。"

"还有一小会儿，真的只剩一小会儿就到甲府了。"

笛子正同加寿子说着相同的话。话音未落，列车驶入了甲府市区，到甲府城的石墙边开始减速通行。视线顺着石墙向上扫过，一座水晶形状的石塔映入了眼帘。"啊！是水晶塔！"笛子险些喊出声来。无论从东京回到甲府多少次，每一次她都会忍不住想喊出声来。这附近的山地曾经是入会山，但在明治初期被收归国有，后又转为天皇的财产。自那以后，由于山林荒废造成了水灾，要求政府向民众转让的运动也愈演愈烈，于是，明治末期又从天皇的私产变回了县里的财产。这座水晶塔就是当时为感谢"御圣恩"而建的谢恩碑。在笛子八九岁时，县里举行了隆重的揭幕仪式，连小学里都举办了庆祝典礼，大家齐唱《谢恩碑之歌》，笛子他们还收到了点心。不过，笛子并不是因为有这种回忆，才对这座平常被叫作水晶塔的石塔有特殊执念的。要说它外形美观，也实在说不上，只是因为它足够大而已，一座石塔就这么突兀地耸立着，如今在笛子眼里甚至像个巨大的炮弹。尽管如此，笛子每次回甲府，看到这座六角柱状的塔时，心都会在一瞬间变得炽热起来。刹那间，就会涌出一种回到家乡的真实感。无缘由地非要感谢天皇不可，还要大操大办喧闹的庆典，这就是盆地的荒谬本色；石塔本身也缺乏美感，大家都坚信越大越好、越多越好——这些令笛子厌恶的、盆地的人们无可救药的缺点，家乡那不可动摇的本质，都从这座伫立的石塔中散发出来。

车轮在铁轨上倾轧出一阵夸张的金属摩擦声，这辆几乎要被乘客撑破的列车停了下来。"甲府、甲府"，车站工作人员播报站名的声音在外面的站台上回响。车门似乎开了。一时间，拿着大件行李的乘客们形成的浪潮将笛子和孩子们吞没，把他们推到了站台上。加寿子的身影突然消失不见了。她被人群推得越来越往前，连手也握不住了。不过，笛子并没有太过焦虑。这里是终点站，工作人员一定会让乘客一个不落地下车。而且，加寿子这孩子一旦和父母走散，就会放声大哭。她也不会随意走动，除非有人找到她，否则就会一直在一个地方一动不动地等待。待到人潮退去，自然就能看见加寿子一个人在站台上站着不动了。

笛子走到车站边上的垃圾箱旁，把包裹放下，站在那里不会妨碍人流前行。一些人前往长野、八岳方向从这里出发，另一些人则是往身延方向，车站被两股人流搅得乱作一团。和笛子一样，很多人是因为之前的空袭从东京急匆匆地逃来的，他们各个都背着大包的行李，其中也不乏老人、小孩的身影。还能见到列队的士兵，约莫三十人，也许他们正要前往派任地吧。自真的葬礼以来还不到一个月，那时尽管清美断定日本不久就会投降，笛子对此却半信半疑。虽然她也猜到这场战争日本不可能取胜，但她还是乐观地认为，寻找时机提出签订休战协议，日本总还是会去做的。然而现如今，连日本的市区都接连遭到空袭破坏。当意识到"本土决战"（日本列岛内变成战场，除了士兵，市民也要参加战斗。——帕特里斯注）可能成为现实后，人们这才不由得感到一种为时甚晚的恐惧——日本这个国家可能真的会从世界地图上消失了。此后奔赴战场的士兵们,又还剩下多少希望呢?据说,最近就连过了四十岁的人都被动员入伍了。腿脚和心脏不好的冬吾倒是让人放心,可在江田岛的有太郎呢?要是真进入"本土决战",即使是有太郎,也不得不端起机枪朝敌人射击了。不对,可能在那之前,江田岛就已经先被打击破坏了,毕竟江田岛可是日本海军最大的基地。

"笛子姐!"笛子沉浸在悲观的想法中,耳边忽然传来了樱子兴奋的声音。

"笛子姐,我在这里!"声音是从右侧传来的。笛子循声望去,看见了一只高高举起的白皙手臂。

"哎呀,是小樱。"小声嘟囔了一句,笛子提起了自己的行李。与此同时,樱子已灵巧地跑了过来。樱子的左手被加寿子的手紧紧抓着。

"笛子姐也真是的,在这种地方站着,怎么可能找得到嘛!我看见小加寿一个人站在原地发呆,真把我吓坏了。"

樱子大概在站台四处跑过了,喘着粗气,满脸通红。

"这孩子啊,没事的。万一有什么事,她自己就会跑去找巡警,让别人带她回北堀町的有森家……"这样脱口而出之后,笛子自己笑了出来,低下头对樱子说,"不管怎么说,哎呀,总算是到了。事情变成这样,要给你添麻烦了,冬吾和孩子们都要拜托你多关照了。不过,小樱你看起来还蛮精神的嘛,那我就放心了。"

樱子也笑出声来,她下身的长裤上面套着中学时穿的上装。

"笛子姐才是。听说东京不得了了呀,好像名古屋也遭了空袭。你们已经到了,之后等冬吾先生也来到这边,就可以安心了。哎,小加寿,从今晚起,你就和樱阿姨我一起睡吧。"

加寿子听了樱子的话,有点犹豫地点了点头。看着她那模样,樱子和笛子又一起笑了出来。

"小加寿一看见我，就说想尿尿，可怜兮兮的，肯定一直在忍吧。所以我就带她去了站台另一边，给她把了尿。上完厕所，小加寿还像个小大人一样叹起气来，说：'唉，累了。'"

"这么一说，我也想去厕所了，一直忍着到了北堀町。亨的尿布也湿透了。"

"那咱们赶快回去吧。肚子饿了吧？我准备了饭团哟。"

樱子走在前面，右手提起笛子的行李，左手仍然握着加寿子的手。站台上左右奔走的人数已减少了很多，即使这样，他们也必须在狭小的检票口耐心地排队。

终于离开车站，走进了铁路沿线的一条安静小道，他们立马从正面看见一片雪白的南阿尔卑斯山脉。虽说已是三月，可是寒冷还在持续，那天的盆地上空也仿佛在隆冬腊月一般，冻成了透明的蓝色。

笛子忍不住当场驻足，深吸了一口气，宛如要从南阿尔卑斯山脉直接将清冷的空气吸入胸膛深处，好让疲惫的身体就此苏醒似的。

"真舒坦！到了这里，真是让人松了一口气。东京已经不是人住的地方了，哪怕是江古田那么偏僻的乡下，也已经没法住人了。听说小杏现在就像是战场上的南丁格尔，为了治疗伤员在废墟中奔走呢。"

笛子的这番话令樱子皱起了眉头，她回应道：

"可是，笛子姐，即使在这里，怕是也不能安心呀，毕竟有富士山在啊。对远渡太平洋而来的飞机来说，富士山可是最显眼的标志。我认为，也未必就不会有敌人搞错，结果跑来攻击富士山的背面。这么说可能对不起爸爸，只要战争还在继续，我就很想带上包袱什么的躲进富士山。毕竟，这么明显的目标，而咱们就和它咫尺之遥啊。"

转过身来,笛子望见了御坂山脉。在山脉另一侧,应当能望见广袤的富士山雪顶,但从这个位置来看,却只能窥见一小部分。

"……照你这么说,富士山不是要无地自容了吗?战争什么的,关富士山什么事呢。不过,要是富士山现在爆发了,不知道究竟会变成什么样。也许日本和美国都会吓一大跳,然后结束战争吧。"

"怎么会呢……现在这种情况,要是再加上富士山爆发,光是想想就觉得痛苦万分,眼泪都要流出来了……不讲这些没意思的事了。好啦,我们走吧,笛子姐。"

樱子拉着加寿子的手,快步向前走去。笛子也匆忙追了上去。背上的亨小声哭了起来。除了从车站传来的播报声和电铃声以外,周遭又归于万籁俱寂。

从这天起一直到七月,整整三个月,对笛子来说,没有比这段日子更让人心安的了。冬吾终于赶到甲府时,已是三月末。虽然寒冷天气还在持续,毛木兰和梅花还是一齐开放了,瑞香也开始散发出香味。四月中旬是樱花盛开时节,却见不到人们在城址公园赏花的热闹景象了。虽说笛子他们迂回了甲府,却未能远离战争本身。即使在甲府,也是每天都会拉响空袭警报、每天都得参加防火训练,或是参加国防训练,练习挥动竹矛。不过,四五月份天气不错,桃树和梨树的花儿在新叶间闪着光芒,也没有严重的食物短缺。至于冬吾,可以尽情畅饮生葡萄酒。在东京,只能去不定期且只在短时间内营业的澡堂匆忙洗个澡,但在甲府,到处都有温泉,不论何时都能悠闲地泡热水澡,这对笛子来说是最高兴的事。家用的柴薪不足,大多数人都开始泡起了温泉。这是只有盆地才有的优势。

朝南的铺席客厅以前是源一郎的起居室,冬吾把它用作自己的画室。在画室里,他在樱子收集来的板子和纸上,用木炭、小孩的蜡笔和自己研磨石灰和贝类制作的"绘画工具",描绘源一郎收集的石头、路旁捡的石头和河岸上的石头,还画了几张加寿子和樱子的肖像画。和东京不同,甲府这里的生活尚且安逸,所以会有人向冬吾下单购画,这样一来,也能在经济上有所填补了。英姑姑她们和寺尾本家率先订购了隔扇画,再帮忙向她们的熟人介绍。除了隔扇画以外,他还画老人的画像和别人打算送到战场上的富士山、南阿尔卑斯山脉、金峰山之类的风景画,以及温泉浴场订购的装饰壁画。寺尾本家对外宣称和服布料生意已无法维系,但背地里仍在买卖高级和服布料,一旦有特别订购,和服束带上的图案就都交给冬吾设计。

对杉冬吾来说,画画与其说是工作,倒不如说是一件与吃饭、睡觉同样重要的事情,因此他总是在勤勤恳恳地作画。不过,另一方面,冬吾也很满意盆地悠闲的氛围,几乎每天傍晚都出门玩。提到出门玩,依着冬吾的性子,自不用说,就是去喝酒。虽说北堀町家里有生葡萄酒喝,但似乎去某个地方的话,能邂逅日本酒和威士忌。这样的魅力令冬吾再也做不到一直待在家里了。米店那个把煤球分给樱子的宪兵和冬吾同龄,也就是说,冬吾和小太郎是同龄人。因为樱子事先做足了宣传,跟人说冬吾这个"大艺术家"要来甲府,米店那人就兴高采烈地把冬吾带去能喝日本酒和威士忌的地方,小太郎不在,他就让冬吾当自己的酒友。即便是米店的宪兵,在战争末期的那段时间里,一定也感受到了强烈的压力和不安。

冬吾的一位旧交也离开城市,回到了父母在甲府开的旅馆。当地仰慕冬吾的美术教师和青年们迅速包围了冬吾。师范学校和高等工业学校的学生们也都想接近冬吾。那些年轻人即将被接连征召入伍,送到战场上去。当时,像冬吾这样不用去军队的青壮年画家,对青年们来说是十分珍贵的精神源泉。冬吾也尽可能对他们每个人都真诚相待。冬吾还会上门拜访同样来盆地避难的画家前辈，甚至经常一去便彻夜不归。此外，从东京特意来到北堀町拜访冬吾的绘画好友和后辈也不少。他得意扬扬地对他们大肆吹捧甲府，说葡萄酒可以随便喝，食物也很多。结果，若有熟人信了冬吾的话，从东京不请自来，即使不愿意，冬吾也不得不大方地招待他们。在北堀町家里招待他们喝很多葡萄酒不说，还要带他们去外面接着喝。有时他们在深夜喝得烂醉，大声叫嚷着回来，有时干脆就在什么地方睡下了，第二天醒了接着喝，喝完便又在外面住下了。不过，即使冬吾这样在外闲逛，只要是在甲府而非东京，笛子也能和孩子们在北堀町安心入睡。在樱子的帮助下，照顾孩子们轻松了一些，此前笛子他们疲惫和营养不良的状况明显消退了。加寿子的脸颊再次恢复了小孩子的圆润。亨虽然没怎么长胖，但之前久治不愈的感冒总算是好了。笛子也找回了一些空闲，怀着眷恋的心情读起剩在壁橱里和书架上的旧书。

冬吾和笛子他们为这种安宁感到喜悦，然而实际上，这几乎全是靠樱子的牺牲维系的。

樱子在家中一个人生活的时候，一心盼望着和杉一家人住在一起，为此甚至忍不住每天晚上都在佛坛和神龛前祈祷，希望这个心愿早一天实现。后来，笛子和孩子们开始在北堀町生活起居，冬吾的身影也真的再次出现的那天，樱子就像之前笛子和冬吾结婚时那样，高兴得不禁想抱住冬吾跳上一段舞。那一晚喧闹甚欢，樱子和冬吾共饮了生葡萄酒，还唱了《赤城的摇篮曲》和《在巴黎的天空下》（法国老电影的主题曲。——帕特里斯注），后面一首是这么唱的，"栖于巴黎屋檐下，欢乐往昔，炽热眼眸，爱之言语，柔情的你"。身为西洋画画家却不了解时髦歌曲的冬吾，也唱起了《噢哟调》①（美校的校歌吗？——帕特里斯注）："风数春风柔，樱是上野美，嚯哟，那当中绘着美丽文字的徽章，嚯哟、嚯哟，新桥的艺伎和美校的家伙，嚯哟，用那色彩和曲调辛苦操劳，嚯哟、嚯哟。"惹得四岁的加寿子也笑了起来。

北堀町的家确实如樱子所愿，重新焕发了生机。对樱子来说，能与加寿子做伴是一件格外高兴的事。加寿子已经开始懂点事了，虽说仅四岁，却已经能像模像样地和大人对话了。"再过一段时间，就教她识字。"樱子想。病弱的亨也很可爱，而且不管怎么说，和笛子、冬吾待在同一栋房子里，让她备受鼓舞。只要想想自己一个人在家的时候，樱子就没有丝毫怨言了。

然而，另一方面，还要面临的现实是一下子添了四口人。即便把还在吃奶的亨排除在外，由于冬吾对食物的需求主要集中在肉和鸡蛋上，而这些在当时很难买到，因此多了冬吾一个人，就相当于增加了三个人的负担。而且，冬吾一待在家中，"客人"就蜂拥而至，演变成大型宴会，次次如此，无一例外。而"客人"们总是不提前通知，原先配给的食物本来就不够，如果不去认识的农户那里采买，或者找黑市门路的话，根本无法满足冬吾他们的要求。即使是在冬吾看来饮之不尽的生葡萄酒，也是樱子从熟人那里买来的黑市货，她几乎每天都要往家里运沉甸甸的一升瓶装（能装 1.8 升液体的瓶子。——帕特里斯注）生葡萄酒。当然，笛子并不是不帮忙。但是对笛子来说，丈夫的事永远是第一位的，她要替丈夫制作"绘画工具"、写信，常常还要把烂醉如泥的冬吾接回家。冬吾被委托作画，她还必须前往各处催收报酬。丈夫和孩子们穿的衣服也需要清洗、修补或是重新做。最重要的是，笛子来甲府是希望能先好好

---

① 明治时代在学生中间流行的通俗歌曲，也指曾经在东京美术学校学生中唱诵的歌曲。

休息一阵子，一有空闲，她就想去泡温泉。这种情况下，要揪住笛子，让她出门采购，樱子无论如何也做不到。

和以前不同，笛子作为杉冬吾的妻子是北堀町的客人，而有森家的户主是身在江田岛的有太郎。管理北堀町的家业是有太郎和负责看家的樱子二人应尽的责任。笛子已经不是有森家的人了。樱子明白这个道理，可是心中总会有些不满，例如，房屋出租是有森家的收入来源，对于其中产生的纠纷，如果笛子能帮忙想想对策，情况就会好很多。能放开手脚在黑市买东西，靠的正是出租的收入，若是这笔钱没有了，只剩下有太郎寄来的钱，就是在甲府也很难买到生葡萄酒和肉。而且事实上，出租房的收入也很不可靠，让人担心。

为了防止通货膨胀而实行物价管制[①]，是在大东亚战争开始前的事了。自那以来，房租就不再上涨了，然而后来通货膨胀率急剧上升，物价甚至上涨到了战前十倍左右的水平。也就是说，十日元的房租仅剩一日元的价值。即便是这一点房租，若是每月都交倒还好，可即使樱子再三催促，还是有三户房客一直拖欠房租。只有樱子一个人去催款，租客也毫无危机感，毕竟那时候的世道还不至于因为拖欠房租就会被房东强行轰走。再加上空着的房子也还有两栋，实际上，五户的房租共五十日元就是当时有森家仅有的收入了。这些钱比小学教师的工资还少。有太郎在江田岛海军学校的薪水会寄回家中，为了有太郎，家里本来不想动那笔钱，如今也不得不从中取出一部分补贴家用了。

"我们应该付多少钱给你比较好？我完全没有概念，我们也不是很有钱，可伙食费总是要付的，你就直说吧。咱们亲姐妹明算账。"

[①] 二战期间日本经历了严重的通货膨胀，为了应对物价上涨，政府采取了物价管制、物资配给制等一系列措施，控制大米、乳制品、砂糖、鸡蛋等食物的消费。——译者注

每次冬吾工作赚到了钱，笛子都会很认真地问樱子。因此，也不能说笛子他们就是来吃白食的。然而，樱子没有办法告诉笛子实际的数字。笛子手头的钱本来就少得可怜，而且，即便父母已经不在了，这里也还是笛子的娘家，回了娘家，却必须全额支付生活费，这实在说不过去。樱子犹豫着报出了一个极其保守的金额，笛子虽然疑惑，也还是因为听到金额不高而如释重负，一边半信半疑地嘟囔"真的就这么点儿吗？难道是东京的物价上涨太严重了？不管怎么说，这也太便宜了吧"，一边就按照樱子告诉她的金额，拿出一小笔钱交给樱子。

樱子并不指望依靠笛子姐一家的钱财生活。比起钱，她更希望笛子能在出租房屋上出些力，毕竟这是有森家正式的收入来源。比如拖欠的租金要如何催缴，寻不到工人了，可围墙不修又不行的时候，能否拜托冬吾帮忙，等等。

可是，笛子对出租房却不感兴趣。

"这事我们也帮不上忙呀。既然是小有的产业，你去问问他吧。你和小有两个人尽力而为就行了。"

笛子回答道。她从学生时代开始就对自己家的房租收入不大关心。受小太郎的熏陶，笛子形成了一套无产阶级思维。在她看来，房租不过是上不了台面的副业收入，父亲源一郎赚的工资才是值得夸耀和尊敬的收入。父亲过世后，哥哥小太郎开了一家"有森医院"，通过"纯净劳动"赚取的报酬有所增加，对于母亲真负责的副业收入的需求就会越来越少。本来应该是这样的。然而，现实是有森家却只剩下这些副业收入了。靠着这些副业收入，真才能养活三个弟弟妹妹，因此在厌恶之余，笛子却又必须承认它有值得感谢之处。尽管如此，她仍旧对这些收入隐约有一种不适感。尤其是对有太郎，笛子觉得他很悲哀，因为从中学起，他几乎一路靠着房租收入进了大学校门，而自己则是靠父亲源一郎赚来的宝贵工资长大的，这样一比较，她总感觉自己与有太郎不是同类人。而现在，母亲真离世了，只要有太郎愿意，这十间出租屋尽可以归入他的名下。笛子丝毫不羡慕这种财产，甚至对有太郎感到同情，她认为这些财产一定会变成他的"负担"，拖他的后腿。和平时代早晚会回来，到了那时，有太郎总归要做物理学家的。而樱子作为有太郎的代理人，一直在操心出租房的管理事务，也让笛子觉得可怜。虽然可怜他俩，但一听到樱子提起出租房的话题，笛子心中立即充斥着一种厌恶感。这是因为她无法控制心中所想，情感自然流露出来了。而且，怎么能因为商量房屋出租这类俗事，污染冬吾那纯粹的艺术家之魂呢？！

对于笛子的这种态度，樱子还是毫无怨言。无论如何，笛子姐一家留在这里，樱子应该很高兴才对。而且这里既然是笛子的老家，那么用老家的房租收入和户主有太郎的工资来保障他们一家人的生活，任谁来看，显然都是合情合理的。所谓"老家"就是这样的地方，当时的人们就是这么认为的。

因此，樱子不断地往江田岛写信。在信中，她事无巨细地向有太郎倾诉、抱怨，询问他的意见，这是她唯一的排遣之道。托她的福，有太郎不在家，却也能将北堀町的情况了解得清清楚楚。不过，樱子的烦恼，他一丝也无法减少，只能在回信中写上一些无关痛痒的安慰和鼓励话。

为了樱子而拼命劝说杉一家到甲府避难的不是别人，正是自己。如今樱子诉说她遇到了新的困难，有太郎的心情也不由得变得有些复杂了。事情要办妥当，果然没那么简单。在甲府，只是生活上的问题让人忍不住抱怨几句，说明还没那么紧张。可在江田岛这边，在敌人猛烈的攻击下，死去的士兵屡见不鲜，其中不乏因参加特攻行动而逝去的少年兵们。冲绳方面，与美军那令人绝望的战况传来，大家都说不出话了，心情被推入了沉重的谷底。面对美军的登陆，日军已经像一条离开水的水蚯蚓般颓丧无力了。冲绳之后就会轮到九州，再之后……有太郎他们已从彼此的眼神里窥见了无望的前景。

身处这种环境中，才体会到甲府的生活多么和平和难能可贵。唯独杏子让他放心不下。她还没有取得护士资格，就被召去救护在东京遭受空袭的人们。不过，笛子收到了杏子一封字迹潦草的信。信中说，在这场恐怖至极的战祸中有许多人受了伤，她要守护在伤员身边，尽管每天忙得晕头转向，但她会尽全力救助他们。考虑到杏子的脾性，这可能正是为她量身定制的工作吧。三月之后，针对东京的空袭仍在继续，到了六月左右，东京几乎被毁为灰烬。善政在赤羽的工厂也遭到轰炸，无法生产了，不过家里的房屋倒是平安无事。无数人死亡、负伤，流离失所，失去父母、孩子。不仅是东京、横滨、名古屋，还有冲绳，以及菲律宾、中国，乃至遥远的欧洲，都在发生这样的事。此时，在战场上，很多士兵也在饥饿与疾病中无力地迎来了死亡。

就在这段时间，有太郎再次收到了樱子的来信。信中写道："最近听人说，甲府也不安全了。以防万一，还是得把重要的物件搬走比较好，所以我和龟泽①的樋口家商量过了。对方说，他们家过去是农户，不管多少东西都愿意帮我们保管。樋口之前在采购食物上也对咱们照顾有加。"

樋口家是有森家的亲戚，但是关系很远，有太郎几乎没有见过面，以至于说起"龟泽的樋口"是谁，有太郎一时间都想不起来了。

---
① 位于东京都墨田区。

祖父小太郎的侄子似乎是叫鹤吉，在位于荒川的支流龟泽川上游的山村经营农业，兼做天然冰买卖。说是山村的农户，家中却也有气派的大门，以前和有森家一样，都是做过村长的名主。这些记忆终于从有太郎的脑海中慢慢浮现出来。

有太郎急忙给樱子写了回信。

"甲府这样的小城市大概不至于会被空袭吧。毕竟那里几乎没有军工厂，也没有军队的重要设施。把有森家重要的物品交给远房亲戚保管，才更让人放心不下。如果是关系更近的亲戚倒还好说，眼下还是不要做徒劳无益的事为好。"

那时，有太郎真心相信甲府是安全的。然而只有这一次，樱子没有遵循有太郎的意见，当然，她也把有太郎的担心纳入了考量，尽可能减少要送走的行李。她选了自己两箱嫁妆中的一箱（樱子说什么都相信她的未婚夫还活着！）、梳妆台、母亲真的护身小刀和古琴、源一郎的著作、相簿、挂画、屏风、有太郎的书以及他和笛子她们的衣物，还按笛子的意思带上了几幅冬吾的画作。虽然行李精简到这个程度，可要把它们装到从附近店里借来的大板车上，再拖到位于山村中的龟泽去，这是一项非常耗费体力的工作。家中唯一的男性劳动力只有冬吾一人，这又不是能拜托外人帮忙的事。无奈之下，冬吾倒是出了些力，可是不论多么偏袒冬吾，腿脚不便、身体精瘦的他即使竭尽全力，也还是连身为女子的樱子都比不上。如此瘦弱的冬吾和樱子两人要拖着沉重的大板车循着山路爬坡，说起这趟苦行，尤其对冬吾来说，恐怕艰辛得难以用语言形容。

五月，德国向盟军无条件投降，六月末，日军在冲绳战役中失败。紧接着，七月和往年一样，盆地迎来了酷暑夏日。

七月六日夜里十一点半左右，冬吾在市内喝了黑市的酒，一个人在通向北堀町的路上晃晃悠悠地往家走。那晚，因为一直以来同冬吾一起喝酒的朋友不在，所以即便不想回北堀町，他也只能回去。刚走到车站附近，防空警报突然响了起来。那种不管听多少次都让人不舒服的声响，让好不容易喝醉的冬吾一下子醉意全无。冬吾想置若罔闻，和之前一样不把警报当回事，然而很不巧，他是有此心无此胆，于是在惊慌不安中跑了起来，一直跑到北堀町，也就花了五分钟左右吧。冬吾刚溜进门里，警戒警报就断断续续变成了空袭警报，周遭忽然闪出炫目刺眼的光芒。由于"灯火管制"，街道平常一直沉浸在一片黑暗中，冬吾的眼睛已习惯了只借助月光视物，突然被这光芒晃得睁不开。他感到身上仿佛被电击了一般疼痛，声音嘶哑地大叫一声，摸索着栽进了玄关。

"冬吾先生回来了！"

樱子的声音传来，紧接着一阵脚步声。

"太好了，赶上了！快，我们得快点去避难了！他们往爱宕山里扔了照明弹，这是空袭，千真万确！"

冬吾这才知道刚才的光芒是照明弹，赶紧爬了起来。玄关外，从空中降下的蓝色火团成片燃烧着。敌机低沉的轰鸣、燃烧弹骤雨般落下的声音清晰可闻。伴随着如炮击般的爆炸声，冬吾的脚边摇晃了起来。照明弹的光芒闪过后，从地面打出的探照灯光扫过夜空，高射炮的声音响了起来。南面的天空已变成赤红一片。火焰不止在一处地方燃烧，而是同时从各个方位冒出来。冬吾刚刚经过的车站附近也燃起了大火，火星飘扬在北堀町上空，涌动的空气将其一直吹到冬吾的眼前。樱子和笛子在喊着什么。冬吾呆立在玄关，还没有从惊愕和恐怖中回过神来，忽然有什么东西被放在了他的背上。从柔软又有些发烫的触感中，他意识到那是女儿加寿子的身体。冬吾的手上也被塞了些什么，他往下一瞥，发现是一个包袱，里面装

529

了他全套的绘画工具。他想起来了，他之前同笛子做了约定：若是到了危急时刻，他就背上加寿子，笛子则背上亨，带着各自的行李先逃到爱宕山山脚的净水池。爆炸声在很近的地方响起，溅起的火星像白蚁群一样朝冬吾席卷而来。他能听见笛子的声音、樱子的声音，还有加寿子"爸爸、爸爸"的叫喊声。

"嘿，走吧！快跑！"

樱子递过来一桶水，冬吾接住后把加寿子从头浇了个透，然后以最快的速度跑了起来。由于腿脚不便，随着速度提高，他的身体摆动得更加厉害了。路面被火光映衬得仿佛融进了一层红色玻璃纸，冬吾的所有意识都停滞了，只是一刻不停地奔跑着。

即使到了深夜，仍旧酷暑难耐，笛子没有睡着，耳边响起了空袭警报的声音，她顿时弹了起来，立刻整理好行装，将亨背起。正在这时，冬吾恰巧回来了。"真是好险。"她这才安下心来，这样一来，至少可以全家去避难了。走到玄关的樱子转身跑回来。

"笛子姐，快、快逃！车站那边已经烧起来了。冬吾先生就在玄关，咱们一起逃吧！"她喊着。

从其他城市应对空袭的经验来看，逃进防空洞反而很危险，一旦被火焰包围，里面就会变得滚烫，若是被扔了炸弹，里面的人都会被冲击波炸飞。这种不明所以的防空洞只叫人想敬而远之。总之，只能逃进荒无人烟的山野中了。

"那樱子你也快逃，虽然救不了火，但这也是没办法的事了。"

"别担心，我心里有数。你们快走吧。啊，前面的房子烧起来了！"

樱子从走廊跑进了院子。笛子跑到玄关，和冬吾一起用水把身上打湿后，两人从火星中跑了出来。冬吾跑步的速度任他怎么心焦也快不起来，而且身体还前后激烈地摇晃。不过，对于如何靠住父亲颠簸不定的脊背，加寿子已经很有经验了，为了不被抖落下来，她紧紧地抱着父亲。南边一带火光冲天，热风裹着火星朝这边涌来。车站的南侧眼见就要被火焰燃烧殆尽了，还好北侧稍微幸运一些，不论是人家还是店铺都很少，火势未见大肆蔓延。配合着冬吾的速度，笛子一边慢慢地跑着，一边安慰自己："没事的，不用着急，只要踏踏实实往前走，就能到净水池。"

路上，从南边逃来的人开始变多，两人渐渐被他们追上。人群中不乏衣服被烧坏、头发被烧掉、身上或脸上被烧伤的人。还有的不知是不是受伤了，在路边颓坐不起。笛子吸了一口气，望了一眼冬吾。冬吾一心前进，什么也不看，什么也不听。路上一个女人一边哭叫着一边奔跑，怀中紧紧抱着一个包袱，里面似乎裹着一个孩子。包袱着了火，已经燃烧起来。笛子被烟熏疼的眼中噙着伤心的泪水，不知何时落了下来。

挣扎着走到爱宕山的山脚时，周围已挤满了来避难的人，还有很多牛、马和狗。北侧的火灾范围没有那么大。笛子从人们口中听说，整个南侧都被摧毁了。净水池也被烟尘和火星包围，水中映出火焰，闪着红色的波光。过了大概一个小时，轰炸声消失了，然后传来了警报解除的汽笛声。但是，市内仍燃烧着熊熊大火。笛子和冬吾坐在草地上，加寿子躺在冬吾的膝间，亨被笛子抱在怀中，他们在等待黎明到来。其间冬吾一言不发，连平日里惯于创作的素描也不想画了。可能是害怕到脑中一片空白，也许还因为浓烟滚滚，遮挡住视线，劳累和困倦让他的身体无法动弹。当夜空开始出现光亮时，冬吾他们在草地上抱作一团，陷入了熟睡。

夏天的早晨，片刻之间气温就升高了。到了九点左右，天已热得让人禁不住要睁开睡眼。已经遭过空袭，应该不必再担心还有空袭了——笛子心中产生了一种奇妙的解脱感,她久违地睡了一个舒服的好觉。空袭警报接连响了几日,因为睡眠不足,她已疲劳至极。她转念一想:"之后的事之后再说,眼下先让我睡觉。"即便身边围绕着受伤的人和寻找家人的人们,喧闹不已,她也丝毫不想起身。

"笛子姐!冬吾先生!"

樱子的声音传到笛子的耳中。那声音如同山谷中冷冽的溪水一样穿透了笛子的身体。说起来,笛子他们的水壶已空空如也,眼睛和喉咙也都干得疼痛难忍。

"喂,小樱!"

"樱阿姨!"冬吾和加寿子喊道。

樱子喘着气,额头上闪着汗珠,出现在笛子他们眼前。加寿子一把抱住她的腰,她抚摸着加寿子的脑袋,小声说着什么。好像是在说:"好啦好啦,不吓人咯,已经不吓人啦。"

樱子独自一人留在了北堀町的家中,就像是平日里的防火训练终于迎来了成果展示的时刻,她从院子的池子里往水桶中灌水,先把这些水淋到自家的围墙上。南侧的房子已经烧起来了。周边的房客没有一个人留下来给出租屋灭火,这让她十分沮丧。原来对租房子的人来说,房子烧成什么样都没有关系。在浇了第三桶水之后,燃烧弹哗啦啦破空而降的声音在头顶响起,青蓝色的火团落到屋顶和樱子的周围。落在屋顶上的燃烧弹变成了红色的火焰,火势转眼间就蔓延开来。樱子一边尖叫,一边用池中的水泼向自己身边那些令人毛骨悚然的小团火焰。但那火焰用水怎能浇灭?不管浇多少水,它们仍旧兀自燃烧着,丝毫不受影响。大火已经烧到三尺葡萄架的跟前了。

樱子放下水桶,跑进房子里面。摆在套间角落里的缝纫机进入了她的视线。这台胜家①缝纫机是母亲真在矶姑姑的推荐下买来的，主要是杏子和樱子在用，她们一直很爱惜。因为买衣服不方便，这台缝纫机不知帮了家里多大的忙。只要这台缝纫机还在，有森家不管遇上什么事都能存续下去！

樱子从房间地上铺着的被子里拿了一套罩在缝纫机上，然后将它拖出走廊，扔进院子里。铁制基座的缝纫机重得提不起来，但也因此十分牢固，无论多么粗暴地对待它都不会坏。家里的天花板烧了起来，火星落到了榻榻米上。樱子把扔到院子里的缝纫机连被子整个拖到池边，用尽最后的力气狠狠地推了进去。火星飘散在池塘上，闪着红光的池水溅了出来，打湿了樱子的身体。再回头看，三尺葡萄架已经整个烧起来了，房子里的纸拉门和屏风被火焰包裹住，燃烧着倒了下去。

樱子双手将扔进池子里的被子拉出来，盖住脑袋，冲到路上。她知道笛子他们的避难场所在哪里，从后面一路追到那里非常简单。可是，房子都烧了个精光的话，明天起她们就居无定所了，连食物都保证不了了。大人们尚且挺得住，最可怜的是孩子们。脑中忽然闪过这些念头，樱子停下了往东边去爱宕山的脚步，转身朝北方跑去了。离市中心八千米远的山村龟泽应该不会被列为空袭的目标。樋口家的人可能正一边议论这次空袭有多恐怖，一边望着被火光映得发红的夜空，估计也在担心找他们存放行李的有森家人的安危吧。

还没有走出百米，樱子的身体就被湿被褥的重量压得喘不过气来。她忽然听见一连串不熟悉的悲鸣，它们仿佛凝成一个实体，从樱子身后袭来。一回头，发现一群马儿正喘着粗气，踏着同一条道朝她冲来。从火中逃生的人们为了不被马群踩死，全都四散而逃。

---

① 胜家牌（Singer）缝纫机，1851 年创立于美国。

马群中，有的马鬃毛烧着了，有的马身体到尾巴全部被火焰包裹。马儿们口中甩出飞沫，高声嘶鸣，腾地从路中间跑过。樱子回过头来，前方不见有火，于是将被褥一扔，这才全速跑了起来。每次爆炸声在身后响起，她的身体也随之一阵摇晃。樱子学生时期是游泳选手，跑步这一项虽然不至于快到被田径队选上，却也十分拿手。笛子比樱子跑得更快，是天生的跑者，但是在腿脚不便的冬吾面前，她不好展露这种能力。樱子轻轻松松地一路奔跑，到法华寺附近时，B29轰炸机的轰鸣声仍在头顶作响，但燃烧弹落下的声音已经远去。往爱宕山方向，或者往武田神社方向避难的人们挤在道路上，吵吵嚷嚷。另外还有不少人影挤作一团，停留在昏暗的房子里。

樱子一路上经过冬吾他们以前住的街道，走过甲府中学的门口，渡过相川，从练兵场的旁边通过，又渡过荒川，到了南原村，才终于停下脚步。到了这里，爆炸声已经非常遥远了，前来避难的人也所剩无几。即便如此，火星和热气仍借着风力吹了过来。路边的房子前，住户们站在一起，全都张大了嘴巴，他们震惊地盯着市区红色的夜空。即便空袭警报响了，这边的人们似乎也没有躲进防空洞里。樱子避开这些人，蹲在一处树根附近。有个年轻的女人走近她。虽然火星飞舞，周围却还是十分昏暗，看不太清楚那女人的脸。她手上提着一个桶，桶中的水光一下子就反射进了樱子的眼里。小声道谢后，樱子开始喝桶中的水。每喝一口水，身体内的能量就恢复一分。

"城里被炸得很严重啊，可怜的孩子……一定遇见了很可怕的事吧。"年轻女人道。

樱子点了点头："房子烧着了，我一路跑过来，连被子都丢了……现在几点了啊？"

"半夜一点。不过，谁也睡不着呀。你要到哪里去？要不在我们这里休息到天亮再走吧。"

樱子站起身，朝女人鞠躬道谢："谢谢您的好意。我打算到龟泽去，那边的亲戚一定很担心，我这就出发。"

说完，她转过身去，朝着城里的方向。火焰汇成巨大一团，甲府在燃烧，她的脸能感受到火焰吐出的热气。从市内拖着大板车逃过来的一家人和樱子一样，在道路尽头的人家那里接了一些水喝。

樱子又跑了起来，这次是沿着荒川的水流向北跑。周围到处都是田地。炮击的声音仿佛夏日祭典的烟花一般炸响。她跑到牛句①跟前，又休息了一会儿，之后就不再跑了，改成快步走。从这里开始就是平缓的山路，此处已经没有人家，山路本应没入黑暗中，然而在城里火光的照耀下，这里如同起了雾霭一般，飘着一层模糊的、淡红色的光。路上一个人影也见不到。若在平常，深夜的山道如此恐怖，樱子根本不敢摸索着前进，此刻她却喘着粗气，一个人不停地攀爬着，逐渐开始脱离火焰产生的热气。不过，此时的樱子已经浑身被汗水浸透。这条路她以往采购和此前转移行李时已经走习惯了，迷路的可能微乎其微。

荒川分成了两叉，樱子沿着其中的龟泽川走山路逆流而上。两侧的树林里，鸟啼喧杂。深夜的火焰大概把山中的鸟儿也吓着了吧。沼泽边站着几匹马。不知是不是在市区见到的被火焰包裹着的那些马，樱子再仔细看了看，却只能看见黑影，辨认不出。爆炸声已经离得相当远了，但B29的轰鸣仍在头上盘旋，仿佛就在樱子的身后追赶。

半夜两点多，樱子到了龟泽的樋口家。樱子忘了一件事，在这个时间点突然造访别人家是不合常理的。直到看见龟泽的房子，樱

---

① 地名，位于山梨县甲斐市，接近龟泽。——译者注

子才意识到这一点,她开始感到不安。在这种山里,也许不管空袭警报怎么响,人们也完全不会骚乱,大概都还在梦乡中吧。此时,钟声大作,吓得樱子尖叫了一声。原来身后响起了警报解除的信号声。这种钟声是山村里解除警报的信号。到处是狗叫声。即便是在山村,这么闹腾一番,任谁也睡不着了。樱子安下心来,敲了敲樋口家的老式长屋门(两侧延展有小房间的门。——帕特里斯注)。给樱子开门的是樋口鹤吉和友一父子俩,院子里还站着三条狗。房子里面,大人们全都起来了。

早上六点,樱子醒来。樋口家的人们已经吃完早饭,为她特地做了五个饭团。吃过红薯饭后(混有甜味红薯的米饭。——帕特里斯注),抱着装有饭团的报纸包,樱子离开了樋口家。从寄存在樋口家的行李里,她挑了换洗用的浴衣和内衣装进包袱里,将包袱系在背上。樋口家的人说,除了这些,还有什么需要的东西也可以借给她们,但樱子其他什么东西也没要,只道了谢就辞别了樋口家:"我现在没法确认家里变成什么样了,不知道还需要什么东西。近期我会再登门打扰的,到时候再说吧。"从龟泽俯瞰市区,昨晚的红色光芒已消失殆尽,只见一片焦黑和其间飘着的白色烟柱。在这般光景的对面,是樱子自幼看惯了的富士山山顶,不过此刻在烟雾中也有些模糊,看起来像在摇动一般。

夏日阳光眩目。蝉在鸣叫,还能听见河对岸的黄莺在啼叫。樱子一时间忘却了昨晚的空袭,一边享受着河川潺潺的水声、树木的摇曳声、野草开出的花朵以及清晨新鲜的阳光,一边下了山。沼泽附近,马儿已不见踪影。它们是跑进了大山深处,正在治疗被火烤过的身体吗?房子被烧塌了的话,要怎么办?今后要过怎样的日子?所有这些问题,樱子统统没有考虑,只是一直走着。要是能像马群一样,或者像杏子姐那样,到了危急时刻躲进山里面生活就好了。这样的想法不知来自身体何处，如同歌声一样响起。但没多久，樱子走的这条路上，也出现了从城里前来避难的伤员，还有衣服被烧掉、浑身黑乎乎的人们，他们正步履蹒跚地走来。见此情景，她原本仿佛悠闲郊游的心情消失得一干二净。到了南原村，这样的人数量激增，到处都是刺鼻的焦味。军队的卡车一辆一辆通过，荒川两岸挤满了人，人群当中好似出现了被席子盖住的尸体。军队和警卫团的人们进入河里，挥动着长长的棒子。河水中浮现几团黑黑的东西。

樱子的腿直打哆嗦，她想马上返回宁静的龟泽，但还是朝着北堀町走去了。"没用的东西什么也不要看，"她这么对自己说道，"要抓紧时间把这些饭团交到冬吾先生他们手上，这可是我的首要任务。我可不是日本红十字会救护班的杏子姐！"无论是随意摆放着焦黑尸体的练兵场原野、相川岸边熙攘的人群，还是停有日本红十字会的卡车、聚集了一大群人的甲府中学校园，或者是神社、寺庙，樱子一眼都不瞧，只是一路向北堀町跑去。尽管进入了市区，可除了途中的一部分，几乎看不见烧毁的房子，只有地热一样浑浊的热气和焦臭味不断变浓。"照这种情况，我们的房子可能也能剩下一部分吧。"樱子一边跑，一边侥幸地期待着。她拐向了南边。法华寺的一部分烧掉了，樱子读的小学也烧塌了一半。穿过寺庙的院落，再从小学的校园跑出来，从此处道路向南延伸，直通北堀町。在拐角处，樱子停住了脚步，因为她的眼前是一幅极其怪异的景象。

道路将两侧隔开，右侧黑乎乎的废墟连成一片，白烟四起；左侧的街景却完整地保存了下来，与昨天并无二致。火灾以这条路为界被挡在了一侧，而有森家的房子，就在这条路的右侧。

被燃烧弹烧尽的右侧一带，已找不到成形的东西。往车站的方向望过去，如果没有烟尘沉淀在空中做遮挡，越过车站，甚至能直接望见市区的尽头。所有东西都被烧塌了,虽然看不见明火,但高温似乎仍潜藏在黑色残骸的内部,废墟被这热量炙烤着,令人无法接近。尽管从远处就看到有森家的房子也被烧得干干净净,樱子还是试着走到房子附近。只有一棵烧得焦黑的雪松仍伫立在废墟之上。除此之外,就是残骸堆成的黑山,与周围的房子没有任何区别。

附近的人们三五成群地站在周围,所有人都无法接近仍旧灼热的废墟,只能茫然地看着。一站到废墟边上,眼睛和喉咙就灼得生疼。向认识的人们行了个礼,樱子再次跑了起来。从这里到冬吾他们所在的爱宕山山脚,本来只需要一口气的工夫。但是经过一个未遭空袭之灾的街区后,马上碰上了和先前一样的废墟。要绕过那里,必须围着呈正方形的街区道路的三条边走一圈。

樱子抛下了对自己家被烧毁这件事的悲伤和愤怒。要早些见到加寿子和冬吾他们,给他们送去饭团,要让他们喝上水壶里的水——她的脑中只有这些想法。那么多房子都烧毁了,自家的房子也不例外,对此,樱子甚至感到了一丝解脱。反正这样一来,也就用不着再害怕空袭了。美军应该也没有闲情再袭击一遍废墟吧。而且,虽然在空袭中失去了房子,好在自己和冬吾他们都平安无事地活了下来。冬吾他们已经安全地逃出生天,樱子对此毫不怀疑。在被烟尘污浊了的滚烫热气中,她就这样一直奔跑着。

顺着爱宕山山麓的上坡一路走,樱子终于到了净水池附近。这里也有很多来避难的人,有的躺着,有的蹲着。士兵和护士四处奔走,牛和马、狗和猫也在周围徘徊。樱子寻找着冬吾他们的身影。她眼睛很痛,一边擦着流出的眼泪,一边在人群中行走。夏天的日照和从废墟中传来的热气席卷闷热的人群,当中笼罩着一股让人想要呕吐的臭气。

过了大概三十分钟,樱子发现了自己熟悉的花纹长裤。樱子以前用缝纫机把母亲真的和服重新缝制成长裤，红紫色的，带有鸢尾花纹，一条大裤子加一条小裤子。那是抱着亨的笛子和女儿加寿子。不论是长裤还是脸颊，都被燎得发黑。冬吾在一旁用手肘枕着脖子睡觉。

"笛子姐！冬吾先生！"

樱子大声喊道。冬吾和笛子支起身子，加寿子飞奔过来一把抱住樱子。加寿子上衣的肩部位置被划破了，手腕上有两处很大的擦伤。

那天晚上，樱子和冬吾一家暂住在附近的神社里。白天，他们忍不住去确认了好几回房子被烧毁后的废墟。一些青年因为惦记着人们的安危，早早来到废墟前。冬吾一遇见他们，就马上和他们一起到车站的南侧确认情况去了。回来后，冬吾向樱子她们报告了受灾情况：冬吾朋友家的老旅馆、寺尾本家、米店、熟识的饭馆，还有花柳巷，全都烧掉了。即使是像冬吾这样胆小软弱的男人，经历过这样的灾难后，内心深处那种男人要奋发的本性也被激发了出来。此后十天，他一反常态，精力十足地四处走动。寺尾本家在空袭中失去了孙子，冬吾甚至为他们安排了葬礼。他还把失去了家园、寄身在市内各处的熟人都喊了出来，安排他们去温泉边和山里前辈画家的家中。他们直接认识的人里，不幸遇难的有四个：寺尾家的孙子，米店的祖母，再加上邻居家的女儿和老人。花柳巷里的艺人也死了好几个。据说，甲府空袭的遇难者超过了八百人。英姑姑和矶姑姑的家也被烧了，但家里没有人遇难。英姑姑先去了龟泽，矶姑姑暂住在熟人的家中。被烧掉了房子的人们，首先想到的是同一件事，这两人也不例外，那就是尽早把废墟清理干净，再把屋子建起来。

"北堀町也是，必须重建。我们也会帮忙的，放心吧。"

姑姑们也对樱子这么说。确实，像这种情况，只有重建了。但樱子和笛子不由自主地看了彼此一眼，谁也没有回答。这里不是冬吾他们的家，而是有太郎的家。有太郎还在很远的地方，只要战争不结束，他就一日不得自由。

第二天早上，樱子他们站在烧毁的废墟前，仍旧束手无策、沉默不语。现在连踏进废墟里都做不到。已经接连有许多人，好不容易才从空袭中保住一条命，之后却不留神走进废墟中，结果又受伤。空袭发生以来，冬吾一下子变得非常积极，可是站在北堀町的废墟前，他也什么话也说不出。关于樱子和自己一家要何去何从，他也理不出头绪来。按照樱子的意思，他们应该跟着英姑姑去龟泽。但是，笛子和樱子暂且不论，冬吾感觉一旦进了山里，被一群关系疏远的人包围着，再想出来就没那么容易了，那真是有些恐怖了。要一家人回东京吗？可是，就算是江古田的房子也一定被烧掉了。东京是日本的中心，不可能像甲府这样还有幸存的建筑，一定会被彻底烧光，人也会被赶尽杀绝。他可不想那么轻易就被杀死。记得有位画家前辈往八岳方向避难了，如果去找他，他应该会帮忙照应他们一家四口吧。但是樱子怎么办呢？不管怎样，总不可能把樱子就这么放着不管吧……

笛子与樱子也和冬吾一样，各自在脑中寻找着可以投靠的熟人。正想到住在赤羽的照子家时，源一郎的旧友林老师来到了北堀町的废墟前。林老师的家竟然幸运地没被烧掉，他是担心樱子他们，特地到北堀町来看看情况的。

林老师环视了一圈北堀町的废墟，叹了一口气道："不介意的话，来我家吧。我家虽然地方很狭窄，但总比躺在神社里头强多了。"这让樱子和笛子十分感激。林老师的家离得很近，和樱子他们家关系也很好。源一郎还在世时，他们就会和林老师的家人一起，在他家客厅玩扑克牌和歌牌。林老师有时还会给他们展示他那台幻灯机，据说是美国产的。他们家有两个和驹子年纪相仿的姐妹，两个人都结了婚，一个搬到中国东北，一个搬到关西去住了。源一郎去世前后，林老师家中只剩下了老夫妇两个人，非常安静。

一小时后，樱子他们就搬进了林老师家。吃了仅剩的一点蒸红薯之后，他们一起去了温泉，时隔许久清洗了身体。到了中午，冬吾重要的酒友，也就是那些青年，还有米店的宪兵，带着装了米的袋子出现了。尽管米店本身已经被烧掉了，但他们还是特意从别处运来了米。大米当时比现金更加值钱。把这份礼物原封不动地交到林老师手上后，冬吾就和他们心满意足地出门去"巡视废墟"了。

冬吾一家住在林家的会客厅（传统的日式房屋里只有迎接客人的房间会建成欧式风格，这种形式在战前的日本很流行。这幢房子似乎也是这样。——帕特里斯注），樱子住在厨房边的储藏间里。朝南的两个房间，分别供林老夫妇和另外一家五口居住，那家人据说是他们的亲戚。的确，这比睡在神社里要好些，可是考虑到林老夫妇的负担，这里的环境也不允许他们长期居住。毕竟，由于各种原因，有整整十个无家可归的人住进了林家，他们连一床被褥、一个盘子也没有。

樱子他们每天都会到北堀町的废墟走一趟。他们小心翼翼地走进一点点冷却下来的废墟，徒然地搜寻着烧剩下来的东西。笛子要照顾亨，经常留在林家。加寿子和腿脚不便的冬吾要是受了伤也很麻烦，所以实际上，在废墟里"刨"东西，主要是樱子的工作。那些带着慰问食品的人看到立在废墟上的牌子，一个接一个地来到林家访问冬吾，然后冬吾便会和他们行色匆匆地出门去。若是夜里来人，他们则会跑出去"偷偷摸摸微醺一下"。市内建筑物被空袭烧去了大概百分之八十，他们究竟要去哪里才能找到酒喝，这是个谜。

笛子和樱子对此都不得而知。到了深夜，冬吾他们驱散了当天的忧郁，喝得大醉而归，一副愉悦满足的模样。

樱子还去了一趟龟泽，从寄存的行李里挑了些能穿的衣服带回来。另外，樋口家还给了她一些蔬菜，英姑姑给了她橡胶长靴和劳动手套。这些东西已经很多了，再加上回去的路上日照强烈，让樱子有些头晕目眩，不得不频频在路边休息。樋口家里，除了英姑姑之外，还有两户在空袭中失去了房子的人家暂住着。现如今就算樱子他们想去住，也没有空余房间了。要是在空袭第二天就去的话，樋口家一定会毫不犹豫地收留他们，那样的话，他们就能在宽敞的农家安心地住上很长一段时间了。可现在，这种可能性已被自己掐灭了。樱子一边走着山路，一边心里涌上一股沮丧。

住在林家的第四天，樱子他们想到，她应该给有太郎和杏子他们发电报报平安。因为那天照子从赤羽发来了电报，询问他们是否安好。

"大家没事吧？我很担心。照子。"

一算日子，空袭之后已经过了一周。樱子赶到邮局。邮局没有被烧毁，人们一窝蜂地涌来，外面排起了长龙。现在即便排队，当天之内也没希望排到窗口了。于是，樱子返回林家，给有太郎和照子写了普通的信件。

"笛子姐，告诉他们大家都平安没事，这没问题。可是之后什么事都无法预料，这种话根本没法写进信里。怎么办呢？"

到了夜里，樱子来到笛子和孩子们所在的会客厅找笛子诉苦，时不时发出几声叹息。昏暗的房间里，笛子用从林家借来的针线缝补着冬吾的旧裤子。

"是啊，怎么办呢？"

笛子也说。说完后她又觉得，自己不负责任的说话方式有些可笑，轻声笑了出来。

"对不起，这事我也苦恼，也是一筹莫展。可能就像英姑姑说的那样，最好是在北堀町重建一个小房子。可是那片废墟，光靠我们也没法收拾。冬吾对北堀町从一开始就也不怎么上心。即便请英姑姑她们帮忙，可是不管怎么说，雇人工和买木材不可能不花钱呀。"

亨哭了起来，声音仿佛小猫叫。不管泡多少次温泉，亨的汗疹依然丝毫不见好转。樱子拿着团扇——这也是从林家借来的——给亨和加寿子扇风，加寿子正在一旁用报纸折纸玩。会客厅的装潢确实很讲究，但只有小小的窗户，地板上还铺了地毯，因而热气很快就会在房间里积攒起来，让人大汗淋漓。

"什么事都要钱。就算别人告诉咱们一千日元就够了，咱们也拿不出来。出租房被烧没了，之后赚钱的指望也都没了，只能靠小有的工资。虽然还有些存款，可这样下去，没多久就会用完的……"

笛子仍低着头，语速很快。

"不管怎么样，日本已经完蛋了。就算考虑将来，也是无济于事。日本这个国家就要不复存在了，日本人也会从地球上消失，过不了多久肯定会的。"

樱子一边在房间中用团扇驱赶四处飞舞的蚊子，一边瞪着笛子回答道：

"日本人不会那么容易就一个不剩地消失的。现在咱们这样不就是幸存下来了吗？不要说自暴自弃的话啦。而且，日本会怎么样，和现在我们不可能因为林老师人好就一直赖在这里不走，不是两码事吗？"

笛子深深叹了一口气，把冬吾的绘画工具和染上油污、满是补丁的裤子扔到一边。

"你去照子姐那里，怎么样？就你一个人的话，想来是没问题的。"

"那笛子姐你们呢？和什么忙也帮不上的冬吾先生一起，你们究竟要怎么办呢？"

听樱子这么问，笛子脸上浮现出一丝不服输的笑容说：

"我们呐，要不就和小杏一样到山里去，和猿猴一起生活吧。"

"你说那种话，冬吾先生可是会大惊失色的哟。他啊，别说是猿猴，就连蜻蜓都怕。"

这次，笛子真的笑了出来。

"真的是这样，他连青蛙都怕呢。真是很奇怪吧？嗯，可能他有他的想法吧，我会去和他好好谈谈的。小樱你就不用管我们的事了，只管去照子姐那里就行。"

樱子姑且点了点头，事实上她对自己是否去照子姐那里并不关心，而是在想北堀町的事。怎么能就这么放手不管北堀町的废墟呢？就算不在废墟上重建些什么，也必须有人要为有森家的这片土地负起责任来。有太郎在的话，自然是由有太郎来挑大梁，可如今有太郎不在，至少樱子得负责。

冬吾回来时，夜已很深了。

第二天一早，刚睁开眼，冬吾还迷迷糊糊的，马上就被笛子一脸急迫地追问今后的生活要怎么办。他不愿多想，自暴自弃般随口说道：

"那不就只能去津轻了吗？这里又热，又总有蚊子嗡嗡地飞来飞去，根本没法睡嘛。反正都是一样的，还不如去津轻让美国人杀了好些，起码在那边还睡得着。津轻要是不行了，日本也就要被全歼了。你看看，小亨和小加寿身上都让蚊子咬得一块一块的，就连我身上不也全是疹子吗？"

话一出口，冬吾感到自己真是切中了要害。说实在的，他在甲府倒没有感觉特别痛苦。这里有酒友又有前辈，还有人送来物资，不管怎样食物都很充足。不过，只要还暂住在林家，就无法正式地面对画架创作，这一点令他烦恼不已。钱也是个问题。美国的空袭不断，日本全境都要被烧成焦土了，老家已经不寄生活费来了。要是没有这笔生活费，还不能靠有森家接济，喝酒也就无从谈起了。最初在甲府做的隔扇画之类的小生意也做不成了。

"电报什么的就不用打了，也没有必要写信。只要过去，就会给我们安排地方住的，毕竟那里的房子没别的，就是够宽敞。"冬吾坚持道。笛子从一开始就放弃了联络津轻的杉家。但从那天起，她又开始为了去青森避难，往返于在废墟里重开的市政府和银行临时营业厅办理手续。冬吾和樱子一起去了龟泽，带回来一个柳条包，里面塞满了他自己的画和最少量的随身物品。樱子用自己的和服向樋口家换来了一些米和蔬菜，和英姑姑说明了情况。英姑姑皱着眉答道："这样啊，这也没有办法，可你又要孤单一人了啊。"说着给了樱子五米白色棉布和一块肥皂，说是弟子送给她的。樱子把肥皂和其中三米布分给了笛子。

另一边，樱子给东京的照子和江田岛的有太郎写了信，在信中也报告了笛子他们的行动。她给照子写的内容简略些，给有太郎写的较详细。杏子那边，就拜托照子转达了。虽然她也很担心杏子的安危，但她如果没事的话，早晚会写信来的吧。

樱子把寄给有太郎的信投进空袭中幸存的信箱里。那天是七月十五日。而那封信寄到有太郎手上的时候，是十天后的二十五日。

有太郎从报纸和广播中得知了甲府遭到空袭，自那以后，他每天忧心忡忡，像个梦游症患者一般在军校里心慌意乱地走来走去。他听说在一百二三十架 B29 发起的空袭之下，甲府几乎全部毁灭了，一会儿想："啊，大家都死了，我很快也会死的吧。"被推入漆黑的绝望中，一会儿又想："不对，既然说的是'几乎'，就说明有人得救了，车站北侧没有能成为目标的大型建筑，应该不会被烧掉吧？"他像祈祷一样，试图找回希望，可是樱子那里音信全无，他又再次被绝望支配："北堀町离车站那么近，估计首先就会遭难。"但是第二天，他又紧紧抓住哪怕一丁点可能性，希望他们能够侥幸逃脱。就这么煎熬地度过了一天又一天。他对在江田岛的朋友抱怨："这都过去十天了，还是什么消息都没有。要是得救了，多少得告诉我点什么吧。"朋友没有回答"现在邮政的情况一团糟，你再等等吧。他们肯定得救了"之类的话安慰他，而是马虎地应付了他："确实不对。要是还活着的话，就应该立刻发电报告诉你啊。我家里也是，好像祖母和父母都没能幸免于难，就剩下两个妹妹了。反正早晚大家都会被杀掉的，现在活着也没意义。"这么一说，反而又把他推进了绝望的深渊。

"今天也没有来信。唉，今天也一样。"确认邮递信件的时间成了他一天中最重要的事，然而每次去，都是在重复失望的心情。就这样，到了七月末，樱子的来信终于到了他的手上，有太郎全身的细胞都发出欢呼声，又找回了热情，好像一下子活了过来。他看了看邮戳，发现空袭过了八天之后，这封信才寄出来。但是，至少樱子人没事！

从空袭那天夜里的事到笛子他们决定去津轻的过程，樱子在信中都一字不漏地写了，写得很长很长。

"……被燃烧弹直接击中了，可是我用水桶浇水，一点用也没有，光是逃命就已经竭尽全力了。让房子全给烧了，还请你原谅。我也不想这样，可是什么忙也没帮上。……"

樱子本不应该像这样道歉的。有太郎不禁激动地说道："笨蛋，房子什么的怎样都无所谓啊。"接着他垂下头,"大家都还好好地活着,还有比这更幸运的吗?"泪水模糊了他的双眼。关于房子全被烧了的事,他没有感到一丝遗憾。倒不如说,五个月前母亲真去世后,还能在家中操办她的葬礼,已经让他很感激了。

同一时间,冬吾他们在樱子和他酒友们的目送下,坐上了从甲府车站开往东京的普快列车。

天气炎热,接近四十摄氏度。车上的乘客多得挤到了走廊上。开车前,所有人都是一副筋疲力尽的样子。冬吾一家此后的漫长旅途令人担忧不已。接过樱子亲自做的饭团,笛子如鲠在喉,两手掩面哭泣:

"一想到之后要是再也不能见面了……至少能留在你身边也好,可……索性不如死在这里,我不想离开这里……"

樱子也边哭边说:

"肯定还会再见的……到时候,我们还要一起去野餐,对吧……我就在这儿等着。"

"已经不可能再见了,大家都会被杀掉的……与其非得像这样分开,在相隔那么远的地方死掉……我倒想现在就死掉……为什么非要去津轻那种地方呢……那么冷的地方,还要到那里去死……啊,我不想去,我不想离开这里……"

发车的铃声响起,冬吾已经和加寿子上了车内连廊,他在招呼背着亨的笛子上车。

"笛子,快上车。"

笛子和樱子都在这一瞬间放声痛哭,接着,笛子就在哭泣声中乘上了列车。

"真让人头疼啊,有那么难过吗?"

不顾冬吾的嘟囔，笛子仍在哭泣。要是被放逐到那片如流放地一般的"极北之地"，大概就再也见不到甲府了！和自己分隔两地的樱子，肯定至死也不能再相见！还有富士山！南阿尔卑斯山脉！

"笛子姐，一定要好好活下去！我在这里等你。"

"小樱！"

列车终究还是开动了。

"……B29又飞过去了。今儿又不知道哪里要挨炸了。"

笛子身后传来乘客的声音。她积满了泪水的眼睛望向天空。仿佛是在目送这趟列车离开似的，蒙着一层淡紫色的南阿尔卑斯山脉在夏空中浮现出身影来。越过群峰，B29轰炸机编队正闪着刺眼的光，悠然地划过淡蓝色的天空。

"妈妈！"

加寿子抱住笛子的腿，蚊子在她的脸上咬了这儿一块、那儿一块。

"没事的，以后还会再见到樱子阿姨哟。"

和加寿子说了两句话，笛子才终于意识到，自己在不知不觉中一直压着胸前那个装着饭团的包裹。好不容易做好的饭团，好像已被压散了。笛子再一次看向列车外。列车的速度已经提到很高了，风也随之在车厢内流动起来。那是由外面淤滞的热气形成的风，即便如此，也确实是风。抱着饭团，笛子嘴巴微张，一直看着南阿尔卑斯山脉渐渐远去。

大约两周之后的一个早晨，有太郎站在江田岛的海边。和往常一样，那天从早上起，夏日的光线就很强烈，无情地照射着地面。耀眼的波光之间，军校的学生们黝黑的脑袋排成队列，水花化作光粒溅射进有太郎的眼里。在学生们的游泳训练中，无论酷暑如何难耐，教官都不能下水游泳。天气本就炎热，有太郎还要被海面的反光炙烤着眼睛和身体，如同一根干透了的木桩，又累又热地在海边一直站着。

头顶忽然响起敌机的轰鸣声。有太郎抬头看向天空，正想着那或许是侦察机，一道紫色的闪光就从他的眼前横穿而过。在夏天的阳光中，那道光强得令人感觉像在直视太阳，它看起来并不是白色的，而是紫色的。有太郎惊讶地深吸一口气，正在思索那是什么东西时，从未听见过的巨大爆炸声便响彻了云霄。他在冲击中站立不稳，海面也变得汹涌不止。在海中的学生们急忙返回岸上。其间，有太郎他们曾挖掘过隧道的古鹰山的对面，空中转眼间膨起一团白色向高空延展，那是如同怪物般的一片积雨云。有太郎他们在海边，失声地注视着那白色的、不祥的云团，甚至忘记了阳光的眩目和酷暑。夏日天空的蓝色逐渐更深、更浓，最后变成了天青石的颜色。

谁也没有想到那就是落在广岛的原子弹，就这么一直盯着那片天空。

以前，重野安绎博士[1]将许多与宝永喷发相关的可靠文章和记录收集成书，起名《富士山喷火记》。尤其是吉田村的老师田边安丰，他的长歌体记录文备受盛赞。这些都是在富士山附近的目击记录，我认为，想要了解当时的状况，这已经是最好的线索了。因此，我将其中的十二时辰改为今日的二十四小时计时法，并将其概要描述出来。

在十一月二十三日的喷发之前，十月四日在吉田发生了地震。从喷发前一天的二十二日傍晚开始，发生了五十多次地震，而从喷发当日清晨算起，大小地震则不计其数。上午十时左右，在南方，天空降下一道圆形大钟大小的光，随之而来的是如同山峰一样的黑烟，伴有频繁的轰响和雷鸣。午后八时左右有明火燃烧，火球飞上天空。二十四日上午十时左右，宛如云霞的薄烟向四方扩散，须走村下起了热沙石，村子遭天火焚毁。午后八时，伴随着地震轰鸣，光芒更甚。二十五日，清晨虽有阳光照射，但中午时分又变回了阴天。二十六日，吹西风，黑烟和轰鸣现象都渐次平息。二十七日，烟柱仍然很高，但声光已平息。晦日午后八时，震动与喷烟都十分

---

[1] 重野安绎（1827—1910），活跃于江户末期、明治早期的历史学家、汉学家。——译者注

剧烈，有火球飞上天空。从十二月朔日至三日，情况没有变化，四日上午十时发生地震，一直持续到深夜，火球也喷发得更剧烈。五日，起南风，中午过后伴有轰鸣，午后四时左右起，爆炸声也趋于平静。六七两日状况平稳。八日发生数次地震，深夜有大震动，火球仍然很多。九日上午四时起，情况变稳定。从骏东郡的足柄到富士山，村庄和草木都被火山灰湮灭，小河的水流也被覆盖截断。

根据《续谈海》[1]的记载，我将二十六日的喷发波及江户的报告记录如下。

十一月廿二日，油井、神原、吉原发生大地震约三十次，房屋尽毁，油井与神原附近人影全无。

（略）要说当时江户的情况如何，在新井白石[2]的《折焚柴记》中有记载，在此摘录一段。

十一月廿三日，地震、雷鸣、降灰，西南有黑云起，电光频闪，至西城时，白灰覆地，草木皆素，参见御前之时，天色甚暗，以至秉烛讲习，近侍身前。至戌时（午后八时），降灰已止而地震未绝。廿五日，天犹暗，如有雷震，至入夜，复降灰。是日方知富士山焚。由是，灰不止。

---

[1] 记录了从延宝八年（1680）至天明二年（1782）100多年历史的一本日本史书，著者为日本历史学家进士庆干（1925—1987），内容多围绕幕府之事。
[2] 新井白石（1657—1725），日本江户时代政治家、诗人、朱子学者，在朱子学、历史学、地理学、语言学、文学等方面造诣颇深。《折焚柴记》是其所著随笔，据传成书于日本享保元年（1716）。——译者注

当时喷火的报告第三日才传到幕府。《翁草》[1]中记述了江户城中的情况。

> 宝永四年十一月廿三日午时，不知何时，始有震动，雷鸣频发。天空宛如自西向南涂作墨色，乌云密布，有如暗夜。白日第八时辰（午后二时）起，天降尘灰，其色鼠灰。至傍晚降灰渐激，后黑沙大作，声若骤雨，终夜轰响不止。廿四日午后二时过后，天晦暗如黑夜，难见物色，往来断绝，恰逢此时来往走访者，触此沙多目眩受伤。

（略）

总的来说，宝永四年的喷发是自十一月二十二日傍晚的地震频发开始的，在二十三日转变为大喷发，尔后几经消长，全部复归平静之时已是十二月九日早晨，前后历时十八天。在此期间，房屋因地震倒塌，沙砾掩埋了东方的村落、田地，甚至波及了江户。这种沙砾呈黑色，时至今日在须走附近，尚能辨认出厚达数米的堆积层，往南边延伸到印野附近。随着接近上方裂开的喷火口，沙砾中开始掺杂大小不一的熔岩块。这些熔岩块都是被喷射出来的，因此形状不一，有的呈木鱼花形，有的呈茗荷状，或是呈罕见的球形和桃形。它们被喷射到空中，变成了灼热的熔融态，从远处看就如同火球一般。而在盐尻[2]有这样的记载：

---

[1] 《翁草》是成书于江户时代中期的一部社会观察随笔集，全200卷，由日本随笔家、历史学家、俳人神泽杜口（1710—1795）晚年写就。——译者注
[2] 即盐尻市，位于长野县。——译者注

十二月初，自相州佐川（可能是酒匂川①），人之首级、手足顺流而来者甚多，旅人皆惊骇万分，俱言是为富士山下之村落，为石所击，其罹难之人尸骸顺流而下。

从这类记述来看，可以想见，人畜的死伤应该是相当严重的。

甲斐与骏河，富士立中间。山高云不过，飞鸟越巅难。火为落雪灭，雪为火溶干。其灵无以名，其妙不可言。灵妙几至此，诡奇此神山……

高桥虫麻吕②

20　月之光——黄玉（topaz③）

（从这里开始，我将恢复第一人称的记述方式。广岛原子弹爆炸之后，对我来说，战后的日子就开始了。我此前的人生被那道紫色的闪光所截断，而另一条时间线从中流淌而出。日本投降那天，我们被扔进了废墟，在痛苦的深渊中茫然不知所措。如果把我的这份记录当作一个故事来看的话，从这附近开始才是高潮，文章也自然更有激情。我自己也预测，这样的话，我大概也会与自己写出来的东西融为一体。可是，到了此处，我却无法提笔写下去了。究竟是什么原因呢？我很惶恐。由纪子和牧子还有差不多两个月就要来美国了，我明明已经连一刻空闲也没有了。挣扎了一个晚上，我醒

---

① 流经静冈县与神奈川县的河川。
② 高桥虫麻吕是日本奈良时代的和歌诗人，《万叶集》中有其诗句收录。上面的译文出自赵乐甡先生所译《万叶集》。——译者注
③ topaz 是比水晶硬一点的硅酸盐矿物，有黄色、褐色、粉色和蓝色等，俗称托帕石，矿物学名称为黄玉。

悟过来了。原来，从那道紫色的光中流淌出的时间线和如今的我直接联系在了一起，而当时的痛苦和悲伤，至今仍然铭刻在我的心中。对笛子、杏子和照子来说，应该也是一样吧。我们一边期望这段时光是虚幻的，想要赶紧回到"真实的时间"，一边相互怨恨、发火，相互怜悯、支持着活下来。但是，所谓"真实的时间"是什么呢？被那道紫色的光截断的时间，在我们还来不及意识到的时候，就已被偷偷调包了。那之后，我们在深深的怀疑中活下来的所有日日夜夜，才是给到我们的唯一"真实的时间"。我没有办法用十九世纪小说的笔法和第三人称的叙述，去描写那段过于沉重的时间，当然我也没有这个能力。我还担心，如果一直用小说的笔法写下去，我的写法会不会流为一种不负责任的轻描淡写。战后的时间正是我自己有责任必须说清楚的部分。我已无处可逃。

日本战败后的第六年，我去了美国。当时广子刚刚和我结婚，就在我身边。可是，自从那道紫色的光出现以来，我自己的人生还是一如既往地流淌着。战败后的六年，明明只有六年！却是那么沉重、痛苦、漫长的岁月！

我想逃离日本。不，我是想从日本的痛苦中挣脱出来，变得自由。那是我自身的痛苦。我想把一切东西扔开，包括我自己和我的生命。那时，即便没有遇到广子，我应该也会从日本逃出去。我甚至感觉，如果不逃走的话，我可能会在日本一直冷漠地活下去。不过，我在生命中遇见了广子。广子是我敬爱的教授的侄女，十岁时因时局变化，从出生的故乡美国回到了日本。由于这种背景，广子在学校里受尽欺侮。此外，她十几岁时就失去了父母，吃住在身为自由主义者的伯父家。日本战败后，即使上了女子学院，她仍然很憎恶日本的排外主义，无法原谅日本社会。我被这样的广子迷住了，她是那样一位凛然独立的少女，锐利的眼神如此美丽！她口中自己年幼时在美国的情景，真是宛如童话一般。

想逃出日本——在这一点上，我俩不谋而合。想舍日本而去，想将自己从日本这个地方挽救出来，目的地是哪里都无所谓。不过，说到去哪里，广子是想回美国的，她想回到她怀念的田园牧歌时代的美国。但这样的美国在哪里还有呢？虽然广子乐观地坚持说，美国这个国家非常大，落后于时代的田园有很多，但直到最后，我都不由自主地对于作为战胜国的美国存有怯意。不过，对于自己国家的绝望，倒是令我产生了想与这个广阔丰饶的"敌国"同化的冲动。战败之后，身为日本人的我们身边都是美国驻军发放的各种物品，我们十分高兴地穿着美国的旧衣服，嘴里哼着美国的歌曲。汤川秀树博士〔1907—1981，因介子理论而出名的日本物理学家。——帕特里斯注〕获得诺贝尔奖后，希望去美国留学的学生数量激增。他们坐着美国的军机陆续离开了日本。

广子有个比她年长五岁的哥哥，他没有过广子那样受人孤立的经历。战争末期，还是学生的他就被征进了军队。在战场失去了许多朋友的他，大概没有办法像广子那样单纯地拒绝接纳日本。但是，他代替父亲照顾广子，很理解妹妹的心情。在广子和我结婚以及之后远渡美国的事情上，他都不遗余力地帮助我们。

当一位学长试探着告诉我，华盛顿特区的一所大学有空缺席位，问我是否愿意前去的时候，我没有丝毫犹豫就同意了。当时，说实在话，美国拥有在日本梦寐以求的高端设备和优厚待遇，受此吸引而移居美国的物理研究者不在少数，我也是其中之一。汤川博士获诺贝尔奖的刺激更不必说，这让我不禁意识到美国的研究水平之尖端。如果在贫穷的日本，即使勉强保住大学教职，像我这种与权力派系攀不上关系的人恐怕连副教授都很难当上。此外，听说美国的大学就如同美国国内的独立国家一般，那里不论种族、国籍，只要有实力就会被认同。所以，尽管笛子她们对于我和广子要去美国的决定感到非常惊讶，叹惋不已，但我们还是把这些统统抛到脑后，满怀着去往"新天地"的希望前往了美国。我们相信，自己在日本有如深陷泥潭的时光可以就此终结。

到了美国之后，我就决定要有意识地抛弃身为日本人的事实，开始新的生活。首先是努力学习语言、掌握美国人的礼仪，注意不要太过接近别的日本人。然后，登志夫出生了，牧子也出生了。我从未想过要教他俩日语。不过，为了让他们作为日裔美国人活得体面，我一直教育他们在学校要好好学习。这样一来，他俩都成了出色的美国公民。不知从何时起，广子也仿佛完全忘了从十岁到从女子学院毕业的那十二年在日经历，就像是那段时间一开始就不存在一样，她开始在美国社会朝气十足地活跃起来。而我到了五十多岁时，终于买了纳什维尔的这栋大房子，对于自己的成功也颇为自豪。

可是，将近二十年之后，如今回顾那时的自己，脑中却只浮现出一个在遥远国度的陌生人形象。是单纯地因为年纪大了，对于即便过六十岁还不能退休的美国社会感到疲惫了；还是担心在越南战争中作为美国公民的登志夫会被征兵，心中开始萌生忧郁；抑或是眼看日本经济在战后奇迹般地增长，让我怀疑自己当初硬要离开日本是否明智，因而生出了后悔呢？总之，我不知道确切的理由是什么。也许所有原因都有关联，最主要的恐怕还是因为在某个时期我明白了一件事。那就是广岛的那道夏日紫光闪过之后，时间并没有因为我远渡美国而中断，而是如甲府盆地的荒川水流一样，有时是涓涓细流，有时又奔流不息，却绝对不会干涸，它一定在我的身体中水声潺潺地一直流淌。若是硬要把它停下，失去了去处的水只会不断蓄积、膨胀，在某一天将大坝冲毁，化作滚滚波涛汹涌而来。我无法阻挡这股洪流，因为那是我亲手创造的，它并非其他，而是我本身。

无法从自身的洪流中逃脱的我，姑且继续书写关于这股洪流的记录。只是，从此处开始，就要用适合"回忆录"的第一人称的风格了。我现在除了工作和睡觉以外，将全部时间都倾注到了这份记述中。尤其是下个月起，难得要休长假，我终于可以埋头记述，谁也不用见，哪里也不用去。不看报纸，也不帮忙洗碗。连为什么这么入迷都不去想。我想起了樱子曾经为我誊抄《遍历理论》的"抄本"，又想起了杏子这位"按摩大师"。我们都是不知不觉就陷入了没有太多意义的事情，这种令人头疼的血脉应该是我们姐弟共通的。

由纪子，牧子。

和你们相聚的日子就要来了，我的"回忆录"终于也快要写到最后了。写完之后，就轮到你们去了解它了。希望你们再忍耐一会儿，耐着性子陪我完成这份"回忆录"。

"勇太郎真是喋喋不休，听他说完话，天都要黑了。"我好像听见笛子那不耐烦而没好气的声音。或许确实是这样，我无法反驳。但这件事要么彻底干完，要么一开始就不干，中途放弃不好。你们如果读到了这里，就应该一直坚持读到最后——想想你们也是挺可怜的。）

纳什维尔的夏日炎热，仿佛身体都要被汗水淹没了。那年广岛也很热，甲府盆地也不例外。

尽管被原子弹爆炸产生的光芒和蘑菇云所震惊，但当时在军校里，谁也不知道那是原子弹这种东西。我们都以为不是广岛，而是更近的工厂被炸了。不过，两三天之内，有关广岛被投放了原子弹的传言就扩散开来，技术军官志愿者组成了"新型炸弹"调查团，从军校出发前往广岛。身体羸弱的我没有参加，也因此免受其后的辐射之苦。很久之后，这次的志愿者中有三人因白血病与世长辞了。

那段时间，我每天光是完成自己的本职工作就已经精疲力竭。小提琴也弃置一旁没有练习。对我来说，除了新型炸弹的紫色光芒以外，所有事物都如同透过朦胧的镜片从眼中模糊不清地闪过。在某个雾霭日，我们被召集到教官室的电台前，被告知天皇面临本土决战，为了鼓励国民，特别要用电台进行广播。播放完日本国歌后，我们听见了一个小孩子似的声音。在我耳中，只感觉那声音如同外语一般，一句也听不懂。那确实是日语，但是非常复杂。不过，周围几名军官却开始哭了起来。见此情景，我也终于明白了广播的含义。我回到自己的书桌前，打开读了一半的物理书，但实在读不进去，只是盯着排满了一列列印刷字的书页发呆。既没有感到从战争中被解放出来的喜悦，对于战败也没有感到辛酸，只是非常震惊，战争就这样结束了吗？

之后发生了什么呢？

酷暑中的校园里，军校的副校长对着全体学生教官高声疾呼，说了一些诸如"中途岛战役（太平洋上的海战，这场战役奠定了日本的败局。——帕特里斯注）的责任到底怎么划分，谁也逃不掉责任，不能放弃"之类的话，之后军校就解散了。当时军校中大概有三千人。这么多人没有丝毫顾虑，全都争先恐后地赶回了各自的故乡。有的家伙偷了海军的船开出了海，还有的家伙偷走了军校的食物、衣物、工具之类的东西，当作回乡的礼物。有的军官还公然开着卡车，把东西一起运走。有的学生甚至把学校的放大镜带走了，理由是只要有放大镜，哪怕没有火柴也能点火。

我也马上要恢复自由身了。校园里，人们一份一份地烧着文件。有的军官将自己的海军制服也烧了，我也不例外。可是，我已经无家可归,不知要回何处,茫然不知所措。

"这样的话,就跟我一块儿回我家吧。我家虽然是乡下,但有东西吃,你到那里先好好休息一阵子,再做今后的打算。现在这种情况,还是先休养吧,没必要着急。"

看到我一直忧心忡忡,有朋友这样劝我。确实,这是非常难得的邀请,不过我非常牵挂北堀町和樱子的状况,无论如何,我决定先回一趟甲府。

由此,漫长的旅途开始了。我先从岛上坐船,然后转火车。刚战败不久,人口流动量非常大,列车非常拥挤,甚至车顶上都坐了人。开往东京的列车怎么也挤不上,当发现列车是开往东京的反方向广岛时,我已经被装进了车里。就这样,最后我不得不重新换乘从广岛出发的列车。

到了广岛站,我第一次看见那里的景象。不知姓名的山脉本该是夏季郁郁葱葱的样子,可绿色完全消失,烂成了一片茶色。车站周围是一片片暗沉的荒野。原子弹爆炸以来,已经过了将近一个月,不应该还有燃烧的明火,可空气中仍然残留着火的气味,空气中飘浮着死人的气味。车站本身也被烧得只剩下混凝土部分。厕所的门不见了,就用席子当门帘悬挂在原处。尽管如此,在铁路员工的努力下,车站的功能还是很快恢复了。见此情景,我的内心不由得被打动了。车站里,避难的人们和前往救援的人们聚在一起,喧嚣之中又奇妙地充满了生气。大概是因为与周围的废墟形成鲜明的对比,让人产生了这种感觉。

我从广岛继续乘列车往家赶。一会儿蹲在过道和厕所里,一会儿又感觉要被甩到走廊上了,喝着水壶里的水,像嚼口香糖一样嚼着朋友给的豆子,睡一会儿,醒一会儿,白天连着黑夜,最后终于在甲府站下了车。

这是夜里,还是早上?

城镇沉浸在一片昏暗和寂静之中。和以前相比,车站北侧什么也没变。红色鸡冠花和大波斯菊粉白相间的花朵隐约可见。我直奔北堀町方向。相邻的城镇还是以前的模样,然而从北堀町开始,却变成了一片被烧光的原野。虽然空袭已过去近两个月,然而连修整作业都很难着手展开。周围一个人也没有。远处隐约可见黑色人影。我朝这片原野一眼望去,却不能立刻找到自己的家原本在何处。正在这时,我注意到了雪松烧焦的树干。不是电线杆,那确实是雪松。摸着它那炭化的表面,我放下一直背在肩上的沉重行囊,在不知是柱子还是横梁的一根烧剩下的粗壮木材上坐下。

这里也同样笼罩在一片昏暗中。到底是月夜,还是清晨?

我听见了小孩子的声音,那是孩子和家人愉快地待在一起的欢闹声,对我来说是一种久违的声音。在电车中的漫长旅途里,听到的全是小孩的哭声,充满了痛苦和愤怒。

(小杏,这里这里!)

(快点!)

(站着不动可不行啊!)

微暗之中,小小的银色影子飞进了我的视野。一个、两个、三个、四个、五个、六个。六个看上去只有五厘米左右的小小身影在烧焦的原野中到处奔跑,令人目不暇接。刚刚还在画圈呢,一会儿又蹦蹦跳跳,一会儿又互相手牵着手拉到了一起,每次都发出开心的大笑。

(小清,到这边来!)

(眼睛都要花啦!)

(小勇,再跳高一点!)

(喘不过气啦!)

（嘣，嘣，到这边来！）

因为年龄不同，身体大小也该各异才对，可所有的身影看起来都一样。房子已被烧毁，也就无所谓了。我这么说服自己。五岁的小太郎和五岁的樱子手牵着手，追逐着五岁的笛子和五岁的勇太郎。五岁的清美和五岁的杏子在一旁捧腹大笑。这回换成笛子和勇太郎来追了。随后是一串尖叫。樱子一边唱着歌，一边一个人跳起舞来。小太郎也和着她的歌声唱起来。少年看到一朵蔷薇，荒野的小蔷薇！①

这六个银色的身影看得我入了迷，不知过了多久。即使只是几秒的梦，却似乎将漫长的人生完全容纳进去了，我被那些超脱于时间之外欢笑闹腾的小小身影吸引住了。那是怎样的笑声！那是怎样的喜悦！

"小勇？是小勇吗？"

突然，耳边响起了另一个熟悉的声音。

"啊，我还以为会是谁呢……"

我站起来，转过身去。眼前的昏暗分成了两半，樱子就站在正中间的明亮处。她身着仿佛透明的泛白连衣裙，脚上穿着破了洞的运动鞋，身姿有些刺眼。我眯起眼睛，脸上浮起微笑。

"樱子姐，我刚到。"

一听见我的声音，樱子突然像漏了气似的，双腿打战，整个身子瘫坐在地上。然后，她垂下头，大颗大颗的泪珠从眼中啪嗒啪嗒洒落下来。我被这流泪的阵势吓住了。在我的印象中，眼泪应该是

---

① "少年看到一朵蔷薇，荒野的小蔷薇"出自德国诗人歌德的诗《野蔷薇》，由舒伯特、贝多芬、舒曼等多位作曲家谱曲后广为传唱，日文版歌曲收录于日本的音乐教科书中。这首诗通过野蔷薇的生动形象告诉人们，弱者也要与命运抗争，这样定会有不屈的灵魂。——译者注

静悄悄地流出来才对。

"你终于回来了啊。每一天，每一天我都到这里，等着你回来……全烧没了。房子直接被击中了。我一个人，什么办法也没有……就那么一会儿，就……"

樱子一边哭泣，一边开始说起空袭时的情形，这些事她已经写信告诉过我了。接着，她又叹气说，冬吾他们把她一个人丢在这里走了。

"……我跟着去本来也不现实。我也不是说冬吾先生这人实际上帮不上什么忙……可是，只管带着自己的家人那么快就跑了……明明知道我一个人什么事也做不了……现在就我一个人待在林老师家……这回连家都没有了，我感觉比妈妈去世的时候还孤单、不安……孤零零地死掉，真的好痛苦……战争结束了，我稍微安心了一点，可是……我一个人还是什么也做不了……我等啊等，一直在等你回来……"

自空袭以来的六十天里，樱子几乎每天都以泪洗面，仿佛不把眼泪流干不罢休。我默默地抚着她的后背，实实在在的樱子就在眼前，带着温暖的体温，热泪在流淌。她的脊背一眼就能看出消瘦了不少，她的声音就来源于此。对我来说，这就足够了。

林家暂且把复员归来的我安置在了会客厅里。樱子则继续住在储藏间。林家那个五口之家的亲戚已经搬走了。老夫妇终于收回了自己房子的两间屋子，而为了尽量不打扰他们的生活，我们还是悄悄地出入房屋，在后边的木门做好自己的饭，再去会客厅吃。当时，能买到未脱壳的米已是走大运了。我们把从龟泽和米店采购的米装进一升瓶中，用棒子不断捶打，捣掉稻壳，光是这一步就得费一番力气。而且，这么一丁点米，为了能凑合多吃一天，就必须和切成小块的白萝卜混在一起煮饭。此前,在海军军校那种拥有特权的地方一直过得衣食无忧,因此我对这些辛苦一无所知。我饿得受不了,樱子就拿不知从何处捡来的烧焦的鲑鱼罐头给我吃。她还真是对这些废墟的情况了如指掌。

我和樱子每天都会去自家的废墟上走一走。那是我们神圣的义务。我们将烧焦的木材和瓦片一点点集中到一个地方,还一起把樱子先前扔进池塘的胜家缝纫机捞了上来,运到林家。那是有森家唯一一件烧剩下的物品。为了标明土地的边界线,我们用樱子的腰带亲手测量了一番。周边的土地都拉起了绳子,所以我们也不得不慌忙地进行测量。

一天,补锅匠(修补破洞锅具的人。——帕特里斯注)竹井拿着水壶和盆子,笑容满面地朝我们走来。

"你们两位,很累了吧?来,喝杯茶,休息一下吧。"

竹井简陋的房子就在眼前,没有被烧毁。他大概是从家中看见我回来了,所以特地带了茶过来。我和樱子相视一下,高兴地接受了这份好意。比起仲夏,现在的天气已经舒适了不少,即便如此,在火灾后的废墟中一直做不习惯的工作,还是满头大汗,嘴里干得受不了。废墟里炭粉纷飞,刺得眼睛生疼。

我们找了个合适的地方坐下,接过竹井递来的茶碗,一边啃着蔫了的泽庵咸萝卜(晒干的白萝卜用盐腌制而成,非常坚硬,有奇怪的味道。——帕特里斯注),一边喝着冒热气的茶水,本来咸津津的咸萝卜味道变得甘美到令人陶醉。我们虽然心里过意不去,却还是忍不住连喝了三杯。

"唉,家变成了这个样子,真是可怜。你们两个年轻人,可真够辛苦的。要在这么一大片土地上劳作,辛苦也是非比寻常啊。俺那点地方,莫说巴掌大了,也就拇指么点大,就算被烧了,三两下就收拾好了,可有森家的大房子就不是这么回事啦。只有少爷、小姐你俩在收拾,手和脸都变得那么黑,俺看得揪心哟……"

既然竹井请我们喝了茶、吃了咸菜,我们也就不好再对竹井的言语置若罔闻了。干补锅匠的竹井以前会来我们家厨房门口问:"请问需要补锅吗?"我们把破了洞的锅和壶给他,他就坐在外边,开始用一双巧手修理起来。竹井这样挨家挨户寻生意,给镇上的人们带来了不少便利,不过他没有店面,住的小屋只有一个房间,穿着也十分寒酸,因此一直被镇上的人瞧不起。我们也不例外,尽管会津津有味地观看他发挥修补技艺,却从没有想过把他当作与我们同等的人来交流。更不用说,我们会被他同情,受他招待喝茶,这种事在以前的我们看来,即便天塌下来也不可能发生。然而,事实就是风水轮流转,那段时间因为日用品极度短缺,补锅匠成了最重要也最吃香的工作。我们完全是抱着感激的心情,蒙受竹井的同情,怎么可能感到嫌恶。我们是那么疲惫又一筹莫展。

竹井老头儿独自慢悠悠地继续说道:

"……十栋出租屋都烧光啦。可能是俺多管闲事,但是,少爷您之后打算怎么安排呢?木材什么的可是一星半点儿也弄不到了呀。现在这个当口,也雇不到人。俺和少爷你们不同,下地干活对俺来说不是什么辛苦事。您要是信得过老头俺,让俺来收拾也可以啊。没有,不是要收你们额外的钱,俺可没有那么过分的心思。俺哪敢呐?有森家以前就对俺照顾有加,要找你们讨这个钱,俺可做不到。只要啊,在俺三两下把这地方收拾好了之后,让俺种点儿麦子,这就够啦。哎,种出来的麦子俺也会分一半送给您,表示感谢。请您仔细考虑考虑,再做决定。可能听起来像是吹牛,但是俺觉得,交给俺,对少爷您来说是最明智的办法。下地干活什么的,只要交给俺们这样的人,那都不是事儿……俺再提一嘴,那儿有个五右卫门浴桶①，那个您打算卖吗？俺那儿没有澡盆，要是少爷您不需要那玩意儿的话，还希望能送给俺。提这个要求有点失礼了，不过俺会付您十日元的。您瞧，虽然还不知道这澡盆能不能用，可俺如果不付点儿钱的话，心里头都过意不去。俺是诚心为了少爷您着想，请您考虑一下吧……"

看到我们郑重地点了头，竹井一副心满意足的样子回了自己家。

"怎么办？"

樱子在我耳边小声说。

"樱子姐你觉得呢？"

我没有勇气先说自己的想法。正如竹井所言，樱子的脸被烟熏黑了，手腕上的小擦伤也很显眼，估计我的脸上也染得一团黑。而且废墟的清理工作一点也没有进展。

"嗯……我总觉得那老爷子说得未免有些太好了。要不，立份字据之类的东西，先保证我们家的地不会被抢走，怎么样？要租一年的话，就把一年的期限也写清楚。不过要是这样的话，我们怎么办？我们也不能一直住在林老师那里啊。"

冬吾他们还在甲府的时候，就曾建议把土地辟作田地，建小房子更好。但是，凭冬吾和樱子他们的能力，这事完全是天方夜谭。两人想起那时的事，不禁一阵长吁短叹。矶姑姑采纳了建议，已经住进了新的小屋，英姑姑也正在造新房子。各处的废墟，到了这时，都已经搭起棚屋，辟出了田地。那个时代，为了保证食物，只要有土地，人们就会忍不住要自己种上荞麦和小麦。

"要是把这里交给竹井，咱们就只能去照子姐那里了。我也得

---

① 五右卫门浴桶是一种可以用火直接加热的铁制浴桶，其名字来源于盗贼石川五右卫门被烹刑处死的传说。

尽快返回学校……"

我含糊不清地回了樱子。说实在的,我已经很想赶紧"回到"东京的大学里了,能早一天是一天。为了能从军队复员后有一条后路,我好不容易才在大学里保留了一个助理的职位,要是在甲府磨磨蹭蹭的,被谁抢走了位置,那可就功亏一篑了。当然,最重要的还是我想躲开废墟中的体力活。不过,我不可能把真心话告诉樱子。竹井的提议对我来说,正中我的下怀,可谓欲渡得舟(想要渡河的时候,正好发现有船,换句话说,就是指非常适时的帮助。——帕特里斯注)。要是能从废墟中脱身,而且一年之后,不用劳作就能有麦子,还有什么可犹豫的呢?若是樱子反对的话,又是另外一码事。可是樱子一听说要是采纳竹井的提议就能和我一起去东京,她那被灰炭弄脏的脸立刻绽放出了宽慰的笑容。

"这样行吗?我也去东京没问题吗?啊,我多么想这样!不久前我还在想,自己会不会又要被小勇你抛弃了呢。在东京我也能找到工作。即便达彦从战场上回来了,也不知道是个什么状态,说不定两手两脚都没了。这样的话,就得我来养达彦了,这点心理准备我还是有的……"

我们终究还是两个不成熟的人,对自己的年轻过分自信,以至于比起故乡的土地,我们会忍不住更关注自己今后的可能性。所有东西都被战争中断了,结果就是除了年轻一无所有。我们不禁感到了和过去的遥远隔阂,就好像已经活了百八十年,下起决心来痛快得甚至有些莽撞。

我俩合计,这事不必特地找姐姐们商量,就和竹井正式谈妥了。我们允许竹井以一年时间为限使用土地,租金是小麦收获量的二分之一。

之后,我们去向姑姑们报告,不出所料,遭到了强烈反对。她们说:"这种时候要是不亲自看着,自己的土地就再也没有了,对方是不可能把地再还给你们的。为什么一年,不,就算半年也好,怎么就是忍耐不了呢?"可是,合同已经签好,现在再说什么也为时已晚。姑姑们有姑姑们的情况,我们也有我们的安排,从一开始就是各走各的路。反正,我们北堀町一家人,如同姑姑们以前就感叹的那样,有一个根本性缺点,那就是"不管什么时候都想着逃离盆地,想着和外来者结婚"。

再怎么决定不和姐姐们商量,也不能不向她们报告我们要搬去东京的事情。因此,我们给笛子、杏子、清美写了明信片,还给照子发了电报,顺便给她寄了一封信,在信中简要地说明了情况。

依樱子所说,自从上次在车站分别以后,笛子只寄来过一张明信片。明信片里说,虽然旅途很艰苦,但他们总算是到了冬吾的老家,无须为食物和酒担忧,总算可以安心了。不过,她正因为不懂当地的方言而苦恼。照子给林老师写了一封感谢信,还寄来了给樱子的一套内衣和她自己的旧夏装,不过从那以后就音信全无了。杏子只来了一通电报,内容是"房子烧了我很难过,我很想立刻回去,但是回去不了,对不起"。此外,清美和以前一样寄来了一套旧衣服,还有肥皂、手巾、茶叶和地瓜干之类的东西,包裹里的卡片上写着:"我从照子和笛子那里听说房子被烧了,不过大家都平安无事,真是万幸。横滨的空袭在我们这边的大楼上炸开了一个洞,一部分建筑着了火,不过寺尾商会还是想办法在继续经营。"战败后那边的情况怎么样了,不得而知,因为后来一张明信片也没寄来。樱子不由得对着我抱怨起来:"在一场接一场的空袭之后,杏子在红十字会医院的工作可能实在忙得超乎想象。就算杏子和清美都没有办法帮忙,可为什么照子和笛子自从嫁人之后,也都一点儿忙也不帮呢?"

"嫁出去的女人，泼出去的水。这个借口我懂，不过直到现在，我才终于明白这意味着什么。我总觉得她们做得有点太过了……"

尽管樱子是以这样的方式明白了女子出嫁的含义，但是她对自己的嫁妆还是非常执着，坚决不肯放弃。衣箱中的东西大都拿去换了食物，已经所剩无几，即便如此，樱子还是守着衣箱不放。只要把衣箱给樋口家或姑姑，又或者其他什么人，就不用费尽心思把它托运到东京，也免去了将之放在赤羽的照子家里的不安感。可是不管我劝她多少次，都不起作用。为了把我们的行李从樋口家全部拿走，五个月前樱子和冬吾拖着大板车走过的山路，这回我和樱子也得走一遍。拖着沉重的行李上山很辛苦，反过来也一样。要是不频繁地踩刹车减速，大板车就会猛冲下去，很可能直接掉进河里。不过，在路上看到了十月刚出现的红叶与秋日蓝天形成的鲜明对比，让我们的心情得到了疗愈。还久违地听见了伯劳尖锐的叫声。

"过段时间，真想悠闲地在山里玩一玩啊。"樱子一边抬头看向天空，一边说道。

我也深吸了一口气，答道："嗯，我们也去滑雪吧。杏子姐一直想去。以后有的是机会玩，还有许多山以前没爬过呢。"

"对，以后必须玩个痛快。"樱子点了点头，高兴地说道。

从龟泽回去的路上，我们去了一下南原村的寺庙，在祖父母和父母的墓前汇报了房屋被烧毁以及我们要去东京的情况。不知道樱子还祈祷了些什么，但我是坚定地立下了誓言，那就是在不久的将来，一定要凭借自己的力量在北堀町重新建起房子，复兴有森家。（这个时候，我是真心那么发誓的。结果很长一段时间里，由于这条誓言，我一直都在咒骂自己的无能。看我这么认真，姐姐们都笑我，说根本用不着起誓，谁都没有期待过这件事能实现。不过，当时她们仍然被陈旧的家庭制度束缚着，只是忘得一干二净了。近四十年之后，笛子和杏子终于也开始笑话旧时代的思想了："你这人也很陈腐嘛，说什么'复兴有森家'，又不是时代剧。"）

房子全被烧毁，意味着连同生活场所，伴随着之前生活的一切事物，从穿的衣服到筷子、针线一类的东西都同时消失了。而且，在刚战败后的那段时间里，物资匮乏的情况反比战争期间更严重了，任何物资在商店里都无法轻易买到。我们的存款也所剩无几。竹井买五右卫门浴桶付给我们的十日元，由于持续的通货膨胀，当时只够买几个苹果，但对我们来说也是一笔宝贵的收入。就算真的一百日元卖给他，他肯定也没有理由抱怨太贵。

我们手边连一根绳子、一张席子也没有，怎么办？就比如怎样才能将樱子的箱子打包寄到东京呢？此外，梳妆台、琴和屏风、缝纫机，还有两个柳条箱，怎么处理？估计全要依靠林家、姑姑们以及从宪兵复员当回米店少东家的那位朋友的帮助了。筷子和每天盛米用的一升瓶都是从林家借来的。饭碗是从废墟里捡回来的。

自从决定去东京之后，事情就突然多了起来，每天都忙前忙后的，不过在此期间，我们还是一有空闲就到房子废墟上去。自从把家里房子的废墟委托给竹井的那天起，从里面翻出来的所有东西都无条件地归竹井所有了。一直到出发去东京的前夜，我们都还在依依不舍地从废墟中掏挖，希望能找到什么残留下来的东西。掏挖是樱子想出来的形容。我们移动不了沉重的木材，只是一会儿戳戳缝隙，一会儿清理泥土，一点点地作业，确实很有掏挖的意思。

借着月光，那天夜里我和樱子很起劲地在废墟中掏挖。我们就是有一种感觉，万一还有许多重要的东西藏在废墟里呢？樱子已经找到了一块残存在库房缸底的味噌块和米糠酱菜、没了柄的除草镰刀和几件餐具。我找到了小太郎滑冰用的冰刀、主体被烧坏又压扁了的双筒望远镜,还有个东西似乎是母亲真十分珍惜的锡制带柄小镜子。净是些相当于破烂儿的东西。实际问题是,整个废墟都被炭化的木材和大量瓦片盖住了,只要这些木材和瓦片没有清理干净,就指望不了再有比之前更大的发现。我伸直了发疼的腰说:"别想休息了吧。"随后在月光下寻找樱子的身影。就在这时,我听见了樱子喊我的声音。

"小勇,你快来,看看这个!"

樱子蹲在一个有些凹陷的地方,离我七八米远,高高地挥动着右手。我一边注意着脚下,一边靠近那里。

"找到什么了吗?"

"看这个。"

樱子仍然蹲着,手掌中小心翼翼地放了个非常小的东西拿给我看。我将它放到自己的掌心,凑到眼前。月光照在上面,这块如碎冰的东西发出清冷的光芒。这块透明的石头带有类似霜柱的竖线,长约三厘米。

"我想这是老爸的黄玉吧。topaz。我肯定,不会错的。"

樱子郑重其事地宣布。

"啊,这就是'topaz'?不是像水晶吗?可能只是玻璃吧。"

看我一副半信半疑的样子嘟囔着,樱子站了起来,越发自信地说道:

"肯定是topaz。水晶里面是没有这种竖线的,而且这种铅笔一样的形状我好像见过。以前爸爸给我看过,他当时还说:'这就是日本的黄玉,叫作"topaz"哟。是我在甲府的山中找来的,虽然和外国那些黄色的矿石相比没有任何价值,对我来说可是有纪念意义的宝贝。'小勇你当时也在边上,没想起来吗?"

我带着遗憾的心情摇了摇头。

"是啊，你那时还太小了。来，你看，这下面看得见闪闪发光的东西吧？这也是黄玉的特征哦。断面部分像珍珠似的会反光。看，啊，真漂亮。果然，这就是老爸的黄玉啊。红的，蓝的，像一小团冰中火苗一样。真是漂亮啊。"

我重新把这块小小的透明石头对着月亮，上下来回翻转，寻找樱子所说的"冰中火苗"。在某个角度被月光照到的时候，真的能看见一团小小的但发出锐利光芒的青红火苗在其中闪烁。沿着石头平整的断面，如同发光的沙粒、一小片极光，微闪的青红光芒绵延至石块内部。小小的碎石块竟蕴含着这般极其微小的绮丽景象，实在是不可思议，令我不禁看得入迷。樱子也凑到我身边屏住气，在月光下一直盯着石头当中的极光。我们二人的耳畔仿佛响起了父亲源一郎的声音。

（石头是有生命的，这一点很好理解。每块石头都在歌唱自己的生命。试着认真去听。想要听见石头的声音，自己也要变成石头。所有无聊的想法全部忘记，要和大地一同呼吸。听，能听见吧？就是这样，那就是石头的声音、石头的生命。我们的地球，如此美丽……）

樱子好像是在院子一角的灌木丛里找到这枚黄玉的。也只有在那里还有当时着火掉下来的木材。此前她一直在废墟的瓦砾当中寻找，忽然发现杂草中有东西在发光。拿起来看看，没想到是黄玉。可能由于柱子倒塌、瓦片落下来的冲击，标本架上的石头被掀落到庭院，滚进了灌木丛。也可能是已故的源一郎特地藏在那里的。我和樱子都心想这不可能，只是这么打趣而已。不过，两个人又都开始觉得这很像父亲会干的事，感觉背脊有些凉飕飕的。虽然想赶紧跑回有人气的、没被烧掉的街区，但我们还是互相打气说，这是最后一次掏挖了。慎重起见，我们搜索了其他的灌木丛，还跳进只剩一点泥水的水池中到处掏泥巴。可是仅有些小石子、瓦片和玻璃碎片，再也没出现过源一郎的"宝贝"。

这块 topaz 成了樱子的"宝贝"，后来又成了樱子的孩子辉一的"宝贝"。（只是记忆如此，我并未亲自确认。）

第二天一早，我们终于乘上了开往东京的列车。出发时，没有一个人来送行。车上的状况比起我从江田岛回来的时候稍微好了一些，但人还是一样多到恐怖。所有的乘客都抱着大包行李，精疲力竭。

久未造访的东京确实令人怀念。尽管遭受了好几次大规模空袭，很多人被杀死，相当于甲府几十倍大小的焦土原野一片惨状，但一到新宿，流动的人群充满了生气，车站周围摆了许多小摊；摊位很简陋，却也熙熙攘攘。美国士兵的吉普车在路上飞驰，令我们耳目一新。虽然美国占领军也进入了山梨县，但当初不知什么原因，美军的中队只进驻了县界处的上野原，因此在甲府仍然很少看见美国兵的吉普车。日本战败，无条件投降了，但也因此，日本人民至少逃过了被杀光的最坏结局。关于美国今后要如何管辖日本，大家当时没有丝毫头绪。

大都市复兴的速度和随处可见的美国士兵的身影，唤起了我们对于之后在东京生活的紧张和兴奋。总之，战争结束了。而且，我们还活着。除此之外，还有什么奢求呢！到了东京，我们才第一次实实在在地感受到这一点。在此之前，我们一直都被关在时间以外的冥冥昏暗之中。不过，一到赤羽，就好像过大都市而不入，重新回到了乡下，等着我们二人的又是悠闲的风景。虽然赤羽的车站周围因空袭被烧掉了一片，但离车站稍微远一些的地方，草原还是和以往一样，一望无际地暴露在从河面吹来的风中，野鸟在叽叽喳喳地鸣叫。河边的风景一如既往地寂寥，连狸子都住不下去。

我们先到了居民区,在确认长期无人居住的松井家没有被烧掉之后,穿过风呼呼吹的"荒野",终于在傍晚到了照子的家中。善政的工厂毁于空袭,水泥外墙被炮弹击中后,发出震耳的爆炸声,燃起熊熊火焰,仿佛末世来临。幸亏河岸上有潮湿的"荒野",火焰才没有蔓延到照子他们的职工住宅。

善政和红在家中迎接我们。自二月母亲真的葬礼以来,这是我们第一次重聚。照子和善政都没变。但令我们惊讶的是,红的身材瘦长得有大人相了。她已到了初中一年级的年龄,正是长身体的时候,再加上营养失调,所以才长成这样。不过,我和樱子的消瘦程度丝毫不逊色于红,蓬头垢面,衣衫褴褛,着实把照子他们吓了一跳。

"你俩怎么这个样子了呀?快,快进来。在甲府吃了不少苦吧?来,行李什么的就扔那边吧,先休息一会儿。"

听照子这么一说,樱子就在走廊上端坐下来,给我使了个眼色,示意我也坐下。我们,还有照子,就端坐在原地。红从厨房端来茶水后,坐在照子的身后。善政在起居间苦笑着看着我们。樱子把我一路背来的背包拉到跟前,解开带子,从中拿出六升左右的米(10千克左右的量。——帕特里斯注),接着从自己的包里取出三个南瓜、二十个红薯和一些番茄之类的蔬菜,然后又从手提袋中取了鸡蛋和乌冬面粉,摆在照子的膝前。

"这就是我们所有的东西了。给姐姐您添麻烦了,今后还请多关照。"

樱子边说边郑重地鞠躬行礼。我也慌忙低下了头。

"哎呀,你们竟然带来了这么多东西!也帮了我们大忙啊。放心吧,你们就住在这里吧。这里对你们来说就像是娘家一样。"

照子笑嘻嘻地说着,对我们略一颔首。

我把这些食物从甲府带来,万万没想过,明明是要住在亲姐姐家里，却还需要这样的礼节。我只是稀里糊涂地认为，这应该是给杏子和熟人带去的礼物，剩下的部分则是我们用来填肚子的。按理说，照子家应该无偿地接待我们，三餐也应该会像以往一样为我们备好，而我们也不必客气。毕竟，照子是我们的姐姐，而且还是代替父母照料我们的大姐，所以我对此深信不疑。现在，我非常震惊，没想到如今粮食短缺已经到了这般严重的地步，不禁为自己的天真感到羞耻。而樱子从一开始就决定要把自己的嫁妆换成食物，作为"临时居住费"付给照子姐一家。实际上，樱子的那个嫁妆箱说不定已经空了。失去用作嫁妆的衣服有多么难受，作为男人，我很难感同身受，但对樱子来说，那感觉一定是像砍掉一部分身体一般心如刀绞。樱子给照子带那么多食物，显然是因为我。要是樱子一个人来，充其量给两个南瓜应该就能应付。我虽然是弟弟，但也已经是二十五岁的成年男子了。我暗暗发誓，今后不管发生什么，我都不能再让樱子姐做出任何牺牲了，从今往后，我必须支持樱子姐，保护好她。我在心中无数次地鞠躬致谢，并不是对照子，而是对樱子。

"瞧瞧，这说的是哪儿的话呀……"

我听见了照子姐嘲笑我的声音。

"这不是陷我于不仁不义吗？我知道樱子很照顾你，可就算这样，你也太死心眼啦。"

这位照子是从哪里冒出来多管闲事的呢？这些话，可能是很久之前在笛子的新家见面时她直接对我说的，也可能是大家一起去扫墓的时候对我说的。我已记不清了，但照子那带着一点鼻音、有些惺惺作态的声音非常清楚地传入我的耳朵，就好像她一直在我身后偷看我的回忆录一样。

"……那个时候，我可是和樱子说了：'你们什么也不用担心，不管怎么样，早点到赤羽来。毕竟家里房子都烧没了，你们也没地方去了。'不过，樱子写信来说，妈妈和小驹的衣带和衣服都寄存在了樋口那里。她之前想着，要留最好的东西当作最后的纪念，就放在樋口那里了。现在她觉得，索性把它们换成食物作为在赤羽的口粮。小樱自己的衣服只剩一件了，这最后一件衣服她实在是想带在身边。其他衣服全都拿去填补杉一家的日常开销了。她这么做，都是为了尽量不使用你从江田岛寄回家的钱啊。所以我就答复小樱：'你要是觉得那么办比较好的话，就那么办吧。虽然那样做很可惜，可是食物也很重要。不过，别太勉强了。到我这边来，我们商量一下再决定也不迟。'其实，就算樱子这孩子不操这个心，你们两个人的食物，我这边总归也凑得出的。我们开辟出了一块规模不输农家的田地，善政的乡下老家也会给我们寄些米来。其实，妈妈和小驹留下的衣服究竟是什么样的，我还很想看看呢。因为是以前的东西，品质肯定很好，要是那样的话，给我穿挺好的，给樱子穿也不错。我确实是这么想的。可是，小樱最后还是依着自己的想法，拿它们去换了食物。她大概是想衣服只要留着自己最后那一套就足够了，要是抱着过去的回忆不放，还为此饿肚子的话，那也太傻了吧……小樱还很年轻，不像我这么多愁善感。再加上她也是想在你面前表现得好一点。因为是你年纪最小的姐姐，她才那么积极，想在你面前有个姐姐的样子。她啊，是不想到了我这里之后，自己和你一样被当作老幺对待。她是想告诉我，尽管年纪相差十九岁，她还是希望我把她平等地视作勇太郎的姐姐。来赤羽之前，她一直一个人守着甲府的房子，心中也是有一份自豪的。那个时候，也许她感觉自己就像是独自守护幼主的姐姐一样，将食物摆在我们面前，并用那种语气寒暄。那气势就好像在说'主城已遭焚毁，请将可怜的幼主藏匿起来'。不过，这位幼主都已经是二十五岁能独当一面的男人啦……嗯，不管怎么样，你让樱子受了不少累，这是永远不会改变的事实。说到这里，杉一家也是甩手掌柜，光靠着小樱一个人。当然，当时形势逼人，大家都是没办法。话说回来，你那时的境遇不错啊，战争期间不识疾苦，事事做甩手掌柜。要是没有小樱，你怎么办呢？你啊，一副只要趴在小樱身后就万事大吉的表情，吃的饭比别人多一倍，却还总是抱怨冷、埋怨热的。在我看来，你这种懒惰的幼主真是叫人讨厌。当然，尽管如此，泉和操从战场上回来之前，我还有闲情放任你耍性子，之后我可就没那耐性了……"

对，这是照子的声音。

为什么明明她人不在我身边，声音却如此栩栩如生地浮现出来了呢？照子去世已近二十年了。她的说法在多大程度上是正确的，我不得而知。不过，唉！当时的我肯定像照子指责的那样是一个窝囊废（没有志气、散漫松懈的状态。——帕特里斯注），这一点无可辩驳！

既然如此，那么，下面我这个窝囊废就必须在自己的责任方面多说几句了。

到达赤羽的两天后，我就开始去本乡的大学上班了。如果待在家里，也不是没有种田或是到政府部门申领配给之类的事情可做，但我还是想尽早恢复大学的研究生活。我确信，那才是属于我的生活。因为担任的是"无薪助手"这一最低等级的职位，所以即便是在大学上班，我却连一分钱的工资也拿不到。不过，至少我有自己的容身之处了，这是我在期望和努力过后好不容易找到的容身之所。

除了一部分大学之外，幸免于空袭劫难的大学起初都空落落的，我就成天收拾研究室、整理资料。不久，教授和学生们从避难地或战场陆续回到校园，进入十一月，终于能开研讨会了。但是，研讨会上全是原子弹爆炸的话题。看起来，要让各自的研究领域脱离瘫痪停滞的状态还需要一段时间。

起初我尝试每天从赤羽去本乡，很快就累得叫苦连天。路上太费时间，体力消耗也非常大。所以我决定，除了周末，每天都住在大学里。这样一来，照子的负担也就减轻了（应该是这样）。除了我以外，还有很多无家可归的人"住"在大学里，甚至还组织了正式接受配给的团体。在大学名下的难民营里，实验用的天然气可以用来做饭，物理教室的地下还有澡堂。由于学校里设有医院，因此也不会停电。虽然不同于一般住宅，无法保证生活方面的隐私，但住起来感觉还不错。我时常在后院一边向人学习，一边采集一些能吃的野草，回实验室煮了吃。

本想着这样一来多少稳定了，结果才刚安下心来，操突然从战场回到了赤羽。

那是一个周日的傍晚。我们听见玄关处有声响，红前去查看情况。忽然听到红的惨叫，我和照子赶紧跑了过去。玄关的暗处，一个身穿褴褛军装，宛如一具骸骨的人把行李一扔，仰面倒下了。那是操。他得了结核病，已是奄奄一息。

过了十天左右，泉也从中国经过漫长旅途，到达了赤羽。和操一样，泉也是一副骨瘦如柴、状若幽魂的模样。

几天之后，照子对我们说：

"我们家现在这个样子，请体谅一下我们吧？你俩之后要是不能靠自己生活的话，我也无能为力了。"

照子家里住了两个重病人，我和樱子不可能再继续住下去了。因为从没想到会立马被赶出去，我俩完全没有储备任何日用品和食物，对我们来说，再次搬家可谓难上加难。

情急之下，我们只能租了附近一户人家的一个房间，将樱子的衣箱和我的书往大板车上一堆，就搬了过去。从那天夜里开始，我们就必须做两个人的饭菜了。说是饭菜，其实只是照例把白萝卜和红薯切碎，同米饭混在一起做成的食物，就像小孩子过家家一样，或是给病人吃的那种东西。

"小勇，饭做好了，快吃吧。"

听到樱子喊，我便和她相对坐下，面前垫着代替餐桌的报纸，吃起了寒酸的"晚餐"。我们的房间很旧，能放下八张榻榻米，有一扇飘窗。做饭、洗衣服都必须到走廊上去，就连厕所也是公用的，就像学生宿舍一般简陋。不过，从走廊可以直接走到院子里，这一点我们还挺高兴的。冬天的时候，我们也会坐在走廊上望着山茶花和水仙花，这让我们想起北堀町的院子。夜里，我们仰望月亮，数着星星，获得一丝安稳。

"我总觉得有些奇怪，真的是只有我们两个一起住吗？感觉小红或善政先生马上会从那里走出来呢。"指着通往走廊的拉门，樱子说。

"嗯，还有林老师。"

我一说完，樱子便哈哈大笑。

"吃别人家的吃习惯了，像神经病一样，我们可真是可怜哪！"

"不过，以后就可以随意了，毕竟是我们自己的房间嘛。"

樱子脸上的表情莫测，她抬头望着狭小房间的天花板，随后视线又转向窗户。

"没错。我们想在这里待多久就待多久，住到什么时候由我们自己决定……"

"大概也不会一直这样下去吧。如今的我们，要保证这样的生活确实竭尽全力了。可能等我们没那么紧张了，在这里再租一个房间也不错。这一时半会儿我都在学校里，只有周末才回来。车到山前必有路嘛,一切都可以解决的。"

我说着,隐去了自己的不安。

"我挺喜欢这里的。对了,我想给那扇飘窗挂上窗帘,这样就不会那么冷了。咱们选亮色的窗帘吧。用英姑姑寄来的布料就太浪费了,要不把旧浴衣拆了做窗帘吧。然后,还有小勇你的书桌,必须找个能做书桌的东西。还有一堆要做的事。我还想有个书架,矮饭桌也得想办法弄一张。要是照子姐那里还有多余的板子就好了。"

"我也去大学里找找看,虽然我估计那里的东西应该被人捡得差不多了。天凉了,还需要准备好木炭之类的东西,这样一来,也需要一个火盆。"

当时已经进入十二月,我们的房间漏风很严重,榻榻米冷得像冰面一样。这样下去,到了一月、二月,怕是要和冻土一样了。有足够的钱就好了!我把吃空的大碗放在报纸上,叹了口气。当海军领的工资和退职金几乎就是我们所有的财产,没有任何其他收入,只靠这些钱不知道能撑到什么时候。

"总会有办法的,没事的。只要能待在这里,我就什么都不怕。至少这个地方是咱们的天下嘛。笛子姐和清美也会寄东西来的。明天我要打扫一下。窗台上我也想用些花装饰一下……喂,院子里的红色山茶花开了,我们去摘几朵吧……"

一边说着,樱子突然站起来,拉开门跑到了走廊上。她打开玻璃窗,又打开了防雨板,把头一下子伸出窗外,随后回过头朝我眨了一下眼。接着,她立即跑了出去。我慌忙追了过去,从走廊上看着外面。黑暗中,我看见一个像樱子的影子在移动。正如我想的那样,她应该是想偷山茶花。虽然顶多就是一朵花罢了,可要是被发现,房东肯定会不高兴的。这才入住一天,我可不想惹出那种麻烦事。略微犹豫了一下,我也穿着木屐从走廊下去了。樱子气喘吁吁地跑回我的身边，右手紧紧捏着她从树枝上折下的一朵花。

"好事不宜迟，我已经弄到了。哎呀，小勇，你怎么看起来这么严肃呢？你呀，就是爱操心。偷花贼从古至今都会被饶恕的哟。开了那么一大丛花，怎么到了夜里就褪去了颜色，看起来像海底的海草一样。你快来看看。"

樱子把花伸到我面前，走廊的光照在上面，看起来却是淡红色的。

"是嘛……明天应该先问下房东的。"

樱子笑着，小声和我说：

"就当作今晚的纪念，就得是今晚。当作庆祝我们的'独立纪念日'……虽然很冷，但是外面真是舒服啊，月亮也出来了。看，是椭圆形的哟，月亮。"

我也望向空中。再过两三天应该就是满月了。此刻，月亮挂在院子里的树梢上，发出银色的光芒。感觉就像是在甲府的废墟上看过的月亮越过笹子岭，不远万里追着我们到了赤羽。还没到八点，院子里已是静悄悄，房子也陷入一片昏暗。

虽说不得不从照子家搬了出来，但我们和她之间的联系并未断绝，樱子要是从照子家的库房中找到什么零碎东西的话，这些东西就归樱子了。她还会送来一些旧衣服。樱子也会去照子家里洗澡。照子忙着照顾泉和操，她就替照子给红缝衣服、辅导功课。不过，只有吃饭是严格分开的。樱子一直是回到我们的房间一个人吃饭。樱子深切地认识到，所谓"独立"，最基本的一点就是食物要分开。

我和之前一样，除了周末以外都住在大学里。有时，樱子会把自己做的小菜送到学校来。我偶尔出去买东西不在的时候，她就把包着布的小菜挂在研究室的门上，一个人回到赤羽。

那段时间，我们独立生活的事情也传到了杏子和笛子那里，笛子一有机会就会从青森给我们寄来年糕和苹果。杏子也和樱子一样来我的大学，给我送一些她用自己低微的薪水买到的硬面包（特别硬的面包？——帕特里斯注）和薯干。日本红十字会医院的工作在战争结束之后仍然非常忙碌，杏子整天忙着应付从曾经的战场回来的人们。究竟有多忙，用她自己的话来说，就是"连坐下吃饭的闲工夫也没有"，以至于连新年的时候她都没办法悠闲地到我们这边来玩。杏子瘦得厉害，脸也被晒成了浅黑色，但那双灵动的圆眼反倒添了几分光彩，步伐也充满活力，好像全身都洋溢着南丁格尔式的精神。清美正式担任了寺尾商会的新社长一职，同样十分忙碌，因此也几乎没有机会见面，但她会寄来巧克力、饼干等点心，还有上等的面粉和一些法兰绒布，感觉都是从美国的 PX（post exchange[①] 的略称。——帕特里斯注）那里弄到的。

新年的时候，我们去照子那边吃了年糕。可是她家里有两个重病人，我们没有办法久待，没什么特别的事情可做，十分无聊。不过，新的一年，在大学前辈的帮助下，我升为"带薪助手"，工资只有区区三十五日元，少得可怜（那时候两根蜡烛要五日元。也就是说，我的第一笔工资就值十四根蜡烛。再加上当时通货膨胀的速度令人难以置信，就连这三十五日元的价值都一落千丈，到了第二年连一捆柴火也买不起了）。但是，从事物理相关工作以来第一次能拿到工资，这令我高兴得无以复加。

"一定要赶紧告诉笛子姐，小勇也终于当上大学教授了。这些钱，我都想给它们拍张照片做纪念了，舍不得花。"

这么说着，樱子大喜过望，为我的前途发表了一番祝福。不过，

---

① 意思是军营小商店。

这点钱自然转瞬之间就用完了。生活费问题仍然存在。

樱子那时常常给笛子写信，向她倒苦水："无论如何我都要去找工作了，我不想让小勇担心。小勇要是忧郁了，我也会坐立不安的。"她甚至和笛子商量，自己要不要干脆到居酒屋上班，说她看见赤羽车站前贴着招聘广告，除此之外没有别的办法了。樱子这个想法令笛子非常激动地训斥了她一顿，质问她："作为有森家的人，怎么会有这种疯狂的想法呢？！即使快要饿死，也不能放弃自己的尊严。"当然，笛子不会坐视自己的妹妹真的饿死而不管不顾。她给善政写了封信，询问他能否在他工作的公司给樱子谋个职务。善政的公司也正处于重建工厂的困难时期，需要人手，便痛快地接收了樱子，让她做一名兼职文员。在那之前，善政和照子一直以为有森家的存款还有一些剩余，所以关于我们的财务状况，也就没有特意问过樱子。而樱子也是个执拗的人，不想向他们诉说我们的"困境"。当善政第一次听说我们的状况竟然如此紧迫时，大吃一惊，于是尽最大努力游说自己的公司，将我们从最差的生活中解救了出来。

"是啊，当时善政为了小樱，不知道给社长和董事鞠了多少次躬。毕竟在那个艰难时期，可是有大把大把找不到工作的人在街头流浪呢。那时，我们满脑子都是泉和操的病情，连红都感染了。实在对不住你们两个，不过那时候我们真的没有工夫考虑你们的事。你们不亲口和我们说清楚的话，我们根本不了解你们的真实境况。我有时候还会盼着，万一达彦明天就回来了呢……"

照子的声音又插了进来。确实如此。新年以后，红的情况有些奇怪，紧接着，连照子也染上了这种恶性结核病菌！幸运的是，照子和红的症状非常轻微，因此我也就印象不深。泉和操的状态非常差，看不到病情好转的希望。那时候，他们家里唯一健康的人就是善政。他一到休息日，就会买来肉、牛奶和黄油给他们补充蛋白质，还会买些大米、木炭和柴火扛回家，也一直拼命地筹措高昂的医药费。令人不可思议的是，只有善政躲过了结核病菌的侵扰。不过，两年后，善政因为脑梗死倒下了，可能也与这时的劳累脱不开干系。

樱子三月起就去公司上班了。公司离住处不远，走路就能到，因此不必受通勤之苦。更重要的是，每个月能有六十日元工资进账，这让我们安心不少。六十日元的话，够买二十四根蜡烛或是一些鸡肉。当然，我们没打算把钱用在那么奢侈的地方，靠吃红薯和萝卜就能勉强度日了，即便明白这仅仅是最低水准的生活。

我总是在考虑食物的事情。假如这个世界上的一切烧鳗鱼、牛肉、金枪鱼、年糕红豆汤、寿司、冰激凌、鳕鱼子、鲑鱼子、奶酪、鸭肉、甜瓜等都消失了，我们倒还可以忍受，可是，只要有钱，什么都能买到。隔壁的人们吃着牛肉火锅（把牛肉放在锅中随煮随吃的做法。——帕特里斯注）之类的美食，你却只能眼睁睁地看着他们享受美味，在这样的情况下，你就忘不掉自己的饥饿了。我们是多么盼望能吃到笛子寄到大学来的干鱿鱼、干鲱鱼子、苹果和乡下美味的年糕啊。清美寄来的美国点心也甜美无比，不知道带给了我们多少安慰。纯白色的猪油寄来的时候，我们忍不住就那么用手指挖出一块，像小猫一样吮吸，直发出吧嗒吧嗒的声音。那时的我们，一身打扮不知多么寒酸，可只得默默忍受。因为买不起新衣服，樱子每天晚上都要把内衣上的洞缝上，把战争期间穿的劳动裤重新改成裙子，把旧毯子染成藏青色做成外套。甚至连缝纫针都是照子好心送给她的，算是贵重物品了。棉线都涨到了差不多十日元。即便如此，对樱子来说，有那台从空袭中保住的胜家缝纫机，重新缝制衣服时就有称手的"武器"了。

寒冬终于过去，东京的樱花盛开了。不过，我们却没有闲情逸致去赏花。赤羽的草地上，蒲公英盛开了，紫云英绽放了，云雀也在放声鸣叫。就是在这样的日子里，泉咽了气。泉只比我年长一岁，去世时脸上充满了与年龄不符的庄严，带着安静的微笑，似乎在怜悯我们这些生者。

从日本红十字会医院赶来的杏子哭得站立不住。

"我就是护士啊，可是我忙着看护别人，却让小泉就这么走掉了。"

一个月左右之后，在初夏的阳光下，树木的新叶闪着光泽，杜鹃花竞相开放，绚烂之极。在这样的日子里，操也离开了这个世界。此时，照子家的田地里小麦已抽穗，风吹过后，穗尖摇出一片青翠。操比我小两岁，还只是一个二十四岁的年轻人。不可思议的是，小太郎去世时也是他这么大。

照子他们身心俱疲，已经连眼泪都没有了，只是茫然地呆坐着。我们每晚都来照看，也已经精疲力竭。杏子在我们面前又一次痛苦地哭出声来。这次，她只是不断地重复着："连操都去了，小操都……"

这两人的死究竟促使杏子下了怎样的决心，在场的所有人都没预想到。照子家变得安静寂寥，染上结核菌的红和照子时醒时睡，依然在疗养，每天都打不起精神。到了休息日，我们就会过去帮帮照子的忙。我读的不是高等工业学校，而是去了大学，所以才没有被送去前线。为此，我一直抬不起头来，担心照子会因为这件事责备我，对我有所怨怼。但当时的照子只是一个人沉浸在自己的世界里。那是个沉默的世界，与这种无聊的怨恨相去甚远。离死者的世界最近的地方就在那里。

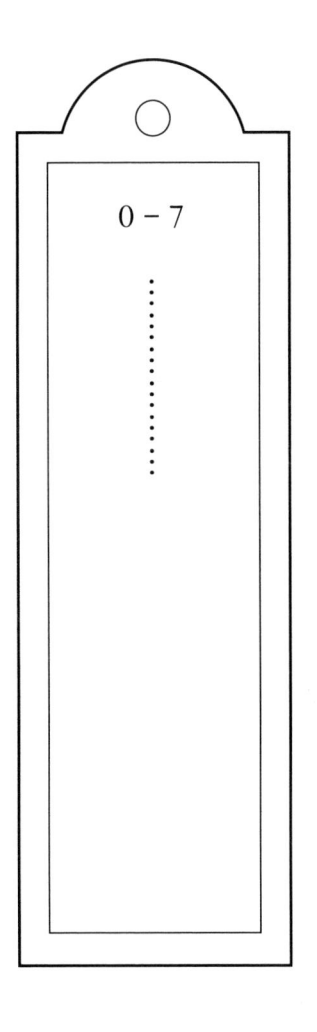

0 – 7

晚上好，勇平。

你知道我在日本多么不安吗？没想到你也是个优柔寡断的人。起初是久仁子腰受了伤，不能来日本了。接着，你妈妈也要陪久仁子，决定不来日本旅行了。然后，连你们也想延期旅行！好不容易走到这一步，连具体计划都做好了呀。我非常"落胆"，特别"立腹"①。（你现在已经能读懂勇太郎先生的回忆录了，这种旧式日语你也应该记了不少吧。）

不过，这事已经结束了。你的提议我非常赞成。确实，八月份来日本（北海道除外）旅行是非常艰苦的。而且从实际考量的话，你在仙台，米米在东京，各自都要准备考大学，也不可能那么悠闲地旅行。要是只去甲府扫墓，再看看富士五湖的话，三天时间就能回到东京。而且，富士五湖附近很凉爽！再加上放春假的时候，久仁子、你和你妈妈，还有你舅舅都能凑到一起，可以在甲府盆地周围的群山玩个尽兴！按勇太郎先生的记载，盆地到处是色彩缤纷的花，就像人间天堂一样（真是这样吗？）。春天来临时应该最合适去了，身体也会很放松。真想和勇太郎先生他们当时一样去赏花啊。

---

① 在旧式日语中，"落胆"是失落、气馁的意思，"立腹"是生气、恼怒的意思。——译者注

到时候一起吃紫菜卷寿司和饭团吧（虽然我不会做紫菜卷寿司）。

这一次，日程应该不会再改了，所以我准备预先订好距离精进湖和本栖湖比较近的旅馆。你和米米，我和我的恋人茂君，两间房。到了夏天，富士五湖的人特别多，早点订房间比较好。不过我觉得，很少有人会到精进湖那边去。你们还没见过我的茂君吧？可以期待一下哦，猜猜他是个怎样的人吧。我对他很满意，我觉得你们肯定也会喜欢他的。

再过两个月，你就要来了吧？勇太郎先生的回忆录，你已经读完了吗？还是说没读完呢？我先不说自己的想法了。要是你还没读完，我讲了就不好了。这和读小说一样，还在读的时候，应该不会想提前知道结局吧。我就只和你说一点自己的感受。勇太郎先生能为我们写下这一切，他的思想之广博简直令我惊讶到失语。你妈妈也在把它们翻译成英文吧？对你妈妈来说，应该有更切身的体会。父亲留下了这么一部回忆录，你妈妈可真是太幸福了。当然，对她来说，也可能是一件难受的事。对此，我不得而知。勇平，对你来说怎么样？勇太郎先生的"执念"会对你今后的人生产生怎样的影响呢？不过，你应该对你妈妈的故乡美国更有亲近感吧。因为米米，墨西哥将来也非去不可，有得你忙咯。说不定，等你和米米有了孩子，米米和孩子又会要求你学西班牙语！

但是，现在还是首先考虑日本。这段时间地震特别多，周围的人们都议论纷纷，说这可能预示着又要发生什么不好的事情了。我们的旅行会怎样呢？我可是越来越期待了！不过，你可别再变卦啦。

来日本的确切日期定下来之后，就尽量早点告诉我吧。

帮我给米米捎个消息。

我认识一个墨西哥人，他在东京的大学里教西班牙语。我和他说了米米的情况，结果他说一定要见见她，说自己可以教她日语和西班牙语，要是米米能教他法语，他会很高兴的。英语、汉语粤方言、泰语和毛利语他都会说，可不知道为什么，他至今都没有机会接触法语。他说他最近第一次听到了很久以前去世的鲍里斯·维昂[①]的一首歌之后，变得很想学法语。我到了东京会把他介绍给米米。这事你别忘了啊。

还有，谢谢你前些日子把美国的登志夫舅舅寄给你的老照片复印件寄到东京来！我一直很忙，忘了道谢。

这仅存的两张照片有大概一百年的历史了，可是好不容易才保留下来的！

源一郎先生站在中间，身边是抱着笛子的真女士和孩子们。那时的笛子还是个胎毛都没长齐的婴儿。骑着小木马的小太郎大概三岁，站在他旁边的是清美，一张圆圆的脸蛋。驹子七岁，头顶系着一根大丝带。还有十二三岁的照子，头上系的丝带更大，她正含羞笑着。

源一郎先生穿着气派的和服短褂和裙裤，摆好了姿势，一个人斜着眼睛，嘴角下撇。不过，帕特里斯，你们可真像啊！当然了，你和勇太郎先生也很像。真眼睛细细的，感觉很和善。照子和驹子看起来就很有活力，一副喜欢搞恶作剧的样子，她们头顶上的丝带像蝴蝶翅膀一样上下扇动着。我仿佛能听见拍完照片之后她们两人发出的笑声。个子小小的清美，为什么笑得那么开心呢？小太郎张着嘴，一直盯着镜头。

还有一张照片，不过很可惜，画面不太清晰，但从照子到勇太

[①] 鲍里斯·维昂（Boris Vian, 1920—1959），法国诗人、小说家、剧作家，同时也是歌手、词曲家、爵士乐手、画家、演员等，被誉为法国二十世纪文坛奇才。——译者注

郎，八个孩子都在，他们按年龄顺序站成了一排，背景是北堀町的房子。勇太郎穿着和服，年纪三岁左右吧，他看着镜头正在笑。穿着连衣裙的樱子个子稍高一些，正歪着头向下看。更高一些的是杏子，她也穿着连衣裙，那双大眼睛惊讶地盯着镜头。然后就是笛子了。笛子也穿一件发白的连衣裙，张大了嘴巴笑着，好像正在和小太郎说什么笑话。边上的清美也在哈哈大笑，她身上的和服看起来和水珠一般温润透亮。接着就是穿学生服的小太郎了，他笔直地站着，脸上挂着笑容。驹子身穿一套图案繁复的和服，非常成熟而有女人味，她也歪着头。照子穿一身格纹和服，身体倾斜，露出女人味十足的微笑。

这八个孩子，看起来多么开心！

背景中的房子看着也很气派，尽管隐蔽在木制围墙中，只能看见瓦片堆叠的屋顶。

这张照片看起来让人十分动容！仿佛世上的幸福都转移到了这八个人身上。

勇太郎先生当时一定是像这样，一边看着照片，一边继续撰写那部回忆录的吧。他一定是一遍又一遍地告诉自己，这么快乐的一段时光真的存在过。

那先这样。旅行的事情，我们再联系。

2–8

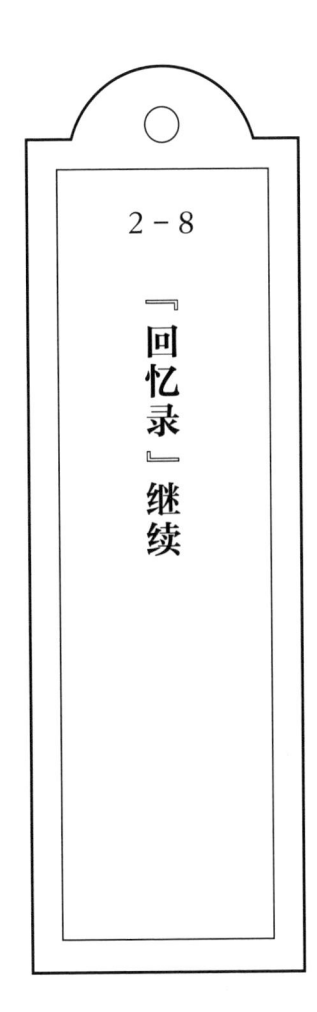

「回忆录」继续

21 归乡

阴冷的梅雨季过去了,看着眼前刺眼的盛夏阳光,我不由得回忆起一年前的夏天。那时的阳光也是这么毒辣,现在它再一次暴晒着每天食不果腹的我们。

我们依旧每天都过着饿肚子的日子。不过,我们还是无法习惯这种状态,也无法对日渐瘪下去的肚子视而不见。连大米都经常断供,马上就只能找黑市买米了。也就是说,想要确保食物,花费将越来越高。当我在研究室看书的时候,听教授讲话的时候,突然就会闻到不知哪里飘来的鳗鱼香,这种幻觉让我坐立不安。走在街上的时候,我也会突然回想起鸡肉的味道,想着想着就不自觉地掉下眼泪。就连睡着的时候,也会梦到自己被各种美食包围。在梦境中,我享受着热腾腾的寿喜锅(类似于牛肉火锅的料理,美国的外婆给我做过。——帕特里斯注),啃着螃蟹,咬着荷包蛋,吃着寿司,大快朵颐。沉浸在极乐世界里的我,体会到了人生的十二分喜悦。

后来到了六月份还是七月份的时候,政府为了应对通货膨胀而采取紧急措施,我们的薪水陆续提高了。我记得,我的工资从三十五日元涨到了五十日元,樱子的则是从六十日元涨到了一百日元，两人的工资合起来就有一百五十日元。这一变化确实让我们的生活状况有了很大的好转，但这些钱还是很少，要是我们全部拿去吃寿喜锅，一天就用完了。那段时间，因为食物供给紧缺，人们频繁举行攻击政府的大规模集会。许多大公司里接连不断地发生劳资纠纷，员工们要求公司给予三倍甚至五倍的加薪。最让我印象深刻的是，那些员工要求的最低工资标准竟然是六百日元。相比之下，樱子的工资只能勉强说得过去，而我的那一丁点儿工资简直就不是给人发的，那点钱说出去就像笑话。

就在这食不果腹的一个夏日，杏子同时给日本的五个地方寄了信——住在青森的笛子、住在横滨的清美、住在甲府的英姑姑（也包括矶姑姑）、住在赤羽的照子，以及同样住在赤羽的我和樱子。

寄到我们手上的信是这样写的。

（第一页）

本人有森杏子决定，将与居住于逗子[①]的铃村平辅成婚，在此诚挚通知各位亲人。双方皆非首次婚姻，因此我们不打算筹办婚礼。若无异议，本人恳请各位应邀拨冗，参加于东京西餐厅举办的简单聚餐。我们预定八月五日傍晚举办晚餐，特此询问各位的意愿。期待回信。

（第二页）

樱子和小勇：

你们一定吓了一跳吧。总之就和上面写的一样，我准备和平辅先生结婚了。因为我们都是再婚，所以就不想办得很张扬，

[①] 日本神奈川县东南部的城市，以别墅、海水浴场闻名。——译者注

希望你们能理解。嫁妆之类的我也没什么能力准备。今后我就住在平辅位于逗子的家里，那是一栋别墅。平辅之前一直住在东京的九段①，因为他的母亲和妻子去世了，最近他就卖了那个房子。据说平辅的父亲之前经营一家银行，不过后来那家银行被其他公司并购，成立了新的金融公司。他的父亲去世之后，

（第三页）

作为长子的平辅就继承了那份家业。不过，我感觉平辅工作没有很忙。

之前平辅和妻子住在日本红十字会医院，我因为负责照顾他妻子，就认识了平辅。今年一月，平辅的妻子不幸离世，他独自带着两个孩子，手足无措。那两个孩子一个十八岁，另一个十五岁，那么年轻，却因为感染了母亲的结核病，只能待在逗子的家里疗养，每天的生活由保姆照顾。

（第四页）

六月底，我辞去了日本红十字会的工作，七月份就去了平辅在逗子的别墅，在那里帮忙照顾他的两个孩子。这是我深思熟虑之后做出的决定。衷心期望你们能祝福我的新生活。

距离八月五日的聚餐还有一段时间，我打算有空的话去看看照子姐和你们。但我还不清楚究竟能不能去，希望你们别抱太大的期望。从逗子到赤羽的路程确实很麻烦。

小勇，我之前拜托你的事，看来因为这场婚姻，变得没有意义了。希望你能原谅我的任性。

---

① 东京都千代田区的地名。——译者注

（第五页）

　　但毕竟还是能帮你减轻一些负担，所以也不是什么坏事，对吗？

　　还有小樱，我很想见到你，心里有一堆话想和你说。我也想对你说声对不起。其实我一直很想帮你，但我这种慢性子，最后什么忙都没帮上。你公司那边的工作怎么样？松井家有什么消息吗？平辅虽然免于被征召入伍，但他如今的处境和善政先生一样。在这样的考验中，我完全无法思考到底什么才是正确的，终究还是输给了自己的软弱。我把收到的退职金汇了一半给你们，你们就用这笔钱来补贴一下自己的生活吧。

　　匆忙落笔，忘了告诉你们，平辅是四十八岁。

"四十八岁！"

读完信后，樱子惊叫了一声。

"怎么又是结核病……"

我也不由得低声嘟囔。然后我俩看了看附在信里的汇款，里面是三百日元。这些钱足够我们买鸡肉回来吃了，买牛肉也够了。我和樱子先在心里感谢了杏子的慷慨，然后面面相觑，同时叹了口气。

"不知道杏子姐那边发生了什么事，该不会被骗了吧？"

樱子苦着一张因营养不良而苍白的脸，眉头紧锁地小声说道。

"她好不容易才鼓起干劲在红十字会工作，现在又离开了。金融公司是指放贷的那些人吧？杏子姐这样的人也变得见钱眼开了吗？"

"杏子姐人品很好，应该不会变成那样……不过，现在说什么都太晚了，她都已经和那个男的住在一起了。"

"是啊……如果我们不去聚餐，不给杏子姐送去祝福的话，那她也太可怜了……"

樱子说完,再一次重重地叹了口气。我也沉默地叹息着。院子里的紫露草和夜来香都开花了。屋子里炎热,整个夏天的大部分时间里,我们都不得不待在面朝庭院的走廊上。那个旧式大走廊上有一个用苹果箱做成的饭桌,我们每天就在那上面吃饭,也不用担心谁来找碴。

我俩都很担心杏子结婚之后的生活,但是一想到她汇给我们的三百日元和八月五日的晚餐,我们又很没骨气地兴奋起来。既然说了是聚餐,那肯定是一顿正式的晚餐。应该会有汤和肉菜,比如牛肉什么的,或者是鸡肉、猪肉;说不定还有涂满了正宗黄油的面包,配上咖啡和蛋糕;也不知道会是什么样的蛋糕,泡芙还是苹果派呢?唉,不行了,一想到这些就开始头晕目眩,胃好像也要痉挛似的。我想,在八月五日当天,我们给杏子送上新婚祝福,这应该不是一件难事。

每天食不果腹的我们,看完信后净想着吃了。但青森的笛子可不一样,她收到杏子的信后,独自怒火中烧。

"对方是年近五十的放贷人,二婚,还有两个患有结核病的孩子。怎么能和这种人结婚呢?这和卖身有什么区别?!简直愚蠢、屈辱,这根本就是一场阴谋!没错,绝对是阴谋。如果我在东京,无论如何都要把杏子带回家。可就算我现在赶往东京,也已经太迟了。而且,如今的我也没法挣脱这一身的枷锁赶往东京。"

因为住在青森,笛子每次收到从东京传来的音信,都会怨自己离太远了,什么忙都帮不上。她只能一边咒骂,一边气得直跺脚,然后找冬吾倾诉一番,说她想早点回到东京,请求他一起回去。可冬吾每次听完只是点点头,第二天就把笛子迫切的请求完全置于脑后。

那天晚上甲府遭遇空袭之后，笛子害怕美军会继续地面攻击，她不想待在炼狱一般的甲府，于是只好泪眼婆娑地跟随冬吾前往他的老家青森。沿着日本海用了五天时间，他们终于到达了冬吾的老家。那边也刚刚遭到了空袭。好在冬吾家里被烧毁的只是鸡窝和杂物间。虽然冬吾他们事先没有任何通知就突然进了家门，但是家里人还是很慷慨地接纳了他们。在战争这种非正常情况下，许多人都丢掉了平日里的斤斤计较，发扬着热情友好的精神。冬吾老家的防空洞有二十张榻榻米的面积，十分宽敞，亲戚、村民们也都住在里面。即便又添了冬吾一家人，也没有给老家的大哥隆一增加多少负担。也许他大哥也觉得，在这如世界末日一般的时期，原本天各一方的兄弟再一次在老家团聚，本就是理所应当的事。

这座位于津轻半岛的大地主家，与笛子一直憧憬的英国宅邸毫不沾边。可就是这么一个宅子，硬是被用人们改造成了井然有序的"小王国"。就连防空洞也是由专业的壮丁修建而成。府内的一日三餐，则是由女佣中最有权威的女管家管理。在她的带领下，家中的少女们每天都忙得脚不沾地。隆一夫妇成了家里的总督，年过九十的祖母则是年迈的女皇，镇守着家里的账房。家里还有次子夫妇、堂表兄弟夫妇、养女、侄儿、外甥，单是亲戚就有这么多人，人际关系更是复杂。因此，在这个养育了自己的家里，冬吾并没有什么机会认真听笛子说的话，也没法静下心来把家里的事情巨细靡遗地跟笛子讲清楚。这个家对笛子来说就像异国的王宫，她在这里的每一天都诚惶诚恐。然而，就在她不知道自己该做什么的时候，战争意外地突然结束了。

笛子心想，要是早知道这场战争结束得这么迅速，她一定会决意留在甲府。可再怎么后悔，都已经太迟了。即便笛子只是一位突然登门的客人，但是一旦进入了这个"王国"，就没办法轻易地离开。最要命的是，作为上任"王子"的冬吾，逐渐对这个"王国"留恋不已。毕竟在这里生活并不需要为获取食物而操心。冬吾他们被安排住在西式独栋房子里，房外附有阳光房。正屋提供伙食，他们每天都会去那里解决一日三餐。这样一来，就不需要再排队领餐，也不需要出门购买食材了。那段时间，冬吾就在画室里工作，有时和当地的朋友、一些希望成为画家的年轻人一起喝喝酒、散散步。到了十月、十一月，随着冬天的到来，冬吾的画作逐渐开始得到社会上的认可。也不知道这是一件坏事，还是值得高兴的事。到了第二年，冬吾在弘前①举办了个人画展，发布了他在战时创作的《石》系列和大作《森》，以及画有樱子和加寿子的作品《夏日》。发布之后，这些作品甚至被刊登在了东京的报纸和美术杂志上。后来，冬吾开始将之前存放在画廊的画作卖了出去。收购价格都是一千、两千日元，高得让人难以置信。冬吾之后又在东京开了个人画展。然后，《森》和《夏日》被上野的美术馆收购了，《石》系列的画作则被弘前市给买走了。接着，冬吾又在家里的独间画室里开始创作新的画作，系列名为《石与火》。与此同时，他延续新婚时画过的《悲戚草木》系列，又创作了一些以草木为主题的小作品。

这样一来，冬吾就不必担心基本生活费了，不仅可以埋头于自己喜欢的工作，而且妻子也不必再受贫困之苦。更重要的是，大把大把的钞票还时不时从天而降。恐怕再也没有比这更理想的生活环境了。可是，对笛子来说，这种生活却让她心情沉重，难以入眠。勇太郎和樱子最终还是没能守住甲府的土地，辗转到了东京的照子家里。当她听闻这些，就算想反对也没有能力去反对。她已经没有资格反对了。勇太郎应该回大学念书，也不可能让樱子一个人独守

---

① 青森县西部的城市，津轻地方的中心都市。——译者注

被烧毁的家。可是，想到北堀町有可能再也回不到自己家人的手里，笛子怅然若失，不禁流下泪来。十一月的时候，笛子听说泉和操从战场回来了。而与这个好消息相反，她又听闻勇太郎和樱子居然被赶出了照子家，还几乎身无分文！那段时间里，樱子的来信开始变多，信里充斥着樱子她们对于生活窘迫的诉苦，比如她写道："我们既没有吃的，也没有钱。笛子姐，请你帮帮我们！"每每看到这些，笛子总是会咬牙切齿，恨自己的无能为力，然后捂着耳朵抽噎不已。

"我们回东京去吧，好吗？东京不是还有很多人等着你回去吗？我们也该回去了。"

笛子开始请求冬吾。但是冬吾一句话就把笛子的嘴堵住了。

"现在还不行。如果现在回到那个被烧得一干二净的地方，我们立马会被活活饿死。这不是心急就能解决的事。"

不久，严冬降临。笛子终于把弟弟妹妹穷困潦倒的情况告诉了冬吾，恳求他除了干鱿鱼和年糕之外，再寄些钱给他们。

"不行。我哪来那么多钱给他们？你不会不知道画具有多贵吧？画纸、画布，还有酒，可要花上不少钱。"

"那起码回到东京去吧？我想回去帮帮他们。"

"今年春天有总选举①，现在还不能回去。政治世家的家人肯定要以选举为主。"

冬吾的回答让笛子灰心不已。

那场总选举是战败后的第一场。对杉隆一来说，则是能让他时隔十年复出政坛的重要机会。那时，共产党变成了合法团体，女性国民也第一次拥有了选举权。谁也猜不到今后政界将会如何发展。

---

① 指日本众议院议员的选举。

正因如此，寄人篱下的弟弟冬吾绝不能装作什么都不知道。

在四月的总选举之前，冬吾为了给隆一的选举活动做宣传，好几日都不在家。在这期间，笛子用冬吾给她的微薄"零花钱"，买了些苹果、干鲱鱼子、干鱿鱼、裙带菜和年糕等，马上寄给了勇太郎他们。平日里，除了缝补衣物以外，笛子几乎没有什么活要干。洗衣服虽然是她来负责，但因为屋外就有供屋内用水的井口，所以不需要辛苦从外面运水回来。洗澡则是在正屋的浴室里解决。如果需要买日用品，或者当外面发放真绵（丝绵。——帕特里斯注）、鞋子给受灾人群的时候，笛子就会到街上去。除此之外，她没有什么机会可以出门。孩子们确实再没怎么生过病。加寿子时不时会喊出一些当地方言，比如"哎呀，俺不知道嘛。哎呀，羞死个人啦"，一边说着，一边在杉家府内或者周围跑来跑去。亨终于会自己爬了，脸蛋也逐渐像个正常小孩一样，变得圆圆的。对于已经过了两岁生日的小孩来说，亨的发育确实迟了不少，但毕竟他出生于战争最严重的时代，营养不良的影响在所难免。（当时的笛子对这一点深信不疑。不仅是她，周围的人们也都这么想。）关于亨，现在最重要的是让他尽可能多地摄取营养，多长点肉。

再怎么说，这样的生活还是太百无聊赖了。勤奋好学的笛子先后调查了津轻当地的方言和一些民俗传统。不过，受杉家的种种规矩所束缚，想要进行真正的实地考察是不可能的。她想读书，可是乡下没有书店。而且就算有书店，笛子也没办法把自己的那点"零花钱"花在这上面。如果委托家丁去赊账（店铺账面上先记录费用，之后再一起结算的方式。——帕特里斯注）订购的话，她认为很可能会惹冬吾生气，所以这个念头也断了。冬吾的金钱观非常奇怪，那是在两个极端的生活环境相互作用下产生的——在乡下时养尊处优，在东京时穷困潦倒。比如说，当手里有五千日元的时候，他就会用这笔钱请周围的人到处去吃饭、喝酒；但若要花钱买用来给妻儿缝补内衣的法兰绒布时，他只会觉得这是"浪费"，更别说笛子想赊账买书了。真要和他这么说的话，说不定他会气昏过去。战争结束后，各种文艺杂志和综合杂志接二连三地复刊了。每当笛子看到报纸上的广告目录时，她都忍不住噙着泪，心中沮丧不已。她实在是太想感受战后新晋小说家们的文学气息了。而她只能从家里正屋的仓库里找出旧杂志和书籍来看，每天打着哈欠，反反复复读着那些古旧到褪了色的大正时代小说。与此同时，笛子收到了樱子诉说苦痛的来信，这更加深了她的绝望。

到了四月，隆一凭借相差甚微的票数勉强赢得了选举。杉家为此连续办了好几次盛大的庆祝宴会，冬吾在宴会上也有说有笑，十分高兴。喜庆的氛围一直持续到五月，虽然当地的樱花开得比东京晚，但家里还是举办了热热闹闹的赏花宴。也就是在这段时间里，笛子收到了泉和操去世的消息。他们在照子夫妇的陪伴下，咽下了最后一口气。泉是笛子最喜爱的外甥。所以听闻这个消息的当晚，笛子在独间哄完孩子们睡着之后，躲在被子里哭了起来。就这样哭了七天、十天。于是，在冬吾结束了选举后援团的工作之后，笛子铁了心向他哀求道：

"我们回东京去吧，也该尽早回去了。一想到照子姐的事，我就难过得要命。还有小勇和小樱，再这么下去，他们会因为营养不良死掉的。求你了，我们回东京吧。"

终于，冬吾点了点头说：

"也是，是时候回去了……可是现在我认识的画家谁也不在东京啊。听说靉光①（1907—1946，画家。——帕特里斯注）也死在

---

① 日本西洋画画家，原名石村日郎，在日本战时曾受到当局压迫，不得不作战争画。——译者注

601

了上海。我都不忍心去细数究竟死了多少年轻同伴。再说了,各种机构的手续也很麻烦。"

"你的老师不是还在吗?那位松本老师……"

笛子不肯罢休。

"啊,那家伙是块硬骨头啊。他好像还要创建什么'全日本美术家公会'……'全日本',真是好大的口气啊。"

"是吧?那你也该回去帮帮他吧?"

冬吾一脸厌烦的样子,眉头皱起,将视线从笛子身上移开了。

"我有我自己该做的事。再过段时间吧。我总觉得你来到这儿以后,就把之前食不果腹的日子给忘光了。我可不会忘掉那些日子。过段时间再回去,现在还不行。你再忍忍吧,要回去没那么容易。"

笛子只好继续忍受物质上不辛苦、精神上却很无聊的日子。夏天如期到来,却是一个让人心寒的夏天。杉家的"女皇",也就是老祖母病倒了。毕竟祖母已年过耄背,基本没有什么枯木回春的希望了。

也就是那个时期,笛子收到了杏子寄来的那封荒唐信。

愤怒不已的笛子流着泪水,浑身颤抖,绞尽脑汁思考着阻止杏子结婚的方法。

"求你了,回去吧,我们再不回东京的话,他们的情况会变得越来越糟的!"

收到信后,笛子又向冬吾请求道。

"嗯,怎么办呢……可是,事情未必像你担心的那么糟糕吧。"

说完这句话之后,冬吾就再也没有动过要回去的念头。自那以后,笛子就开始给杏子写信,但写着写着又写不下去,只好把信撕掉。她左思右想考虑了许久,最终选择给勇太郎发去电报。笛子也想过让河田和照子夫妇帮帮杏子,但自从两个儿子死后,他们就沉浸在无尽的苦痛中无法自拔，看样子没办法帮上忙了。

"情况紧急，请立刻将杏子从那个叫铃村的男人身边带走。——笛子"

当笛子收到杏子的来信时，已经是七月二十日了。杏子的婚宴似乎是定在八月五日，所以在笛子看来，情况十分紧急。

第二天，笛子一脸睡眠不足的样子再一次前往邮局。这次她给杏子也发了一封电报。

"结婚的事你必须给我重新考虑一下。至少要延期，等我回东京再说。必须再三考虑。——笛子"

"那次笛子姐发来的电报，真是太吓人了……"

我的耳边响起了杏子的声音。杏子即便上了年纪，声音依然甜美，口齿清楚。也许是因为常年练习三味线，她的发声得到了很好的锻炼。杏子说话时那甜美的声线总是能撩拨我们的心弦。

"……反正那时我已经没办法回头了，就回了一封电报给青森的笛子姐，说我已经按照她的'命令'深思熟虑过了，希望她能放心，而且出于对平辅的尊重，我也不能取消婚宴。笛子姐那封有点吓人的电报，我到现在还好好保留着呢……"

杏子的声音还在继续。

也不知道是从哪里传来的。然后是风声、竹鸡的叫声，还有寒蝉和呜呜蝉唱苦夏的声音。就这样，我的眼前浮现起杏子在海边的家。

也不记得我和笛子是什么时候去的杏子家。早逝的樱子留下的孩子辉一从杏子的身边被带到了松井达彦家里。那时，只有杏子和平辅两个人住在逗子的家里。杏子养育辉一的那段时期，笛子经常带着自己的孩子们去杏子家里借宿，享受海水浴。辉一和笛子的孩子们年龄相仿，几个小孩在家里吵吵嚷嚷的。他们还经常跑到庭院里玩耍。那个庭院是平辅精心打造的作品，十分具有观赏性，所以几个孩子在里面玩耍的时候，总是惹来平辅的白眼。庭院四周栽培着防猫用的天竺葵。院子里最令平辅得意的是芍药、杜鹃花，以及各种菊花、兰花，而随处可见的瑞香和绣球花是绝不可能出现在那里的。他们家是一座平房，东面和南面都被走廊包围着，十分敞亮。虽然无法直接从家里看到海景，但迎面而来的风确实带有大海的气息，动物鸣叫似的海浪声也会在夜晚传到枕边。

我收到笛子的电报后，第一次到访了杏子的家，也是第一次和铃村平辅见面。杏子十分开心地把我迎进家里，用一顿豪华的晚餐招待了我。盐烤竹䇲鱼、海螺、烤蛤蜊，简直就和海边人家一样。在那个夏夜，我好像迷失在了天堂的乐园里，心中充满了幸福感。

平辅的两个孩子，也就是稔和幸代，住在被中廊隔开的屋子里。屋子朝南，约有八帖榻榻米大小。杏子他们则分别睡在厨房旁边六帖榻榻米的屋子和最深处的杂物房里。虽然那天受到的盛情款待让我很高兴，但是当杏子叫我跟她去病房里，想把我介绍给平辅的两个孩子时，我就高兴不起来了。我无法克服面对传染病时的恐惧心理，对于两个孩子，也没有感到必须出于道义和责任去见他们。但面对杏子的热情，我实在难以拒绝。那两个孩子看起来安静又聪颖，澄澈的眼眸深处焕发着病人独有的光芒。说起来，当时我的生活中，无论如何都难以避免与结核病患者接触，比如大学时期坐在我对桌的助理，就连我的指导教授也都得了结核病。我怎么也想不明白，为什么我和善政一样，在那种环境中生活却没患上结核病呢？现在想来，简直可以称得上是奇迹了。

"……那个时候，小勇你好像没想过要离开病房，对吧？眼见你战战兢兢地低着头，没想到你很快就退到了走廊上。毕竟那时泉和操刚刚离开，我还以为你会觉得很害怕呢。那天你回去之后，稔和幸代笑着说：'他好像把我们当成蟒蛇和蜘蛛怪一样，怕得不行呢。'那两个孩子总是很乐观，觉得一切都很有趣。不过可惜的是，在他们还活着的时候，你只来看望了两次吧。笛子姐则是一次都没见过他们，清美和小樱也只和他们见过一次面。"

杏子说着说着，带上了一点抱怨的语气。

我们坐在走廊的藤条扶手椅上乘凉，喝着冷茶水，感受着迎面而来的海风。不过，实际上天气并不怎么凉爽，再加上庭院里天竺葵的刺鼻气味，我和笛子没觉得多舒服。我委婉地抱怨了一句："这气味虽说能赶走猫，不过人闻着真受不了。"杏子只是笑眯眯地回答我："我倒不觉得有什么。"

"要说那时候，也实在是没有办法。在那个可怕的时期，有谁会特意跑去看望患有结核病的孩子啊。再说了，他们又不是亲外甥。这事无论谁听了，都会认为你就是个廉价的护士，被人利用了。我本来想着绝不能让你们结婚，才让小勇去逗子的，谁知道他完全没派上用场。"

笛子手持团扇，一边扇着自己的后颈一边说。亨已经离世，加寿子和由纪子也早已离家。当时的笛子一个人住在那座以前为了亨而建好的房子里。她经常和杏子、平辅这对老夫妻互相串门，热络感情。杏子有丈夫但没孙子，笛子有加寿子生的两个孙子但没丈夫。这样一种平衡，润滑着两人之间的交往。

我有点烦躁地回了笛子一句："这都是三十年前的事了，还提它干吗？"

"那个时候我不是给笛子姐回了一封信吗？我说：'如果能直接见面就好了，这样你就明白没什么可担心的。'而且我们现在关系不是很好嘛，这说明我并没有做错。"

605

我们三个回头看了看以前幸代住过的那间八帖榻榻米的屋子。现在平辅正在里面睡觉，安静得一点鼾声都听不见。

"我只是在说我那时的心情罢了。那时的我实在是悲痛万分。好不容易到了男女平等的时代，杏子你也能凭借自己的力量活下去，可谁知道，我竟然会收到那样一封信。看到杏子想选择那种迂腐的、灭私奉公（舍弃自己的幸福，为他人奉献。——帕特里斯注）的人生道路，我真的差点惊掉下巴。我什么话都只是嘴上说说，而小杏你是能付出实际行动的，这一点我一直都很佩服你。当时一想到这些，我越发萎靡不振。无论如何，我的想法很单纯，就是想让你嫁个更好的人家。"

杏子用手指推了推鼻梁上的老花镜，声音甜美地回应笛子，嘴里的金牙时不时闪烁光芒。杏子温柔的声音逐渐融化在天竺葵和大海的味道里。

"当时我是想学笛子姐，想着自己也可以拥有一个'好婚姻'。我真的很喜欢红十字会的工作。战争结束后的那个夏天，我被调到了产科医院。看来我并没有资格当护士。不过说起日本红十字会，确实给人神气十足的感觉，我身边有很多非常棒的前辈。还在打仗的时候，那些十八九岁的士兵做锯腿手术，前辈们满身是血地照顾他们，帮他们抓出伤口里面涌出的蛆虫，还要通宵安抚精神错乱的士兵。为了防止患者生褥疮，还得不停地跑来跑去，帮病房里一百多个人翻身……据说那时院里不仅有日本人，还有中国人和马来人，有的前辈在战败后依然决定留在外地……我只是比较幸运，碰巧在东京大空袭时被赶了出来，倒也不是说被赶出来就过得不辛苦了，可确实不如战地那么残酷。我只是个打下手的。战争结束后，我就被要求负责照顾医疗船只送来的患者。那些人有营养不良的，有患结核病、疟疾、阿米巴痢疾的，还有伤口腐烂、精神异常的，真的很吓人。很多人都死了，明明都回到了日本，却……不过，好在战争结束了。后来我也不用在战场上工作，而是转到了东京的红十字会。那里的药材和物资是进驻军特意送来的。不管怎么说，进驻军还是很重视日本红十字会的。那个时候人们都说，能去红十字会住院，就和中彩票没什么区别。当时我倒是不知道有这种说法……那年一月，平辅的前妻在红十字会去世了。她临终前我就在旁边，还去守了灵，因此我和平辅越来越亲近了。平辅他失去了夫人后，整个人悲痛万分，甚至想过殉情。他觉得，反正孩子们终究也会死的，干脆和夫人一起离开人世算了。我并不是同情他，毕竟那时这样的人随处可见。简单来说，我就是被伤心欲绝的他给迷住了。那个人本来是个逍遥浪子，每天只会享乐和装腔作势。他会弹三味线、吉他、曼陀林，会鉴赏古董、写俳句、品茶，还会骑马，总之那些华而不实的东西他样样都会。平辅就是这么一个外表光鲜、内在无能的少爷。这样一个人，竟然会有放任胡子杂乱生长、不讲究穿着的时候，还会眼鼻通红，大颗大颗地流下眼泪。也许就是因为这些，我才迷上了他吧……不过，当时无论如何都没有想过我俩会结婚。毕竟我们两个人的世界相差甚远，再加上泉和操的事……我每天忙着照顾红十字会里的患者，完全没能为泉和操做过什么。我真的很痛苦。虽说可能实际上也帮不上什么忙，但说实话，当时我忙于红十字会的工作，一不小心就把他们的事给忘了。那个时候我才体会到，人只能选择一条路走下去，要么救千百个陌生人而舍弃身边的亲人，要么救自己的亲人而丢下千百个患者。当我意识到这一点的时候，身边已经有平辅、稔和幸代他们了。我根本比不上那些十八九岁就在战场上染着鲜血、坚持使命的护士，她们真的很有毅力，而我不过是块软骨头罢了。虽然喜欢照顾病人，但我也很喜欢弹三味线，喜欢和大家一起玩。我甚至没有独自活下去的勇气。用笛子姐的话来说，我就是一个脑筋迟钝的笨蛋。我当时想，比起千百个陌生人，我更想去保护、支持一个亲人啊。如果稔和幸代都离我而去，我哪还顾得上红十字会啊，就算离去的不是平辅，我也还是会厌恶我自己，厌恶到想要去死。最后我还是什么都没能帮上他们，只是看着他们抱着我的膝盖，合上了双眼……幸代临走前，有点不知轻重地和我说：'爸爸以后就交给阿姨了。'所以我们之间没留下什么遗憾……没错，他们一直叫我阿姨。就连后来交到我手上抚养的辉一也是，一直叫我阿姨。无论我变成什么样，到头来也只落得阿姨的名分罢了。那也是没办法的事情。我倒没什么不满的，毕竟能和那样美好的人结为夫妻。辉一也时常会来我这里玩，还总是很神气地说：'这里是我的老家哦。'……所以对我来说，八月五日那天是我最开心的日子。那天的晚餐有我们，有善政、勇太郎、樱子、清美。英姑姑因为身子太差来不了，只有矶姑姑来了，再加上平辅的妹妹、妹夫、叔叔，一共有十个人到场……虽然有点对不起笛子姐，但我还是想说，小勇，那天的晚餐是不是很棒？毕竟是正宗的法式料理啊……对了，那时樱子还送给我她亲手做的漂亮的水蓝色衬衫，说是我的新婚礼物。那是用麻织桌布做成的，是她以前为自己准备好的嫁妆。她直接利用那布料上的小花刺绣做给我了。那时候樱子做西式服装的手艺简直可以去开店了。后来突然出现的达彦实在是把大家都吓了一跳。无论是樱子还是我们，本来都已经不愿再提起他的名字，心中也早已放弃了希望。总之，那个夏天感觉既紧张又匆忙！……"

杏子的婚宴聚餐是八月五日举行的。就在那个月的最后一天，在赤羽的照子收到了电报，之后善政就直接去樱子的公寓里找她。据说，那时樱子刚好在走廊尽头的饮水处准备饭菜，听到善政带来的电报内容后,她不由得用浸湿的双手紧紧抓住善政的手腕,脸色苍白,喘着粗气,然后浑身无力地瘫坐在走廊上。她紧紧盯着善政,好像说胡话似的小声道:

"真的吗?那个人,达彦他真的回来了吗?!我已经记不得他的样子了,怎么办?我该干什么?……我要和他结婚吗?……我们已经七年没见过面了,这样还要结婚吗?……我、我不想见到他。我现在长得太难看了,已经变成老阿姨了,再也不是二十一岁的时候了……怎么可能,达彦怎么可能还活着?真的是他吗?我应该已经认不出他来了,不过听声音的话,应该可以……善政先生,请帮帮我。我好难受……"

第二天,樱子向公司请了假,在善政的陪同下前往大矶的松井家。战后,达彦的父母就在疏散据点的家里安居了下来。

四天前,达彦回到大矶。那天他身着干净整洁的和服,在玄关处迎接了樱子,脸上杂乱的胡须也剃得一干二净。那时的达彦晒得黝黑、瘦得脱相,整个人变得十分老成,额头和嘴巴周围刻满了皱纹,嘴唇上也起了炎症。然而他在看到樱子的一瞬间,突然脸色通红,朝樱子微笑了起来。那张面容上似乎浮现出达彦以前的样子。樱子张着嘴出神地望着那张微笑的脸,接着,她朝达彦深深低下了头,泪流满面。达彦见此也跪坐在了玄关处,把额头抵在了地板上,止不住地流泪。

樱子想对达彦说:"欢迎回家。"

达彦也想对樱子说:"我终于回来了。"

但此情此景,两人什么都没能说出口。虽然是七年后再度重逢的结婚对象,却不会像美国人那样拥抱和接吻。只在樱子回去的那天,达彦第一次握紧了她的手说:

"就这么说定了,好吗?我们马上结婚,好吗?"

樱子只是红着脸,点了点头。

那天去见达彦之前,樱子想来想去,最终还是放弃了穿那套之前一直珍藏着的当嫁妆的华服,而是选择了平时上班的装扮,藏青色短裙配白色罩衣。从照子那里借来的木制小白菊发饰是她当天唯一的配饰。

我的脑海里响起了樱子开朗的声音:

"我那天的穿着简直就像是去参加葬礼。感觉要和亡灵会面一般,心里既害怕又慌张。而且,我也变得和七年前完全不一样了,就好像要和达彦见面的我也是个亡灵。然而不可思议的是,当我们见面以后,相互之间七年的隔阂完全消失了。我们都想着,自己一直在等着眼前的这个人啊。我就是为了达彦才一直活到现在的。"

接着,传来了达彦的笑声:

"那天的樱子,美得神圣又庄严。我想,世上再也没有比她更美的人了。她就这样映入我的眼帘,我整个人顿时没了主意。当时心想,居然有这么一个仙女般的人等待了我整整七年。见到她时,我几乎要朝拜下跪了。她那天的发饰也非常衬她的美。"

"自那以后,一切都变得不一样了!我沉浸在那样的生活中,甚至连自己是高兴还是幸福都分不清了。不过,我想我应该是幸福的!因为那时的我充满活力,每天都精力充沛!"

"达彦已复员。婚礼预定九月二十日举行(详情之后再函述)。——樱子"

住在青森的笛子、横滨的清美以及住在逗子的杏子都收到了这封电报。我这边则是樱子亲自来到大学里,直接通知了我。我和笛子她们都吓了一跳。不过这次和杏子那次不一样,虽然都是要突然结婚，但我们都十分祝福这场婚姻。

那天，樱子马上辞掉工作，决定九月初搬到照子家，在那里做好出嫁的准备。我当时为了省钱，收拾收拾就离开了两个人一起借住的公寓，搬到学校去住。毕竟我的钱寥寥无几。搬到大学里住不是个好的选择，但也别无他法。之后达彦也去了照子家，大家一起商讨了婚礼事宜。婚礼的话题结束后，达彦讲了自己在军队时发生的事。我们也和他说了江田岛事件、空袭和原子弹爆炸的情况。据达彦所说，他之前从中国转移到了缅甸，又因秘密作战计划，从缅甸花了一百天左右到达了新加坡。后来参加了占领新加坡的战争，结束后又前往了苏门答腊岛，最终迎来了战争的结束。在回来之前，达彦一直待在盟军的收容所里。从达彦被转移到缅甸那段时间开始，他一直在进行秘密作战，就连一封明信片都没办法寄回来。也许是在前线发生了太多事，达彦并不愿意和我们说起自己在军队时的具体情况。这很正常，毕竟他回到的是战败后一直被美国控制着的日本，因此不想说太多关于战争的话题。军队的义务、秩序、暴力和杀害，随着日本的战败，一切都成了虚无的幻想。就连我也觉得，我在海军的那段生活，已经不像是现实发生过的体验。

现在的达彦感觉像是变成了达彦的叔叔。虽说看上去和以前那个达彦很像，但是曾经那个稳重的青年似乎变成了整天深思熟虑的僧人。这种变化倒也没什么不好。

九月二十日，两人简朴的结婚典礼在大矶的松井家里举行了。从那天起，樱子就开始了在松井家的生活。婚礼当天早上，我把学校分配的白米煮好后，人生第一次尝试做了饭团。那是我打算送给樱子的一份微不足道的结婚礼物。从小看着樱子和母亲她们轻轻松松地做饭团，所以自认为并不是什么困难的事。结果，刚煮好的米盛到手上后，烫到像要被烧伤一般，一不注意，手上的米就掉到了桌子上。我忍着烫，双手紧握熟米，可是米粒都粘在手心里，就是没办法变成团状。不知如何是好的我最后放弃了，干脆用蛮力挤压米饭，把它们弄成类似年糕状的食物，然后把我珍藏的梅干埋了一些进去，一起装进便当盒里。因为距离樱子她们离开赤羽抵达东京站的时间不多了，所以我也没法再慢吞吞地反复尝试下去。和樱子、河田夫妇三人在东京站碰头后，一致决定我也要一起去大矶。就在那天，疗养中的照子也陪樱子一起来了。

当时不仅是东海道线，就连普通的铁路火车上都挤满了乘客，要前往大矶或者逗子十分艰难。车上根本没办法找到座位，我们只好坐在走道上。一行人一点都没有去参加婚礼该有的样子。在车上，我掏出自己做的饭团递给樱子。

"这是我做的，你吃吧。到了那里之后，新娘可是不能随便吃东西的哦。"

樱子打开便当盒，一脸不可思议地嘟囔着：

"这是什么啊？"

听她这么说，我有些失望地回答道：

"这是我做的饭团，就是做得有些失败。"

"啊？这东西是饭团？"

樱子没忍住，笑了出来，然后又慌忙用手指按住了嘴巴。

"不好意思啊，这是小勇花费苦心为我做的吧。谢谢你啦。看来你为了我一个人和米饭斗智斗勇很久啊……"

说完后，樱子把便当盒里的东西拿给照子和善政看了看，自己却红了眼眶，有些哽咽。看着樱子那清瘦的面颊，我心里顿时感到不安，不由得想起我们过往的那些日子，也差一点哭了出来。不过，想到在姐姐结婚的日子弟弟随随便便落泪的话，太失体面了，于是我赶紧掩饰住自己的情绪，说道：

"行了行了，赶紧吃吧。虽然味道不怎么样，但是也足以填饱肚子了。照子姐和善政姐夫不嫌弃的话，也吃一点吧。"

让我没料到的是，照子他们也准备了自己做的，而且是正儿八经的饭团。照子犹犹豫豫地从手提袋里拿出饭团，我看到后不禁嫌弃起自己的无能。我的努力全是徒劳！不过，樱子一声不吭地把我那些四不像的饭团给吃掉了，然后对我说："小勇你也吃点吧。"于是，我也尝了一点。好在我做的饭团别有一种独特的味道，并没有到难以下咽的程度，只不过黏糊糊的，吃起来不像饭团。

自订婚起已经过去了八年，樱子誓死守护的嫁妆终于送到了松井家里。战败之后，老家也被烧毁的未婚妻终于熬成了一位堂堂正正的新娘。松井家在这长达八年的婚约期间，也一直好好保存着为了新婚夫妇而准备的新寝具和餐具（虽然过去了八年，当时崭新的模样早已磨灭殆尽）。而且达彦的和服外褂和裙裤也都留着，所以即便婚礼再匆忙，他们也能从容应对。樱子自不必说，达彦的父母也都是慢性子的人。过去战争不断的八年并不是什么轻松的岁月。

自家人的婚礼结束后，达彦和以前一样，开始到他哥哥担任社长的东京公司里上班。达彦每天早上五点左右离开家，然后搭乘东海道线前往东京。但这样实在是太折腾了，所以到了十月之后，达彦和樱子就搬到了赤羽原来的房子里居住。要管理两个人的生活虽然很困难，但是樱子一直都很乐观。她的嫁妆自然也搬到了赤羽那边。

周末的时候我会去他们家玩，樱子也很关心我的生活，时不时带着食品和日用品来本乡的大学看望我。她经常和学校的教授们亲切地打招呼。我倒的茶再难喝，她也会一脸满足地喝下去。她还会翻翻我书架上的美国科学杂志，想知道我新研究的内容。我不知道樱子能听懂多少，但她心中坚信，如果是母亲的话，一定也会像这样十分想了解爱子的生活，所以她才会充满热心、一脸开心地听我讲述一些无聊的东西吧。

但这样的日子转瞬即逝。不久，樱子怀孕了，还经常出现严重的腹泻。她的体力明显衰弱，就连外出也变得十分艰难。

那段时间，笛子在青森的津轻半岛终于等得不耐烦了。杏子结了婚，再加上本以为战死了的达彦突然归乡，并和樱子匆忙地结了婚。笛子想："为什么我不在东京的时间里，接二连三发生了这么多的事！当然，樱子结婚是个好消息，但为什么不能等我回到东京后再举行婚礼呢？杏子也没有等我回去。我不在的这段时间里，什么都变了。还有，可怜的勇太郎过得怎么样了？那个孩子现在真的变成孤家寡人了！"

笛子认为，自己无论如何都得回东京了。下定决心后，她先是让勇太郎去江古田那里看了看出租房的情况。之前遭受空袭，笛子他们曾让一位日本画家以看家的名义住在那里，他是冬吾的后辈田村，为人少言寡语。听冬吾说，那间房子原本只是一间临时搭建的小屋，墙壁破损严重，窗玻璃都是碎的，女人家根本无法居住。可是，据勇太郎所说，他去看过后，觉得那房子和以前并没有什么区别，没那么破旧。那位画家也保证，杉家的人要来住的话，应该不会有什么不方便的地方，而且这周边没有遭受过空袭。他还说，杉一家人要回来住的话，他会再出去找房子，并且自己会提前跟房东说好。（据说这位田村先生以前还在矿上干过活，一位日本画家却有过这样特殊的经历。冬吾死后不久，田村那些朴素、安静而又充满乡愁的画作大受好评，给顽固守旧的日本画界带去了一股清新的风气。不过，后来他视力下降，整个人失魂落魄，最后生了病，郁郁而终。总的来说，田村虽为人粗犷、拙嘴笨舌，却十分诚实，心灵非常洁净。）

明白江古田那边的情况之后，笛子对于一心不想回东京，恐怕还捏造出谎言的冬吾感到非常愤怒。不过，她还是忍着，只是装作漫不经心地和冬吾提了一句：

"我听说了江古田那边房子的情况，我们随时都可以回去。"

"嗯？田村这么和你说了吗？"

冬吾毫不在意嘟囔着，令笛子扫兴。然后，他又像自言自语一样补充道：

"可是，我还是不想回到那个地方。要不这样，我们干脆去京都，怎么样？那里没遭受空袭，说不定在那里能悠闲地过下去。现在再也没有那种可以酒足饭饱、平和安居的地方了。"

笛子心想，好不容易离开青森，若又要去到人生地不熟的地方，实在太离谱了。她拼命劝说冬吾：

"总之，我们先回原来那个房子吧。回到那里之后，再找其他更舒适的房子怎么样？你在东京的个人展览不是也在推进中吗？听说现在共产党的日本美术会在东京特别高调。松本他们也回绝了二科会①，加入了自由美术家协会②，你不赶紧决定下来的话，不是会给其他人添麻烦吗？你现在不是收到了好多邀约吗？有些人还特意跑到这边的乡下来邀请你呢。"

"这些事你就别管了……行吧，下个月就回东京，其他的以后再考虑吧。我现在什么都不想去考虑了。你也别再喋喋不休了。"

就这样，笛子终于和冬吾约定好要动身前往东京。

不过，其实当时冬吾的犹豫是可以理解的。中学的时候，他就在耳闻目睹过政府的思想控制后，深信画画就是守护人民自由的象

---

① 1914创立的日本美术团体，每年举行二科展。——译者注
② 1937年创立的日本美术团体。——译者注

征。随后,他又经历了中日战争和太平洋战争。后来日本突然战败,在美国支配下高唱民主主义,共产党在日本也成了合法政党。接着,天皇发布了《人间宣言》诏书[①](天皇宣称自己不是神,而是普通人。——帕特里斯注),土地改革开始实行,清除了地主阶级,佃农也得到了解放。冬吾老家就是地主家庭,所以以前租给佃农的土地大都没了。又受到美国民主化的影响,冬吾知道在这世上最可靠的老家没落了,他也意识到,自己没办法继续在这里当食客混吃等死下去了。一直以来围在冬吾身边的巨大靠山,本来只是被冬吾的画笔和调色刀一点一点地消磨,却突然全部消失。就算还和以前一样奋力画画,可再过三年、五年,自己要靠什么继续画下去呢?冬吾没有一点头绪,更别说要不要去当一个什么团体下面的画家了,这种问题完全超出了冬吾的思考能力。在战争的非正常时期,就算画作卖不出去,也可以像草莽之徒一样画着自己喜欢的画。在某种程度上,冬吾不经意间已经习惯了这种不需要负责任的态度。

那段时间,冬吾一直梦想着自己能像隐居者一样,只是一个人静静地画画。但是食物和烟酒必须充足,而且一个人待久了的话,还是会怀念相识的伙伴。这是一种矛盾的欲望。后来冬吾的画作开始大卖,钞票就像从天上掉下来一样进入他的荷包。这些事实也让冬吾离自己的隐居生活越来越远。当三千、五千日元这样的巨款进账后,冬吾立马就用来买一些黑市上的酒、牛肉和昂贵的画具,以及去外面的餐馆吃饭。很快这些钱就被他花光了。他甚至会花一千日元买一贯(1贯约为3.75千克。——帕特里斯注)货真价实的白砂糖回家,然后严严实实地收进壁橱,不让笛子和孩子们靠近。

[①] 在1945年日本宣布投降的背景下,昭和天皇于1946年1月1日发布《人间宣言》,否定了自身的神格。此事件意义重大,很大程度上减弱了长期根植于日本国民心中的愚忠思想,推进了日本的民主发展建设。

对冬吾来说，卖画的钱并不是什么正当的工作报酬，而是像中了彩票一样，只不过是偶然捡来的。可就是这些"捡来的"报酬，让冬吾心中"有钱随便花"的幼稚梦想在黑市中得以实现，这对他来说颇具吸引力。

如果到了东京，就能获得更多更丰富的黑货。虽然冬吾非常留恋安稳恬静的田园生活，但是命运使他不得不回到东京，回到那令人兴奋的生活中去。

"如果你不在的话，事情就无从进展。总之，你要赶紧回东京。开个展是不错，但你真的不想搞一场群展吗？明年春天，在东京都美术馆还有联合展览呢。"

有同伴曾这样劝他。

"我真的很希望今年能在银座举办个展啊。当然，新作品也会得到展示。之前您在弘前和青森举办的个展受到好评的消息已经传到了东京。许多人都对您的东京个展翘首以盼呢。"

此外，还有画商对他这样说。

"新进前卫画家"杉冬吾在绘画界中心的成功登场，看来已是板上钉钉了。

被笛子说服后，冬吾也终于决定要离开青森了。可到了十月份，杉家的"女皇"，也就是老祖母突然垂危，没过多久就撒手人寰了。于是，冬吾必须参加整整三天的盛大葬礼，不然没法动身离开。那段时间，冬吾每天喝得酩酊大醉，甚至躺倒在正屋的客厅里。这些行为让他担任众议院议员的大哥和医院院长的二哥都看不下去了。

到了十一月，树木落叶时节，笛子一个人开始了往东京寄送行李的奋斗。笛子明白，东京有很多不便，所以她请家里的男佣帮忙把新的被子寄往东京。其他寄的东西还有三袋米、味噌、油、赤豆、糯米、盐、柿子、苹果、干鱿鱼等，甚至木屐、盥盆和木筐之类的也一并寄往了东京。笛子感觉无论寄多少东西过去都不够,可是冬吾给自己的储备金已经用光了。冬吾在这方面还是比较大方的,他给笛子一笔钱来确保伙食。然而,这些钱远远不够,而且还要给男佣、女佣们准备红包(为了表示感谢,给他们一些钱。——帕特里斯注)和礼物。到了晚上,笛子忙于缝补冬吾和孩子们以及自己的衣服。在离开前,还得重糊自己一直免费住着的独间的纸拉门,好好打扫一番。笛子做这些准备期间,冬吾就在正屋或是到附近的街道参加各个告别宴,忙于狂欢。

终于,冬吾他们离开津轻半岛的日子到来了。为了这一天,笛子烫了头发,身着牺牲睡眠时间才缝好的和服,外面搭了件外套。加寿子则穿着水手服,外面披了件红色短大衣。冬吾也穿上了大哥给的高级长大衣。一家人就这样登上了火车。他们还收到了饯别礼,有鸡蛋、捣好的年糕,以及要分几顿才能吃完的豪华便当。行李中包含了冬吾的画作和绘画道具等,满满当当的。为了运送这些行李,家里的男佣也一起跟到了青森站。这一次的出发,可谓是花尽心思、无微不至。虽说作为家里的小五,冬吾的生活吊儿郎当的,但他总归是杉家的王子之一,好好对待他,也能证明杉家的尊严。

冬吾花了整整一周的时间,拜访了青森、盛冈和仙台的每一位熟人,并且和他们都举办了盛大的宴会,以一路宿醉的状态抵达了东京的上野站。中途亨还发烧了,这段路程对笛子来说简直是苦不堪言。

从上野站的月台下车后,笛子就先忍不住深吸了一口这里的空气。她呆呆地站在这座名为东京的新兴大城市。星罗棋布的棚户区中闪烁着明亮的灯火;车站里挤满了人,回荡着各种各样的声音;省线列车上载满了乘客。笛子想,大空袭中死去的人们,被破坏、烧毁的房屋都去哪里了呢?在这匆匆交错的嘈杂人群中,完全看不到被烈火包裹着的亡灵的踪影。

站在笛子身边的冬吾看着这一切，也说不出一句话来。

"虽然这么说可能会得罪从外地回来的人，但那时的我们感觉就像从国外回来的一样，好像我们在国外待了二三十年似的……"

我回忆起笛子说的这番话，但已经不记得她是在杏子海边的家里说的，还是在失明的杏子的病房里说的了。如今回想起这番话，我还是会不自觉地想蜷缩起自己的身体。笛子说话的时候总是绷着一根弦，她说这番话的时候声音也是紧张兮兮的。她总是会紧盯着我这个小弟，担心我什么时候又会闯祸，同时像看猴耍一样取笑我。

"……虽然离开之前一直想着赶紧离开，不想待下去了，但其实住在津轻的那段时间还挺舒服的。离开那儿的时候，我心想可能再也回不去了吧，想着想着，心里顿时特别惆怅。那里的人和我们这些甲州出身的粗人不同，他们都很优雅，很有品位，待人也十分温柔。我在那边的时候总感觉很羞耻。像你这样的山里猴子，估计体会不到冬吾的那份高雅。你啊，就好像一副很了解我们的样子，一个劲儿地写我们的事，真叫人心烦。你想写什么是你自己的事，但是绝对不能写杉家人的坏话……我和他们离别的时候真的很难过。老祖母葬礼的那段时间，他们还商量过要把房子卖出去，我想，那应该是我和他们最后的缘分了。没错……过了一年后，杉家的宅地就转让给了其他人。那时我连安慰冬吾都做不到。他只是一个劲地喝酒，然后就哭，哭完又喝。后来因为冬吾意外离世，那边建了一座小美术馆，我也得经常去看看，而关于今后的事，我也很迷茫……要说迷茫，还得说说我刚回到东京的时候。回去之后，我没来由地变得十分害怕，害怕到自己都觉得不可思议。明明之前那么想回东京，可是一想到不知道在东京该怎么生活，就觉得像被流放到语言不通的遥远国家去了一样,害怕到浑身发抖。看起来对外界漠不关心的冬吾也挺不安的吧。要问到底因为什么害怕……我想想,应该是东京的人们都太强大、太有活力了吧。他们被一种冷酷无情的自信包裹着。所有人都盯着一些我们不知为何的事,并以此为目标前进……我很后悔回到东京。但那时我们又不得不回去……过了几天,我在东京第一次看到了彩虹。那天,加寿子告诉我:'妈妈,有彩虹!'然后我就抱着亨出去看了。在那之前,我一直忙于整理打扫房子,根本无暇仰望天空。那片彩虹浮在小山丘的杂树林上,十分显眼。以前总觉得彩虹看上去大抵是朦朦胧胧的,但是那天看到的彩虹,就像一片涂上了颜色的锡铁板被钉在了天空中,看起来异常僵硬,是一块平面的彩虹。我不禁感叹,如今的东京居然能看到这样的彩虹。我告诉加寿子:'那个虽说也是彩虹,但真正的彩虹看起来不是那样的。'而加寿子缠着我问道:'真正的彩虹看起来是什么样的呢?'于是我就抱着亨,踏着雨后泥泞的道路,登上了那座山丘。去了山丘上,那块锡铁板彩虹也没有消失。然后我又往上,走到了杂树林那里……我并没有想把那块锡铁板彩虹从天空中撕下来。站在那座山丘上,可以看到富士山呢。我当时心想,难道从这边看富士山,富士山也会变得很奇怪吗?不过欣慰的是,富士山看起来一切正常。虽然山上云雾缭绕,山顶看上去像在冒烟一样,朦朦胧胧的,但它就是那座我熟悉的富士山。在那里看过去,富士山只有五厘米,它就那样孤零零地耸立在丹泽的群山之外。那天秋高气爽,碧空如洗。能看到富士山我真的很开心。但是,一想到它离我那么远,我又难过得流下了眼泪。加寿子看到我那样,吓得哭了起来。亨也醒了过来,像小鸡一样叫着。那片蓝天真的好美啊。彩虹也没有消失,依旧在天上发着光。那道彩虹真是够奇怪的,不知道究竟是个什么东西……"

笛子姐，那片天空是不是天青石的颜色呢？天上是不是还有马在飞？……

傻乎乎的我，很想悄悄地问问笛子。

笛子姐，那片天空中，有没有传来爸爸的笑声呢？……

22 战败第二年——蓝眸

我记得冬吾他们回到东京后，马上就到了新年。天气异常寒冷，北风肆虐，雨雪交加。但与恶劣天气相反，那次新年让人心情平和又愉悦，还能吃饱喝足！虽然后来回过头再看，那个新年也是此后可怕的一整年的开端，但当时的我们沉浸在短暂的家庭欢乐中，火光映照着彼此欢笑的脸庞。

大年三十①，我去了江古田，一直住到新年一月三日。冬吾他们重新回到江古田生活，最为受益的就是我。那段时间樱子因为怀孕，身体经常反应不适，身边还得跟着老婢，所以我不是很方便去找她玩。因此笛子他们这次回到东京，对我来说就像天降恩赐一样。意气风发地回到东京的笛子也当然地认为只有自己能担起支持我的重任，所以我也就不跟她客气了。新年之前，我已经去江古田住过很多次了。自母亲真的葬礼以来，我已经有两年没和笛子他们见面了。一家四口看起来气色都很好，脸颊也圆润了不少，笛子甚至看起来年轻了不少。五岁的加寿子土里土气的，是个活泼少女，发育迟缓的亨也开始一边流着口水，一边在家里爬来爬去，家里人根本不放心让他离开自己的视线。

住在江古田的那段时间，我和冬吾一起睡在六帖榻榻米大小的

---

① 日本的大年三十是阳历最后一天，12月31日。

画室里。笛子和孩子们睡在四帖半的起居间里。樱子和杏子来这边住的时候,笛子就腾出这四帖半给她们住,自己去画室和冬吾一起睡。说起来,冬吾回到东京后手头还算宽松,他就在椎名町[①]一家常去的饭店租了二楼的画室,每天去那里"通勤"。所以晚上冬吾经常不在家。他每天早上去椎名町的画室工作到中午,然后就有人出现在他的画室里。或者他说有事出去一趟,但其实根本没什么事,只是他要出去见见朋友、看看电影什么的。应画廊的邀请,冬吾还经常去和别人吃晚餐,饭后就开始喝酒,然后在椎名町喝得酩酊大醉,一直睡到早上。这就是他的日常。冬吾偶尔会在白天回到江古田,带着加寿子去泡澡。但到了晚上,他又会去椎名町或者别的什么地方。每次这样持续两三天后,冬吾才会回到江古田的家里过夜。这时候就会有一些狐朋狗友带着威士忌和烧酒闯进家里找他玩,要么就是一些从未谋面的陌生人慕名登门拜访。

如果还要另租画室,那还不如干脆在刚回到东京的时候,换个大一点的房子住。但是当笛子忙于打扫江古田的屋子和整理行李时,冬吾已经开始用上椎名町的画室了。那时很多人都因为空袭无家可归,所以房子根本不够住。人们都认为,房子再怎么小,只要有地方住就已经很满足了。就连我也一直是无家可归的状态,更有许多人住在烧毁的仓库、防空洞里。失去房子和父母的孩子们突然变成了街头流浪儿,他们只好住在桥底、地道或者公园之类的地方。

正因为处于那样的时代,所以对于当时的冬吾、笛子和我来说,冬吾那样的"通勤"生活根本谈不上奇怪。只能说,都是没办法的事。即使有各种不便,也只能硬着头皮活下去。我们都这么想着,一边蜷缩着身子,一边努力保住各自的工作。不知道还要过多少年,我

[①] 位于东京都丰岛区。20世纪30年代,椎名町附近建起了许多附带艺术工作室的出租房,形成了一片汇集艺术家的群落,许多著名画家和诗人都曾在此度过青年时光。

们才不用排队领配给物资，不用再吃糖精（一种替代白砂糖的工业制品。——帕特里斯注）、人造黄油之类荒谬的替代品；也不知道还要过多久，我们才能领到与物价匹配的工资，不必再出门抢购。不过，当时的我们根本没有精力去思考这些。我们战败了。即便如此，还是可以继续活下去，还能继续坚持自己所选的工作，我们有什么好抱怨的呢？

然而，随着时间的流逝，冬吾的"通勤"生活令他逐渐远离了江古田的家，笛子也因孤独变得极为苦闷。在冬吾看来，自己的做法和在津轻的时候并无二致，不过实际上，笛子已经不住在杉家的独间里，冬吾也不再是那个被杉家守护着的"王子"了。在东京的钢筋水泥中间，自己的生活只能凭借自己仅有的力量来维持。只是冬吾还没有转过弯来，而且他也没有想要改变的意愿。在那个时代，人们热衷于之前被战争夺走的艺术和娱乐，每个人都是狂热的影迷、乐迷，是爱好文学、哲学的读者，向往并且热爱绘画。除去工作时间，以有意画画的有志青年为首，画商、新闻记者、评论家、来历不详的男子、学生们、女粉丝以及以前的伙伴们来来往往，经常聚集在冬吾身边。就像围着杏子要做"按摩"的那群人一样，在冬吾的周围也存在着一股热烈的旋涡。

那段时间，日本画家田村先生一直在帮助笛子，笛子因此能好好守护着江古田的家。为了笛子，田村经常默默地排队领供给、糊纸拉门、砍柴、出去买东西，还作为私人搬运工兼邮递员，给赤羽的照子和樱子送去书信和食物，然后从那边带着回信和家里缺少的东西回来。他甚至会往返于横滨的清美和逗子的杏子之间。笛子当时根本就无法出门，若没有田村的帮助，说不定只能和孩子们挨饿等死了。田村对笛子如此无私奉献般的帮助，大概是冬吾的主意——很有可能是这样。也许就是因为安排了田村帮助笛子，冬吾才能每天安心在外。

"真相"究竟是田村自愿帮助笛子还是冬吾的安排,谁也说不清楚。总之,田村搬到了临近冬吾家的房子里借住下来,每天早上他都会过来问候笛子,询问她有没有需要帮忙的地方。若笛子委托他做什么事情,他就会在中午之前做完,然后下午去忙自己的工作。这就是他的日常,每天都勤勤恳恳地做着这些事。如果碰上要去逗子之类的事,肯定要花上一天,而这一天田村肯定做不了自己的工作。作为回报,笛子会分给田村一些食物和燃料,也会帮他翻新或修补衣物。当时,像这样的合作关系并不罕见。

大年三十的时候,我带着发放的烟草、烧酒和小提琴去了江古田。笛子煮好了扁豆,准备了新年吃的金团(用白薯做的一种日本新年料理,在黄色馅饼里混入甜栗子。——帕特里斯注)。没过多久,田村就从逗子那边回来了,还带回来了咸鲑鱼子、金枪鱼和干青鱼子等,以及一封杏子的信。信上面写到幸代的病情恶化了,所以她们没法前往东京。

那天晚上冬吾也没有回家,所以好不容易准备好的海鲜先收了起来,当晚大家只吃了乌冬面,草草过了年。为此,出于补偿吧,我为笛子和孩子们拉了小提琴。我自认为完美地拉了一首莫扎特的奏鸣曲,谁知道亨却号啕大哭起来,笛子也匆忙地走来走去。等我拉完后,笛子只是例行公事似的说了一句:"拉得可真不错。"

第二天一早,冬吾终于意识到前一天是一年中的最后一天,赶忙回了一趟家。

冬吾连续两天在家里吃了很多美味佳肴。也许正因为如此,他甚至在面对我的时候心情也一片大好。事实上,笛子经常给我紫菜卷寿司、鸡蛋、蔬菜、大米,还会给我做衬衫和宽袖棉袍(内有棉花的防寒衣物，也能做棉被用。——帕特里斯注）让我带回去。此外，她也会偷偷地给我一些私藏的生活费。虽然冬吾可能不知道这些事情，不过他还是一直对我抱着一种说不清楚的怀疑态度。

"今明两天我都休息。好久没在东京过新年了。怎么样，勇太郎？我们该开始我们的'活动'（这里指的是看电影。——帕特里斯注）了吧。天气也不错，是新年好兆头。"

听到冬吾这个提议，我很开心。我心想，杉冬吾真是一点都没变，我们一定会慢慢地找回从前那种朴素又欢乐的家庭氛围，就像冬吾他们在甲府新婚的那段时间一样。笛子也一脸笑眯眯地看着我。

"加寿子去哪儿了？也带她一起去吧。"

因为冬吾的一时兴起，就连五岁的加寿子也要和我们一起去看电影了。对此我有点沮丧。毕竟，如果只是和冬吾一起的话，我们还能看一些面向成人的、内容深刻的电影。我们乘电车去了新宿，挤在人群中看完了一场日本青春电影，但我已经不记得电影的名字是什么了。观影途中加寿子睡着了，我把她背了起来。可是随着时间的推移，背后的身体变得越来越重，就像背了一块石头一样，到最后我也因此变得十分难受。离开电影院后，冬吾悄声在我耳边笑着说：

"那个接吻的镜头你看到了吗？我可是看到了。不过，那才不是真正的接吻，都是骗人的把戏。"

那个场景我只是扫了一眼而已。听到冬吾这么说，我暧昧地笑了一下，试图搪塞过去。比起这个，背上的加寿子已经让我累得喘不过气来了，我只想找个地方好好休息一下。

我对冬吾说："好不容易来一趟新宿，我们给加寿子买泡芙吧？"

冬吾思考良久之后说："这样笛子会生气的。她会说'我也很想吃啊'什么的，不吃泡芙，我们去吃荞麦面吧。今天是今年的最后一天嘛（在日本，有个习俗是一年的最后一天要吃荞麦面。——帕特里斯注）。"

不管吃的是不是荞麦面，对我来说都一样，所以我很爽快地答应了。荞麦面馆里的人很多，我们排队等候了大约一个小时。我感到自己的体力已经到了极限，就偷偷地戳加寿子的腿，挠她痒痒，打算让她醒过来，从我的背上下来。当然，冬吾全程对我的"负担"视而不见。当我们终于进入荞麦面馆时，冬吾点了一杯烧酒。这杯烧酒就是冬吾此行的目的了。其间，加寿子兴奋地吃着难得一见的荞麦面，喝了一点酒的冬吾也一脸满足，兴致高昂地吟起了打油歌。可刚吃完寒酸的蘸汁荞麦面，我们三个人就被匆匆地催离了面馆。

回到家后，笛子让我们三个人赶紧去澡堂洗澡。她笑容灿烂地告诉我们，她和亨刚从那边洗完回来。澡堂里就像采购列车[①]一样拥挤。水不凉也不热，我们三个人还没好好洗干净就哆哆嗦嗦地出来了。

笛子在家中六帖榻榻米的画室里摆好茶碟和丰盛的菜肴，等着我们回家。桌上摆着金枪鱼刺身、咸鲑鱼子、干青鱼子、金团、猪肉炖锅、干鱿鱼和年糕。过了一会儿，田村也到了。冬吾一看到田村就喊道：

"嘿，有酒喝哦！有两瓶清酒和一些烧酒。快来好好享受年三十晚上的酒池肉林（源于中文的说法，指晚宴的豪华程度相当于有一池酒和一片美味的肉林。——帕特里斯注）吧！"

一向准备充分的笛子听后笑了笑，在他们面前摆好了杯子，把清酒倒入其中。那可是货真价实的日本清酒，一种非常昂贵的梦幻

[①] 当时的居民们会乘坐列车去农村以财物换购粮食等生活必需品，车上非常拥挤。

之酒，据说一滴就要一日元。田村沉默地端坐着，一滴不剩地品完杯子里的酒。因为同座的人都是熟人，无须客气，所以我们这些平时不碰酒的人也同桌享受着猪肉炖锅等美味。啊，那条美味的金枪鱼！还有催人泪下的咸鲑鱼子的味道！现在每每回忆起那些美味，我仍会陶醉不已。

之后，冬吾聊起了今天去看电影的事。

"所以，你们今天是特意跑去看吻戏的？"

笛子吃惊地说。

"笛子夫人，这、这在我们的活动过程中，是很重、重要的……"

田村一脸严肃地和笛子解释道。他对电影的喜爱程度是冬吾的十倍之多，尤其热衷于法国电影，如《逃犯贝贝》[①]和《舞会名册》[②]。看来，冬吾是在田村的推荐下才去看的今天那部电影。田村一谈起电影，至少要讲一个小时。他开始严肃地谈论《巴黎屋檐下》[③]中的浪漫场景，还介绍了法国的接吻文化。田村体格健壮，一点不像日本画家的样子，长相也不怎么和蔼可亲，大多数孩子看到都会吓得哭出来。长着这么一张脸，却如此热爱法国电影。当田村不断重复着"接吻、接吻"时，我和笛子不由得相视一笑。冬吾也笑着打趣田村的"演说"。

"在日本，这也被称为'相吮'。baiser[④]和相吮是一回事吗？你在画画的时候，应该满脑子都是这些事吧。"

没一会儿，笛子哄孩子们睡着后，也回到了四帖半的房间里。一顿酒足饭饱之后，我也有些困意，但是我不可能像笛子一样走开。

[①] 1937年的法国电影，法国诗意现实主义代表作，由法国名导朱利安·迪维维耶执导。——译者注
[②] 同为朱利安·迪维维耶导演的法国电影，也在1937年上映。——译者注
[③] 1930年的法国喜剧片，由雷内·克莱尔导演。——译者注
[④] 法语的"接吻"。

接着，冬吾开始对我劝酒。

"你今天也要给我喝一点，大年三十消消灾。"

我别无选择，接过冬吾递过来的碗，喝了一小口，然后又是一口。冬吾开始说某个共产主义美术评论家的坏话。我把碗里的酒全部干了，接着田村给我续了一碗，我又喝了一碗。我渐渐开始心跳加速，呼吸也变困难。冬吾和田村还在热烈地谈论着一些我不懂的话题。过了一会儿，我感到一阵尿意，准备起身。此时，我眼中的画室天旋地转了九十度，身体里似乎在散发着彩虹的光芒，接着我就失去了意识。第二天，冬吾告诉我，他看到我翻倒在榻榻米上，然后大声哭了起来。他说我当时嘴里呻吟着"好痛苦，好难受，谁来救救我"之类的话，醉得不省人事。我很难相信昨晚自己的行为那般不堪，但也没有自信矢口否认。我平时基本不喝酒，所以一旦沾了点酒，就会醉得丑态尽显。从那以后，我更加讨厌喝酒了，冬吾也再没有强迫我喝过酒。

第二天元旦一早，冬吾和田村一起去给一位住在千早町的老画家拜年。而我因为宿醉身体不适，一直待在四帖半房间的小被炉里。

下午的时候，达彦从赤羽过来看望我们，手里还提着两只鸭子。我一看到鸭子，就浑身有了精神。遗憾的是樱子因为感冒没能一同前来。晚些时候，清美也难得来了一趟。她说，因为新年要到处拜访，忙得根本闲不下来。她还带来了不少礼物，比如巧克力、正宗的黄油、火腿和毛线等。在等待冬吾回家期间，笛子用津轻赤豆和糯米做了萩饼（用豆沙馅包裹米饭做成的食物。——帕特里斯注）来招待我们。大家把巧克力分着吃完了。我好像有很多年都没吃过巧克力和萩饼了。对了，晚上还有鸭子吃呢！这几年来别说是鸭肉了，就连鸡肉我都很少能吃到。一瞬间感觉天上下了鱼子酱雨似的，心里幸福感满满。

傍晚，冬吾回到家看到达彦的鸭子后，也兴奋地叫出了声。对于吃惯了山珍海味的冬吾来说，鸭肉也是难得的美味。清美对鸭肉也是依依不舍，不过因为之后还有约，她只好匆忙告别离开了。没过一会儿，达彦、田村和冬吾三人来到小庭院，开始拔两只鸭子的毛，场面十分喧闹。冬吾不停问达彦这鸭子是从哪里弄来的，可达彦只是傻笑，含糊其词。我猜也许是达彦在大矶的父亲有什么门路吧。在这样热闹的氛围中，我们不自觉地把最近生着病的樱子忘到了脑后，甚至觉得没什么好担心的。

那天晚上，因为美味的鸭肉，我们一直处于欣喜若狂的状态中。冬吾在厨房把鸭肉切成大块后放进锅里，看着鸭油在热水中闪闪发光，我们都不自觉地流下了口水。晚餐过程中，我们都专注地吃着煮熟的鸭肉、葱、豆腐，喝着漂有油花的汤，几乎顾不上聊天。

"这样可不行，我们得给加寿子和亨留一份啊。"

当冬吾用发黄的手指擦拭嘴角的油时，突然醒悟过来一般喃喃道。处理鸭肉的时间比预期的要长，加寿子和亨在这个过程中已经睡着了。根本没有想到孩子们的我，被冬吾的话吓了一跳。笛子则是一脸高兴地点了点头。

夜晚，田村和达彦各回各家了。冬吾已经完全喝醉，他打了几个大大的喷嚏后，自言自语大喊一声："去你的，我可没感冒！"很快就睡着了。

第二天上午，冬吾已经出门，我应笛子的要求带加寿子去了澡堂。回家后，我吃光了笛子做的年糕小豆汤（香甜的红豆浓汤中放入年糕。——帕特里斯注）。笛子忙着洗衣服，我因为无聊就练起了小提琴。夜幕降临，冬吾还是没有回家，我们就用剩饭剩菜解决了晚餐。直到饭后冬吾都没有回来。又过了一天，我带着笛子给我洗好的衣物和给我买的衬衫回学校去了。

629

就这样,温暖的新年结束了。尽管很不情愿,但我们还是不得不回归到各自的现实生活中去。

"……我也经常回想起那个新年,可百思不得其解,为何那个新年过得那么开心呢?明明杏子和樱子根本没法庆祝新年,而照子姐也正在服丧,旧痛未了,又添新疤……"

这时,笛子在我耳边低语。

"……在吃鸭肉锅的时候,我总感觉有些许不安。那晚冬吾也对鸭肉十分满意。他可能单纯地认为那一年一切应该都会好起来的,接下去自己会更加繁忙,并为此感到高兴吧。他是否曾想到那一年自己可能要离开人世,就像突然被一根刺扎了一下,在某个时刻从心中闪过这个念头呢?我绝对没有想到过,因为当时我根本没有任何预感……人们可以预测政治、经济、人际相识相遇、人生的变化和其他许多事情,但唯有自己的死亡难以预测。有一天自己悄然离世。那时,一切都没了意义。所以,人们可以预测一切事物,却唯独无法预知自己的死亡。你不觉得是这样吗?……不过,话说回来,那天晚上的鸭肉实在太好吃了。据说,那其实是小樱为我们想到的礼物。为了给小樱增加营养,达彦经常为她订购鸭子。所以当她脸色发青地来到江古田倒在我家时,我真的吓了一大跳。记得当时还是一月份,正下着雪……"

(笛子视角)

……那天一大早,樱子看着我说:"笛子姐,我可以在这儿休息一会儿吗?"她爬上榻榻米,合上了双眼。那天似乎是樱子看到达彦去上班后,突然想到离开赤羽跑来江古田的。我把刚放进衣柜的被褥拿出来给樱子,让她睡在上面。当我挪动樱子时,她突然睁开眼睛，无声地哭了起来。

"你怎么了？你好像发烧了，脸色也不太好啊……"

我帮樱子脱掉衣服，问道。

"笛子姐，求求你了，让我住在这里吧……我想让感冒赶紧好起来，可是它一点都没有好转。这段时间我一直在拉肚子。我真的很对不起达彦……在家里给他留了一封信。我觉得应该是我的心理作用。如果在这里休息一会儿的话，应该就会好转吧。和保姆两个人待在家里，我既孤独又不安……如果不尽快好起来的话，肯定也会影响到孩子……住在这里我最安心。照子姐家里还有小红，而且给泉他们供的香火味道也让我觉得不舒服……"

当听到拉肚子时，我立刻想起了哥哥，不禁皱起眉头。再加上樱子还是孕妇，所以更要重视这件事。樱子说，自去年以来，她一直都有这种情况。她的脸色和病患已别无二致。诚然，突然与达彦成婚，也让她的神经高度紧张、疲惫不堪吧。我想，总之先观察一下樱子这几天的情况，然后再考虑如何处理。

来到我家后，樱子看似安心了不少，含泪睡下了。我立刻出去买了豆腐、牛肉和鸡蛋，这些都是易消化且有营养的东西。晚上，达彦来了。他对樱子的病情很乐观，但是担心樱子可能精神状态不好，所以他请求我让樱子在这里休养一段时间。虽然不知道冬吾会不会回来，但达彦还是在画室暂住下了。当冬吾早上回来看到达彦和樱子时，他挠了挠头一阵苦笑，似乎有一瞬间的疑惑。一家四口住在只有六帖和四帖半的房子里就够挤了，再加上勇太郎也会过来住，这下连樱子和达彦也来住，冬吾的位置眼看着就要被抢走了。我当然清楚这一点，可是照子还没有从失去儿子的悲痛中恢复过来，除了我也没有别人能照顾这些弟弟妹妹了。而且我也非常希望冬吾见状能意识到江古田的房子实在太小了，必须想办法换个新房子。

但是，尽管勇太郎经常会来住，樱子也要住得更久，再过段时间连杏子也要来住，冬吾却完全没有要换新房子的想法，反倒是这种情况让他与这个家的联系越来越淡了。不过，站在我当时的立场上，我也别无选择！

过了两天，樱子已经恢复了不少活力，四天后也不再拉肚子了，于是第五天早上她自己回到了赤羽。就好像是代替樱子的位置似的，后来勇太郎也来了，带着他的衣服、烧酒、香烟和一把小提琴。我和勇太郎忧心忡忡地聊了一下这几天发生的事，说樱子总是腹泻的毛病不能忽视。……

"这样的话，我觉得还是让她去检查一次比较好吧。"我对笛子说道。

长期腹泻是最令人不安的。再说樱子还是个孕妇。不过，在笛子的照顾下，樱子已经多少恢复了一些。那样的话，也许正如达彦所说，很可能是精神压力引起的腹泻。达彦的母亲从大矶来到赤羽后就一直住在樱子家里，加上每天被保姆监管着，樱子过得非常压抑苦闷。我们决定，再等一段时间，看看樱子的情况如何，如果腹泻还一直持续的话，我们就带她去我学校的医学部，请认识的人帮忙看看。我还自以为是地建议笛子，在那之前，最好经常让她来江古田，缓解一下压力。现在想来，我当时的想法真是愚蠢之极，每一天都简直是在白白浪费樱子宝贵的生命！

事实上，在那段时间里，我一直在担心亨的情况。我想应该带发育迟缓的亨去大学医院看看。亨不仅仅是营养不良，似乎还有先天性智力障碍，将近三岁了，仍然不会说话和走路，视力好像也不太好。他的头型和面部形态是典型的唐氏综合征的特征。但我对此很难说些什么。我是个马大哈，经常因为说太多话而犯错。面对笛子和冬吾对亨异常情况的冷漠和沉默，我没有勇气去提醒他们。而且即便我说出口，情况就会因此改变吗？即便知道了是唐氏综合征（当时被称为蒙古症），也根本没有办法治好亨。

关于亨身体异常的情况，冬吾和笛子的沉默出奇地一致，谁也不提起，谁也没意识到。但实际上，当冬吾和笛子看着三岁的亨仍裹着尿布、流着口水爬来爬去的时候，他们早就被不安和悲伤吞没了，也许还认为这是上天的惩罚，两个人都扭头而泣吧。这背后的痛苦是我无论如何都想象不到的。比起时刻不离亨身边的笛子，也许常不在家的冬吾更早就察觉到了亨的异常，因此他也更加自责。再加上离开青森老家的悲伤，更是让他陷入了绝望之中。冬吾死后，笛子在我的劝说下终于开始带亨去医院了。那时笛子对我说的话，我至今仍记忆犹新。

"神明什么的，我以前从来都不相信。所以神明把这个孩子送给了我吧……我怎么就忘了很久以前清美和我说过的那些话呢……"

自那以后，笛子就再也没说过这种丧气话。

"没错……"

耳边又响起了笛子的喃喃。

"……冬吾曾经对我说过，不是什么事只要说出来就都能解决的。这个世界上，有些话必须藏在心里……"

可是，不知为何，人们在被逼迫到极限的时候，还是会不由得向神明祈祷。人们很少说："感谢神明赐予我的幸福！"但遇到巨大的痛苦时，人们就会大惊失色地喊道："老天哪！"也会流着泪反省："老天哪，是因为我太坏了，才会被这么惩罚吗？请原谅我吧！对不起，是我错了，我应该受到惩罚！"通过这种方式，来接纳自己的痛苦。这究竟是为什么？为什么这种时候我们不去诅咒神，不去对神发怒，主动抛弃神呢？为什么我们对自己的苦痛和悲伤如此逆来顺受？为什么我们不去责怪神明，而是一味地责备自己呢？为什么我们不去质问神明"这样的不幸，根本就不属于我"呢？

然而，当我得知樱子的诊断结果时，我的反应与其他人如出一辙。

"天哪，这一切都是我的错！"

樱子在笛子家休养一段时间后，没过多久就恢复了活力，之后又去笛子家住了好几次。因此，我又能和樱子凑在一块儿了。达彦也经常来玩。虽然这么说很对不起冬吾，但是我和他们在一起时非常快乐，经常互相说些无聊的笑话，然后一起大笑。性格温厚的达彦意外地很会讲冷笑话，说什么"江古田家里的人都是好孩子""日本不会再打仗了"①，令我们大吃一惊。他还和我们说，在爪哇岛上耸立着一座两千九百一十一米的默拉皮火山，那座山终年燃烧熊熊烈火。达彦打趣道："在印尼语里，Terimakasih 是指谢谢，Nyonya 是指尊夫人，合在一起，'尊夫人，感谢'就是'嘿嘿，害羞了'②。"

一天夜里，我们四个人一起围着收音机，无声地沉浸在贝多芬的钢琴奏鸣曲《热情》之中。那部收音机是笛子不顾冬吾反对刚买回来的。

"啊，我好想弹钢琴啊。不过我的手指已经不灵活了。笛子姐，要不再买架钢琴吧？"

---

① 达彦利用了日语发音中的谐音梗。
② "Nyonya"和"Terimakasih"合在一起，在日语里的发音和"嘿嘿，害羞了"很像。

听樱子这么说，笛子只是笑了笑。虽说冬吾的经济状况有所改善，但要买一架钢琴仍是一个遥不可及的梦想，现实情况下最多能买一台收音机。就连留声机也是，商店里根本没有货，即便有再多钱也买不到。出于安慰，我偶尔会为他们拉小提琴。不过我能演奏的曲目并不多，所以安慰的效果微乎其微。

冬吾有时也会加入我们。他加入的时候总会坐在中心位置，讲一些模仿西洋裸体画艺术的脱衣舞，或是去年发生的杀人魔事件（可能是指小平事件[①]。有八名女子接连被一个叫作小平的男人所杀。——帕特里斯注）之类的。基本上都是加寿子和其他女性不太喜欢听的话题。樱子和笛子虽然边听边皱眉头，但实际上她们受好奇心的驱使，很认真地在听冬吾讲这些露骨的故事。

与此同时，在逗子，平铺十五岁的女儿幸代安静地躺在杏子的怀中，悄悄地告别了这个世界。我与她相识甚短，也没有什么直接的关系，所以没有为她太过悲伤。但是当我看到身着精美和服躺在棺柩里的少女那张瓷白的面庞时，心中还是难以抑制地震撼。棺柩里摆放着幸代的日记和上学用的书包。她的哥哥稔只能关在病房里，无法出席葬礼。据说稔在幸代去世的那晚，把床铺搬到了妹妹的身旁，与她一同睡了一个晚上。

幸代离世后，我们不禁担心起与她年龄相仿的红。不过，令人欣慰的是，红的情况正在逐步好转。然而，与此同时，却没有人关注到樱子的身体状况！泉和操带回来的结核病菌侵袭了河田家除善政以外的所有人，樱子也没能幸免。可是樱子的病情主要表现在肠

---

① 1945—1946年发生在东京及周边地区的一系列强奸谋杀案件。日本战败后物资匮乏，一个名叫小平义雄的男子以提供食物和工作为诱饵，诱骗年轻女子到山林中强奸并残忍杀害。此事件涉及的受害者众多，但最后实际只有7起案件被确认，这个生性残暴的连环杀手最终被判处死刑。

胃方面,所以就连她本人也忽略掉了。

到了三月,樱子的腹泻又开始了。这次她变得更加衰弱,再加上还有身孕,所以我赶紧把医学部的朋友带到赤羽帮她看病。虽然那位朋友只是一位年轻的助手,但是比起街上的江湖郎中来说还是靠谱多了。

"他是你的朋友?那我放心多了。"樱子说道。

作为病人的樱子反倒忙着拿茶和点心招待我们,甚至特意起身和对方打招呼:"感谢您一直以来对勇太郎的关照。"

诊断结束后,我和达彦在病房外焦急地等待结果。

"生孩子的事基本不可能了。现在应该赶紧让她住院。再这样下去,可能一个月都撑不下去了。肠结核的情况正在恶化。"

听到这个诊断后,我和达彦都惊得张大嘴巴看着对方,根本不敢相信这个残酷的现实。但我们也没办法放着持续衰弱的樱子不管。我的大学里有家医院,虽然我没在那里看过病,但据说口碑很好。于是我们决定先让樱子住院。我深信住进去之后,樱子一定能得到很好的治疗。我多少也算个大学生,所以不自觉地把希望寄托在了"大学"的招牌上。可实际上,樱子在大学医院里住院的那段时间,根本没得到过什么像样的治疗,只是偶尔被医学部的学生当作临床实践对象罢了。

就在樱子住院的那天,医院想要征求我们的同意打掉胎儿,问我们让她住院是不是原本就是为了"处理"孩子。但我们犹豫了。毕竟那个孩子的生命是属于樱子的。所以我们可不可以瞒着她同意堕胎。于是我们去了病房里,和樱子说明了情况。如果打掉孩子,那么樱子就能得救。等到身体好了以后,想生多少个孩子都行。如果坚持保孩子的话,很可能一尸两命。虽然这个决定很痛苦,但我们还是劝她冷静下来好好考虑。

"哪个不要脸的家伙想杀掉我的孩子？别再让我听到这种卑鄙的话！"

樱子这样坚持，我们也只好忍着眼泪，想办法冒险让她把孩子生下来。

"真是乱来啊，实在是太任性了。对了，你们哪一位是她丈夫来着？哦，是你啊。我劝你赶紧决定吧，你同意打掉不就行了吗？这可不是女人能自己决定的事啊。如果你的妻子因此去世的话，你肯定也很难过吧。"

医学部的教授抽着烟对我们说。刺眼的夕阳充满了狭窄的屋子。我们还是恳求那位教授不要堕胎。

"但是如果孩子没了的话，樱子肯定也会寻短见。既然结果都一样，那还是请您让孩子生下来吧。无论结果如何，我们绝无怨言。"

腰身几乎有三米粗的光头教授稍做思考后，瞪着我们说道：

"现在是三月，胎儿已经六个月大了。等下个月吧，到时要做剖宫产。那已经是极限了。不管怎么说，真是太乱来了。这种病情还要生孩子……"

"……啊，看来你不明白呢。"

耳边传来了母亲真的话语。真是令我们怀念的声音啊！

"……只要还能生，女人就算是拼死也会继续生的。我在二十一年里面就生了八个孩子呢！本来我还想继续生的，可是因为身体不是很好，只生了八个。"

"这是任性吗？就算是不知能否活下来的孩子，也在为了来到这个世界而在母亲的肚子里做好准备……"

照子的话音也犹在耳畔，接着我还听到了清美和杏子的"二重奏"：

637

"樱子要有小孩了！再也没有比这更让人高兴的事了，男人们怎么就是不理解呢？就算自己会死，那份喜悦也不会改变。就算孩子会夭折，生下来我们就觉得很高兴。这就是女人。我俩已经放弃了这份快乐，所以才更明白生孩子多么令人喜悦。小樱要堂堂正正地当个母亲。既然能生，就必须把孩子生下来！"

"就算身体不太好，我在二十一年间也生了八个！"

真充满自信的声音又进入了我的脑海。

"我只生了三个孩子。其中两个孩子还没结婚就去世了！不过好在红活下来了，她一定能给我生个外孙出来。一直替我照顾泉和操的小樱，代替红走向了死亡。即便如此，她仍要生下孩子。这多值得高兴啊！"

照子的声音响起时，笛子的声音也混在其中：

"……结核、结核，又是结核！我受够了！但你们男人竟然想要打掉孩子，太愚蠢了。小樱她是幸福的，毕竟达彦这么爱她。同样是结核病，为什么驹子姐就那么可怜呢！……"

清美和杏子的"二重奏"仍充满活力：

"樱子要有小孩了！如果是我的话，就算死也很高兴！就算孩子会夭折，生下来我就觉得很高兴！"

"……在小樱住院的那段时间，我也怀着第三个孩子。和樱子不同，我身体很健康。即便冬吾已经离我而去，我还是很健康。即便我的身心因冬吾的死而变得支离破碎，我依然很健康。就算每天以泪洗面，我和我的孩子都很健康……"

依然是笛子的声音。接着，真和照子的声音一同响起：

"二十一年里生了八个！"

"我只生了三个孩子。其中两个孩子还没结婚就去世了！"

"……这个世上有很多小孩。有母亲已经濒死的小孩，有沾满了母亲泪水的小孩。并不是所有小孩都能平安地来到这个世界,有的小孩在出生之前就已经死了。我就知道这么一个小孩。冬吾则比我更了解。那就是与冬吾一同离世的那个孩子。我的那个孩子,全身都沾满了我的泪水……"

"就算孩子会夭折,生下来我们就觉得很高兴!就算自己会死,也会很高兴!"

(笛子视角)

……对于樱子住院最感到不安的,恐怕是我的丈夫冬吾。他曾因为肺不好而免去了兵役,战中及战后也都能很快获得营养来源,因为这些好运才能健康地生活下去。但冬吾对于结核病的恐惧是根深蒂固的。照子的两个孩子死于结核病,杏子再婚对象的一个孩子最近也死于结核病,如今又有一个人处于风中残烛的状态。光这一点就够不吉利了,更别说经常来家里住的樱子也得了严重的结核病。冬吾心想:"这下江古田家里的每个角落都沾满了结核菌,它肯定已经侵入了我的体内,正在我的体内狂欢呢。看来我也快要因为结核病而死了!"

想到这里,冬吾眼前顿时一片漆黑。他责备我心太大,吩咐我对家中的所有物品进行消毒。但即便做了这些,冬吾还是不能安心。于是很明显,他越来越疏远江古田的家了。

"既然如此,我们干脆趁这个机会搬家吧。我们也要有第三个孩子了,而且这样你也能在家里工作,好吗?再请田村帮我们看看房子吧。"

听我这么说,冬吾只是阴沉着脸回答道:

"不管去哪里,你肯定还是会去看望樱子的吧?"

"肯定会去啊。她可是我妹妹。"

"那搬不搬有什么区别？就算你再怎么着急，现在也没用了。我目前不想搬走。六七月份还有美术展呢，之后也有群展的计划，现在我必须弄出一些好的画作。如果我的活儿没了，什么都完了。现在先让我好好工作。对了，你也给我忍着，尽量别去看望樱子了。如果你也被传染了，那可不是开玩笑的。"

对于冬吾这番话，我也只好听从。

不过，当时的我并没有感觉到多么不安，完全相信了冬吾说的话。我也不知道冬吾究竟是从什么时候开始发生变化的。

到了四月，樱花在不经意间开了又谢。樱子临产的日子快到了。虽然有冬吾的警告，但我还是忍不住去大学医院看望了樱子。樱子有七个月的身孕，但她的肚子出奇地小。我心想，也许肚子里的孩子已经不行了吧，所以我不忍心把自己怀孕的事告诉樱子。

"……我已经决定了，如果生的是女孩，就叫她御影。如果是男孩的话，就叫辉一。御影当然是指花岗岩①啦。辉一就是从辉石而来。辉石是被花岗岩一样的岩浆岩包裹着的。世界上有各种各样的辉石，比如锂辉石、透辉石、次透辉石和紫苏辉石等……"

樱子这样对我说。医生不允许她在病房里给婴儿做编织，于是她只能让达彦给她买来关于矿物的书籍，就这样在房间里日复一日地盯着日历、翻着书。她的枕边放有一本赞美歌集和一本奥斯卡·王尔德的童话集。此外，还有一个小箱子，里面放着那颗在甲府老宅的废墟中发现的黄玉原石，以及达彦从印度尼西亚带回来的紫色铌铁矿石。

"对了，江古田家里一直放着爸爸留下来的一些石头呢。你想看的话我就带过来吧。比如红水晶和红玉什么的。"

---

① 日语中花岗岩也写作"御影石"。——译者注

听到我这么说，樱子由衷地露出笑容。她对我说：

"对，没错。那些东西还在江古田。当时我还带去了发晶和蓝宝石来着。好想看看它们啊。冬吾先生同意的话，姐姐你就带来给我看，行吗？或者让小勇带过来也行。只带一两个过来也行，好吗？求你了。"

我同意了。

我能来探望的时间很短。虽说每次都带着孩子们一起来，但是为了不让孩子们感染，也不好待太久。冬吾一如既往地"去向不明"，所以除了家务事，我还得充当他和上门客人之间的联络人。那些客人可不好对付。有时会有美院学生深夜前来拜访，有时还有一些让我见了都会惊慌失措的知名小说家和实业家拿着威士忌就上门来。

那天，我探望完樱子后就匆忙回家了，甚至来不及和医院隔壁物理楼里的勇太郎打声招呼。不过到了周末，勇太郎自然会来江古田住的。比起这个，我更在意来探病的事能否瞒过冬吾。

四月末，樱子临产的日子终于要来临了。

那天风很大，如台风一般强劲。我和达彦在病房外的走廊上听着风声，等待樱子的手术结束。其间，杏子居然从遥远的逗子赶来了。没多久，照子也出现了。

"孩子还没生出来吗？"

她们两个人同时向我们问道。我说还没有，她们就松了一口气，坐在了走廊的椅子上。

"虽然把小稔一个人丢在家里不放心，但是我想哪怕来看一眼小樱的孩子也好。而且我也很担心小樱……"

杏子说道。照子姐也小声念叨：

"……如果小樱能挺过这一关就好了。剖宫产总让人心里不踏实啊。"

照子认为樱子染上了结核菌，自己也有责任。所以在这个很可能成为樱子忌日的时候，她实在不忍心待在家里。杏子也担心樱子和肚子里的孩子会出事，觉得至少要来看樱子最后一面。我们每个人都被悲观的想法压抑着。

过了一个小时，手术室的门终于打开了。接生的医生出门后，十分大声地对我们说道：

"是个男孩。重五百匁（1875克。——帕特里斯注）。虽然很小，但总归是生出来了。"

"孩子活着对吧！"杏子激动地叫道。

医生不耐烦地回答："当然了。"

"那，母亲也还活着吗？"

这回是照子询问道。那个医生更不耐烦了。

"只是剖宫产而已，没人会出事的……"

听到这句话的一瞬间，我们就像得到了救赎一般。杏子的眼里充满了泪水，照子抓着达彦的手不停地点头。不管是樱子的病情还是新生儿的健康，今后都很险峻，但我们产生了一种错觉，以为一切苦难已经消失殆尽了。

医生说，因为麻醉效果尚未褪去，所以樱子需要两三个小时才会醒来。于是我们前往新生儿的房间，去看望躺在保温箱里的孩子。那个孩子小得简直不像人类一样，身上插着各种各样的管子，只包了一块巨大的尿布，他在玻璃箱里静悄悄地蠕动着。隔着玻璃窗没法好好看清婴儿的脸。一旁的达彦一言不发，面无表情地盯着保温箱。看来他仍在担心樱子的安危，暂时还没有感受到自己已经成为父亲。护士提醒我们，接下来一段时间都要好好照看婴儿，建议不要直接抱他。如果父亲想近距离观察婴儿的话，单独在保温箱旁看看就好。达彦摇了摇头说，在这个位置已经可以了，反正那张脸肯定是皱巴巴的。

一旁的照子和杏子也看不清婴儿，但她们还是目不转睛，你一言我一语地说："好可爱啊，就和小樱一样！你看，小脚还在动呢！"

"刚出生的辉一，实在是太小了！……"

啊，这会儿我又想起了杏子说的话。我的姐姐们一直在我的脑海里挥之不去。但这毕竟是姐姐们的故事，我不可能让她们闭嘴。一定是因为我的记述不怎么靠谱，有很多与事实不符的地方，她们才那么在意。即便如今除了身患阿尔茨海默病的笛子，其他姐姐都不在了，我也只是原来那个"小弟"罢了。说实话，回忆姐姐们说过的话，对我来说也是一种乐趣，虽然多多少少也有些厌烦。

（杏子视角）

……已为人父的达彦红着鼻头，一副要哭的样子盯着辉一看。勇太郎则是一副严肃认真的模样看着小小的辉一。我虽然耳朵不好，视力却很好，或者说更像远视眼。也就是说，比起一般人，我可以更清楚地看到远处的事物。我就站在新生儿房间的外面，透过窗户，目不转睛地盯着只有五百匁重的辉一那小小的脸庞。他的嘴就像鱼儿一样张着。明明还什么都看不见，但辉一的一只眼睛并没有合上。我很肯定当时看清了。那双眼睛泛着蓝色的光！

我惊得几乎无法呼吸。到底怎么回事？那个孩子的眼睛就像玻璃珠一样，毫无生气！

但当时，我并没有告诉其他人这个骇人的发现。就算再不情愿，总有一天其他人也会发现的。实际上，当天大家已经耗费了大量的感情和精力,所以我也不好再为大家带去这个令人悲伤的消息。这个"发现"也让我感受到了自己与辉一之间某种命中注定的联系。为什么这个可怜又可爱的孩子今后会由我抚养长大呢?谁也说不清。当时的我只是每天祈祷着樱子能够恢复健康,以及幸代死后变成独自一人的稔也能奇迹般地恢复健康。然而辉一那双蓝色的眼睛给我带来了雷鸣一般的直觉,而且那份直觉成了现实。

一周甚至一个月过去了,辉一依然待在玻璃保温箱里。在这期间,辉一拥有一双蓝眼睛的秘密也暴露了。笛子和勇太郎注意到后,这个秘密又传到了达彦的耳朵里。达彦亲自确认后,含着眼泪向勇太郎和笛子嘟囔,他认为那双眼睛就代表着这个孩子不可能活下去了。医生和护士都说,那种眼睛是组织还没完全成熟所致,只要妥善处理,以后不会留下任何后遗症。但达彦还是不抱有任何希望。不久,这个秘密终于传到了樱子的耳朵里。

"真的吗?我好想亲眼看看啊!像蓝宝石一样的眼睛,不是很棒吗?哪怕一次也好,让我看一眼吧!"

身患严重结核病的樱子根本没法从结核病房离开,就连透过玻璃窗看一眼辉一都不行。其他人都劝她,再过两个月无论如何都会让她见见孩子的,所以这段时间里先要好好地把身体养好。樱子真是太可怜了!我那段时间又来了一趟大学医院,给樱子看了自己画的糟糕的辉一画像。"如果是冬吾的话,应该画得更好吧!"我给樱子详细描述了辉一的那双蓝宝石眼睛。我心想,既然我最先注意到了辉一的眼睛,感受到了辉一与自己命运的交织,就有义务向樱子说明辉一的事。

"一开始是淡蓝色呢。不管别人怎么说,反正我是看到了。他刚出生的时候脸通红,眼睛却闪烁着水光,就像精灵的孩子一样非常可爱呢。对了,那种蓝色就像早春南阿尔卑斯山脉天空的颜色,冷冽清澈，一点都不浑浊，甚至感觉要穿透我的身体一样……但是我今天去看的时候，颜色已经变深了。春末夏初的时候，天空的颜色不是会变深吗？就是那种颜色，好像变成了绝美的深蓝色。他的皮肤透白透白的，深蓝色的眼睛一眨一眨。于是他从精灵的孩子摇身一变，好像变成了一座小小的观音，让人想要上前跪拜……樱子，你可真是生了个不得了的孩子呢。那双蓝眸就像在凝视着世间，接受了世间的一切。"

樱子闭着眼睛听完我的描述，然后满足地深叹了一口气。

"辉一，小辉……闭上眼睛我也看到了，你那美丽的蓝色小眼睛！"

樱子小声地说着。我一边给她梳头，一边像唱歌似的反复嘟囔："小辉，你那美丽的小眼睛，那蓝色的小眼睛……"

那天，我给樱子吃了带给她的泡芙之后，就赶回逗子了。在逗子等着我回家的稔，已在死亡边缘徘徊。自从二月份妹妹幸代去世以后，稔变得越来越安静，他认为自己不久也会死去，跟着妹妹离去。二月以来，平辅和我为了幸代，每天念读经文，而稔从来不肯读，就连双手合十都不做。稔不喜欢便宜的香火，似乎价格贵的香火味道更能让他的心得到慰藉，所以他请求平辅在自己的病房里点上高价的香。稔也会从每天都来照顾他的我身上获取活力。濒死的病人大多都有这种倾向。我为了稔，经常给他弹奏三味线，也会给他唱甲州的缘故节和黏土节[①]。这些都是我当按摩师时学到的财富。

　　若是不见，黏土堆旁高大姑娘的身影
　　广袤的河畔，将会变得昏暗无垠

[①] 黏土节是日本山梨县的一首民谣。明治时代，釜无川流域开展堤防工程时，工人们在用黏土夯实河堤的过程中创作并流传下了这首劳动调子。——译者注

哈呀！嘿咻，嘿咻！

若是听见，黏土堆旁高大姑娘的歌声
千斤的推车，将会变得轻如微针
哈呀！嘿咻，嘿咻！

快来看，黏土堆旁高大姑娘的父亲哎
透过这个，破洞窗户欣赏嘞
哈呀！嘿咻，嘿咻！
……

　　我回忆着记忆中的舞蹈，在走廊上边唱边跳，时不时弯下身子。身为大城市东京的孩子，稔并不知道这些东西，只觉得这种舞蹈十分稀奇，不自觉地大声笑起来，甚至让我反反复复跳好几回。周末平辅在家的时候，也会心血来潮与我合奏三味线，用曼陀林弹俄罗斯民谣，用吉他弹弗拉明戈的音乐给稔听。
　　去探望樱子后回家的那天，稔和我说："欢迎回家，阿姨！樱子阿姨怎么样了？小辉的蓝眼睛是什么样子的？"然后十分认真地听我讲述情况。稔什么都想知道，不仅仅是樱子，他还听了笛子、冬吾、照子的孩子们、清美以及勇太郎的各种故事。听到开心的事，稔会很高兴，听到难过的事，他也会苦着脸，以此来治愈自己内心的孤独。这个习惯，是幸代还在世的时候两个人玩的一种游戏。他们经常听周围人的故事，然后任凭自己的想象天马行空，沉浸在这些有哭有笑的故事里。说到故事，我以前也会把自己从祖父那里听来的故事讲给两个孩子听，比如在天空飞翔的闪闪发光的马、山姥、蛇和山女等等。即便后来只剩下稔一个人，我也不厌其烦地讲同样的故事给他听。因为身患结核病，十八岁的稔只上到了初中，没办法继续念下去了。但他十分热爱学习，读了很多难度很大的书，比如卢梭和帕斯卡写的书。即便如此，对于我说的那些缺乏智慧的乡土故事，稔依然会微笑着听得津津有味。

"那我们也调查一下家里的树洞吧，说不定里面也住着十条大蛇呢。要真是这样的话，也太吓人了。"

稔听完故事后，说出了内心的想法，随即向我请求道：

"杏子阿姨，如果有马儿叼着山上燃烧的石头从我们家上空飞过的话，请一定要告诉我。我也想看看发光的马在天空中翱翔的样子，那一定很美吧。"

对稔来说，辉一的蓝眼睛和会飞的马都是一个次元的故事。稔听得入迷，说道：

"对啊，蓝宝石色象征着神明啊。我也想朝拜一下蓝宝石色眼睛的婴儿。什么时候您把小辉带来吧。那种颜色应该和秋天大海的颜色一样吧。"

可是六月到七月的时候，稔的身体状况急转直下。九月份仍酷暑难耐，稔就在这个月里带着微笑离开了人世。最后一刻，我在稔的耳边悄声说：

"山上闪闪发光的马儿已经朝着小稔那边飞去了哦。它的嘴里含着山上的火石呢。有两匹、五匹、十匹。它们的光点亮了天空，绕着天空一圈一圈地飞着。看起来真的很美呢。山上的火石散发着绚丽多彩的光焰……"

这个夏天，浅间山时隔多年再次发生火山爆发，遇难者在十名以上。到了九月份，猛烈的"凯瑟琳"台风雨席卷了日本列岛北部的大半地区，导致千百名民众丧生。

若在以前，有森家的孩子们习惯把这些火山活动引起的一系列自然现象当作亡父源一郎的鼓励和安慰。但这个夏天，无论他们再怎么集中注意力去倾听，也只能感受到一阵无声的沉默，让人痛苦无比。这当中一定蕴含着源一郎内心深处的悲痛。不过，五个孩子当中，应该只有我是这么想的。樱子生出辉一之后的一段时间，身体情况出现了好转，但因为夏天的酷暑，她的身体又再次衰弱下来。杏子则一心一意在家里守着稔，陪他度过最后的日子。笛子的孕肚越来越大，她对亨的事心怀不安，同时冬吾的变化也让她痛苦得心如刀割。照子虽然很庆幸红能活下来，但善政从工作多年的公司辞职了，又用退职金买了一间职工住宅，打算成立自己的新公司。照子对变化极大的家里感到心慌，甚至夜不能寐。因此其他人都没有空闲怀念源一郎，只有勇太郎在自责没有能力帮助姐姐们的同时，感受到了源一郎深深的悲伤，不禁流下了眼泪。不对，还有一个人也感受到了。她就是清美。

战后，清美作为寺尾商会的女社长忙得抽不开身。虽然清美成功地复兴了公司（善政打算成立新公司的决定，多少也受到了清美成功的影响吧），但由于是独身一人，所以她有时还是会突如其来地感到孤独。八月份清美看到报纸，得知了浅间山爆发的消息。到了九月，在公司过夜的清美透过窗户望着窗外的倾盆大雨，雨势似乎要把天空劈为两半似的，凶猛异常。没来由地，她突然想起父亲（清美一直这样称呼源一郎，虽然她户籍上的父亲是祖父小太郎）离世已有十六年，哥哥也去世十四年了。一阵悲伤突然袭来，平时埋藏在心底的孩童时代的种种情景再次涌上心头。

清美告诉我这些事的时候，应该是在冬吾出事的那段时间。年近四十岁的清美为了笛子泣不成声，额头和眼尾都出现了皱纹。看到这样的她，比她小十岁的我不禁感叹，清美怎么变得这么老了啊。

不过，三年后，收养了被美国士兵留在日本的两个孤儿以后，清美一下子就恢复了年轻的状态，并且还会说一些让我听了会脸红的话，比如"我都这个年纪了，胸部居然会因母爱的刺激再次变大啊"之类的。就这样，清美摇身一变，成了一个威风凛凛的中年"母亲"。

古言道：眺望富士唯十三州。所谓十三州，即为远江、骏河、甲斐、伊豆、相模、武藏、上野、下野、常陆、信浓、上总、下总及安房诸国。其意为，能以最佳视角远眺富士山的十三令制国。此外，还有志摩、伊势、近江、山城、尾张、三河、飞騨、越前、加贺、能登、越中、越后、磐城、岩代等国，亦能几分清晰地看见富士山。总计能从二十七国远眺富士山。传言，古人早已知道从爱宕、比叡等山城亦能眺望富士山。然而登上除这些之外的一些高处时，仍能看见富士山。且如今这个时代，已能利用望远镜眺望远处。因此，笼统说个数字出来即可，无论多少州都无妨。

于山顶一览大自然时，常伴有壮美与神圣之感。若于平地望去，则其中乐趣完全不同。这亦是人们对高山怀有崇敬及憧憬之情的原因之一。在登上富士山之前，我常想："多么希望有一次能登上这朝思暮想的富士之根①啊。"待到我登上此山，见识了该处风景之后，心怀所感却并非"富士之根远比平日所闻所想所见那般高大"，而是感叹"天日笼罩之下，四方国土中，唯有富士之根可称为山"。我国之中，能称得上视野开阔壮丽之处的，唯有此山，即便放眼世

---

① 旧时富士山又被称为富士之根。——译者注

界，能达到这种程度的山也极少。

（略）

前文所记能眺望富士之处，基本上都排除了光线折射、云霞尘雾等阻挡视野的情况。因此，上文所记之外的地方，有时因天候之变，亦能看清富士山；而理所当然地，上文所记之处，有时也因种种原因，无法看清富士山。

于南面东海道之处观看时，则山麓北处的湖水呈高耸之势。其原因在于，观望者位于北麓数百米开外的低处。

同时，因空气密度导致光线发生折射，因此即便在同一位置，有时所看之处也会呈现高耸之势。一位名为伯德的旅行女记者曾在日本游记中记载了关于富士山的所见所闻，其中一节如下：

伊莎贝拉·伯德，《日本奥地纪行》[①]，伦敦，1880年

甲板上的人群看见富士山之后，一同发出了惊喜的欢呼声。长久以来，我一直很想找机会来看看。比起映入眼帘的大地与白云，当我望向天际时，那超越了世间一切的高峰更吸引了我的注意力。白雪皑皑的圆锥，被雾霭笼罩着。雾霭周围与山体之间的夹缝，描绘出一道壮丽的曲线。缥缈虚幻的富士山直插云霄。因空气之异常，所见之景皆呈现出一些异常。听闻，平日之富士山实际上更低矮、更宽阔，宛如一把倒置白折扇。而我那日所见之富士山却是不可思议地异常，犹如幻影一般，

[①] 《日本奥地纪行》由英国维多利亚时代著名探险家伊莎贝拉·伯德（Isabella Bird，1831—1904）根据自己在日本的所见所闻编纂而成。——译者注

仿佛要随光消散。我认为，除南大西洋之特里斯坦－达库尼亚[①]孤岛之外，我再也没见过此般壮丽景色了。

23　明日，也请保持原样

言归正传，再回到那年初夏的五月份。

辉一出生之后，令人欣慰的是，樱子的病情逐渐好转。虽然辉一的蓝眼睛很让人担心，但实际情况与达彦那悲观的预感相反，辉一最终活了下来。我和笛子都深深地松了一口气。五月的风掠过绿油油的麦穗，沙沙作响。江古田的周围遍布着麦田。笛子沉醉地望着杂树丛的嫩叶，嗅着麦田的香气。突然，她想起了甲府的北堀町。

北堀町已经变成竹井老头的麦田了。明明说好只租给他一年的，可是我们既没有从竹井那里收到过充当地租的麦子，也没听说租期延长了两年，为什么被他占去了这么久？想到这里，笛子的脸色沉了下来。当我安然自得地来江古田住的时候，笛子向我询问起了这件事。说实话，虽然我时不时想到这件事也会心痛，但最近身边发生了太多事，导致我回甲府的计划一直被耽搁。

"你怎么这么不负责任呢？这下怎么办？管理那片土地的人可是你啊，只有你小勇一个人啊。那个地方可是我们魂牵梦绕的根啊，如果就这样被竹井那家伙抢走的话，那你真的要以死谢罪了。那种大叔可不会跟你客气或者讲道理，就跟秃鹫似的。在他看来，你就是一只可口待宰的鸭子。总之，你得赶紧回到北堀町和竹井谈谈，还得收去年的小麦。不过他可能会强词夺理，说去年的麦子怎么可能还留着。如果这样的话，你就和他说换算成现金好了。那是

[①] 南大西洋的一个群岛，英国海外领地之一，全世界最偏远且有人居住的离岛。——译者注

他应尽的义务。然后和他说，今年的麦子夏天就要收，而且我们要收回这片地了。不过……收回这片地之后，又该怎么办呢？我也不太清楚。真是头疼啊。租给矶姑姑还是寺尾本家呢？你回甲府的时候，顺道去问问矶姑姑吧。还有，再顺便去看看英姑姑。她现在的情况好像很危险。你还得去一趟南原村扫墓。灵位一直放在那里也不太好，我看还是取回来吧。取回来后，我替你保管着。如果照子姐愿意帮你保管的话，也行……"

一下子被要求做这么一大堆事，我感到一阵眩晕，头脑都不清醒了。但我也清楚，不能再这么放着北堀町的土地不管了。自从我和樱子搬到东京住以后，就再也没收到过竹井那边的消息。去年秋天樱子的婚礼结束后，我给竹井写了一封信。那是一封有点过于直率的信，信中充满了我对食物的渴望。里面写道："我最近实在难以回到甲府，给您添麻烦了，过段时间我一定会回去的。如果可以的话，能否寄给我一些地里收成的麦子呢？"然而，竹井什么回复都没有。看来只要我不直接去找他，别说是给我寄麦子了，他甚至会擅自把北堀町的土地作为自家土地用了。虽然我也有这种不好的预感，但因为我写给他的信实在是太直接了，倒让我自己都不好意思了，所以后面也没有再和他联系。换句话说，我一直害怕和竹井那样彻头彻尾以现实为上的男人打交道。本来如果樱子还是单身，而且健健康康的话，我还能和她商量之后，两个人一起轻轻松松地回去一趟。可是，当时我并没有能一起商量的对象。后来，笛子回到了东京，我终于有了家的安心感，也让我一时把竹井的事给忘了。

尽管很不情愿，但我还是给竹井写了一封信。信中写道："过段时间我会回甲府收取麦子，请您事先准备好。不过，我要收取的是去年的那一份。由于无法与您取得联系，所以不清楚今年的情况。若您今年也种了麦子，那么作为地租，您要再给我一份。去年因为我这边不方便，没能在夏天回到甲府，没能更新正式的合同，因此即便您今年还种植了麦子，那也没关系。但我希望直接与您商量，决定这个夏天以后该怎么办。"

到了六月，我准备回去收取第一次的小麦。笛子给我买好了车票。我一大早离开了江古田，乘上依旧拥挤不堪的中央线。战败都要过去两年了，还是有许多人背着破破烂烂的双肩包出来采购。我在上午抵达了甲府。不过我想，收到麦子后，我肯定没办法拿着这么重的行李到处跑。所以我从车站的南口出来，先去了一趟南原村的墓地。南侧除了城郭，基本上都被烧毁了，变成了一片废墟，上面建了许多简易的棚屋。在一片木板房之中，我看到了我们原来的家。但是，镇上大部分地方都还是空地，杂草肆意生长着，眼前的小镇已经不是我记忆中的样子。如果城郭也被烧毁了，或者车站北边也被烧毁的话，说不定我根本没法一眼就认出这是哪个镇子。从惨遭不幸的北堀町到叠町，除了师范学校和爱宕神社前一带地区以外，其他最有甲府味道的地方都还好好的，比如我和小太郎的母校——我们的中学、我们上过的小学，还有以前冬吾他们房子旁边的御崎神社和武田神社。最让我高兴的是，南阿尔卑斯山脉仍和从前一样！甲斐驹岳那三角形的尖峰在云雾中闪烁着光芒。凤凰三山巍峨的山峰冷冷地凝视着杵在有森家墓地里的我。这里才是我的故乡，是我的家啊。此时，我已经把东京的大学和竹井忘得一干二净，几乎喘不过气来，一直眺望着南阿尔卑斯山脉的连绵山峰。

这里的豹脚蚊又多又狠。我向祖父母、父母亲、驹子、小太郎、我从没见过的伊助以及许多祖祖辈辈，为了我的久疏问候而谢罪。然后我又请求他们保佑姐姐们，特别是樱子姐恢复健康，还顺便请求他们帮助我解决竹井的事。扫完墓后，我赶忙来到寺庙的正殿，住持很高兴地迎接了我，他很想了解姐姐们在东京的消息。我没告诉他那些不好的事，只和他说了杏子再婚、樱子结婚、笛子一家回到东京以及冬吾的画人气很高这些事。年事已高的住持听完后，一个劲地点着头，喜笑颜开地说："真的吗？真是太好了。"

我把笛子给的干鱿鱼伴手礼和香火钱给了住持，然后就带着父母、驹子和小太郎的牌位和他告别了。接着，我来到了十分怀念的荒川河岸，在那里吃了笛子给我做的饭团便当。周围开着各种各样的花，有黄色油菜花、蛇莓（一种不能吃的 fraise[①]。——帕特里斯注）、红色云英、紫蓟、堇菜、白色三叶草和铃兰等。背后的草丛里，棣棠的黄色、杜鹃花的红色、水晶花的白色交相辉映，焕发出绚烂的光彩。头顶上，像蝴蝶群一样的七叶树花（是 marronnier[②]！——帕特里斯注）被藤蔓缠绕着，随风摇曳。对岸的原野一片黄色，葡萄田的青叶海洋泛起波浪。雪水融化汇集成奔腾的河流。南阿尔卑斯群峰浮现在大地和天空之间。耳边响起蜜蜂振翅的声音，眼前飞舞着河蜻蜓和蝴蝶，它们有时也会飞到我脚上休息片刻。即便豹脚蚊仍让我吃不消，但这一刻实在是太令人陶醉了！我突然很想像小时候那样追逐蝴蝶，或者用捕虫网抓天牛和金龟子。脊花天牛、竹红天牛、菊天牛、白星金龟子、蜉金龟……啊，我现在还能说出这些昆虫的名字。我想得出神，一口把饭团给吞掉了。突然，看到便当里笛子给我做的煎蛋，我更是恍惚不已。

不过，我已没时间好好享受美味便当了。日头升高，气温也越来越高。于是我回到小镇被烧毁的原野上，去拜访了矶姑姑。矶姑姑的家是一栋又大又漂亮的平房。朝里望去，我看到房子里有二十多个女人坐在榻榻米上，她们面朝缝纫机，对着白布在做什么工作。我十分佩服矶姑姑这么快就能恢复这一切（这一点和清美很像）。

---
① 法语，意思是"草莓"。
② 七叶树的法语名。——译者注

我寻找着房间的玄关,同时打开窗户喊矶姑姑。可是,无论我怎么呼喊,她都没有出现。看来我的声音被"工厂"里缝纫机的声音盖过了。无奈之下,我又回到"工厂"一侧,朝着坐在窗口旁边的女人唤了一声。我尽量控制音量,很小声地叫她,谁知她大声喊了一句:"谁啊!"于是里面的女人全部往我这边望了过来。我条件反射地想要逃跑。房子里响起了一阵尖锐的声音:"勇太郎!太好了,是勇太郎啊!"终于,我听到了矶姑姑的声音:"小勇?真的是小勇回来了吗?"

我被这一系列的动静吓得急忙跑回玄关,躲在玄关内侧。不管是矶姑姑还是英姑姑,她们周围总是围着许多年轻女人。我真的很怕这一点,总是希望能离她们远一点。我一直不清楚为什么这两个姑姑不愿好好地做家庭主妇。虽然在以前,丈夫去世后回到娘家的女人基本上都要独立生活,但她们明明也能像杏子那样再婚的。

"你怎么在这儿啊?"

兴奋的矶姑姑从外面跑进玄关叫我。这个头发稀疏的小老太此刻正精力充沛地站在那儿。看到她,我突然联想到了那个山姥。虽然她的腰背弯曲得严重,但是那双健壮的罗圈腿似乎也证明了它的主人能轻轻松松地往返于任何山路。年过七十的矶姑姑力气如同男人一般,她抓着我的手腕把我拉进了家里。

"先进来吧。那些姑娘叽叽喳喳的,去和她们打个招呼吧。"

我拼命抵抗着矶姑姑的力量。

"我今天还要回东京呢,没时间了。我只是想去看看英姑姑,所以才来问问她住在哪家医院。下次有时间再过来……"

矶姑姑睁着比英姑姑小很多的眼睛,一直盯着我。

"你还真是没变呢,还是性情冷淡的小少爷。就没有什么事是来找我这个老婆子的吗?"

我一步步后退，一边往外挣脱，一边回答。然而矶姑姑一直抓着我的手腕，紧紧跟着我。

"啊，这个嘛……我今天确实是为了收麦子来的，就是那个租了北堀町土地的竹井。这次来收去年的，今年夏天还得再来收一次。还有，我要和他商量决定今后怎么办。所以，我夏天还会再来看您的。而且我听说，英姑姑的情况很危险……"

矶姑姑听后点了点头，然后突然拉着我往外走。

"英在县医院里，我陪你一起去吧。难得你大老远跑来一趟，可惜英已经意识不清了。所以你去探望她也是白费功夫。这个夏天她就会走了吧。我也危险了，没多久也会离开的。也没什么可留恋的咯……"

矶姑姑的头仅仅到我的腰附近。她就这样一边抬头瞧着我的脸，一边自说自话。看来就算矶姑姑随意离开"工厂"，大家也依旧会秩序井然。女人的好奇心实在太可怕了，我是绝对不会再回到那里的。

"对了，你打算怎么处理北堀町的宅地？给竹井用可不太好啊。那家伙可是个刻薄的老骨头[①]（小气又顽固的老人。——帕特里斯注）。"

听到矶姑姑这么问，我只能回答目前还没定下来。今天我只是为此去探探情况，先看看竹井的态度再说。姑且先把地给收回来，之后只能出租或者卖给别人了。

说着说着，我们来到了宽阔的主干道。我感觉，变成荒原后的甲府看起来似乎比以前小了不少。此时，我意外地发现，矶姑姑的家居然离主干道这么近。在营养不良的我看来，矶姑姑简直是健步

---

① 日语中写作"因業爺"。

如飞,而我早已经气喘吁吁。走在破败的主干道上,就像走在杂草丛生、尘埃飞舞的幽灵小镇上一样。再往北走,一辆辆美军的吉普车和卡车映入了我的眼帘。眼前的城郭如今已经变成了美军的地区司令部,到处都是英文招牌,到处都是高大的白人和黑人军人。突然,矶姑姑大声嚷嚷,那声音几乎要惊吓到一旁的美军士兵:

"不能卖!北堀町的宅地可不能卖!那是我们的父亲为了子孙后代,卖掉南原村世代先祖的土地才换来的地方,你怎么敢把它卖掉!那个地方对我们来说意义重大。卖掉了以后怎么办?你这个蠢蛋。绝不能卖!也不可以租出去。你就在那里建个房子,然后住进去。这是你的责任。你这家伙身体里流着外人的血,北堀町的土地有多么来之不易,你根本不了解。赶紧给我回甲府来。费多少工夫我都可以帮你,要钱我也借给你。总之,就是不能放着那块土地不管!绝不能卖掉!"

矶姑姑一直这么叫喊,我被吓得低着头,说不出一句反驳的话来。也不知道是不是太累了,快到车站的时候,矶姑姑停下来,说了句"就这样吧,我先回去了"就匆忙沿着来路回去了。我赶忙把笛子给我的苹果和干鱿鱼从包裹里拿出来,追上矶姑姑后强行塞给了她,然后就向她告别了。矶姑姑离开的速度就像跑在山路上的山姥,或者说像滑冰运动员一样快。她走的时候都没看一眼两旁的美军或是吉普车,只是把右手放在自己弯曲的背上,迈开两条罗圈腿,沿着主干道离开了。

那是我最后一次见到矶姑姑。夏天我再回到北堀町的时候,已经决定要把地卖出去了。因为害怕矶姑姑生我的气,所以就没去拜访她。到了两年后的秋天,矶姑姑真的突然去世了。不出矶姑姑所料,住在县医院的英姑姑也在第二年去世了。当时我还有点犹豫,究竟要不要去甲府中学后面的县医院。最后我还是决定,就算英姑姑意识模糊了，我也要去见她一面，于是我去了英姑姑的病房。英姑姑的养子广治平安地从战场复员了。听说后来通过战友的门道，广治去过名古屋从事一些奇怪的地下交易。再之后，不知道是不是因为伤寒，广治没多久也去世了。

英姑姑是一位三味线大师，身边一直有两个学徒照顾她。病房里的中年徒弟沉重地告诉我，现在即使为英姑姑弹奏三味线，她也没有什么反应。徒弟们还问我杏子现在怎么样了。我淡然地回答杏子已经再婚了，现在过得很幸福。之后我没有再理会她们。矶姑姑已经年老体衰，而英姑姑看起来身体缩得更厉害，也许是因为躺在床上吧，她紧闭着大眼睛，威严吓人的形象全无，就和以前祖父去世时的脸庞一样。

探望过后，我在心里和英姑姑告别了。就像对矶姑姑那样，我把苹果和干鱿鱼也给了那两位学徒，然后就朝着北堀町出发了。穿过被烧毁的小镇，我看到了以前小学的教学楼。终于，我就要到北堀町了。眼前的土地上，已不见我们以前的老房子和院子，取而代之的是一片欣欣向荣的绿色麦田。放眼望去，只见土地的大部分都变成了田地，看起来根本不像在镇子里。

对面竹井扩建出来的小房子稍微变大了一点，他家十七八岁的女儿在庭院里一边哼着歌，一边洗衣服。我上前和他的女儿打了招呼，并说明了来由。她听到后，朝房子里喊了一声："爸爸，有森先生来了！"然后湿着双手跑进了屋子里。我在屋外等了很长一段时间，屋子里一直很安静。终于，竹井的女儿抱着一袋看起来很重的茶色麻袋出来了，随即将麻袋交给了我。

"父亲说，就算您这时候来，去年的麦子也已经没有了。但我们还是会把能给的都给您，这样应该可以吧。他还说，今年夏天您再来的时候，我们会把今年的一点不少地交给您。啊，对了，爸爸还让我把袋子拿回来。"

我怎么看都觉得袋子里只有三升左右的麦子。无论如何，这也太少了。不过，去年夏天没能回来，确实是我的责任。而且即便只有三升麦子，对我来说也是很珍贵的食物。这次就先相信竹井的话吧。我把麦子倒进包袱，打了个结实的结，把它放进包囊里，又把包便当盒的报纸、水壶和牌位都放了进去。

"那么，八月末或者九月初的时候，我再来拜访。到时候就拜托你们了。"

我用屋内的竹井也能听到的音量大声说道，然后带着满身的疲惫前往车站。想到不愿意出来见我的竹井老头（他的妻子也许也躲在家里），以及他眼神恐惧但讨好地对着我笑的女儿，突然觉得我成了那种欺凌弱小佃户的"贪婪地主"，可是我并没有做什么坏事啊。想到这一点，真是令人难过。更别说回到东京后，我肯定还会被笛子骂。此时的心情已经不像享受便当时那样美好了。带着沉重的心情，我排进了登上列车的长龙。回程的列车也挤满了乘客，此时如果我还是老老实实排队，也许根本就挤不进去，所以我第一次从车窗爬进了车里。

回到江古田的时候，好像是晚上七点了。和平常一样，冬吾依旧没回家。笛子先是毕恭毕敬地将牌位收下，放到衣柜顶上。随后，她看到麦子的分量后叹了一口气，说道："果然如此，那片土地还是卖了吧。"

我喝了一口笛子给我做的南瓜馎饦后，回答道：

"但是，矶姑姑警告我绝对不能卖掉。她还让我回到甲府建房子。"

冬吾在的话，桌子上这时肯定有炸猪排和内脏锅什么的。他一不在，晚餐就变得随意多了。

"那你打算回去住？"

笛子用带刺的口吻问我。

"不想啊，甲府又没有大学。"

"所以说啊，那还有什么办法？那片地绝不能再租给竹井了。去年的麦子只有这一点。我也明白，如果要他把不够的部分换成现金是挺为难他的。就算夏天你去足量取回今年的麦子，等到租给别人之后，情况也是一样。我们谁都不在甲府的话可不行。就算尽力把房子建好，也没有人能在那里管理啊。最主要的是，我们没钱建房子。如果两个姑姑再年轻一点的话，还能和她们商量。再说，现在已经不是依靠土地生活的时代了。杉家在津轻拥有三百家佃户，不也因为土地改革连房子都卖出去了吗？说是卖了两百万日元呢，真是了不起。不过，冬吾他仍在为此消沉。毕竟那块地对他来说，是他的王国城都啊。相比之下，北堀町那一丁点地方顶多卖到十万日元左右。不过，十万也是不小的数目了。你就用这笔钱在东京买块地建房子吧。你也不可能一直在大学里寄宿吧？而且没有房子的话，你又怎么结婚呢？"

我几乎没办法插上话。

"但这是以后的事了……"

此时，加寿子走到笛子身边。亨挤在怀着孕的笛子的两膝之间，专注地吮吸着一块脏布。

"妈妈，我们吃甜瓜吧。"

听到加寿子这么说，我不由得低声问道：

"甜瓜？"

"对了对了，我差点忘了。今天刚好弄到了一个甜瓜，就放在厨房里。加寿子，去拿过来吧。最近冬吾拿了好多东西回家，帮了不少。毕竟该有的总会有的。可现在还有人靠偷别人的衣物为生呢，也不知道这个世界怎么了。今天我还收到了火腿和芝士,小勇,你带回学校去吃吧。"

我刚吃完馎饦,眼前就摆好了切好的甜瓜。

"不过,这是冬吾先生拿回来的,我真的可以随便吃吗?"

虽然我根本没打算客气,但还是问了一句。

"当然可以了。这只不过是一点余惠(别人剩下来多余的东西。——帕特里斯注)。那个人在椎名町到处撒钱呢。"

笛子皱着眉说。

"他的工作怎么样了?"

"你也知道,他在工作上是不会偷工减料的……我想大概是这个世界太变化无常,他有点自暴自弃了……"

"这样吗……"

我低着头,盯着桌上的甜瓜。真是浪费钱,有那么多钱都可以换个更大的房子住了。就算有田村的帮忙,但是在这个小小的出租房里,即将成为三个孩子母亲的笛子还是非常辛苦。不过,我什么也没能说出口。通过笛子,我相当于间接被冬吾养着。虽说还没到给我伙食费的地步,但是笛子会给我一些衣服和现金让我生活。我突然醒悟,处于这种立场的人没有说话的权利,所以我一言不发开始吃甜瓜。亨和加寿子也各自吃着笛子分给他们的甜瓜。

"对了,现在上野那边在举办团体联合展览呢,小勇你也去吧。待会儿我把展票给你。下个月还有协会展览,如果樱子身体好的话,她肯定会第一个抢着去看……"

我点了点头。笛子叹了两三口气,接着说道:

"真是的,你这家伙一点都不风趣,真让人头疼。不过,不管有没有风趣,你也一样让人头疼……冬吾很能吸引女人,哥哥也是。如果他还活着的话,肯定能成为一个很受女人欢迎的医生……不过,就算他没病死，也会因为战争死掉吧。唉（她又深深地叹了一口气），如果哥哥有个孩子就好了，那孩子一定会帮我们守着北堀町的。如果他有孩子，现在应该有十二三岁大了吧。"

"说什么呢？哥哥那时还是大学生，怎么可能有孩子啊？"

我被笛子的异想天开惊到了，再次抬头看了一眼笛子的脸，心想，这脸色真是够深沉的。

"对，这是不可能的。哥哥离开得干脆利落。再说回北堀町的事，事到如今你只能把那里卖掉了。我们认识的人里似乎没有能买下那里的，但是这个世界很大，肯定会有人在这样的世道里也能买下一片土地的。不管矶姑姑怎么说都无所谓了，照子姐都没有反对呢。卖了吧，卖了吧。"

"笛子姐，你这是喝醉了吗？在担心什么呢？"

我突然问她。笛子只是摇了摇头。当晚，我独自一人在冬吾的画室里睡了。这间空落落的房间与以前相比变得十分冷清。

第二天一早，笛子把火腿、芝士和白米递给准备回大学的我，笑着说：

"我是一个很坚强的人，不会因为一点事受挫就沮丧的。"

我后来才知道，当时似乎已经出现了第一个与冬吾有暧昧关系的女人。虽然并没有什么确凿的证据，但身为人妻的笛子，凭借女性的直觉还是察觉到了这件事。

（妈妈在说出"如果小太郎有个私生子……"这句话的时候，一定想到了清美阿姨那不幸去世的小菊吧。虽然这并不需要我来补充说明，但慎重起见，我还是解释一下为好。我在母亲的日记中得知清美阿姨居然有个小孩时，也是吓得不轻。我认识的清美阿姨，黑色有光泽的脸庞上长着一对浓郁的眉毛，她经常穿着一件修身的灰色西装，看起来就像美国学校的老师。她有点像男人，但还是很有魅力的。她从孤儿院领养了两个肤色完全不同的男孩后，让他们去横滨的美国学校上学。她也是一位很靠得住的女老板。虽说是养母，但清美阿姨因为工作忙，还是给两个孩子请了专职的年轻保姆和家庭教师，据说还聘了一位厨师。清美阿姨的英语说得很好，在我刚上中学的时候，她的两个养子去了伦敦的一个学校——我也不知道为什么是去伦敦，于是她经常来往于伦敦和横滨。不久之后，清美阿姨就因突发心脏病而去世了。从此以后，我和那两个稍微比我大一点的哥哥，也就是道夫和明夫，好像再也没见过面。据说，清美阿姨走后，横滨的家里还有十几只猫，为了安置它们，他们颇费了一番脑筋。本来清美阿姨的理想是建一所孤儿院，看来晚年时只建了一个猫咪收留所。

我一直觉得很可惜，如果能多跟清美阿姨和她的孩子们来往就好了。我也不太清楚，在我小的时候，他们和我的母亲又是什么关系。这么一想，又觉得有些不可思议。与家庭主妇不同，清美阿姨经常忙于工作，恐怕她在家庭琐事方面不是很擅长吧。我记得，道夫和明夫小时候也经常和其他小孩子一起玩，但稍微长大一点后，就没这个机会了。皮肤一白一黑的道夫和明夫相差一岁，两人却像双胞胎一般。以前他们经常教给我一些不正经的流行歌，经常沉迷于马纳斯鲁峰①登山游戏或者南极探险游戏等。对于我和唐氏综合征的哥哥来说，他们和街边那些练摔跤、空手道掌劈的野蛮男孩子不一样，我们能放心与他们玩耍。

如今回想起来，在那个时代，像哥哥那样有智力障碍的人很容易被欺负。而像道夫和明夫那样肤色与周围人不同，又是占领军"令

---

① 世界第八高峰，属于喜马拉雅山脉。1956年5月9日，日本一支登山队首次登顶了马纳斯鲁峰。

人厌恶的遗弃物"的孩子们，也许遭到了更严重的霸凌。一边是"先天愚钝"，一边是"混血儿"。我觉得，也许清美阿姨和我母亲开始避免家庭间的交往，就是因为这些吧。在我的认知里，即便是在战后的日本，那些"先天愚钝""没爸的孩子"，或是像父亲那样"跛脚"的人，也会被狠狠地欺负，也经常有人喊他们去死。

和勇太郎舅舅一样，我也不知道道夫和明夫后来怎么样了。我想，问问寺尾本家的人，可能他们会知道些什么。但是那边认识清美阿姨的人基本上都不在了，就连横滨的寺尾商会如今也完全消失了。——由纪子记）

接下来的周末，我为了看冬吾的画展去了一趟上野。虽然我在画室里经常见到冬吾的作品，却从未在公共场合看过一次。大东亚战争开始那一年，我刚好进帝国大学读书，来到了东京。当时我就想去看看那次春季的美术展。但是笛子和我说，会场那边布满了宪兵和特高警察，所以我心灰意冷，没能去成。我想，反正在画室就能近距离欣赏到冬吾的画，没必要特意跑去会场看，所以第二年的美术展我也没去。那时大学的学期年限被缩短，再加上忙于学习，所以我根本没时间去看画展。不过我还是参加了在本乡一家西点店举办的规格极小的内部群展。灵感来源于樱子的《石》系列总共展出了五件。在那之后，别说是开美术展了，就连生活都很艰难。那段时间，我加入海军，离开了东京。

这次六月份的美术展是战后第一次举办的大型美术团体联合展览。展览上，冬吾有两个展位，一个是之前就在弘前发布过的大作《森》和《夏日》，另一个则是他的新作《石与火》系列的两件作品。没能去成美术展的樱子对我"命令"道："你要帮我好好欣赏，回来后还得给我详细讲解哦。"躺在病床上的她连叹了几口气："明明就在医院附近，明明从窗户就能看到上野森林，却不能前去。"
我也希望能背着樱子一起去，不过最后还是一个人去了上野美术馆。

会场上人山人海。于是我略过其他作品，直奔冬吾的展品所在位置。冬吾的作品就陈列在一个大房间几乎中心的位置。这也是他的画作评价很高的证明吧。同样设于优待展位的另一幅画作出自松本竣介，画上的黑色粗大线条强有力地吸引了人们的视线。冬吾和田村以及好几个有点眼熟的男男女女也扎堆在那个房间里。

"嘿，勇太郎你来啦！这可真是荣幸啊。"

此时站在房间中央的冬吾注意到了我，用引人注目的声音喊道。不过，马上他又一副"我没时间和你说话"的态度转过身去。也许因为我和冬吾太久没见了，他多少有些内疚吧。如果樱子也在的话，说不定冬吾的反应会有所缓和。虽然有点落寞，但他不搭理我，实际上反而让我觉得轻松。毕竟没有什么比与创作者一起观看其作品更令人尴尬的了。

《森》和《夏日》这两幅画作之前一直寄存在银座的画廊里，所以我也是第一次观赏到。说实话，看着这两幅作品，我根本难以抑制涌出眼眶的泪水，那并不是单纯的悲伤。在《森》这幅作品中，每颗星星的光芒和月光向湛蓝的世界投射出淡淡的色彩。在那个世界里，生命的温暖已被洗刷。那样的色彩就像一个未知的实体一样流淌，回荡出神秘的歌声，而那歌声透亮得近乎凄惨。《夏日》也是以蓝色为基调，描绘了穿着白色连衣裙的樱子和加寿子。这幅作品更接近日常的色调，因为人物的轮廓画得更清楚，阳光的柔和与人物轮廓都散发着一种静谧的怜悯和哀伤。但为什么樱子的身影漂浮着如此深的悲伤！明明冬吾在甲府画的草稿里，樱子还是精力充沛地到处活动的形象。也许就像莫扎特的音乐一样，人们无法割舍透明的美感和悲伤之感吧。我认识的冬吾一直都很活泼，总是满口笑话、一身轻松。但这也许只是他的表象。当我被冬吾的轻松劲儿逗笑时，总是会突然一阵悲伤的阴影袭向心头。

从美术展出来后，我去看望了樱子。我决定换种方式和她讲解。关于画里樱子那伤感之极的形象，我怎么也说不出口。我只和她说了画作中色彩之美与悲伤之感的关系。

这两件作品后来被美术馆买下了。樱子对此很是期待，她说："这样的话，以后只要来上野就能欣赏到了呢。啊，真想早点去看啊。"但遗憾的是，樱子到最后都没能看到这幅画，如同没能见到自己生下的辉一一样。

话说回来，那次美术展中，除了松本那强有力的新作品以外，田村那幅不可思议的纯墨绘鸟的画作也得到了很高的评价。在七月份的协会展览上，田村展出了同一系列中更大、更神秘的绘鸟画作，松本的新作品中黑色线条更有节奏感，越发充满魅力。冬吾则是展出了三件作品，一作是将《石与火》系列集大成后的第三十号作品《石之火》，另两作是新系列《悲戚草木》中的两件。

《石之火》也是一幅充满了极度郁愤和激情的画作。而且神奇的是，那幅画让我立马联想到有森家传说里衔着"燃石"的飞翔光马。那块石头就像青金石的碎片一样，喷发出透明的火焰，它挣扎着，烤焦了冬天冷冽的蓝天，痛苦的叫声响彻天地。那块在孤独中燃烧溃烂的石头，也是冬吾自身的形象写照。

正如由纪子所知，新系列《悲戚草木》的画中有一抹不祥的朱砂色，散发出令观看者不由恐惧的苦痛感。

然而，我这个当弟弟的过于迟钝。我自以为能多少理解、"欣赏"冬吾的作品，甚至天真地"感叹"冬吾的画作比我原本想的还要出色，还十分热情地和樱子、笛子表达了我的见解。可是我当时并没注意到笛子敷衍的笑容，也没有注意到她那打发小孩一样的态度。如果我能看出笛子内心的绝望，说不定通过对照冬吾的作品，还能察觉到他们夫妇之间的危机。不过说实话，就算我当时察觉到了这些，我这个还没成家的弟弟又能做些什么呢？为了不给笛子添加不必要的负担，自己只能忍着少去江古田了。事实也是如此。我注意到自那个秋天开始，笛子的神色就变得十分阴沉，我也因此逐渐远离江古田。虽然这么做很没担当，但是身为寄食者，既然无法介入他们夫妇之间的问题，那也只能选择远离。如果我还去那边的话，我那自尊心极强的姐姐肯定会时刻忍着自己的苦恼，一脸痛苦，却仍然为我检查衣服上的破洞，为我准备伙食。可如果她愿意向我抱怨，那么就算只当个旁听者，我也会认真聆听的啊。

七月份的时候，笛子的孕肚已经变得很大了。因此，即便愚钝如我，我也不好意思再让笛子帮我洗攒了一周的衣服。光是洗亨必须穿的尿布，对于挺着大肚子的笛子来说也是一件苦差。不知道在那些盛夏的日子里，笛子每天要从公共水井来来回回提多少次水！

随着不正常的通货膨胀逐渐加剧，冬吾手里的高额支票越来越多。然而，笛子他们就连澡堂都去不了，只能在水井边打水凑合洗澡，导致他们都染上了虱子。家里既没有天然气，也没有水，笛子只能用玩具一样的电热器来煮饭。像柴火和炭之类的燃料，她只舍得用于冬季供暖，其他时候用太浪费了。而且家里经常停电，到了房间里变得黑漆漆一片的晚上，笛子也只好和孩子们睡一起。她好不容易才买了收音机，但时钟没钱买。冬吾给的现金笛子有时会分给我一点，有时为了给偶尔回家的冬吾准备餐食和酒，很快就花光了。当时肉类和鸡蛋之类的食物很难弄到手，通过黑市弄到的食物一百匁要花上两百日元。即使只算冬吾在外的酒类花销（普通的酒、烧酒、威士忌还有直酒①），每天平均也要花上一百日元，再加上买烟费和必要的餐饮费，单是出一趟门就要花三百多日元。这样下来，三十天的费用几乎要九千日元！虽然说因为通货膨胀，我的工资涨了不少，但我记得也只涨到五百、八百日元左右，根本赶不上物价暴涨的程度。如果当时没有笛子私下补助的话，我肯定会饿死的。

靠着笛子、杏子和清美对我尽心尽力的照顾，我才能够生存下来。平时我只有依靠物资配给和学校耕地的食物生活。铃村平辅有次受杏子之托，在去公司之前为我送来了食物。他给我的新鲜干鱼和白米十分美味，我差点哭了出来。但是平辅的行为被我的大学同事看到，我感到有点羞耻。穿着高级服装和锃亮的黑色皮靴，平辅在学校里毫无顾忌地大声讲话，走来走去，像是根本没发觉自己在大学里一样。平辅花钱的水平可以和冬吾相媲美，也不知道战后他还剩多少家产，反正他在活着的时候基本上就是坐吃山空，把钱都挥霍光了。似乎那些在优渥家庭中长大的人大多只学会了如何花钱。对于这样的平辅，杏子也只是每天笑眯眯地陪伴着他。

总之，那是一个不同寻常的、混乱至极的时代。话说有种酒精饮料叫直酒，这种酒通过加工把劣质酒味掩盖过去了。有一次笛子大白天就睡下了，我问她怎么了，她一脸难为情地坦白道："昨晚我有点好奇，就把冬吾的直酒喝了。没过多久就觉得头痛欲裂，随即就睡下了。过了一晚，我还是很想吐。"我想，她是因为太郁闷才喝酒的吧。

随后，被后劲吓到的笛子感叹道："冬吾居然喝得下这种东西啊。"像次品酒（用酿酒剩下的残渣做成的烧酒。——帕特里斯注），或是据说喝了会变瞎的掺有甲醇的炸弹酒等，这些光听名字就让人

---

① 一半甜料酒、一半烧酒的混合酒饮。

不舒服的劣质酒饮在当时到处都有卖。好在多金的冬吾很少去碰那些东西。据说冬吾开始接触非洛滂[①]，一种在战争中慰劳士兵和劳工的兴奋剂。当时这种药品并不是违禁品，受到了冬吾那样的画家、小说家的欢迎，可实际上属于会上瘾的一种麻药。

我不敢断定，冬吾究竟有没有因为非洛滂上瘾。冬吾这个人太谨慎了，所以我觉得他应该很害怕上瘾。他害怕周围的结核病，害怕亨的残障，害怕被美国占领的日本，还害怕无论发生什么，时间仍然会无声无息地流逝。尽管如此，冬吾仍试图凭着他的画具和画笔生存下去。我不禁想，如果冬吾名气小一点，或者他不那么喜欢社交，又或者他能多认清现实的话就好了。当然我也清楚，这种事想再多也没用。

夏末，当我再度回到甲府，把从竹井那里收来的麦子运到江古田的那天，我才彻底注意到了笛子的绝望。只是这么简单的一句话并不能表达出我当天究竟有多辛苦。

终于，我下定决心要把北堀町的地卖出去了。同父亲源一郎的好友林老师商量过后，我请了住在甲府的不动产商人野崎当中介，让他帮我与竹井交涉。当天我先去了一趟野崎家，随后和他一同拜访了林老师，寒暄过后，我们终于来到了竹井家里。这次竹井十分不情愿地从房间里出来了。正如我所料，竹井并不想交还土地。他说："俺辛辛苦苦耕作了两年的地，如今你们居然要抢走？俺这不是按约定好好缴麦子了吗？既然你们把地租给了俺，那俺也有自己

[①] 在日本以非洛滂为商品名销售的去氧麻黄碱。它是一种交感神经兴奋剂，滥用会出现幻觉等中毒症状。——译者注

的权利。多亏了麦克阿瑟①,你们这些地主的高贵身份终于完了。虽然这说不上是俺的田,但如今这个世界,只要你付出了劳动的汗水,就拥有相应的权利……"

如果野崎没有陪我一同前来,我可能根本说不出一句反对的话来,甚至会轻易地把地让给竹井。我一言不发,而在我身旁的野崎十分沉着冷静地回应道:"这片土地并不是农田,因此农地改革的逻辑在这里不成立。根据合同,竹井家只有权租赁一年有森勇太郎先生所有的土地。现如今你在没有正式手续的情况下,已经租赁了两年。不过考虑到现在的世情,我们不打算深究这一点。但是,明天我们将会用绳索围起这片土地,并且挂上出售的牌子。届时希望你将农具之类的东西收好。"

听完这番话,竹井的脸涨得通红,身子气得发抖。我们甚至以为他要动手打人,下意识摆出了防御的姿态。而竹井只是往地上吐了口痰,随即心灰意冷地进了屋子。然后,竹井的女儿一脸害怕地出来了。她紧张兮兮地摆弄着自己分成两股的头发,问我:"麦子就放在那里,您是要搬往车站吗?"这次的麦子有之前的五倍多,近二十公斤重。我把一半放进了包囊里,另一半分成两个布袋装好,然后把其中一袋作为谢礼送给了野崎。在竹井女儿茫然的注视下,我诚恳地向野崎拜托了卖地的事,随后就动身前往甲府车站。车站前有个派出所。如果行李看起来很重,就会被警察盘问并调查背包里的东西。如果是食物,那么就会被警察收走。当时因为防止黑市交易,运输过多的食物都会被视为违法行为。我故意有节奏地摆动手提袋,迈着轻盈的步子从警局前走了过去。但就算进了车站上了车,也不能大意。所以我装成一个无忧无虑的大学生,故意粗鲁地

---

① 道格拉斯·麦克阿瑟(1880—1964),美国陆军五星上将,著名军事家、政治家、战略家。1945年出任驻日盟军最高司令官,对战后日本实行了一系列改革。——译者注

坐在背包上，然后从手提袋里拿出美国科学杂志认真地读起来。就这样，我一路平安无事地回到了东京。可从江古田车站到笛子家的途中，因为行李实在太重了，我好几次头晕目眩。因为营养不良，我的耐力几乎消失殆尽。我一边喘气一边呻吟，终于，精疲力竭的我几乎爬着回到了笛子的家中。

"确实太辛苦啦。"

笛子看着我的行李说道。虽然她嘴上这么说，但实际上那冷漠的表情告诉我她根本不了解我有多辛苦。我十分不满，同时也很沮丧。我本想用一大堆麦子让笛子开心，至少能让她脸上堆起笑容，这样多多少少也能缓解我身心的劳累。然而，笛子冷漠的表情让我觉得，自己冷酷无情地从竹井那里收回麦子的这份"贪婪"应该受到责备。突然，我觉得这件事变得没意思了，一句话也说不出来，不知道自己煞费苦心究竟是为了什么。我并不觉得自己做错了什么，可脑子里还是突然想起了托尔斯泰那部名为《一个人需要多少土地》的作品。

那天因为竹井的事，我的心情十分沉闷。到了第二天早上，当我再次看到笛子时，才发现了她脸上绝望的阴影。笛子眼中智慧的光芒已经完全消失，取而代之的是满满的悲伤。她眉头紧锁，双唇紧闭，一副要哭的表情。缠在笛子身边的加寿子也是一脸晦暗。

身为妻子的女人们并不会因为贫穷、疾病、事故而感到气馁，可是一旦遇到丈夫背叛，她们立马就会崩溃成脆弱的碎片。那些不爱丈夫的妻子另当别论。对于像笛子这种把夫妻感情看得比什么都重的妻子来说，她们极其具有献身精神，会很乐观地接受许多恶劣的情况。然而，一旦她们不再信任丈夫的爱了，那么对她们来说，就会陷入生死攸关的百般折磨。当时的我不是很清楚妻子意味着什么，但当我看到笛子那绝望的表情时，轻而易举地理解了这一点。

（在我结婚后，每每想到笛子那绝望的神情，都觉得自己没有勇气背叛妻子。当然，我也根本没有受到过婚外的诱惑。）虽说我察觉到了，但并不意味着我要对此说些什么。临别时，我也只是这样鼓励了一下笛子：

"孩子要出生了吧？你要好好保重身体。"

笛子把手放在隆起的肚子上，无力地对我笑了笑。

"我挺注意自己身体的。比起我，你还是多关心一下小樱吧。我会把麦子给照子姐和杏子送过去的……"

"对了，那个小麦！我怎么可能忘记。小勇你之前可从来没有受过这么多苦……"

笛子温暖的鼻息轻轻拂过我的脖颈。

我还听见了杏子的笑声：

"别闷闷不乐的了。你是家中老幺，却一直很努力不是吗？又要在东京建房子，还要帮助笛子姐。现在也是，还替我们守着家墓呢。父亲也一定会很高兴的。我们的土地就是南阿尔卑斯山脉，就是富士山。对于那一小块宅地，没什么可留恋的。"

"……虽说如此，但与甲府遭遇空袭后我拼了命从火焰中逃出来的那段时间相比，后来的我更不关注周围的人了。你们过得都那么辛苦，我却没有心思去关心你们……"

（笛子视角）

……和泉式部（十一世纪的女诗人。——帕特里斯注）有一句诗，"吾自幽冥处，去往更冥处[1]"。当时，我经常在走路的时候，

---

[1] 出自《拾遗和歌集》卷二十第一千三百四十二篇《哀伤》。原句为"くらきよりくらき道にぞ入りぬべき"。——译者注

或者是在晚上和孩子们一起吃饭的时候，反复念叨这句话。我心想，在痛苦的道路上，越喘息着前进，身上的痛苦就越多一分，眼前的黑暗就越深。

九月的某一天，我得知杏子一直照看的稔最终追随幸代的脚步，在自己的家中安息了。虽然不是亲人，但当我得知仅有十五岁的幸代和十八岁的稔去世的消息时，还是难以自制地流下了眼泪。泉和操去世时，我因为在青森，没能赶去看他们最后一眼。受此影响，我也为从未谋面的幸代和稔而泪流满面。这份眼泪甚至勾起了父母、驹子姐和哥哥过世时的悲痛。同时，樱子的状况也让我不安，自己的身孕也让我担心不已。我想，我也许还会生出一个像亨一样的孩子吧，直至三岁仍然只会在地上爬。也许我会在冬吾不在家的时候，紧紧拽着孩子们的手把小孩生出来。也许，我们母子会因为平日的劳累与痛苦，在生产过程中一起死去。冬吾何时才能回归原来的他，又何时才能再次发现与妻儿共度宁静夜晚的快乐呢？

稔的葬礼和幸代的一样，勇太郎也会出席，所以我要把奠仪交给他。为此，我必须把稔的死讯告诉冬吾。得知稔的讣报当天，冬吾一如既往没有回家，第二天也是。因为第二天就是葬礼了，我只好带着写好的信，背起亨，领着加寿子前往椎名町。到了小料理店之后，我把信交给了店员，然后就在店外等着冬吾出现。当时冬吾正在画室里工作。我发现二楼画室的窗户内有个女人，她在楼上俯视着我。过了十分钟左右，冬吾出现在了我和孩子们等待的路旁。他眯着通红的眼睛盯着我说道：

"我正准备回去呢，你们应该在家里等我的。"

他好像在掩饰什么似的，笑眯眯地递给我五百日元，继续说道："买奠仪一百日元就行了。你太大方了，总是给别人太多钱，这可不太好。话说回来，怎么一个接一个地都死掉了呢。死神真是有够活跃的。你去帮我祈福吧,求死神别跑到我这里来了。"

说完后,他突然一脸惊恐地环顾四周,随即又对我说:"虽然不知道发生了什么,但你也给我小心点。"然后立马回到了工作室。

我不知道冬吾到底在戒备什么。他根本就没有同情过杏子、照子甚至是躺在病床上的樱子,我十分沮丧。虽然那时还是九月,我却感到无比心寒,于是赶忙回到江古田。我从没有进过冬吾在椎名町的画室,冬吾也没有想让我进去的意思。那个昏暗的房间,我从未被允许看过里面。我对里面一无所知,什么也看不到。但我知道一件事,那就是画室里有一个女人,并且在别的地方,还有冬吾认识的另外一个女人,甚至另一个地方还有第三个女人。女人、女人、女人,到处都有女人等着冬吾。冬吾无法从那些女人中逃离出来。而冬吾也从她们那里寻求救赎。我每天都在和这些看不见的女人战斗着。这些女人为什么要对冬吾穷追不舍呢?但实际上我和那些女人没什么区别。我只是一个怀着冬吾的第三个孩子,每天疲惫不堪、浑身带刺的女人罢了。

那天夜里下起了雨。第二天,雨势更猛了。被雨水淋湿的冬吾傍晚回家了。到了夜晚,勇太郎也从逗子回来了。雨势越来越猛,随台风而来。在这小小的家里,听着外面的雨声,似乎感觉世间的一切都要被黑暗的雨水卷走,就连我们自己也要被吸入雨水的旋涡中去。甚至感受不到等着这一切到来的恐怖,只有空虚的绝望。本来冬吾吃完晚饭后,依旧想回椎名町的,但后来田村和一位青年雕刻家到访家里。就在三人喝酒期间,外面的雨势愈演愈烈,最后冬吾只好在家里过夜了。勇太郎、冬吾,还有另外两个男人也在同一屋檐下,我对此很是感激。我心想,如果大家就这样被大雨卷走,一起死掉就好了。在隔壁的四帖半房间里,我隔着纸拉门将冬吾他们的小声谈话当作摇篮曲,和孩子们早早入睡了。

"这雨真是猛啊……"躺在被褥里，面朝天花板的冬吾低声说道，"……跟气急败坏似的。"

"真想知道这雨会下到什么程度。"雕刻家说道。

我早就老老实实钻进被子里闭上了眼。白天的葬礼弄得我筋疲力尽，而且明天早上还得早早回学校。

接着，田村开口了："火、火灾之后是水难啊。"

冬吾说："我本想和田村你一起去九州的。可是我实在没法走开。"

田村回答道："我、我去那里只是为了钱。如果我像杉先生一样，画作那么受欢迎的话，才不想去那、那种地方。杉、杉先生肯定不想在矿坑多待一分钟的。没、没关系的，杉先生，你没必要逃去任何地方。你就堂、堂堂正正地做出一副什么都不知道的样子就好了。"

"堂堂正正？那我也办不到。太可怕了，根本没办法一直在一个地方待着。根本没办法……知道村山槐多①（1896—1919，死于结核病的天才画家。——帕特里斯注）的那句诗吗？他二十二岁就死了。……神哪，老天哪……让我平安地度过这个夜晚吧……让我保持现状……让我的手腕、我的心保持现状……让我撑过这个夜晚吧……明日，也请保持原样……没画完的画，也请让我明天能继续画……没画完的画，也请让我明天能继续画……没画完的画……"

冬吾啜泣一般的叹息之后，他们的谈话就此结束了。雨声笼罩了我的耳朵，随即我沉睡了过去。

第二天一早，雨势更加猛烈了。我本想打开收音机听听天气预报，但因为停电，收音机也用不了，于是我只好离开了江古田的家。到了池袋，我换乘上有轨电车。通过一旁乘客的谈话得知，水灾带来的损害已经从上野蔓延至东边。我所乘坐的有轨电车在大雨中顺

---

① 日本明治、大正时代的西洋画家、诗人、作家。——译者注

畅地行驶着。池袋到本乡的路段在高处，所以没怎么受到水灾的影响。只是道路被水淹没，电车扬起水花前进。暴雨打在车顶，街道两旁也几乎看不清了。车内被人群挤得闷热不堪，紧闭的窗户蒙上了一层白雾。玻璃碎了的窗户，车内只有一扇，雨水就从那里涌了进来，越发猛烈的雨势让我觉得心情舒畅。

"……神哪，老天哪……让我平安地度过这个夜晚吧。"

我的耳边响起了昨晚冬吾的声音。

"……明日，也请保持原样……没画完的画，也请让我明天能继续画。"

在滂沱大雨中，我不由得深深地垂下了头。就算冬吾只是戏言，但他借那句诗表达的心情也是我当时心里所想。昨天白天稔那张凛然苍白的容颜，杏子眼中的泪光，笛子无声的叹息，樱子病弱的笑容，都浮现于我的脑海。可是我们哪里都逃离不了，只能喘息着，祈祷明日也保持原样。冬吾也和我们一样无处可逃，即使他明天被洪水冲走或被大火包围，他也没有选择，只能继续画他的画。

我从笛子的反应看来，多少也察觉到冬吾与别的女人纠缠不休，但至于他想要逃离什么，他在害怕什么，又在因为什么而绝望，我一概不知。不过，在"凯瑟琳"台风的狂风暴雨中，我第一次直接体会到了冬吾的极度痛苦。

那场造成一千几百人死亡的暴雨，以及冬吾喃喃自语的诗句"神哪……明日，也请保持原样"，像一道深深的伤口刻在我的脑海中。

人究竟为了什么而活着？工作？可是工作又是因什么而存在呢？我们是为了名声，为了自身的生存？为了某个跨次元的任务？又或者是为了爱？许多女人成为母亲之后，人生中最重要的事就变成了养育孩子，笛子也不例外。而男人自始至终都会把妻子当作自己的女人，不管有多少孩子，他们都倾向于把自己放在首位。虽说大多数女人依附男人，但实际上，大部分男人的耐久力和心理承受力比女人差很多。像冬吾那样的男人，除了他热爱的绘画世界以外，他甚至都没有精力去关注现实世界的困难。然而，冬吾越努力画画，汇聚在他周围的人就越多，导致他能安静画画的时间就越少。十分害怕寂寞的冬吾也很需要那些杂七杂八追捧他的人。

如果那些捧场的人只是追捧倒也还好。比如像第一个出现在冬吾身边的女人，她几乎是奉献般地照顾着冬吾。据说那个女人的丈夫战死了，没有孩子，因此她和冬吾的关系还算融洽。可是不知什么时候，第二个、第三个女人相继出现在冬吾身边，甚至第三个女人已经怀有身孕。这些都是后来才发现的事实。更糟糕的是，那个女人是有夫之妇。她的丈夫从苏联战俘营回来后就处于失业状态，并且对妻子与冬吾的恋爱关系感到崩溃，于是开始经常找冬吾。那个男人哭着向冬吾哀求，说他不知道妻子肚子里的孩子究竟是谁的，不知道该怎么办，但他还是很爱自己的妻子。第三个女人是离家出走后来到椎名町画室的。然而那里已经有第一个女人在了。于是冬吾急急忙忙给第三个女人租了一间屋子。坚信自己怀有冬吾孩子的第三个女人产生了被害妄想症。另一方面，第一个出现的女人就算被外人骂是小老婆也心甘情愿，决心与冬吾过一辈子，而第三个女人的出现让她悲伤不已。然后就是第二个出现的模特美少女，她的双亲因战争离世了。这个只有二十一岁的女孩作为女人，一直埋怨冬吾一点儿都不在意自己。冬吾在这三个女人之间周旋，疲惫不堪。本来如果关系太过沉重，直接断掉就好了，可是冬吾做不到。他只是在不断地逃避，逃避从苏联回来的男人的哭诉，逃避妻子和其他女人的痛苦。

九月底，田村觉得自己无法继续在东京谋生了，于是他去往了以前工作过的九州煤矿。虽然那份工作条件十分艰苦，但是好像田村因此赚了很多钱。说是因为签的是短期合同，他马上就会回东京。可是，那段时间因为田村不在，临产的笛子没法弄到补给品。得知此事的清美派了个阿姨去照顾笛子。

十月份，江古田的天空中到处飞舞着红蜻蜓。笛子感觉自己要生了，于是她一个人去找了产婆。清美派去的阿姨带着加寿子去椎名町找冬吾。笛子第一个回到家里，然后她在四帖半的房间里铺好被褥，又来到厨房烧热水。不久后，产婆到了，冬吾也暂且放下了和其他女人的纠缠，跟家佣阿姨和加寿子一起赶回了家里。还好当天冬吾待在椎名町的画室里，他亲眼见证了第三个孩子的出生。对笛子来说，这令她多么安心和欣慰啊！

在六帖大的画室里，冬吾、加寿子和亨一起，等待着新生儿的啼哭。阿姨准备好了晚餐乌冬面。三四个小时过去了。都已经是第三次生产了，但这次花的时间格外长。亨蜷缩在冬吾的膝头睡着了。阿姨又在厨房烧了许多热水。房间里回响着产婆的声音和笛子的呻吟声。到了晚上十点，房间里此起彼伏地响起了产婆如悲鸣的喊声和笛子的吼叫。终于，大家听到了婴儿鼻塞一般的小声啼哭。

半睡半醒的加寿子睁了眼，紧紧抓住冬吾的手腕。

"爸爸……"

冬吾朝加寿子笑了笑，点了点头。看着双眼通红、眼眶泛泪的冬吾，加寿子有些不安，她又喊了父亲一声。

"爸爸……"

冬吾抱着加寿子的头，把她搂在怀里。

就这样，冬吾的第三个孩子由纪子出生了。由纪子啊，你千万别忘了，你并没有生来就被父亲抛弃。冬吾作为丈夫，他十分尊敬笛子与生俱来的"正确性"，但他越尊敬，就越想逃离这份"正确性"。

这样的矛盾对笛子来说十分残酷。但冬吾很希望成为三个孩子的好父亲（不过，就连我也不清楚究竟什么样的父亲才是好父亲），一直为此祈祷。由纪子并不了解自己的父亲。所以我特地在此记下由纪子出生的场景，尽管她肯定已经从加寿子那里听得差不多了。

（我从没有从母亲或姐姐那里听过我出生时的场景是怎样的，我也没有特意去问。也许这就是所谓的家庭吧。母亲也从未打算告诉我和姐姐关于父亲的事，所以姐姐也不记得多少，甚至连照片都没见过。有一次，我发现了一张父亲的六寸肖像照，然后我去问母亲能不能把它放在我的桌上。母亲却严厉地训斥了我："说什么蠢话！"那应该是在我小学一二年级的时候吧，当时的我比生命中的任何时期都要愚笨和敏感。但正因为母亲的那一番责骂，我多少理解了什么是现实，于是后来我再也不问母亲关于父亲的事了。如今再回想起来，那张照片其实是父亲葬礼时用的遗照，对母亲而言是非常不吉利的东西，而我偏偏把它找了出来，所以她才如此惊慌失措吧。就我自身而言，我也根本没有勇气去处理自己孩子葬礼时的遗照。我会把它当作世间最不吉利的东西，绝对不去看第二次，把照片仔细地用纸包起来塞进柜子深处，然后一直假装忘了这回事。根据我的经验，我想母亲应该也是这样对待那张被我找到的父亲遗照的吧。

我能略微从母亲口中了解到父亲的情况，基本上都是母亲骂我的时候。比如吃饭时，母亲会说我"别弓着背吃饭，简直和你父亲一样"或者是"你这个小滑头，真像你父亲"之类的。我的一些致命缺点，比如不擅长运动、牙齿不好、不喜欢学校生活等，全都被认为遗传自父亲而不是母亲。母亲还不让我们接触文学和美术的世界。她致力于让我朝着音乐或者理科的方向发展。她让姐姐和我学习钢琴，而且每节课她都会在场，还让我们去上声乐课和辨音课。姐姐被迫学了很久的钢琴。当我会看书了，母亲给了我一些科学家的评传和图鉴，指导我如何观察星座，如何用显微镜以及如何解剖小动物，还让我写观察手记。比如说，"金凤蝶飞到了院子里。因为金凤蝶是凤蝶的朋友，所以它黄色的翅膀上有黑色的纹路。它的身体也比普通凤蝶大……"。只不过是写着这样的说明，再附上金凤蝶的画之类的幼稚手记，可是母亲要求我一周要写一次，于是，到了小学四五年级，我发现笔记本的数量早就超过了十本。我还解剖过壁虎、蜘蛛、鼹鼠、蚯蚓等，也用显微镜观察过池子里的水、树叶、草的茎秆、花粉、苍蝇的眼睛或脚，甚至是跳蚤。

看到勇太郎舅舅的记录，我也回想起了这些以前从母亲那里接受的"教育"。

母亲教给我的，都是要求我专注、忠实于原型，以及临摹图鉴的写生手法。她还经常啰唆地提醒我，细节处绝不能凭想象糊弄过去。而母亲从来不提及美术作品。

在这样的环境下，我很难对父亲有一个好印象。家里经常飘浮着一种无形的、令人压抑的气氛。那就是死去的父亲的影子。令我不解的是，以前母亲为什么偏偏要嫁给这种让人不舒服的"家伙"。毕竟我只了解父亲离世后的母亲。

可是，家里到处都装饰有父亲留下来的画作，去美术馆也能看到他的代表作。曾经举办过两三回父亲的画作回顾展，我都去看过。我还背着母亲偷偷读过父亲的评传。看到父亲的画时，确实能感受到在画作背后父亲手握着一支画笔，手腕挥动着。他的手指和手腕总是让我感到紧张，让我的胸口震颤。我紧紧盯着那握着笔的指尖，却无法透过它看到父亲的身体。

父亲只是一个正常男人，正常地吃饭、睡觉，正常地说话，但我始终都不了解他。姐姐、哥哥和我以及那些作品，都是在父亲和母亲之间诞生的，这种说法也许有些戏谑，可我还是会有这样的感受。我从父亲的画中最先感受到的是与我同源的身体上的味道，而这让我感到十分困惑。我很清楚自己会被指责，是否认为自己和"杉冬吾"是一类人，但我还是会认为我和他是同一类人。从父亲的画中强行抽离出来的我的身体让我感到十分羞耻。也因此，我接受了画中的这个人与我是亲子关系，可我怎么也想象不出这个人真实的样子。握着笔的指尖就像鹰喙一样鲜明锐利，在我的脑海里反复浮现又消失。

在阅读勇太郎舅舅的记录时，我没法区分"杉冬吾"和勇太郎舅舅的脸。可我从未听说过两人长得像，而且他们的性格似乎也大相径庭。就像美术和物理学一样，母亲的矛盾性似乎具化成了这两个男人的样子。父亲去世后，母亲很想回到自己父亲的世界里，但她也无法对自己丈夫作品的价值视而不见。虽然她一直抗拒把这份价值传承给我和姐姐，可就像勇太郎舅舅记录的那样，她从未后悔自己是"杉冬吾"的妻子。

我记得，在我两岁的时候，勇太郎舅舅用他那双大手把我举到空中。当时我十分害怕，几乎要停止了呼吸。他那双手的大小、力量以及那黝黑的、巨大高耸的冰凉身体都让我感到害怕，但我没有逃跑或哭泣。当时我并不知道他是谁，但从母亲、姐姐和哥哥的反应看来，我意识到就算被这个人抱起来也没关系。有一个词叫作印刻现象[①]，而我就是在那时，从勇太郎舅舅那里感受到了父亲一般

[①] 印刻现象（imprinting）首先是由英国生物学家道格拉斯·斯波尔丁（Douglas Spalding, 1841—1877）在对动物行为进行研究时发现的，是指刚出生不久的小动物会追逐它们最初看到的活动生物，并对其产生依恋的现象。后来，奥地利动物学家康拉德·洛伦茨（Konrad Lorenz, 1903—1989）正式将这种现象称作印刻。

的印刻感。当我把这份感觉告诉勇太郎舅舅的女儿牧子后，她只是觉得好笑。而对我来说，当我有了这份记忆之后，自己就无法将其扭转，导致长久以来，我一直无法把年轻时的勇太郎舅舅和我的父亲清楚地区分开。

我心目中的父亲说话时就是勇太郎舅舅的脸，笑起来时就是勇太郎舅舅的声音。其实我自己也清楚，这两个人一点也不像，我也会被自己的想法吓到，并且试图去纠正这个错误。而当我一想到自己的父亲只不过是一个指尖被香烟熏得发黄的家伙，就没办法将勇太郎舅舅的样子和声音从父亲身上抽离开来。父亲和勇太郎舅舅一定对此感到非常遗憾吧。也许为此最感到意外的是我的母亲。她会想："这个傻孩子，你的舅舅和爸爸可是一点儿也不像。"——由纪子记）

（笛子视角）

……婴儿时期的由纪子真是个大宝宝！在我的孩子们当中，她是体型最大也是最重的，有一贯多重。那段时间我每天都疲惫不堪，夜晚以泪洗面，难以入眠。由纪子就是在这样的状态下出生的。我本以为她会像亨或者辉一那样体弱多病，又或者可能会夭折，中途甚至曾想过放弃。可这孩子的命运与之相反，反而是身体越长越圆润，吸奶的时候力气强劲，也不是那种动不动就哭、不好照顾的婴儿。就连我都想表扬自己，真是生了个很棒的孩子，可以说是大功一件。由纪子能健康地出生，让我的心情暂时变得乐观起来。她每次扑向我吸奶时的生命力，都能让我陶醉不已。由纪子出生后的四五天，冬吾给她取了名字。他问我："就叫'由纪子'怎么样？"我点点头，然后独自念叨着这个名字，"小由纪"。然后我把其他两个孩子的名字和由纪子的名字放到一起轻轻呢喃，"加寿子、亨、由纪子"。就跟"加寿子"和"亨"一样,"由纪子"这个名字也没有什么特别的意义,冬吾只是觉得读起来好听才取的。这时冬吾站了起来,说道:"既然决定好名字了,那我就去提交出生证明了。"我半开玩笑地对他说:

"自己小心点哦,'爸爸'。"

突然,冬吾的表情一瞬间好像要哭出来了,然后就弓着背,慌慌张张地离开了家。

"等等!"

我几乎想冲着他的背影大喊,然而立刻用左手手指按住了嘴巴。

我越是喊他"等等",冬吾就越是觉得恐怖,越是要步履蹒跚地逃走。我简直就像在山路上追着马夫的山姥一样。但我和山姥完全不像。怎么可能像呢?冬吾为什么还要从我身边逃开呢?我又不会像山姥一样,咯吱咯吱地把冬吾从头到脚吃干抹净。但是,我真的很想对冬吾大喊:"等等!等等!等等!"把他留在我的身边。"等等!等等!"也许在冬吾的眼里,我的声音就像火花一样,正在从我的身体里迸发出来。这不就是山姥的真身吗?"等等!再多陪我一会儿!"为什么就连这点愿望都不能满足我?我盯着孩子熟睡的脸庞,泪流满面。

接到阿姨电报的勇太郎很快就赶到了江古田。作为亲舅舅,勇太郎看了一会儿由纪子,然后对我说,他终于把甲府的土地卖出去了,之后就立刻在大学附近物色可以购买的土地。不过,因为建房费和生活费远超卖地钱,所以很难找到满意的土地。勇太郎热切地和我说明了情况。对于不谙世事的勇太郎来说,这件事异常辛苦。但建新房子有着落是件好事,而且就算我和他说再多,也没办法给他任何帮助,所以我只好闭口不谈。勇太郎自己满脑子也都是自己的困难。

帮他卖土地的不动产商人有一个二十岁的女儿，听说她给勇太郎写了一封情书。这件事让笛子难得地大笑出声。情书里的内容大概是："我无法忘却勇太郎先生的音容笑貌。不知勇太郎先生是否有意娶我为妻？我会努力成为勇太郎先生的好妻子。我十分勤劳，而且节俭，从不浪费钱。我还擅长做饭和缝纫。我也会读书……"

"真是个都市女孩啊。那她究竟长什么样？"

听我这么问，勇太郎生硬地回答道：

"我完全没有印象啊。就算收到了信，我也根本不知道她是谁、住在哪里。"

"那，你给她回信了吗？"

我继续打趣这个死板的书呆子弟弟。

"怎么可能回啊。真是吓人。我一直没管，谁知道后来她又寄了一封信给我，里面看起来有二十多张信纸。然后我就把信原封不动地退回了甲府，后来再没收到她的信了。"

勇太郎拧巴着脸说道。

"你那么做太过分了吧？那个女孩肯定狠狠地被她父亲骂了一顿。人家也没做错什么啊。你总不能不结婚，至少也好好考虑一下人家吧。"

我半开玩笑半认真地责怪勇太郎。他都已经二十七岁了，身边仍然没有恋人的影子。毕竟他住在大学里食不果腹，周围又都是结核病人，所以很难谈上一场恋爱。本来姐姐们应该更努力帮他牵红线的，但是各自都忙得不可开交。无论是房子还是爱情，勇太郎都找不到目标，而且只能自己想办法解决。想到这一点，作为他的一个姐姐，我也心痛不已。

"我可不是开玩笑。那种不稳重的女孩我可不要。又不是说结婚一定就是好事，我自己会好好考虑的。"

勇太郎的这番话，在我听来就像是在讽刺我，于是我把脸转开了。

后来，大忙人清美也赶了过来，把带有白色蕾丝边的婴儿服、婴儿帽，还有砂糖、猪油和红茶作为礼物送给了我。虽说生计困难，但是因为寺尾商会是老字号，良好的社会信誉使它存活了下来。

到了十月末，照子姐带着红和杏子前来庆祝由纪子的出生。红已经十五岁了，逐渐长成一个美少女，而且她很喜欢数学，这让我不禁觉得她变得可靠了。父亲的孙辈以红为首，然后是明年就要上小学的加寿子，接下来是亨，最后就是刚刚出生的由纪子和樱子的辉一，只有这些孩子。父亲一共有八个孩子之多，到了我们这一辈，怎么就变得这么冷清了呢。

那天，照子姐送给我的贺礼有十分可爱的毛毡长棉坎肩（就是没有袖子的背心。——帕特里斯注）、披肩和西红柿。杏子则带来了婴儿穿的贴身衬衣和甜瓜，还给加寿子和亨分别买了人偶和玩具火车。照子姐给我讲了善政的事，他出来独自经营公司并不顺利，经常在外周转资金不回家。杏子给我讲了稔临走前最后几天的事。我则和她们说了勇太郎卖掉土地的事。我还和她们说，下个月冬吾要开个展，有空就去看看吧。我还不小心说了一句不该说的话："如果平辅能购买两三幅画，那就太好了。"我没有向她们抱怨冬吾的事，而是表现出了身为妻子该有的令人讨厌的虚荣心。

那天照子和杏子的到访有一个重大的意义。虽然樱子的孩子辉一已经可以准备出院了，但是樱子的身体再次变得非常虚弱，一时半会儿没办法出院。就算辉一出院了，对松井家来说，养育他还是负担过重，所以他们希望暂时把辉一交给手头空闲的杏子来照顾。照子姐已经同意了，所以杏子这次前来就是为了得到笛子姐的首肯。

杏子送走平辅两个孩子之后，人瘦了一大圈，气色也不太好。我叹了一口气，心想，她已经背负过那么令人疲惫不堪的重担了，今后应该好好为自己的快乐而活，为什么还要那么积极地再找罪受呢？杏子把辉一抱在怀里，带着期待的微笑，用那双与小时候一样的圆眼睛看着我。她那过于"爱照顾人"的性格让我有些烦躁。我觉得，只有我自己生下的孩子，我才会不顾一切地接受养育他们的辛苦。

"小樱知道你为她这么做的话，应该会很开心。可是，杏子，养育小孩可不是一件容易的事。小孩会生病也会受伤，号啕大哭起来让你烦躁不已，他们还会把家里弄得一团糟。难道平辅受得了这些？而且，你始终要把辉一还给松井家的，不是吗？松井的母亲说不定会给你立一大堆啰里啰唆的规矩呢。听说他们家那位母亲可不是善茬……如果小樱早日康复的话，就没有这么多问题了……"

听我这么说，杏子垂下眼眸，回答道：

"今天中午之前，我去了一趟小樱那里。她脸色苍白，瘦了好多……不过她很坚决地和我说：'我真的很想早点抱抱我那蓝眼睛的孩子，所以我一定会尽最大努力恢复健康的。我最近一直在虔诚地向神明祈祷，什么都不想，就是好好静养，所以我一定会好起来的……'小勇和达彦一有空就会去看她，给她吃鸡蛋、猪肝和冰激凌。我和她说：'干脆我暂时帮你照顾辉一吧。这样多少也让你安心一些。'她听后不停地点头，眼角泛着泪花。她还说：'辉一和我住在同一家医院，这件事一直支撑着我。虽然他要出院了我很高兴，可是离我这么远，还是让我觉得很失落啊。'"

"这么说，小樱算是同意了，对吧？别说什么要听取我的意见了，如今就剩下你一个人做决定了。"

我不悦地说道，但实际上并没有在生气。把辉一交给杏子来照顾，这对樱子和辉一来说都是最好的选择。照子姐也在一旁不断点头。不知何时，红静悄悄地带着加寿子出去了。亨爬到杏子的膝盖上，由纪子也睁开了眼，大声哭了起来。亨的嘴边因为经常有口水而发炎，满脸都是鼻涕。杏子抱起他，用自己的脸颊蹭着亨脏脏的脸蛋说道：

"小樱还在坚信她的孩子是蓝眼睛呢，其实已经在慢慢变回普通的黑色了。就算给她看了照片，她也仍然坚信眼睛的颜色是蓝色，还陶醉地喃喃自语：'我蓝眼睛的宝贝啊。'我也不好再说什么。之后她又说：'来和妈妈一起吧，蓝眼睛宝贝，蓝宝石眼睛的小辉一。'……小亨也快要见到蓝眼睛宝贝了呢。我们的小亨已经是哥哥了哦。"

被杏子搔着耳朵，亨发出小猴子一般尖锐的笑声。照子姐和我被那笑声惹得笑了起来。一出生就是一双不祥的蓝眼睛，辉一被认为很快就会夭折。可是现在他快要活力满满地出去接触外面的世界了。当时，对我们来说，这是为数不多的好消息。周围的人一个接一个地死掉。然而，如同要吞没那些死亡一样，婴儿也一个接一个地出生、长大。女人们在悲伤中一边哭泣，一边出神地看着自己的孩子，然后不知不觉忘却了悲伤。这是多么单纯又令人难过的喜悦啊！我把胖乎乎的由纪子抱在胸前，微笑着掏出发涨的乳头塞进由纪子的嘴里。

（杏子视角）

……辉一出生的那一天，我感受到了他与我雷电一般交汇的命运。那双蓝宝石眼睛一直盯着我。终于，我能抱上辉一的日子来临了。

前一天晚上，我最后盘点了一下要给辉一的东西。有小被褥、内衬和衣服、毛线衣和裤子、帽子、袜子、尿布、赛璐珞做的不倒翁（法语"poussa"。——帕特里斯注）、拨浪鼓（"hochet"。——帕特里斯注），还有绘本等。我先是把以前幸代住的房间不留死角地打扫了一遍，因为要留出来给辉一住。然后又把平辅亡妻以前爱读的育儿书籍拿来反复读了好几遍。突然，我开始担心起厨房的奶粉和奶瓶，赶紧跑去确认了一下。随即又怀疑明天要来帮忙的女孩会不会忘了这回事，就用刚安装好的电话打了过去。到了晚上，早早躺下的我却始终睡不着。最终我被平辅说了一通："明天开始就要忙碌起来了，你这个样子以后可怎么办？"代替辉一的母亲照顾他的日子就要来临了，可从未有过孩子的我无法冷静下来。直到我抱着辉一离开医院的当天，我还在不安地想，今天我真的能把辉一带回家吗？要是松井的母亲突然变卦了怎么办？辉一的身体情况突然变差了怎么办？

那一天，达彦和他的母亲以及照子姐和勇太郎都来到了樱子的病房。勇太郎把他在校园里收集到的金黄色银杏树叶插到铝制花盆里，把它放到樱子的床头。樱子高兴地说："这样我把鼻子凑过去，就可以闻到秋天的气味了呢。"松井的母亲则带来了紫菀花。为了庆祝辉一出院，我带来了美国产的橡胶玩具猪和奶粉，给樱子看过之后，我又塞回手提包里，把它们带回了逗子。

樱子越来越瘦了，脸色也苍白得几乎透明，唯双眼炯炯有神。她这副模样让我想到了很多：两个月前送走的稔，九个月前离世的幸代，还有红十字会医院的患者，甚至是已经去世十年以上的驹子姐的脸。我并不愿意相信自己拥有根据经验预测病人余命的能力，毕竟凡事都有例外。但在我这双看惯了结核病人的眼睛来看，樱子的日子确实所剩无几了。我实在很想把自己的眼睛挖下来，丢到地上踩踏，但面对樱子，我还是摆出一副充满活力的笑容。我笑着和她说："辉一先你一步出院了，接下来你也要出院了。到了明年，

689

你和达彦就可以好好享受一家三口的生活了。"我也逼迫自己相信这番话。

"杏子姐，你可别忘了每周给我送来辉一的照片和成长记录啊。一周都不能落下。婴儿长得很快的。每天无论发生什么，都记录下来，然后告诉我。如果在照顾小孩方面有什么不清楚的，就去问问我母亲吧。家教什么的还请母亲帮忙指导。照子姐和笛子姐也会帮上很多忙的……"

听到樱子说的话，一旁的松井母亲点了点头。毕竟松井母亲也在场，所以樱子只能称呼她为母亲，我们也能理解。然后我也对她的"母亲"说："那是自然，无论遇到什么，我都会与您商量的。还请您多多关照。"不过，实际上樱子也很清楚，我能依靠的只有照子姐和笛子姐。

最后，病房里只留下照子姐和勇太郎，我和达彦以及那位"母亲"准备去接辉一了。

"你要经常替我亲一亲我的宝贝。每天早晚我都会在这里送一个吻给辉一的。对了，杏子姐！那是我的孩子，所以别老是给他听三味线，时不时也给他听听舒伯特的钢琴曲。杏子姐！还有，你要给他培养好习惯，免得他以后动不动就撒娇求抱！再就是，要经常给他看看我的照片！"

就在我准备离开房间的时候，樱子突然哭着大喊起来。照子姐和勇太郎握着她的手，抚摸着她的头，试图平复她激动的心情。我又回到病房，低下头对她说：

"樱子殿下，老妪将以性命守护贵公子，请您放心。贵公子与老妪每日都在殷切期盼着樱子殿下的早日康复。老妪也会每日为贵公子放一首舒伯特。"

说完后，我直起身，举起右手像军人一样敬了个礼。看到这一幕，上一秒还在哭的樱子对我笑了起来。

"那么，老妪杏子就先告辞了。"

樱子点了点头，在床上朝我回了个礼。

我和达彦以及达彦母亲在病房出口仔仔细细地消了毒，然后前往儿科病房。达彦把辉一从笼子一样的儿童床上抱了起来。四月末出生的辉一看起来只有两个月大。本来是七月的预产期，所以我认为定七月份作为他的生日月，对他来说也许更好一些。但无论再怎么早产，大家都认定出生当天才是生日。我不禁觉得辉一很可怜，这对他来说是一个糟糕的起点。不过，在我给辉一定的"生日"七个月后，他逐渐变得圆润起来，蓝色的眼睛也变回了黑色，挠他的下巴时，他还会咯咯地笑。在与照顾了他这么久的护士们含泪告别后，我们离开医院，乘上了松井家准备的车。东京本乡到逗子的车程大概三小时，被松井母亲抱着的辉一已经睡着了。而我因为晕车觉得十分不舒服，一边冒冷汗一边昏睡。

好不容易辉一要开始新生活了，不走运的我因为晕车，一回到家就不得不在辉一身边休息了一个多小时。这种情况也太丢人了。不过，来帮忙的女孩三儿手脚很勤快，她帮我换了辉一的尿布，还替我准备好了牛奶。平辅则在陪达彦和他母亲。在辉一究竟应该交由谁抚养这一问题上，达彦母亲那边最是棘手。她一直坚持，既然是松井家的孩子，当然要交给松井家养大。但达彦因为答应了樱子的请求，所以劝说道："以母亲您现在的身体状况，要照顾辉一很可能会生病的。杏子在红十字会工作过，她替我们照顾辉一的话，对我们来说是求之不得的事啊。比起交给其他人，在这里，辉一肯定更能健健康康地长大。这样樱子也能放心好好疗养了。如今对我们来说，唯一要担心的是樱子的恢复情况。"就这样，他们把养育辉一的使命交给了我。后来，这位母亲甚至来到逗子的家里进行检查。根据她的调查，家里的采光、通风和空气都很好，只是因为这里是沙地，所以起大风的时候要注意沙子。于是我家被认定为"合格"。她走后，我刚松了一口气，没过多久她又送来了一份"誓约书"，上面要求我要按照松井家的规矩来养育辉一。松井家的规矩是：不能溺爱孩子；家教要严格；要让他锻炼身体，因此日光浴、干布摩擦和散步绝不能少；晚上不能陪他一起睡；就算他还是婴儿，也要好好教他吃饭；还要尽早让孩子戒掉尿布等等。甚至还有断乳时期的食谱。一份"誓约书"洋洋洒洒写满了一大堆内容。但我还是很认真地看完了，看完后和平辅一起联名盖了印章。毕竟是自己的孙子，肯定会担心到坐立不安的。我不会觉得她很啰唆，倒是十分同情她。但就算樱子能平安出院，接下来这位母亲也会一直"监视"着，看来还是有点辛苦呢。

至于庆祝辉一出院的晚宴，直到我缓过劲来，才邀请大家一起来吃。不过，虽说是庆祝晚宴，桌上的刺身和海螺对于住在大矶的松井母亲来说十分常见，大家只是匆匆吃了一顿晚餐而已。晚上七点左右，达彦和他母亲对我说："虽然不知道要多久，但今后辉一就拜托你来照顾了。"说完后他们就离开了。

那天晚上，疲惫不堪的我为樱子写了育儿日记，随后也不记得什么松井家给的教育方针，陪着辉一一起睡了。

就这样，我和辉一的共同生活开始了。那时每天的天气都很暖和。辉一非常能睡，牛奶也喝得很多，对我来说十分好带。但让我来照顾婴儿，有很多事都是第一次。辉一仅仅是打了个小喷嚏，我也会慌慌张张地带他去看医生。这种闹剧经常发生。

辉一来到逗子一周左右，某天早上我带着他在走廊晒日光浴。突然，一阵骇人的爆炸声和震波袭来！我一瞬间将没穿衣服的辉一覆在身下。辉一吓得大声哭起来。随即听到了在厨房的三儿的惨叫，她马上赶到我们这里。爆炸声还在持续，房子摇晃不止，窗户也碎了好几处。我们跑进家里，把身体蜷缩起来。

"战争，又、又开始了。怎么办啊？我以为战争已经结束了呢。"

三儿紧紧拽着我哭道。我像以前当按摩师的时候那样轻抚她的背。

"没事的，待在这里就没什么好怕了，没什么好怕的……"

虽然我嘴上这么说，可实际上自己也不清楚外面究竟发生了什么。我也不禁认为战争又要开始了。几乎能把人震倒的爆炸声又响了好几回，然后就听不到任何声音了。

"是不是好像没有声音了？"

单耳听力不好的我向三儿确认道。辉一挥舞着四肢继续哭喊着。

"好像有人的声音，似乎是在用扩音器说着什么。啊，消防署的钟声也响起来了，还有警报声。"

接着，我也听到了这些声音。我把辉一交给三儿，小心翼翼地走出玄关，查看外面的情况。

"发生了重大火灾！请居民们紧急前往海岸处避难！发生了重大火灾！现在是避难命令！"

一个骑着自行车的男人拿着扩音器大喊。当我回头看时，脸色苍白的三儿已经用毛巾把辉一包起来站在我身后了。

"我们赶紧逃命吧。这可是空袭啊。不赶紧逃走会死掉的！"

"这时候又来空袭……"

我喃喃道，随即先跑回了家里，把衣柜里的存折、印章和钱包拿出来，又用毛巾把自己也包裹起来，就和抱着辉一的三儿一起跑出去了。战争又一次打响了。看着眼前的场景，我只能这么想。焦臭的气味加上赤红的火焰，还有四处匆忙逃窜的人群、孩子们的哭声、人们互相呼喊的声音，以及四面八方响起的消防车警报声。

"太过分了，太过分了！我们都无条件投降了，怎么还……"

三儿的说话声因抽噎断断续续。而她怀里的辉一早已不觉危险，脸上挂起了笑容。我一边往海岸跑去，一边流着泪想："太过分，真的太过分了！本来接下来想和辉一好好活下去的，居然发生了这种情况。我怎么可能让长到这么大的辉一现在就死去呢！这样也太残酷了。神哪，请您不要杀害我们！"

一到沙滩，我们一下子瘫坐到沙子上。

"那边是池子①吧？山上喷火了。"有个人说道。

我把辉一从三儿手中抱起来，然后仰头朝山的方向望去。因为是白天，日光导致难以看见火光，只见池子那边的山不停往外喷出白烟。在秋日的蓝天下，烟雾像雨云一样笼罩着山体。在我看来，那座小山就像之前浅间山爆发一样，正向外喷烟。我又看了看头上的蓝天，并没有看到那骇人的 B29 轰炸机的身影，也没有听到战斗机的轰隆声。没有任何声音，只有那座山在燃烧着。

"美军的弹药库好像爆炸了。真是的，净给我们添麻烦。"

"我还以为是空袭呢，吓得我心脏都要跳出来了。那种事实在是不想经历第二次了。"

周围的男人们谈论着。三儿在一旁一直哭泣，似乎周围的声音她都听不到一样。她母亲和妹妹就是在空袭中丧生的。而我却高兴起来，几乎要笑出来了。这次并不是空袭！我们不用死了！我们可以继续活下去了！

下午，避难命令就部分解除了，我们终于能回家了。

辉一出院之后就发生了这样的大事，而且这次爆炸事故带走了

---

① 池子是逗子市东北部的一个镇。池子森林在二战前是日本海军的弹药库，二战后变为驻日美军的弹药库，如今大部分区域为美国海军的住宅区。

一些人的生命。还好我们并没有直接遭遇任何危险，也就姑且放下心来。可是，在这之后，樱子的生命迅速迎来了终焉，冬吾那件惨事也发生了。

　　在这次爆炸事故中，我们幸免于难。可是，樱子和冬吾被夺走了生命。那时的恐怖与绝望，让我不由得向神祈求："神哪，请不要杀害我们！"也许他们的死就是我这份请求的代价吧。一直到两人去世，我都没感受到任何不祥的预兆。甚至当我知道只是爆炸事故的时候，差点笑了出来。我也被自己的愚钝惊呆了，觉得自己实在是令人憎恨。樱子死了，冬吾也死了。我却没能从那个爆炸声和山上燃烧的白色烟雾中看出这一不祥之兆。两个人对我毫无怨恨地离开了人世。如今回想起来，依然让我悲痛不已，虽然这件事已经过去很久很久了。

3-2

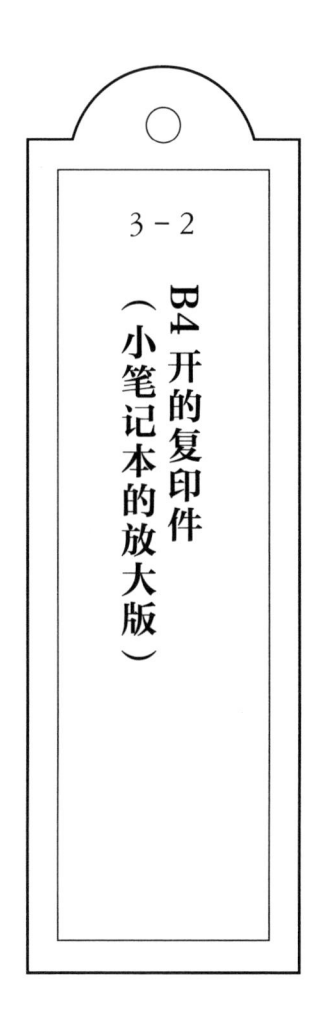

B4开的复印件（小笔记本的放大版）

（帕特里斯·勇平改订版）

（这是樱子阿姨写的文章的复印件。我想，樱子阿姨在病床上写这篇文章的时间，应该正值昭和二十二年秋，所以我就把它穿插在此处。或许实际时间要稍早一点，但从文章内容可以看出，此时樱子阿姨对自己的病情已经不抱什么希望，所以才会写下这篇文章，然后交给我的母亲笛子。自从樱子阿姨住院后，母亲去大学医院看望过她好几次。

两年前母亲去世后，我在桐木柜的抽屉里发现了一个半破的茶色旧信封。你猜里面是什么？其中一个自然是这本笔记本，除此之外，还有我出生到这世上必不可少的东西——妈妈的"孕妇手册"，还有我的脐带！刚出生的婴儿肚脐上会有一小段与胎盘相连的脐带，等变干以后就会自然脱落。在日本有保留这一小段脐带的习惯，在法国人们应该会直接扔掉吧？

仔细想来，我出生的时候正是樱子阿姨病情恶化的时期。当时，母亲正忙着照顾刚出生的我，所以收到樱子阿姨的这本笔记本后，她就姑且把它和孕妇手册以及我的脐带放在了同一个信封里。当我得知这几样东西在信封里共存了这么久后，我第一次感到樱子阿姨好像就在我身边。话虽如此，母亲竟然把我的脐带也放到了信封里，这也太……

可以看出，樱子阿姨的这本笔记本原先很精致。封面是黄条纹的白色纸张，上面布满了彩色的蝴蝶图案。可惜纸质太差了，经不起保存，如今已经发黑，边缘破损，里面的纸张也已经发黄，上面的蓝色墨水字迹也变成了淡淡的黄绿色。也许再过五年，就什么字迹也看不清了。这是一本明信片大小、纵向书写的笔记本，大概是供女学生使用的签名册之类的东西。或许，这是当时母亲为了安慰病床上的樱子阿姨而送给她的礼物。或许，她曾鼓励樱子阿姨，让她把自己每天的感想、作的诗写在上面。这是母亲与樱子阿姨两个曾经的文学少女之间的浪漫。母亲一定是觉得，两人随心所欲创作，再互相交换所写的东西，一定非常有趣。

樱子阿姨的笔记本让我不由得这么想。——由纪子记）

（封面和第一页什么也没写）

石之梦

樱子

○第一回梦——红石英（红）

石英（法语"quartz"。——帕特里斯注）常见于花岗岩、伟晶岩等深成岩、火山岩、沉积岩中。六角柱状结晶被称为水晶（法语"cristal de roche"。——帕特里斯注）。多产于欧洲阿尔卑斯山脉，古罗马人相信石英是水的化石。根据内含元素的不同，石英会呈现出各种各样的颜色。红石英（玫瑰石英）含有钛或锰元素，硬度7，成分SiO_2，比重2.65。

清晨，我们沿着那条路走了很久。脚边的草上都沾满了晨露。

这是一条山脚小路，左边是一片枯黄的梯田，往下走是一条更宽的路。右边是深深的崖柏，透过枝叶可以望见远处发黑的山顶。小路实在太窄了，我们只能踩着两边茂密的草前进。

走在我前面的，是六岁时的红和你。你梳着一头短发，头上戴着红色大蝴蝶结，穿着短下摆的和服，脚上踩着木屐。你雪白的脚和木屐上都沾满了草叶，有几处伤口还在流血。我也一样，露出脚走路让我有些发痒，路边的草叶扎得我生疼。我又变回了和你年纪相仿的女孩。你的个子也和我一般高，但我是你的阿姨。

我们继续走了很久。原本想去崖柏对面的那座山，可是怎么也找不到路，于是只好绕着山脚走啊走。你时不时回过头茫然地看着我，我也手足无措只想哭。我很想停止前进往回走，可是又做不到。

时不时有蛇从我们脚下穿过，菜花蛇、锦蛇、蝮蛇。四处传来青蛙的叫声。

你突然弯下腰，从草丛里捡起了什么东西。那是一个绿色的圆形发光物体，上面有斑驳的花纹。

"是鳄鱼蛋！樱子阿姨，这个可以吃吗？"你捧着五颗鳄鱼蛋问我。

"不可以哦，这样里面的小鳄鱼会死掉的。"我把鳄鱼蛋放回草丛，结果手一滑摔碎了三个。这时不知道从哪里冒出来一条大鳄鱼，看见我把蛋摔碎后，恶狠狠地盯着我。

就在我被吓得不敢动弹时，一旁的崖柏传来了阵阵低沉的声音，像是谁在来回拨弄水面一样。

"是猴子！"你大叫一声。果然，树上有只大黑猴，正露着黄色的牙齿嘲笑我们。

"剩下的几个蛋俺就不客气咯！"话音刚落，大黑猴一把将剩下的两个蛋塞到嘴里吃掉了。

我一愣，对着大黑猴破口大骂："小勇！你就不怕被鳄鱼吃了吗？！"

"真奇怪，俺可是猴子，鳄鱼怎么可能抓得到俺呢！"大黑猴得意地说道。

于是我接着问："哎，那你能告诉我，怎么去那座山吗？以前爸爸带我们去过。他说那是座秘密水晶山，不能告诉别人，所以我谁也没告诉，可是我现在忘记怎么去了。"

"水晶山？俺可没听过。"大黑猴满脸不悦地说道。

"啊？你不记得水晶山了吗？那时候你几岁来着，三岁还是四岁，爸爸带着杏子还有我们一起去的。这座山只有爸爸知道在哪儿，我们当时还捡了好多水晶，搬回家以后累得够呛呢。"

"俺都说了不知道啦，水晶有什么用，还不如果子实在呢！"说完，大黑猴转过身将红屁股对着我们，消失在崖柏中。

我们很失望，于是又开始走。由于害怕那条大鳄鱼，我们大声唱歌给自己壮胆。

　　男孩看见野玫瑰，荒地上的野玫瑰，
　　清早盛开真鲜美，急忙跑去近前看，
　　越看越觉欢喜，玫瑰、玫瑰、红玫瑰，
　　荒地上的野玫瑰。
　　男孩说我要采你，荒地上的野玫瑰，
　　玫瑰说我要刺你，使你常会想起我，
　　不敢轻举妄为，玫瑰、玫瑰、红玫瑰，
　　荒地上的野玫瑰。

这时青蛙成群结队地从下面爬了上来，一百只、两百只，数不胜数。有牛蛙、树蛙、河鹿蛙，还有其他没见过的黄色青蛙和红色青蛙。它们齐声鸣叫，吵得人头疼。青蛙们身上冒着热气，有的身体焦黑，有的正被一团小火苗包围着。

我们往下一看，只见田地上白烟袅袅，枯草上跳动着蛇眼珠般的红色火焰。

"是山火！我们得赶紧逃。"

听我这么说，你指着一处白烟笑着说："那不是山火啦，没事的。看，那里有位掌火翁（日本最古老的史书中记载的负责举火烛的侍从。据传一位名叫日本武尊[①]的英雄经过甲斐国，面对他的提问，掌火翁巧作了一首诗——用后文提到的'已经过去九夜十日……'来回答，受到了日本武尊的赞赏。——帕特里斯注）。"

我朝着你指的地方一看，果真有个黑乎乎的人影。但是由于距离太远，我看不清楚。眼看着烟雾越来越浓，已经渐渐将我们笼罩并沿着右边的山往上爬。火势应该也在蔓延。但我并不觉得热，只看到烟雾中夹带着一抹红色。

"真的没事吗？为什么那儿会有掌火翁呢？"

听我这样问，你涨红了脸，有些生气地答道："因为这儿是甲斐国，当然哪儿都有掌火翁啦！而且，他们每天只会唱一句'已经过去九夜十日'，别的一概不会。"

千百年来，或许更久以前，他们就这样一直守护着盆地的火吗？我心生敬佩，又不免感到奇怪："我怎么觉得那身影有点像冬吾呢？"

"快跑！再不跑要被烧死了！吱吱！"

不知哪里又传来刚才那个大黑猴的声音。我们已经被浓烟完全

[①] 《古事记》和《日本书纪》中记载的古代日本皇族，是日本古代传说中的英雄。

包围。四周流动着或深红或浅红的烟雾,像是一团红色的旋涡,连我们的身体都被染红了。

"究竟要往哪里跑啊?"我喊道。

"你一看就知道了呀!吱吱!"

被它这么一说,我仔细盯着这团红色烟雾。我看见了兔子、狐狸。还有鹿和马,它们在往崖柏中跑。我抓着你的手,跟着它们朝崖柏走去。虽然四处都是火光,但就像你说的,这不是山火。只有火的灼热和气味以及无声的火苗在蔓延。

我们在红色的烟雾中奔跑,动物们也在我们身边跑着。远处传来了太鼓声和笛声,像是谁在祈雨。

穿过崖柏丛后,动物们开始往四面八方跑去。烟雾依旧在我们周围流动,气势汹汹地往山顶上冲。在我们眼中,那不是一团烟雾,而是移动的红色团块。山变成了黑色的影子,山顶上露出金色的火焰。

"圣艾尔摩之火……"

我自言自语道。这是父亲从前告诉我的。

"不对不对!又要开始喷火了!"你叫道。

"又有一座新的水晶山了!"

然后,你晃动着头上的蝴蝶结在山路上跑。我急忙跟在后头,但是很快就呼吸困难,跑不动了,只能一个人在山路上慢慢走。落叶覆盖的山路两旁耸立着高大的树木。然而树木太过稀疏,终究抵挡不住红烟的势头。烟雾越来越浓,树木和地面都散发着鲜红的光芒。我总觉得自己来过这座山,又好像是第一次来。难道是我来到别的水晶山了吗?虽然我心里有些没底,但完全不担心你会出事。

这时,头顶上方传来了瀑布一样的声响。紧接着,好像有什么东西一起崩塌了,无数冰块发出嘎吱巨响,向我们涌来。原来是水晶从山顶的喷火口喷出，坠落下来。我又听到了你的笑声。在鲜红的烟雾中，每块水晶都闪着红光。

水晶流将我吞没，继续流动着。水晶相互碰撞发出独有的晶莹剔透的声音。从流动的水晶中看向外面，连光都是冰冷的，辉映着明亮的淡红色，除此之外什么也看不见。每块相互碰撞的水晶都像冰焰一样燃烧着。然后，我又听到了泉和操的笑声。

但很快我就被推到了水晶岸边。水晶依然在眼前绵延不绝地流动，并且把周围的事物也一点点地结晶化。

我脚下的土地变成了透明的水晶，树叶、草都变成了水晶。在那些结晶中，我又听到了你的笑声，还有泉和操的笑声。你终于找到两个死去的哥哥了吗？

我也为你们感到高兴。如果这儿就是你们要去的水晶山，那么我接下来该去哪里呢？无数的红色水晶像是在歌唱一般从犹豫不定的我面前流过。

○第二回梦——绿柱石（加寿子）

黄玉（亨）

石榴石（由纪子）

绿柱石（法语"béryl"。——帕特里斯注）是一种伟晶岩，常见于变质岩中，结晶为六角长柱状。国外甚至发现过重达二十五吨、长达九米的巨大结晶。绿柱石一般呈泛着浅绿色的白色，深绿色的透明结晶被称为绿玉（"émeraude"。——帕特里斯注），蓝色结晶被称为蓝玉（"aquamarine"。——帕特里斯注），粉色结晶被称为摩根石（"morganite"。——帕特里斯注）。日本的绿柱石产地有佐贺县、岐阜县等。硬度 7.5 ~ 8，成分 $Be_3Al_2Si_6O_{18}$，比重 2.65。

黄玉（法语"topaze"。——帕特里斯注）常伴随伟晶岩、锡矿、石英矿出现，是在岩浆凝固的末期由含氟气体结晶而成。黄玉通常为斜方晶系柱状结晶，折射率高，断面会有虹光，延伸方向呈纵向条线。日本产的黄玉通常无色透明，国外则有淡黄色、淡蓝色。日本有名的黄玉产地为滋贺县田上山。黄玉的名字来源于梵语中的tapas（火）。古希腊人相信黄玉对痛风、心脏病等疾病有珍贵药效。硬度 8，成分 $Al_2SiO_4(F, OH)_2$，比重 3.56。

石榴石（"grenats"。——帕特里斯注）通常作为次要成分广泛分布于变质岩和岩浆岩中。在伟晶岩、花岗岩和安山岩中形成自形晶。变质岩中常见铁铝石榴石，岩浆岩中多为钙铁石榴石，变质石灰岩中多为钙铝石榴石。石榴石通常为斜方十二面体、偏菱形二十四面体的结晶。一般呈现暗红色、褐色。含有铬铁矿的钙铬石榴石（uvarovite）为祖母绿。鲜红色透明的被称为贵石榴石。此外，还有黑、黄、橙等颜色。石榴石的名字来源于拉丁语的"种子"（granatus），因为它就像撒在岩石上的种子一样生长。硬度 6.5~7.5。铁铝石榴石（almandite），成分 $Fe_3Al_2(SiO_4)_3$，比重 4.25；钙铁石榴石（andradite），成分 $Ca_3Fe_2(SiO_4)_3$，比重 3.75；钙铝石榴石（grossularite），成分 $Ca_3Al_2(SiO_4)_3$，比重 3.53。

我躺在床上，身体舒服地摇晃着，双眼紧闭，眼前忽明忽暗。

"樱子阿姨睡得可真香呀。"

"嘘，阿姨得了很重的病。"

我听见了孩子们的声音。

"那，我可以唱歌吗？"

"嗯,但是要小声唱哦。"

然后,孩子们开始低声唱起歌来,像是在说悄悄话。

嘀嘀嘟嘟咚,嘀嘀嘟嘟咚

地上的爬虫哟,停下脚步听我说

天上的飞鸟哟,停下翅膀听我说

嘀嘀嘟嘟咚,嘀嘀嘟嘟咚

孩子们越唱越响,最后那声"嘀嘀嘟嘟咚"简直像是吼出来的,我不禁笑出了声。

"啊,樱子阿姨醒了。"

不知是谁叫了一声,我一下子睁开眼睛。树叶在风中摇曳,淡蓝色的天空在闪闪发光。光线太过眩目,我一下转过脸去,差点撞上正蹲着身子想要细细观察我的女孩的脸。

"樱子阿姨,你醒啦?"

我笑着点点头,问那个女孩:"你一定是由纪子吧?长得和加寿子很像,也有几分像冬吾。你长大了好多呀。"

"阿姨现在是病人,不要说那么多话哦。"

我听见脚边传来加寿子的声音,微微仰起头,看见了加寿子的背影。她手里握着两根木棍,我就躺在木棍撑起的板子上。这么说,亨和由纪子在另一边握着木棍吗?我伸长下巴,想要看清那是谁的头顶。突然,小男孩把头转了过来,鼻子差点撞上我的脸。

"阿姨,我们以后会照顾你的。"

原来是亨。他说完,由纪子也不甘示弱地补充道:

"妈妈说镇上的医院不靠谱。"

"爸爸一会儿也会过来的。"

我对亨说："小亨，之前大家都还很担心你呢，你现在已经完全好了嘛！"

"那当然啦。"

亨的脸红了，从我的视线中消失了。

"都说了，阿姨要安静休息嘛。"

加寿子有些生气地说道。我也有些生气地回答：

"别再把我当成病人对待了。我现在心情好着呢，不用担心。"

加寿子也长大了许多，最小的由纪子好像已经六岁了。她的脸蛋像山里孩子一样泛着粉色的光泽。

"阿姨接下来的心情会越来越好哦，因为我们要带你去一个很特别的地方。"由纪子欢快地说道。

树叶深处传来杜鹃和竹鸡的啼叫。山间的空气泛起柔和的绿光。

孩子们又开始唱歌了。

嘀嘀嘟嘟咚，嘀嘀嘟嘟咚
地上的爬虫哟，停下脚步听我说
天上的飞鸟哟，停下翅膀听我说
嘀嘀嘟嘟咚，嘀嘀嘟嘟咚

突然，周围一黑，连空气也变得阴凉。

"到晚上了吗？"我问孩子们。

孩子们像是从来没听过这么好笑的话一样，笑声像烟花绽开一般响起。

"晚上？！"

"阿姨你连白天和晚上都分不清啦！"

"这里明明比晚上还要黑暗,比晚上还要安静!"亨苦笑着和我解释。

"这里是我们的秘密蝙蝠洞。蝙蝠们都栖息在这儿呢。你瞧,顶上全是蝙蝠在睡觉。"

原以为头顶是一片夜空,仔细一看,竟然真的是一群生物。四周的空气因为它们睡着后的呼吸变得温暖,我还能看到它们在微微颤抖。

"有时候有的蝙蝠会睡迷糊,从顶上掉下来。"

这时,顶上一团黑色的小东西掉落到我的胸前。这是一只长耳朵、脸像兔子的蝙蝠。它好像就等着由纪子说完这句话再掉下来似的。小蝙蝠惊醒后立刻爬起来,看着我的脸尴尬一笑,展开翅膀飞了回去。孩子们看了哈哈大笑。

周围的空气越来越冷,光线也越来越暗。但是身体并不觉得冷。这时,我发现洞顶有一块地方闪着白光。过了一会儿,又看见一块。眼看着闪光越来越多,蓝色的、绿色的、金色的、红色的光也开始出现在眼前。这些光看着就像夜空中的星星,但是光线更强,颜色也更丰富。渐渐地,洞顶和两侧的岩壁都散发着耀眼的光芒。

"闪闪发光的,真漂亮呀。"

"是鱼眼石哦。还有辉沸石和丝光沸石。"

"还有针钠钙石,还有方解石。"

"还有霰石,还有黄碲矿。"

"还有金红石,还有萤石。"

"还有白钙沸石、冰长石和翡翠辉石。"

孩子们像是唱歌一样列举着各种石头的名字。其中有我熟知的石头,也有未曾听过的。我想起来了,这个蝙蝠洞是父亲发现的一个熔岩洞穴。估计我家的许多石头都是从这个洞穴里搬来的。

石头发出的光芒还在增强，已经闪耀到让人头晕目眩的程度了。

我们到了一个大广场一样的地方，孩子们终于停下脚步，把载着我的板子放到地上。这里的地面也和洞顶一样，闪着五颜六色的光芒。

"接下来要把阿姨搬到床上了哦。"

亨说着，把我抱了起来。这地方大得让我有些不安，不管是洞顶，还是岩壁和床都闪着透明的光。我感觉自己像是悬浮在半空。实际上，我也确实浮在半空。亨抱着我的上半身，加寿子扶着我的腰，由纪子抱着我的腿。在这些石头散发的光中，三个孩子成了模糊的黑影。

我被抱到一张金光闪闪的床上。这是一大块黄铁矿的立方体结晶，但是并没有想象中冰冷的触感，而是柔软地包裹住了我的身体。这里的椅子和餐桌也是黄铁矿做的。大大小小的黄铁矿散落在床的周围。将我放下后，加寿子张大嘴吐了口气。许多绿色的玉珠从她口中滚出来。加寿子把这些玉珠收集起来，做成了一块布，遮住我的肚子。接着，亨同样从嘴里吐出黄玉珠，做成布盖在我胸前。最后，年纪最小的由纪子也涨红了脸从嘴里吐出石榴石，做成红布盖住我的腿。这是一床没有丝毫重量、像羽毛一样的三色被子。

"接下来樱子阿姨的病很快就能好了。"

"一动不动躺着就好了哟。"

"等阿姨的病好了，要陪我们一起玩哦。"

孩子们用安心的语气各自说着，开始绕着这张黄铁矿做成的床踱步，唱起歌来。这回唱的和之前的不一样了。

请给我火，请给我火

原来这里没有火
我要翻过这座山
我要跨过那沼泽
我要越过那山谷
这儿的火真暖和!
这儿的火真暖和!

听着孩子们的歌声,我的身体竟然真的暖和起来,仿佛身体深处有一缕春风拂过,阳光透过摇曳的树叶照在我身上,身子都变得明亮轻快了。孩子们时不时有点担心地看看我的脸,确认我没事后,继续欢快地唱着歌。

我打了会儿盹,一阵熟悉的声音从远方传来。

"等等我!等等我!"

那是笛子姐姐的声音。

"妈妈回来了。"

"她又在和爸爸赛跑了。"

"爸爸不回来的话,妈妈也不回来。"

孩子们盯着靠近洞顶的岩壁,笃悠悠地讨论着。我也朝岩壁望去,发现洞穴有个很大的开口,可以看到外面连绵的青山。接着,我看见冬吾骑着马在山脊线上飞驰,笛子姐在后面紧追不舍。她的头发在风中乱舞,像野猪倒竖的背毛。

"那里居然还有一个大洞啊,刚才我竟然没发现。"

我说完,孩子们捧腹大笑。

"洞!"

"如果那是洞的话,可就完蛋啦。"

"下雨、下雪的话,石头岂不都要被磨掉了!"

"那怎么可能是个洞呀？只不过是那里投影出我们想看的地方罢了！"

听亨解释完，我似懂非懂地点点头。应该是类似于放电影之类的东西吧。

"等等我！等等我！"

笛子姐在后面大声喊，但是冬吾头也不回地继续前进。马儿也有些痛苦地喘着气，在陡峭的山脊线上继续跑着。

"爸爸怎么就是不等等妈妈呢？"加寿子嘟囔道。

"妈妈也不用非要追爸爸啊。"亨有些不耐烦地说道。

"爸爸妈妈都离我们越来越远了。"

听见由纪子委屈的声音，亨更加不耐烦地咂舌道：

"他们总是这样，也不知道什么时候才会回来。"

"两个人都想回来的，可是……"加寿子学大人模样叹了口气。

"他们怎么去得那么远。"

由纪子叫道。骑着马的冬吾和后面紧追不舍的笛子姐马上就要消失在岩壁画面的边缘了。

"估计他们又要在山里跑个十来天了。"

加寿子将脸转向我，接着亨的话向我解释道：

"每当马儿累得跑不动了，爸爸就会逃回这里来，然后妈妈也会跟着回来。但很快爸爸又会一个人出走，想逃离妈妈。然后妈妈又会急忙跟出去，在爸爸后面追。他们两个总是这样，真是玩不腻呢。"

我笑着回答："他们肯定没别的游戏可玩，只能这样了。"

"哼，看着很累，其实玩得开心着呢。"亨嘟囔道。

我点点头，突然悲从中来，泪流不止，身体也逐渐变冷。

"阿姨哭了。"

"石头褪色了。"

"不赶紧做条新被子的话,阿姨会死的。"

我已经冷得发抖了。

孩子们手忙脚乱地又像刚才一样吐出各种石头为我做被子:加寿子吐出绿玉珠,亨吐出黄玉珠,由纪子吐出石榴石。终于,三条鲜艳的被子又做好了,孩子们又把新被子盖在我身上。然后,三个孩子又开始唱歌了。

> 请给我火,请给我火
> 原来这里没有火
> 我要翻过这座山
> 我要跨过那沼泽
> 我要越过那山谷
> 这儿的火真暖和!
> 这儿的火真暖和!

我的身体又像刚才一样暖了起来。但这份温暖就像冬日的阳光一样,暖和却靠不住。我跟着孩子们一起哼唱,盼着身体能再次暖起来。

"怎么样了,樱子阿姨?不要想那些难过的事了,哭多了会生病的。"

加寿子抚摸着我的头说道。加寿子长得和杏子姐实在太像了。我看着她的脸,忍不住又流起眼泪。

"你看,又哭了。爱哭鬼才容易生病。"

亨批评道。不,不是亨,此刻我看见的是小太郎哥哥的脸,和小勇那么像。他戴着大学的帽子,穿着脏脏的学生装。

"哥哥……"

我克制不住地流泪，体温急剧下降。

"不能再哭了！石头又要变灰色了！"

由纪子叫道。此刻，小小的由纪子也变大了，变成了驹子姐姐学生时代的模样。身穿水手服，长长的头发编成三股麻花辫，发梢扎着深红色的蝴蝶结，在我三四岁时，驹子姐就是这个模样。她一边用紫云英花给我编花冠和项链，一边给我讲一个公主的故事：从前有位公主，她的哥哥们被施魔法变成了一群天鹅，为了帮助哥哥们变回人类，她默默地用荨麻草为他们编织马甲。我问驹子姐荨麻草是什么，她把蓟叶放在我手里说："就是长得和这个很像的一种草。"至今我也不知道是真是假。这么一想，眼泪又流了出来。

"不好，病情又加重了。"

"得赶紧做条新被子。"

"刚才明明还好好的。"

加寿子一脸苍白地嘟囔道，然后全身颤抖着张大了嘴，发出痛苦的声音，绿玉珠终于又从她嘴里吐了出来。亨和由纪子也一脸痛苦地吐出黄玉和石榴石。三个孩子的身体看起来都瘦了些，他们长得和冬吾简直一模一样。

我的身体又变暖了一些，但很快石头的热量就消散了。孩子们只好一边呻吟着一边又吐出绿珠子、黄珠子和红珠子。他们的脸色越来越苍白，身体也变得更瘦了。

"打住吧，不要再吐了。我的病已经治不好了。再这样下去，我会连累大家一起死掉的。"我边哭边说道。

"我们不会放弃的。"长得既像哥哥又像冬吾的亨说道。

"就算我们想停也不能停下，这是爸爸教导我们的。"长得既像驹子姐又像冬吾的由纪子噙着眼泪说道。

"怎么能放弃呢？等你病好了，还得和我们一起在山上跑呢。你连爬山都还没好好爬过呢。"长得像杏子姐和冬吾的加寿子脸色苍白地说。

就这样，三个人拱起后背，双手撑在地上，继续吐着石头。

我浑身发冷，眼前一片黑暗，洞顶和岩壁上的石头逐渐失去了光彩。我体内的霰石和丝光沸石似乎正在结晶，疼得我喘不过气来。

"救救我！"

我痛得大叫，却发不出声音。

冬吾，笛子姐，再这样下去大家都会死的，快回来吧！

我无声地叫着，不停流着眼泪。三个孩子吐完石头后，身体已经小到我只能模糊地看到绿色、黄色和红色结晶的光了。

"冬吾，爸爸，救救我们！"

我看着体内不断增加的闪着白光的结晶，不停呼喊着。

〇第三回梦——蓝宝石（辉一）

蓝宝石（"sapphire"。——帕特里斯注）是刚玉（corundum）的一种。通常产自缺乏硅酸的岩浆岩、伟晶岩、广域变质岩等，但绝不会与石英相连。蓝宝石属六方晶系，是有水平条线的柱状、樽状结晶。容易被损害成六面体，或变质成云母。含有微量氧化铬的红色刚玉被称为红宝石（红玉），透明的蓝色刚玉被称为蓝宝石。蓝宝石还有白、黄、绿、粉红等颜色。日本的蓝宝石产地有岐阜县、兵库县、奈良县等。硬度9（仅次于钻石）。成分Al_2O_3，比重4.02。（蓝宝石的比重和硬度略高于红宝石。）

我们乘着小舟。湖面泛着蓝色的波光，白色的雾气在上方氤氲。远处可以看见熔岩形成的黑色湖岸。对面是一望无际的树海，富士山若隐若现地耸立着。湖面上只有我们的小船,连一只水鸟都没有,看不到一丝涟漪。透过清澈的湖水,甚至可以清楚地看到湖底的水草在轻柔地拂动。湖水太过澄澈,我们的小船就像是漫无目的地飘在蓝蓝的天空上。

湖上只有我们两个人。

辉一,你已经是一个剃着光头的中学生,一身学生装,小心翼翼地抱着一个白色挎包。可能是学生帽太大了,你的眼睛都遮住了。

辉一,你的身体还像小孩子一样瘦长,但手脚很大,嘴也很大,就和你的外公、舅舅一样。你的个子好像也长高了不少。我原本还担心,太久没见你,会认不出你来,看来是我多虑了。

我们两个人没有带船桨,也没有钓竿,只是任由小船在湖面漂荡。

"tomb 是什么意思?"

你把英语书摊在膝盖上,用稚嫩的声音问我。

"是墓地的意思。"

碰巧是我认识的单词,我有些得意地回答。

"grave 呢?"

"也是坟墓的意思。"

"那有什么区别呢?"

"这个嘛……"

你从挎包里拿出一个小本子,一边写着什么,一边继续问我。我突然意识到还没看清你瞳孔的颜色,但我不想打扰你的提问,所以什么也没说。

"funeral 呢?"

"葬礼。"

"coffin 呢?"

"棺材。"

"shroud 呢?"

"嗯……我记得好像是白寿衣。"

"curse 呢?"

"是诅咒。"

"hell 呢?"

"地狱。"

"styx 呢?"

"三途川[①]……怎么全是奇怪的单词,不说了。你到底在读什么书呀?"

我忍不住问道。你急忙闭上嘴,把英语书和小本子塞进包里。接着,你取出一张白色的网撒到水中。我还是看不清你的脸。过了一会儿,你就把网拉起来了,一条像黑蛇一样的生物被扔到船上,它拼命地跳来跳去。随后,你又从水里捞起一个透明的类似水母的东西,还有一条一米长的像蝾螈的生物。它们都剧烈地跳动着,把小船颠得剧烈摇晃。

"快把它们放回水里,不然我们就要掉到水里了!"

我抓紧船舷大叫道。你却只是笑着回答:

"慌什么!"

"船都晃得这么厉害了,会翻船的!"

"这些家伙都只是影子,没什么大不了的,你看。"

你抓起那条像黑蛇的生物,双手轻易地将它揉成一团,迅速塞进自己的包里。接着你又想把蝾螈和水母也压扁,但水母从你手中逃走了,用触手缠住了你的脖子。然后,我们周围飘荡着一股腥臭味。

[①] 日本传说中的冥界河名。

"小小影子，你想做什么？"

你急躁地抓着脖子上的触手，稚嫩的声音提高了几分。

"我快不能呼吸了，好痛苦。……妈，快想想办法啊！"

你挣扎着，学生帽被甩落。我终于看清了你的脸。蓝眼睛，闪着银光。你眼里噙着泪水，闪烁着锐利的光芒。

"妈，你不管我了吗？你连抱都没有抱过我！"

辉一，你叫道，然后站起身，跌跌撞撞朝我走来。我也站起身，对你喊道：

"危险！不要过来！妈妈也想抱你，但这样妈妈的病会传染给你，你也会死的。不要过来！"

辉一，你张开双臂，瞳孔闪着蓝色的光，你紧紧抱住了我。那一瞬间，你的瞳孔迸裂开来，在我们周围融化。我们相拥在那片蓝光中，逐渐下沉。但是，没有丝毫呼吸困难。水草在蓝宝石明亮的光泽中拂动。接着，一阵白光散开，消失在水面上。

"我们是不是死了？"我在你耳边低语。

"谁知道呢。"

你好奇地环视着这个蓝色的世界，冷冷地答道。水草间穿梭着深蓝色的鱼，远处可以看到一座山耸立的影子，那形状就像富士山。

然后，辉一，你离开了我，双手像翅膀一样挥舞着游向"富士山"。我也紧随其后，身体没有任何阻力，活动自如。

你降落在"富士山"的顶端，从挎包里拿出小提琴，有模有样地拉起来。曲子听着像帕格尼尼的《钟》，但声音在水中并不会有规律地传导，听起来有些陌生。

我游到你身边，看见酷似南阿尔卑斯山脉的群峰，然后我降落在一座酷似驹岳的山峰上。那里有一架钢琴，是为我准备的。我试着配合你的小提琴弹奏。在水中，钢琴的音色也变得不像钢琴了，而像是一种古老的木管乐器。回音在一片蓝色中扩散开来，引得这片蓝随之颤动。

周围渐渐明亮起来，我沉醉于这片蓝色的变化。

"……喂，天亮了。"

我离开钢琴，一边在水中游，一边说道。你也把小提琴收进挎包里，环视四周小声说：

"这里没有白天黑夜，所以不是天亮了。"

"那为什么周围变亮了呢？"

不管怎么看，这片蓝色都在慢慢变透明，还带着些微紫色。

"只是眼睛习惯了而已，这里本就是这个颜色。"

你的眼睛也闪着同样颜色的光。我降落到辉一你身旁，有些兴奋地说：

"啊，这样啊，原来蓝宝石就是黎明的颜色。黎明的结晶就是蓝宝石。所以这儿永远是黎明。"

辉一，一双蓝宝石眼睛的你叹了口气，点点头，自言自语道：

"这儿只有我们两个人，大家都去哪儿了呢？"

闪着透明的蓝色光芒的水流，座座山峰，水草形成的一望无际的树海，下方游动的深蓝色小鱼群。还有身边回荡的声音，难以分辨是风声还是水声。

我突然有些害怕，抱着辉一你的肩膀蹲了下来。我的长发在水中漂荡，时不时挂在你的脸上，每当这时，你就脸一歪，用白色的指尖拂去头发，蓝宝石眼睛闪闪发光。

"真的只有我俩吗？是不是因为我想和你独处才会来到这里，所以和大家都见不到面？但是……嘘，安静，那边有什么东西在发光。"

我们小心翼翼地注视着冰封的水底，同样是一片黎明般的蓝色。

有什么东西从山坡上飞驰而过，又有什么东西从水草后面掠过。我们看不清那个身影，只有一瞬间闪过的微弱光芒。

嘘——

我们屏住呼吸。周围的一切都散发着耀眼的蓝光。但是，似乎有什么东西、有什么人，在等着我们。

辉一，我的孩子，你看，好像有什么东西在屏住呼吸注视着我们。

嘘——

别动。

一阵风吹过，黎明般的蓝色起伏着，光线随之舞动，但很快又冻结回原来的蓝宝石色。等待我们的人越来越多，我们也在继续等待。

辉一，你的脸色苍白，眼睛里的光也黯淡了。

嘘——

（在这之后就是一片空白，最后一页有潦草的字迹。）

我至今还在想，临死之际会不会发生一些不幸的事令我后悔，觉得自己的人生不该过成这样。越是这样想，我对死亡的恐惧就越强烈。但是，从某种程度上说，也许这种后悔是极其傲慢的。死去的时候，这份傲慢也应该会消散。最近，我开始有了这样的想法：自己已经活了这么久，马上就要结束了。有始就有终。

只是单纯的结束。没有遗憾，也并不完满。仅此而已。

这就是死亡。

2–9 「回忆录」继续

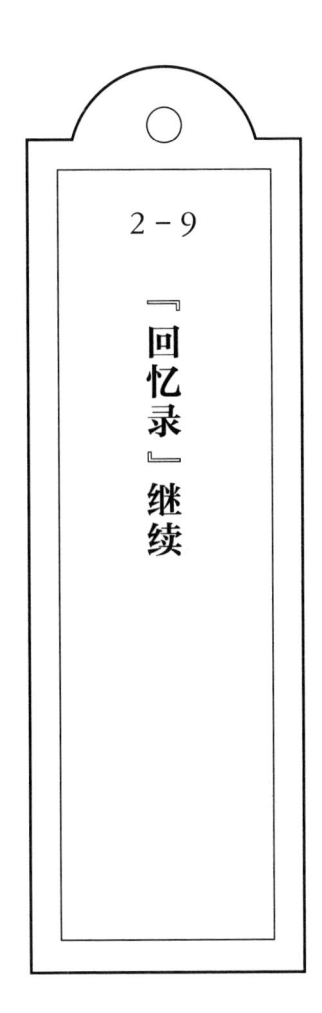

24 Miserere[①]！神啊，显灵吧

我不知道樱子在她最后的日子里到底是如何看待自己的病情的。那段日子，她的身体极度虚弱，瘦得皮包骨头，连手腕都抬不起来了。尽管如此，樱子还是期待着出院后能把辉一抱在胸前。有时她会想和我去升仙峡远足，总是对我说："去南阿尔卑斯山脉的驹岳是有些不现实了，好歹让我爬一爬凤凰山吧。"一看见我，樱子就嘟囔："真无聊啊，还想出去玩。"这些话已经成了她的口头禅。"还想去荒川游泳呢。""带便当去万力林野餐吧。""大家一起坐马车去升仙峡吧。""我又要开始弹钢琴了。小勇，你也继续练习小提琴吧。""我想去本栖湖看富士山，还想和大家一起去海边玩呢。西瓜地里的绿眼睛爷爷还在吗？"……

樱子总是这样喃喃自语。她从来没说过万一自己死了之类的不吉利话。也不知道在最后的日子里，她是否意识到自己就要死了呢？

樱子所住的那所大学医院离我工作的地方，也就是我的住处，

---

① 法语"求主垂怜"的意思。——译者注

大学的物理楼只有咫尺之遥，因此我看望樱子的次数是最多的。辉一还住在医院的时候，见证他的成长也是我的一大乐事。而辉一出院后，我就不得不把精力都专注在樱子的病上了。

无论是江古田还是赤羽，当时我都很少去了。那时候，我终于下决心在本乡附近买下一小块地。由于忙着盖房子，便没有充裕的时间去看樱子了。战后，东京的住宅建设受到严格管控，不管一个人多么有钱也不能盖大房子。更何况我没有足够的钱，所以只建了一幢极其简陋的房子。即便如此，由于战后通货膨胀严重，当初预计的建筑费用眼看就要不够用了。此外，我好不容易找到的建筑公司也在当年年底倒闭了。当初卖掉北堀町那片珍贵的土地所得的建筑经费，就像春天山上的积雪一样逐渐消失。那段日子，我每天都深陷焦虑，觉得生活暗淡无光。我总在想，好不容易买到的土地，难道最后还是撑不下去，只能坐吃山空了吗？当初是笛子劝我卖掉北堀町的土地在东京盖房子的。但当时她正在被痛苦折磨，我也不忍心再打搅她。我既不能和躺在病床上的樱子商量，也不能和收养了辉一而忙得不可开交的杏子商量，更不能对家庭本就拮据的照子坦白，毕竟善政的新事业也在那段时间风雨飘摇。

孤立无援的我一有时间就去房子的建筑工地和建筑公司。每次去樱子的病房，我都感到疲惫不堪，连思考的力气都没有了。我时常和樱子一起无聊地幻想：万力林的便当应该很好吃吧，是从前那种放了紫菜卷寿司的便当；还想吃玉子烧和天妇罗，还想爬到山顶大叫。

我连江古田都不去了，却不得不从大学那个地窖一样的宿舍来到银座这条像香榭丽舍一般富丽堂皇的大街，只是为了看冬吾的个人展览，实在是痛苦。但是樱子命令我一定要代替她去看，而且还要快去快回，对此我没法说不。十一月的最后一个周末，我一个人去了银座的画廊。见到冬吾以后，该说些什么才好呢？我有些犹豫。

那天的天气温暖晴朗。GHQ[①]的PX居于银座中心，到处都是陌生的英文招牌，美国士兵来来往往，就像外国的街道一样。我紧张地走着走着，不一会儿就迷路了。哪怕是在战前，只有日本人在此的时候，我也没来过银座。

银座的尽头有一栋被烧得所剩无几的旧大楼，冬吾的个展会场就在大楼的一楼。入口处装饰着巨大的花束，橱窗里贴着白纸，上面俨然写着"杉冬吾个人展"。里面聚集了很多人，有许多穿着体面的人，也不乏我这样看着寒酸的人。他们应该都是冬吾的画家朋友或是学生吧。我鼓起勇气走进会场。身为樱子的"代理人"，既然都到这儿了，自然不能再逃避。我在门口前台的登记表上写下名字，进入会场后，第一件事就是寻找冬吾的身影。只见会场的一个角落，冬吾正在镁光灯下拍照。一个新闻记者模样的男人一边记笔记，一边对冬吾说的话频频点头。这样看来，我还是一会儿再和他打招呼吧。于是我拨开人群，开始欣赏墙上的画。

首先展出的是他在战争期间创作的单色小画《石》系列，接着是《石与火》系列。最后是《悲戚草木》的新系列，这也是本次展览作品最多的系列。同时，展览上还陈列着冬吾战前所作的《悲戚草木》旧系列。这一系列的色调暗沉阴郁，表现了冬吾青春时代的黑暗；而新系列用大片的朱红色表达他如今内心的苦痛，这种变化让我心痛，又好像是对我自己的激励。

有一幅三十号大小的最新作品，是一张女人的肖像画。我不知道原型是谁。画上的女人瘦骨嶙峋、皮肤黝黑、赤身裸体，既像一

[①] General Headquarters 的缩写，意为"总司令部"。——译者注

个少女又像一个老太婆。不,她看起来不像人类,更像是一脸愤怒的阿修罗(Asura,古印度神话中的神,在佛教中为守护神,在婆罗门教中则被认为是邪恶的神。——帕特里斯注)。从覆盖整张画作的透明火焰和冷冽的蓝色色调可以看出,这是七月协会展上展出的《石之火》的改编作品。给我带来最大冲击的是这个黝黑"女人"的嘴,它大张着,一块天青石在嘴里燃烧。

由纪子应该也知道这幅画吧?不知道她是怎么看待这幅画的。换作今天的我重新审视这幅画,或许也会有别的看法。但在当时的我看来,那只是一个衔着"燃石"的女人,是愤怒的阿修罗,是悲伤的老婆婆,也是笑得天真的少女。冬吾凭借这幅作品名声高涨,因为它刻画了一位遭灼烧的年轻女子在罪孽的战争中深受痛苦的惨状,其中痛彻的美感在当时广受好评。可当我看到这幅画时,并没有联想到战争。在我眼里,那是笛子愤怒、悲伤、喜悦的样子,是她对冬吾的爱的姿态。我的耳边传来了笛子的哭声和笑声。"冬吾先生!冬吾先生!我亲爱的冬吾先生!"渐渐地,那声音又变成了冬吾的悲鸣。"笛子!燃烧的笛子!"

"勇太郎。"

我的肩被拍了一下。转过头,冬吾就站在我身后。我慌张地低下头。

"我没注意到你,失礼了。嗯……今天慕名而来的人可真多,祝贺你呀。"

冬吾没有笑,喃喃道:"来得可真晚啊,我等你好久了。"

他的话令我有些吃惊,我注视着他的脸。才一段时间没见,他的脸颊已经松弛下垂,眼神黯淡无光,活脱脱成了一副老人的模样。干燥的嘴唇每说一句话就会扭曲、抽动一下。

"我先走了,你在这儿慢慢看。我现在还得拼命画画。"

725

我仍然吃惊地点点头。

"对了,樱子最近怎么样?病情真的很严重吗?"

"……相当严重……也许只是时间问题了。但是她很想看你的画,她是你的忠实画迷。"

听我说完,冬吾低下了头。

"……没办法……我也很累,一点休息的时间也没有。"

他就这样低着头自言自语地离开了,急急忙忙走出了会场。

这是我见到冬吾的最后一面。那天他穿着一件宽松的黑色西装,由于腿脚不便,离开的时候上半身都在大幅摇晃。他的身后跟着一个陌生女人,那女人穿着女学生一样的藏青色大衣,身材娇小。

那天,冬吾为什么一反常态主动来亲切地和我搭话呢?难道是他预感到了什么,想传达给我吗?不,冬吾不可能会那样。他确实因为极度疲劳,身体垮了,精神也被逼上绝路,因此,他应该是极为恐惧病死的。但从那幅女人的肖像中可以看出,他对自己新的发展充满期待,也抱有自信,足以将这些负面情绪一笔勾销。日本在战败后失去了一切,而冬吾画出《天青石之女》后才发现一线曙光:自己或许还能靠画画生存下去。所以,冬吾只是在祈祷身边的麻烦能不能自动解决,在自己背过脸去的时候,大家能不能同情并拯救一下他,能不能谁都不要对他生气,不要怨恨,更不要要求他去做什么;自己能不能微笑着睡个好觉;孩子们能不能也不要哭闹,就这样安静地睡下,然后一觉醒来就变成独立的大人,用笑容守护他们的父亲……

当然,或许只不过是冬吾在展览会场看见我后,想起了对于笛子的愧疚,内心惊慌失措,所以才忍不住和我搭话而已,更别说当时我还在一心盯着那幅女人肖像看。对冬吾来说,我是可有可无的存在,但笛子不一样,当时笛子无疑是冬吾在这世上最害怕的人。

他惧怕笛子的自信。如果冬吾对笛子的爱不够深，他反而能坦然地对笛子说些甜言蜜语。或者说，如果笛子对冬吾的感情能稍微妥协一点，主动声张自己作为"妻子的权利"，逼着冬吾要生活费，反而能让他安心一些。冬吾和笛子都因为不懂得妥协而在这段爱情中互相折磨。

虽然担心冬吾的身体状况，但樱子的病情更让我不安。不管怎么说，冬吾的创作已经到达顶峰，可以说是战后日本画坛最大的希望。尽管他和女人们有些难缠的纠纷，但归根究底是当事人的问题。我只顾着樱子，并没有把冬吾的事看得太重。事后回想起来，我不禁有些生气。当时冬吾的自暴自弃任谁都一目了然，可是不仅是我，为什么周围所有人都忽视他了呢？或许，连冬吾自己都相信自己还能撑下去。可随着年龄的变化，有些事情谁也说不准。何况仅仅两个星期后，就发生了冬吾和我们做梦都没想到的那件事。

离开展览会场后我就直接去了樱子的病房。她正在房间里独自哼着《菩提树》，看到我来了以后，立马有些害羞地默不作声了。虽然有专门负责照看的女护工陪着，但樱子大部分时间都是一个人睡在病房里。杏子每星期寄来的《育儿日记》和照片是她的心灵支柱，但总是一个人躺着难免还是会感到寂寞，达彦来探视的时间也很少。我对樱子笑了笑，《菩提树》的歌词瞬间在脑海中复苏，很快又消失了，让我有些感伤。

  我今日也必须去旅行了，
  穿过这深沉的夜。
  在那黑暗中，
  当我紧闭着双眼，

树枝沙沙声，探入我的耳郭，
像是在呼唤着我：
"回家吧，我的朋友，
这里有属于你的平静安稳。"

"我去看冬吾的个展了。"我坐在床边的椅子上，努力用轻松的语气说道。

"怎么样？有关于石头的作品吗？"

樱子的双眼在瘦削的脸庞上放着光，她问道。和樱子的瘦削比起来，冬吾起码瘦得还有人形，而樱子的脸看起来仿佛已经不属于这个世界了。病房里充满了特有的气味。

我有些夸张地汇报了冬吾个人展览的盛况：报社记者蜂拥而至，镁光灯耀眼无比；冬吾像是等我很久了一样热情又亲切地和我说话，还告诉我他很担心樱子。樱子听了开心地微笑着，点了点头。

"冬吾还难得发牢骚说他现在很累，不过听他的语气应该没什么大不了的。等报纸上登了报道，我就剪下来拿给你看。"

然后，我开始详细讲解展览上的各种精美作品。樱子听得入迷，我每讲一样，她就用力点头。那么，最后那幅女人的肖像我该怎么讲解呢？我有些犹豫，但还是如实描述了画上女子奇妙的形象，当然，我没说自己联想到了笛子，只是强调了女人嘴里衔着一块琉璃色的"燃石"。听起来就像是当初爷爷给我们讲的"飞马"化身成女人的故事。可是，马怎么会变成一个女人呢？

樱子又用力点了点头，像是唱歌一样对我说道：

"这你都不懂吗？傻瓜。那是飞马的母亲。飞马的母亲是山神，父亲是火神。山神是个漂亮的女人，和火神结婚后，火山就不断喷发，这才生下了儿子飞马。可是儿子飞马成日衔着燃烧的石头在天地间肆意飞来飞去。他的母亲感到很悲伤，所以不分昼夜地哭喊：'为什么我没有和水神结婚呢？我想和儿子一起翱翔在天空，好热，好热！我喷出的岩浆会把一切都熔化，火山灰会让草木都枯萎，火星将原野烧成一片……'"

不知道这是樱子想起了祖父曾说过的故事，还是她一边想象着冬吾的画，一边在编故事。虽说樱子在说这番话的时候并不知道笛子的处境，可我还是不禁从她的即兴童话故事里听见了笛子的呐喊。难道说，是樱子凭借着病人特有的直觉，感受到了冬吾和笛子之间出现问题了吗？世上真的有这种事吗？

只要一有时间，我就会去看樱子。我用实验室发的大米煮好鸡蛋粥送到病房。因为距离很近，所以即使是腊月寒冬，粥汤送到樱子病房的时候依然是热气腾腾的。我把便当盒放在盆子上，樱子用勺子慢慢地把粥送进嘴里，咽下后不忘感叹一声"真好吃"。

"好久没喝到真正的粥了。医院的粥稀得像淘米水（洗米后的白色汁液。——帕特里斯注）。这么好喝的粥，有多少我都能喝光。"

樱子起劲地动着勺子，把便当盒里都吃干净了。

"啊，真好喝！小勇，谢谢你。你做饭的本事真是越来越好了。要是每天我都能喝到这样的粥，病肯定能好。"

听到这样的话，我便一鼓作气，过了三四天又煮了同样的粥送到樱子的病房。其实我想每天都送粥过去，但实在没那么多时间，大米也不够。

可是这天，事情却没有像之前那么顺利。

"粥又来咯。快趁热吃了吧。"

樱子正呆呆地看着辉一的照片，见我进来，对我笑着说：

"谢谢小勇，但是……今天我吃不下……你就在这儿吃了吧，我也想看看你吃饭的样子。"

"那可不行,我好不容易煮了带过来,你就吃了吧。"

樱子出人意料的反应让我有些不知所措。

"今天真的不行。而且,你的米太宝贵了,我不能吃那么多。"

"可是……"

我再次注视着樱子的脸,终于懂了她为什么拒绝我。樱子的脸色比前几天更苍白了,身体也衰弱得很明显。我做的粥对樱子的身体来说负担太重了,只会让她腹泻不止。我只好坐在樱子身边,默默喝起自己端来的粥。

"好喝吗?"

樱子问道。我点点头。

"真的好喝吗?"

我又点点头。樱子躺在床上注视着我。只要我稍微停下拿勺子的手,咸咸的泪珠就会落到粥里去,所以我赶紧一口接一口地用勺子舀粥喝。对于动不动就会饿的我来说,一口气把便当盒里的粥喝完根本不算什么,但在樱子的注视下"吃饭"却让我备受煎熬。

樱子肩上披着一条奶油色的披肩,是清美来探视时送给她的。那是一条羊毛披肩,颜色就和这掺了鸡蛋的粥一模一样。樱子像是在说别人的事情一样告诉我,为了买到美国的特效药,清美最近在四处奔走。但是那药的价格和钻石差不多贵,就算是清美也一时凑不出那么多钱。

于是清美又想了个法子。她打算搬一台留声机到樱子的病房,让她可以偷偷听唱片。尽管我很怀疑大学医院是否会允许在病房里放那种东西,但即使是短暂的宽慰,有也总比没有好。我这么想着,对樱子说:

"要是真搬来了,让我也听听吧。让笛子姐给我们买唱片,她一定会很乐意的。比如《天鹅之歌》啦，《死亡与少女》啦。"

这话刚说出口，我就急忙闭上了嘴。这名字也太不吉利了。但是，樱子只是把脸埋在看起来很暖和的高档披肩里，出神地笑着。

窗外的天空被阴冷的云遮盖，病房里的光线也很暗。樱子苍白的脸在奶油色的披肩中间若隐若现。

从那天起，我再也没有煮粥带到樱子那儿去，清美也没有把留声机搬到樱子的病房。

三天后，也就是十五号，冬吾出事了，我和清美都突然无法再像之前那么从容。

中午时分，一封以笛子名义打的加急电报送到了我的研究室。

"冬吾骤死，速来江古田。笛子。"

气温寒冷，天空却晴朗明媚。

最糟糕的事情还是发生了。我双腿颤抖着，突然这样想。话虽如此，在这之前，我从未真正担心过冬吾会出事。人总是这样，当一件事的结果难以承受时，便会本能地在过去的回忆中寻找相关的蛛丝马迹，从而淡化这一结果给自己带来的冲击，使其变得容易接受。然后便开始自责："明明有那么多迹象，为什么自己不曾多加注意呢？"

我连桌上的书本都来不及合上，便冲出大学赶往江古田。坐电车的时候，我的身体一直在发抖。澄澈的天空蓝得耀眼，无情地刺透我那狂跳不止的心脏。

我从江古田车站一路跑到笛子家所在的巷子，报社的人已经将这里围得水泄不通。大家都推测冬吾骤死的死因不单纯。附近的人也聚在一起，想知道发生了什么事。笛子家在巷子尽头，没什么人厚着脸皮往里走。不时有摄影师小心翼翼地走向巷子深处，架设照相机。我假装是巷子里的居民，带着一脸好奇不安地靠近笛子家，嘴里说道："哎呀，怎么了，我家没事吧？"确认附近没有摄影师后，便像忍者（法语"ninja"。——帕特里斯注）一样迅速绕到院子里，打开玻璃门，走进六帖大的画室。冬吾的三个朋友围着火盆，隔壁房间里有一位保姆阿姨正一边抱着小婴儿由纪子，一边陪亨玩电车玩具。笛子则不知道在想些什么，用抹布不停地擦拭着狭窄的玄关地板。唯独不见冬吾的遗体。

"啊，小勇……"

我把手搭在笛子肩上，她抬起上半身注视着我。笛子脸上毫无血色，像夜间的鸟儿一样睁着眼睛，眨也不眨地对我说道：

"……加寿子还在学校，你能去接一下她吗？"

加寿子在当地一所小学里读一年级。我依然一头雾水地跑向附近的小学。我往教师办公室里瞥了一眼，对碰巧站在旁边的老师说自己是一年级学生加寿子的舅舅，她的父亲出了点变故，所以我来接她回家。我在走廊上等了十分钟左右，身穿劳动裤的加寿子出现了。她背着一个用旧背包改造的双肩布包。

"爸爸生病了吗？是因为喝太多酒了吗？还是和谁吵架啦？"

在回去的路上，加寿子不停地问我。与其说是在担心，不如说是因为我特意去学校接她，让她激动得合不拢嘴。我没法告诉她冬吾已经死了。即使我想委婉地告诉她当前的状况，可我自己也是一头雾水，当然无法告诉她。我只能无奈地闭上嘴。

一回到家，加寿子就紧紧抱住还在打扫玄关的笛子。

"我回来啦！爸爸怎么了？"

笛子头也不回，继续打扫玄关，然后用极其清晰的声音说道：

"爸爸受了很重的伤，死了。"

在隔壁四帖半房间的保姆阿姨闻声而来，跑到加寿子身边放声大哭。加寿子困惑地看了看笛子、保姆阿姨，又看了看我。亨跟在保姆阿姨身后来到玄关。笛子抱起他，放下抹布，朝厨房走去。

加寿子没有哭，笛子也没有哭。过了一会儿，照子也接到电报飞速赶来，笛子看着她的脸，只是噙着眼泪，没有哭出来。家中极度恐怖和紧张的氛围已经不允许有悲伤情绪存在了。

虽说收到了冬吾的死讯，可家里没有冬吾的半点影子，我始终不能相信这是真的。看来警察在调查结束之前是不会归还冬吾遗体的。即便如此，巷子里的记者却越来越多。摄影师们也不再顾虑，开始往家里张望。一向性格刚烈的照子火冒三丈，挥舞起扫帚，像赶小鸡一样不停驱赶着摄影师们。

等到傍晚，又等到晚上，冬吾的遗体还是没有回来。冬吾的两个朋友说要去警察那儿问问，便出门了。笛子当天一大早就去确认了尸体，也接受了调查。听笛子说，全程都是冬吾一个朋友陪着她，那位朋友并不知道冬吾出事，只是碰巧路过江古田。我由衷感谢这个善良的男人。警察当时告诉笛子，已经没有什么要问的了，让她在自己家等通知。照子想，照这样下去，葬礼只能等到明天进行了，于是先回了自己家。

紧接着，清美来了，又过了一会儿，杏子也从逗子赶了过来。一看到清美的脸，笛子再也忍不住，伏在榻榻米上哭了起来。清美把笛子的头抱在自己膝盖上，自己也流着泪抚摸着笛子的头发。不过，就是从那时候起，来客纷至沓来，笛子只好又强忍住泪水。客人们一副要等着冬吾"回家"的态势，不知何时在画室里开起了聚会，女人们则忙着待客。但不管来多少人，会场终究是一片冷清。笛子待在客人们中间，绷着脸静默着。过了一会儿，清美陪着笛子，带她和三个孩子到了隔壁的四帖半房间。她在一旁劝笛子，就算睡不着也要休息一会儿，明天会很忙。保姆阿姨也回去了，剩下我和杏子负责接待客人。我什么也不想说，只是低着头坐着。

客人们一边喝着带来的酒，一边压着声音讨论冬吾最近的动静，最后一致认为冬吾今晚不会"回来"，便一个接一个地离开，深夜的时候终于一个人都不在了。我们默默地收拾了一会儿，马上铺好被子躺下。

冬吾已经死了，可是最关键的部分却还一片空白，真是忙碌又徒劳的一天。或许正因为如此，我对这奇妙的一天的记忆比接下来的日子都更清晰。我很久没和杏子躺在一起睡觉了，但我依然在想，冬吾究竟是怎么死的呢？其实从客人们的谈话中已经隐约可以推测出来了，但我自己始终没能问出口。

关灯没多久，我就听见杏子轻轻啜泣的声音。隔壁四帖半的房间里，由纪子无助地哭了起来，我还听见清美在小声说着什么。接着，四帖半房间的拉门被拉开，清美带着加寿子走近杏子的被窝。

"杏子，不好意思，今晚你陪着加寿子睡吧。"

我听不到杏子的回答。加寿子钻进杏子的被窝，清美回到四帖半房间。由纪子不再哭了，接下来是亨的哭声，好像是被噩梦吓到了。亨究竟做了怎样可怕的梦呢？

这是一个寒冷的夜晚。我和衣而睡，却还是感觉被子不够暖和。我心想，照这样下去，恐怕是不能一觉睡到天亮了。但事实上，没过一会儿我就不知不觉睡着了。笛子和清美好像一夜没睡。整晚我的耳畔都回荡着微弱的噪声和谈话声。第二天早上，两个人的眼睛都充血发红。清美和笛子平时几乎没什么机会见面，但她们彼此之间有着很深的默契。笛子也只会对清美放下她一身的清高。或许是因为她们都曾把最爱的小太郎当作自己奋斗的理想类型，才会这么团结吧。小太郎和冬吾同岁，清美当初对笛子的婚事一点也不感到意外，她比谁都更理解笛子对冬吾那近乎崇拜的仰慕之情。

第二天是阴天，天气更加寒冷。当天的报纸送到后，头版上刊登着冬吾的大幅照片，把我吓了一跳。趁笛子她们忙着做早上的准备，我浏览了报纸上的报道，才终于了解了冬吾的死因。

警方通报，昨日凌晨，在池袋附近杂司谷的都营墓地里发现了冬吾、一个怀孕的女人（冬吾的第三个情妇），以及这个女人从西伯利亚回来的丈夫，三个人倒在血泊之中。报案人是当时正准备在墓地睡觉的一对流浪汉父子。冬吾和男人的胸部、脖子都被捅过，已经毙命，女人同样受了重伤，但还有气息，遂被送到医院治疗，也接受了警察的审讯。但昨晚这个女人也不幸离世了。根据女人提供的证词，当时女人的丈夫来到她和冬吾所在的房间，扬言要杀了他们后再自杀，女人和冬吾索性破罐子破摔，一边说着"那大家就一起死吧"，一边喝酒。第二天晚上，两人烂醉如泥地来到了墓地。女人的丈夫每天都会随身携带一把小菜刀，也许是想找机会了结了冬吾，或者自己随时寻死。趁着两人因醉意各自瘫倒在墓地，男子取出菜刀。冬吾一看，放声大哭，喊道："我已经活不下去了，我已经是个死人了，你快杀了我吧，求求你，快杀了我！"男人哭着捅向冬吾的胸口，又捅了一下喉咙，然后朝自己的胸口刺去。女人害怕自己被两人落下，急忙拿起沾满血的菜刀，用裙子擦去鲜血，然后捅进了自己的喉咙，血雾时从喉咙里飞溅出来。接着，男人拿回菜刀再次刺向自己的胸口，又小心翼翼地割开喉咙。两个男人都死了，女人却没能轻易死掉。直到最后，女人还在惦记着自己肚子里的孩子究竟是冬吾的还是丈夫的，不过她最后都没能弄清楚，孩子也没能救下来。

由纪子啊，希望你能原谅舅舅在这里重复这些悲惨的细节。我不知道你是怎么听说这件事的。"新晋油画家痴情酿成惨剧"这种说法曾经轰动一时，我想你应该也听说了。但我在此想要强调的只是三个人惨死的事实,而实际上发生了什么,除了他们三个人以外,谁也不知道,我们所听到的也只是那个女人的一面之词。你要知道,那个女人完全可以根据自己的主观意愿编造故事,我们不能对其深信不疑。可能是女人捅了冬吾,也可能是他们同时互捅的。(我只相信女人证词中的一件事,那就是先寻死的一定是冬吾。因为他没有勇气拿刀捅自己,也不敢看到对方流血。)而且,虽然警方判定这纯粹是男女之间因情感纠纷酿成的一起惨剧,但我相信,背后一定还有什么不可告人的秘密。冬吾、女人、女人的丈夫,每个人应该都有自己的难言之隐和迫不得已,人与人之间的关系是很复杂的。当然,其中肯定与战争也有很深的关系。战败后,在那个畸形的世界,每个人都活在痛苦和绝望之中,就连自认不曾吃过苦的我,当时也觉得日子过得艰难,感叹生命的悲哀。

冬吾为什么非要选择这么愚蠢、残酷的方式死去呢?就算是喝醉酒出的意外,也还是太荒唐了。

不管怎么看,冬吾的死都不是必然的,而是一场意外(正因如此,我始终无法接受他留下的东西,饱受折磨)。可对于当时日本许多本就活得很痛苦的人来说,冬吾的死无疑是现象级的,也正因如此,他的死才会被媒体大肆报道,人尽皆知。甚至后来连冬吾的人生都变成了一个传奇。

由纪子啊,得知自己的父亲是这样死的,天底下没有哪个孩子会不感到痛苦。我们也很心痛。不管当时的媒体多么不负责任地大肆渲染并引发轰动,我们也只当这是三人之间的一场惨剧,换作是谁都有可能发生,而冬吾只是替我们承受了这场意外,我们也因此愧疚不已。我们衷心祈祷他们的灵魂能得到安息。为了冬吾,也为了笛子,希望你能理解我说的话。

"我也觉得,像他那么懦弱的人竟然能活到现在……"

笛子事后像是说给自己听一样喃喃道。因为这件事，笛子极度消瘦，面目全非，可她并没有责怪死去的冬吾他们。为什么非死不可呢？我想，连冬吾他们自己也一定无法理解。

最可怜的是还在读小学一年级的加寿子。我不想让笛子她们看到这则新闻，但如果藏起来的话，又显得太过刻意，便把报纸放在了画室的小桌子上。当加寿子在我们身边时，我们都对冬吾的死闭口不提，只说他是受伤而死，别的一概不说，这是我们之间的默契。但我太粗心大意了，把报纸放在了加寿子能看见的地方，加寿子就这么看到了新闻。我安慰自己，她还是个刚上小学的孩子，不可能读懂大人的报纸。可报纸上还有照片。加寿子目不转睛地盯着自己父亲的大头照，还有警察们戒备森严地守着墓地的阴郁照片。杏子注意到了，想要拿起报纸。年幼的加寿子皱起眉头，喃喃道：

"爸爸怎么死在这样的地方？"

杏子犹豫了一下，对加寿子点点头，说道：

"说是因为夜里太黑，没留神摔倒了。不过现在爸爸已经不痛了。来吧，加寿子也来端一下早饭，一会儿陪阿姨去买东西吧。"

加寿子老老实实地去了厨房。留在原地的杏子看着站在一旁的我，用力擦了擦眼睛。我也忍不住垂头丧气。让加寿子看到新闻确实是我的失策。我们为了加寿子，连眼泪都不让她看到！加寿子是个聪明的孩子，从那时起，她就不再提起父亲，而且养成了总是皱着眉头抬眼看人的习惯。这个年幼的孩子在那一瞬间究竟受到了怎样的冲击呢？时至今日我一想到仍然心痛不已。加寿子的悲伤不知何时也传给了妹妹由纪子，之后这对年幼的姐妹便都皱着眉头盯着我看。

早饭后，来客们蜂拥而至。报社的记者也陆续赶来。由于当时太忙了，我已经记不清后面发生了什么。只记得一些零碎的场景和片段。清美和杏子各自回了横滨和逗子的住处，照子带着红前来帮忙。红已经是一副大人模样了，干活勤快又可靠。冬吾在外的第一个女人扬言要在冬吾的画室里自杀，冬吾的朋友们都吓得立马赶过去，好在晚上通知我们说当事人并没有死成，我们也松了口气。按照原计划，当天傍晚警方要归还遗体了，但他们并没有归还，于是大家只好决定，次日等冬吾的遗体在火葬场火化后，再把骨灰接回家举行葬礼（当时干冰的使用还没有普及，被警方解剖后的尸体很难保存。而且处理成骨灰之后再举行葬礼反而很寻常）。火葬场一旁的等待室里（遗体焚烧所需的时间是很长的），人们讨论着关于冬吾事件的传言，突然神情极不自然地闭上了嘴巴。我知道，那是因为他们察觉到了我们的存在。我的心情变得很复杂，既安心了些，又有一种被人打倒在地的感觉。笛子把加寿子和亨托付给负责照看的保姆阿姨，只带着还需要哺乳的由纪子。可在等待室里要喂奶时，却发现没有奶了。她对清美哭着说："怎么办呢，没有奶喝了。"而这时，就如同魔术一般，杏子笑着提着奶粉和奶瓶进来了。把遗骨带回江古田的家中，照子和清美都给笛子带了丧服过来，笛子十分纠结究竟要穿哪件（我已经不记得她最后选了哪件）。

　　寒冷的天气在继续。守夜那天晚上，外面开始下起了雪。我们被冻得失去知觉，像是被困在冰窖里一样，只能靠相互碰撞身体和来回走动取暖。

　　冬吾的死对我来说就是这样突然降临的。从那以后，我就没法离开笛子了。我得在精神上支撑笛子，但烦琐的事务和工作也像巨浪一样涌来。我去拜访了和冬吾一起死去的那对夫妇的父母，因为我必须让他们签字保证不会互相问责。然后，我还得去见冬吾在外面的第一个和第二个女人，和她们好好沟通，以免她们心里留下疙瘩。她们两人都因为冬吾等人的惨剧悲伤到虚脱。我还要去银行、见画商，要招待前来吊唁的客人。画家们都爱饮酒，对我来说，和他们来往并不轻松。田村也急忙从九州的煤窑赶回来，并在冬吾的遗骨前久久不肯离去。我还去和寺庙交涉，按佛教的习俗，遗骨必须在死后的第四十九天放入坟墓。我找了椎名町车站附近的一座小寺庙，申请坟墓时却遭到其他墓主的强烈反对，说杉冬吾那种人绝不能葬在这里。因此，墓地的交涉又是一项艰巨的工作。此外，冬吾死的那天正好是申报纳税的截止日期，别说我们了，连冬吾自己也不可能想到。因此，次年纳税的时候我吃了不少苦头。我就像笛子专用的会计师一样，时常出入税务办公室。

我每天忙得晕头转向，根本顾不上自己的研究。而且，我在大学附近买的那块地，负责建房子的建筑公司倒闭了，我还得设法找到新的建筑公司。同时，我也不能把视线从樱子身上移开。樱子在十二月中旬已经进入病危状态。

真是悲惨、疯狂又充满痛苦的一天又一天！

我没敢告诉樱子冬吾的死，樱子自己也已经没力气看报纸了，不知道该说是幸运还是不幸。我还拜托负责照看樱子的看护阿姨和医院的护士们，千万不要和樱子提及此事。樱子如此仰慕冬吾，如果她知道了冬吾的死，本就垂危的她一定会立刻离开人世。

冬吾的葬礼结束的第二天，我意识到如果再不去看樱子，恐怕就要让她起疑心了，所以急忙往本乡的医院赶去。上次来看樱子是一个星期之前。这一个星期就像黑夜一样漫长。道路被雪封冻，到处都闪着光。由于实在太冷了，我借了一件冬吾的大衣离开了江古田。

我担心疲累了一个星期，面容太过憔悴，于是在电车上忍不住捌伤了好几次自己的脸。比如张大嘴巴、两侧拉伸、练习微笑，还做了脸部的"柔软操"。笛子让我把冬吾祭坛上供着的水仙花束和苹果带给樱子。我担心上面沾染了焚香的味道，但樱子似乎没有注意到，也可能她明明注意到了，却什么都没有说。

樱子的病房和一周前没什么两样，昏暗而宁静。那份宁静让我一瞬间有种救赎感。但是看到樱子的脸，我刚放下的心立刻幻灭了。如果说一周前她的脸已经是衰弱到极致，那么现在则是一副死亡之相。樱子的脸色和嘴唇都已经发白，双眼暗沉。看护阿姨正在给樱子梳头，樱子一看到我，露出了微笑，微微抬起她纤细白皙的手臂。我代替看护阿姨坐在床边，握住她的手，她的手冰冷。樱子用沙哑的声音说道：

"小勇，你终于来啦。"

我的喉咙深处差点就要迸发一阵恸哭。我真想大叫"冬吾他死了"，然后和樱子紧紧抱在一起，我真想直白地央求樱子姐不要死。

我勉强挤出一个微笑，回答道：

"活着就没有一天是不忙的。何况建新房我也得盯着。"

我给樱子盘算着建新房的各种费用。樱子听着听着又笑了，问道：

"那是冬吾先生的大衣吧，你去江古田啦？"

我点点头。

"这些苹果和水仙花都是笛子姐让我带来的。她有位朋友去了伊豆，带回来一束水仙花送给她。"

我把水仙花束和苹果都递给了看护阿姨。

"笛子家又新添一个孩子，应该忙得够呛吧？要是我身体还好着，也能去帮帮忙什么的。你怎么头发乱糟糟的，脸也没洗，是感冒了吗？"

我急忙用左手梳理头发，答道：

"倒是没生病，只不过总是吃不饱，所以昏昏沉沉的。"

"不管过得多狼狈，也要注重仪表呀。你看，我这样的病人还注意梳头发呢。"

我老实地点点头，然后摸了摸樱子的胳膊。冰冷的手臂怎么也暖不起来，但是樱子舒服地闭上眼睛，小声说道：

"我一直在看冬吾的画。真奇怪，虽然它们不在眼前，但我看得清清楚楚……前几天不是晴空万里吗？蓝天可漂亮了，我看得入迷了，不过有点刺眼……然后，我看到了一座山，好热！那座山一边哭喊着好热，一边朝天空喷射鲜红的熔岩和火星……真的很漂亮……天青石在山的中央燃烧着……还有，许多透明的天青石化身的马在周围飞来飞去……即使我闭上眼睛也能看得很清楚……你也闭上眼睛看看……"

樱子说着说着就这样睡着了。我往窗外看去，天空中阴暗的乌云逐渐散开，开始露出澄澈的蓝天。这是冬吾死后我第一次见到蓝天。我也轻轻闭上眼睛，可是，樱子说的那些，我什么也没看到。

看护阿姨提醒我，病人累了需要休息，于是我走出病房。路过护士站时，护士长见到我，立刻对我说如果有人想和樱子告别的话，就得赶紧趁这几天，她已经给达彦打过电话了。

回到研究室，我在书桌前呆坐了两三个小时，正好项目负责教授来了，我向他打了个招呼，为自己最近的研究疏漏道歉。教授安慰我说，反正已经是年末了，不用太在意，让我也不要太累。经过那件事，大学里的人都知道了我是冬吾的亲戚。我在走廊里走着，心怎么也静不下来。

走到室外，天已经完全放晴。我把脸埋在冬吾的大衣中，急忙回了趟江古田。那时候，我并不讨厌渗进大衣的那股烟味。

741

（笛子视角）

　　……勇太郎从医院回来前，我收到了达彦发来的电报，上面写着"樱子病危"。我偷偷跑到厨房外面失声痛哭。孩子们和田村都在家里。自从冬吾走了以后，我就几乎没怎么掉过眼泪。家里忙得没空哭，更何况冬吾刚走一星期，那种失去至亲的悲伤还没有真正袭来。可一想到命不久矣的樱子，眼泪就再也止不住了。樱子，从甲府给我们搬来沉甸甸的食物的樱子；把父亲的石头送给冬吾，还为他唱歌的樱子；甲府遭到空袭后，独自一人来到龟泽给我们送饭团的樱子；一边照顾生病的母亲一边守护北堀町的家的樱子……我的眼泪流个不停，樱子的面庞也不断在我脑海浮现。

　　距离产生悲伤。或者说，当人从某种责任中解脱出来时才会产生悲伤。关于冬吾，我心中有太多的责任感和恐惧。

　　傍晚，勇太郎疲惫不堪地回来了。我告诉他，自己已经收到了达彦的电报，了解了樱子那边的情况，随后我立刻让保姆阿姨准备晚饭。画室里的田村他们见勇太郎来了，立刻找他商量明天警察那边要办理的最终手续、葬礼的费用、奠仪的盘算等事宜。可怜的勇太郎因为探望樱子而心情低落，此刻脑细胞似乎停止了运转，只是呆呆地对田村他们说的话点点头。过了一个小时左右，我对画室里的各位说："大家都累了，今天就休息一下，先来吃晚饭吧。"田村他们自从昨天的葬礼结束后就一直在喝酒，到今天都没睡个好觉。我和孩子们待在四帖半的房间，勇太郎和田村他们在画室里吃了鸡肉锅。虽然冬吾已经不在了，可是只要看到这些素日里围在冬吾身边的人，我就会条件反射一样开始准备，把牛肉或鸡肉端上餐桌。上的饭菜太寒酸的话，会被冬吾骂的。上次冬吾带猪肝回家，和朋友们一起在这儿吃炒猪肝是什么时候的事了？是银座的个展结束的时候吗？冬吾已经好久没在家里悠闲地度过一晚了。记得那天，我慌里慌张地做猪肝,由于分量太多,我又分出了一份给加寿子和亨。给冬吾他们端上炒猪肝时,冬吾小声地说:"全部都在这儿了吗?怎么有点少啊。"我果断地回答:"全都在这儿了。"冬吾和我都抬眼望着对方,脸上浮现出奇怪的笑容。许多学生作弊被发现后,反而会一反常态,盯着批评自己的老师冷笑。我和冬吾当时就是那种令人厌恶的眼神,冷淡又恐惧对方的眼神。好像这就是我和冬吾的最后一次对话了。不对,在那之后,冬吾还回来过两三次,回来给我钱,或者是来拿寄到家里的信。但是,我想不起来和他有过怎样的对话。因为他每次都不正脸瞧我,办完事就立刻离开,甚至都没空瞧一瞧由纪子最近又长大了多少。

吃完晚饭,田村他们都回去后,我对勇太郎说:

"小勇,你说实话,我的脸现在看起来怎么样?"

勇太郎以为我在打趣,笑了出来,看到我一脸严肃后立马不笑了。

"说呀,怎么样?冬吾出事后我就没再照镜子好好地看过自己了。是不是老了许多?樱子见了,会不会看出家里出事了?"

勇太郎正面注视着我,然后叹了口气。

"……那倒也不至于。昨天葬礼才刚结束,如果现在立刻去看樱子姐,她或许见了会担心,但好好休息几天就没问题了。"

"可是,万一来不及了怎么办?"

我站起身,抱起在画室里玩的亨,放到勇太郎的膝盖上,然后开始给由纪子换尿布。

"这点我也无法保证。但我想,这两天应该还不至于。"

自从亨能自由行走后,他就总喜欢在画室里玩。如今画室的主人已经不在了,我就把一些零碎的物件都收拾到壁橱和架子上。万一亨误食了重要的颜料会很麻烦,还有调色刀、长柄画笔之类的东西也很危险。要是冬吾看到我这么收拾他的画室,肯定会很生气。可是,怎么才能让听不懂话的亨乖乖待在四帖半的房间里呢?

"加寿子,帮舅舅把被子铺在画室里……啊,原来我的脸色已经这么难看了啊。你说,我画个浓妆,然后晚上去病房看樱子怎么样?"

勇太郎有些怀疑地皱起眉头,再次盯着我的脸。亨想挣脱他的膝盖,不停挣扎着。

"和白天比起来,或许能蒙混过关。不过,还是好好休息四五天再去吧。不要再让我替姐姐你也担心了,要是你也累倒了,我可就真的没辙了。"

我点点头,再次起身去厨房给由纪子冲奶粉。

加寿子说:"舅舅,我能和你一起睡在这儿吗?"

还没等我发话,她就已经开始忙着准备自己的被子了。

既然勇太郎都这么说了,我也只好把看望樱子的日程推到五天后。接下来的日子,我还是不曾照镜子,可以说我都忘记自己还有这张脸了。不用想也知道,头发肯定乱糟糟的,全白了。可不管怎样,我还活着。冬吾那张流干了血的惨白的脸已经刻在了我的眼睛里。现在,孩子们也好,勇太郎也好,我不管看谁的脸,瞧着瞧着都会变成死人那样惨白的脸。我太害怕了,所以不敢一个人安静地坐着,可晚上睡觉时又不能乱动。我在被窝里一闭上眼,就能看到血从我的全身喷出,眼看就要将我淹没。可我也只能把亨和由纪子抱在怀里,屏住呼吸缩成一团。如果逃跑,反而会淹死在血泊中。

第二天中午,勇太郎陪我去了警察那儿,我也因为过于疲累贫血了。傍晚,照子姐和红看望完樱子,顺道来江古田看我。……

(照子视角)

……我对红千叮万嘱："樱子阿姨现在还不知道冬吾姨父的事，你可千万别说漏嘴了。"然后带着红进了樱子的病房。"啊，照子姐，还有小红，你们来啦。"看见我们进来，樱子小声说道。看到樱子神志还如此清醒，我原本悬着的心放下了。"善政姐夫最近很辛苦吧？小红又变漂亮啦，以后说不定比你妈妈还漂亮哦。"樱子边笑边说道。看护阿姨不在，于是红亲自把带来的粉色山茶花插进手边的杯子里，摆在窗边的水仙旁。"那水仙是笛子姐的熟人从伊豆带来的，"樱子说，"我喜欢水仙花，也喜欢山茶花。照子姐，小红，谢谢你们。从前我和小勇一起住的房子里也开着山茶花，那时候我们过得还挺开心的，不过那时照子姐照顾小泉很辛苦。"

"怎么样？"我打断喋喋不休的樱子，问道，"好不容易来看望你，需要我们做什么就直说哦。身体要换个方向吗？身上有哪儿痛吗？"

"那就帮我把身子横过去一点吧。"樱子说。我和红赶紧把樱子的身子稍微横过去一些。她的身体已经像孩子一样轻了。"谢谢，这样我看辉一的照片就方便多了。听说辉一已经能坐了，我真想快点回家啊。照子姐，告诉我，我还能回家的，对不对？要是我回不去了，辉一、达彦、小勇，大家都会伤心的。小勇昨天来看我了，神情疲惫不堪。真可怜啊，那孩子现在就和流浪汉一样。要是我不在了，还有谁能照顾他呢？"樱子低声说着，开始抽泣。

这时，看护阿姨回来了，说要伺候病人大小便了，我带着红到走廊上去。回到病房后，樱子还在哭个不停。"照子姐，拜托你救救我，我不想再待在这儿了。我的病越来越严重了，求求你救救我。救救我吧。"

如果真的能救樱子，做什么我都愿意。我和红与樱子道别后，在走廊上哭了起来，对泉和操的思念也涌上心头。照看一点一点濒临死亡的病人最是消磨心志，因为你每时每刻都会意识到自己的无力。当然，像冬吾这样突然离去也让人无法承受。

为什么老天这样无情，把我身边的亲人一个接一个地夺走呢？为什么泉和操非死不可呢？可是再怎么追问也没有用，说到底，人生在世，不也是一场偶然吗？这样的事实摆在眼前，我们也只能接受。生于偶然，死于偶然。话虽如此，身边亲近的人死去时，我们还是会难过和害怕。同时，也让人意识到诞生于这个世界的"偶然"的价值。死去的亲人们的笑容向我逼近。那是泉和操的笑声！那是冬吾欢快的呼声！这些人身体还健康的时候，活得多么快乐啊！这样一想，留在这世上的人还是得把自己的身体放在第一位。不管笛子多么自责，事情都已经无法挽回。冬吾已经不在这世上了，樱子也马上就要离开这个世界了，泉和操也已经不在了。可我们还活着。既然还活着，就必须好好活下去。活下去，即战斗。战斗，即填饱肚子。即便是奠仪也没关系，笛子，你就和孩子们一起放心地去买好吃的吧。冬吾的墓地，那些无所谓。有空担心那种事情，不如多关心你自己的身体，睡个午觉。为了孩子们，你也必须这么做。我想对笛子你说的，只有这些。……

（笛子视角）

……第二天，第三天，每天都要接待前来吊唁的客人，还要处理事务，忙乱不堪。

接着，第三天傍晚，杏子和清美一起来了。杏子把辉一留在家里，和清美一起去看望了樱子。清美给我和孩子们以及勇太郎都送了点心、袜子还有白色的内衣，说是圣诞礼物。此外，她还特地送给我一个深蓝色的丝绒皮包。杏子不是基督教徒，所以她给加寿子送了绘本，给亨和由纪子送了自己织的毛线裤，给我带了些过年用的年糕、橘子和砂糖。加寿子高兴得不得了，我也沉浸在这短暂的欢愉之中。对了，明天就是圣诞夜了。此刻，我也想从佛教徒变成基督教徒，虽然这是严令禁止的。焚香的气味、和尚的诵经、冬吾的戒名（信仰佛教的人死后其灵魂的名字。——帕特里斯注）、白木制作的牌位，这一切的一切都只是在斥责生者，让生者更痛苦、更绝望，湮灭一切。但是，基督教徒清美为了冬吾，竟然按佛教习俗在骨灰前点上焚香、敲铃（一种佛教仪式，要敲一个小钟，这里的铃指的就是小钟。——帕特里斯注），双手合十祭拜。

（杏子视角）

……我们进樱子病房的时候，樱子正微微张着嘴巴睡觉。窗帘没有拉开，病房里很暗。看护阿姨说，樱子现在不喜欢太明亮，所以平时不怎么拉开窗帘。这正合我们的意。清美搬来了一台放映机放在椅子上，正对着床旁边的白色墙壁，然后把使用方法教给了看护阿姨。放映机的使用方法并不难，只是如果持续使用超过三十分钟，机器就会发热，可能会把胶片烧坏。清美不厌其烦地反复提醒看护阿姨这一点。然后，她终于打开了开关。画面浮现在墙上，满屏都是辉一的笑容、哭脸，还有在地上爬的样子。辉一的照片总算赶上了放幻灯片的这天。之前清美就和我商量要搬一台放映机来病房，毕竟让一个结核病晚期的病人抱婴儿太不现实了。如果能把辉一的脸布满墙壁大大地展示给樱子看，何尝不是一种安慰。平辅立刻提出要给辉一拍照，并拜托相熟的照相馆加急赶出了一组幻灯片。其间，清美又托人买了一台放映机。在得知樱子病危的三天内，我们就做好了这些准备。比起什么都做不了，能有这样的事情可以忙，总是让我们心安一些。冬吾的葬礼刚结束，紧接着又是樱子病重，我们本该身心俱疲，但眼下无暇顾及疲倦。其实，想想笛子姐和樱子当时承受的痛苦，我们再怎么大费周章，到头来也不过是一场空罢了。

幻灯片的试映出乎意料地费了些功夫。我们想把辉一的脸布满整个墙壁，可是一旦放大太多，镜头就会虚焦。可我们也不能把放映机放到床上，所以放映机和墙壁之间的距离成了问题。我们对着放映机一阵摆弄，终究不能如愿调到合适的大小，只好放弃了。这时，樱子发出微弱的呻吟声，醒了过来。

"樱子，你瞧，我们趁你睡觉的时候带来了什么好东西。不是这边，看那边，这边太亮了。"我一边说着，一边和清美一起给樱子翻了个身。

"看得见吗？你看见什么啦？"我一边抚摸着樱子消瘦的手臂一边问道。

樱子的神情依旧有些恍惚，小声说道："我看不清……好像有什么圆圆的。"

清美努力地调整放映机的焦距，像是唱歌一样说道："是谁呢？你猜猜是谁呢？看到蓝宝石的小眼睛了吗？"

樱子睁大了眼睛："辉一？辉一怎么会在这儿？"

我在樱子耳边小声说："这是清美的魔术。以后辉一就能一直陪着你了。"

樱子有些心不在焉，只是一直盯着墙上辉一的笑容，呼吸变得有些急促，深陷的眼窝像是要燃烧起来一样闪着光。

墙上的辉一脸圆圆的，直径大约一米，浮现在樱子身前。辉一像是看到了樱子一样，咯咯笑起来。那欢快、温暖的笑声仿佛就要冲出屏幕。樱子也忍不住笑了起来。这孩子多高兴呀！蓝蓝的眼睛，像晴天娃娃！辉一的眼睛闪着淡蓝色的光。那眼睛慢慢变大，淡蓝色的瞳孔里浮现出樱子的笑容，那是樱子小时候的脸。她梳着短发，脸颊和鼻尖都红红的，蓝色的天空闪闪发光，身边有风吹过。樱子骑在马上，头发随风飘动，辉一贴在樱子的背上。马在天空自由飞行，可以看到远处白色的群山，耀眼夺目。冷冷的风迎面吹得樱子喘不过气，马的鬃毛在燃烧，耳朵也在燃烧，天空渐渐变成了琉璃色。

呦——哎呦呦——！

樱子陶醉地唱起摇篮曲。那是我小时候听过的古老摇篮曲。我们也跟着一起唱起来。

是谁欺负我家孩子？
不然他怎么会哭泣？
呦——哎呦呦——

呦——哎呦呦——！
别哭啦，不让哭
爱哭的孩子最讨厌
不哭的孩子也讨厌
呦——哎呦呦——

（笛子视角）

……冬吾的葬礼已经过去了一周，但我依然不能掉以轻心。篱笆后、巷子口、路边，总有陌生的男人一脸猥琐地等着我。闪光灯的强光快要把我的心脏震碎。一个憔悴的女人到底有什么好看的呢？可我又不能一直闭门不出，我还要去公用水井打水，去后门洗衣服，还得把想跑出去玩的孩子们追回来。我让保姆阿姨先留在家中，我要出门办点事。如果可以的话，我真想像西洋女人那样用黑纱巾遮住脸，或者像阿拉伯女人一样盖一块布。我不想再承受巷子里居民们的目光了。为什么他们一看到我就忍不住露出讨人厌的笑意呢？为什么他们要故意挤着嗓子问我有什么能帮忙的呢？我真想带着三个孩子到空无一人的山林深处生活。杏子住过的那种岩洞也好，《宇津保物语》①（与《源氏物语》同时代的长篇小说。——帕特里斯注）里的那种树洞也好。还有猴子为我们摘果实和挖芋头。我们还能成日弹奏乐器，山里的动物们就在一旁陶醉地听着。真羡慕仲忠（《宇津保物语》的主人公。——帕特里斯注）的母亲啊！

可惜幻想很美好，现实很残酷。为了冬吾的作品，我得去和画商以及美术馆的人见面。这是冬吾生前托付我的工作，我不能辜负他的信任。至少，勇太郎在大学附近盖的房子完工之前，我还不能离开江古田的这间破房子。家里的榻榻米上到处沾着冬吾的颜料，还有沾在天花板上的油味。冬吾的内衣、衬衫还没有缝补完；还有他的旧调色板、红色颜料、烟灰缸、工作椅及上头的小垫子、祭坛上的苹果、南天竹等等。种种红色伴随着腥味染红了整个房间，侵入我的身体。我讨厌这一切，所以没有正眼瞧过家里。我害怕，害怕听到冬吾的声音，害怕被冬吾的眼睛盯着。

我并不相信亡灵之说，死了就是死了。从前小时候勇太郎吵着说自己看到了父亲和驹子姐的亡灵，但我从来没当回事。虽然我也因为梦到哥哥而伤心过，可终究没有遇见什么亡灵。我这么想念他，也什么都不怕。我想不通，冬吾究竟为什么这么恨我呢？尽管如此，我还是能感受到他的孤独和悲伤。"回头看我，笛子。抱着我的身体，我为你流了这么多血，笛子、笛子，不要离开我……"

---

① 日本最古老的长篇物语作品，成书于平安时代中期，全书共20卷，作者不详。内容主要描述了当时日本贵族演奏中国传入的古琴的盛况。

我把眼神从冬吾身上移开。我得活下去，活着还有很多事情要做，比如我现在必须去探望樱子，趁她还活着的时候。

杏子他们去看望樱子之后过两天就是圣诞节。不过，圣诞节对我来说并没有什么特别的意义。我叫来加寿子，让她给我化妆。加寿子给我上了腮红，又涂了口红，再用卫生纸压了压口红。纸上也沾了红色，我现在看见红色就有些恶心。晚上九点，我安顿好孩子们睡下，拜托勇太郎留下来看家就出了家门。我挑了冬吾的一幅石头主题的小画包好，带给樱子看。这幅画是《石与火》系列的其中一幅，是冬吾装饰在椎名町画室的作品。听杏子和清美说，樱子头脑已经有些恍惚，眼睛也看不清楚了。我好不容易把冬吾的画带去，也不知道樱子能不能看清。不过这些都无所谓，我带这幅画来，只是希望代替冬吾本人而已。希望樱子看不清我的脸。

我进病房的时候，樱子正一个人睁着眼睛躺在床上。看护阿姨今天回家去了。"小樱。"我唤了声，握住了樱子的手。樱子笑着说："笛子姐，我等你好久了。孩子们怎么样？"我把冬吾的画从包袱中拿出来，靠在床脚，然后坐在一张没有放幻灯机的椅子上。再次握住了樱子的手，她的手就像瓷器一样，坚硬又冰冷。

我缓缓张开嘴说道："我每天都为了照顾三个孩子忙得晕头转向。冬吾还是老样子……能走到这一步，他也很辛苦。我每天都想着来看你，却等到今天才来……不过，我会一直待到明天早上，不会离开的。"

"……冬吾也很好啊，太好了。"樱子喃喃道。

我有些不安地问道："他很好，怎么了？"

"我只是一直好奇冬吾现在怎么样……笛子姐，帮我拿一下水瓶吧，我嘴巴干，嗓子有点疼……"

樱子喝了些水后，闭上眼睛，沉默了一会儿。

我问道:"小樱,不舒服吗?是哪里疼吗?"

樱子微微睁开眼睛回答:"没有不舒服。只不过现在很容易累,容易瞌睡。笛子姐你才是看起来不舒服……你的声音和平时有些不一样了。"

我笑了笑:"我感冒了。加寿子、亨、冬吾都一个接一个得了重感冒。真讨厌。只有由纪子睡得香甜。虽然这孩子经常哭,好在生下来就白白胖胖的,还是很容易照顾的……我觉得由纪子长得有些像驹子姐。不知道驹子姐小时候长什么样,要是妈妈还在,就能告诉我们了……"

樱子凹陷的脸颊浮现出微笑。

"加寿子刚出生的时候,冬吾连抱都不敢抱她一下……但是守在她身边寸步不离。不管加寿子是打哈欠还是放屁,他都觉得新鲜得很,在一旁画速写……那些速写也已经都被烧掉了……那时候真开心啊……当时要是多玩会儿就好了……"

樱子又陷入了沉默。我什么也没说,只是一直攥着樱子的手。医院又恢复一片宁静。人要是一直躺着,不动也不说话就容易犯困。不时来巡查的护士总会把我从浓浓的睡意中吵醒。

不知是半夜几点,樱子的声音把我吵醒了。原来我把上半身埋在樱子的被子里,不知不觉睡着了。

"……笛子姐,笛子姐……别那么难过……发生什么了,为什么要一直呻吟?……笛子姐什么事都想一个人扛着,连难过也是一个人……这样冬吾会很为难的。……对吧,冬吾?……笛子姐,冬吾也来了,你没发现吗?我已经闻出来了。这是冬吾特有的气味。……比起担心我,冬吾更担心笛子姐,所以才特地来这里的。因为笛子姐太难过了……"

我什么也没说,抬起头,盯着放在樱子脚边的那幅冬吾的画。

黑暗之中，我看不见画的颜色，只能看到黑色的影子。泪珠顺着鼻翼流进我的嘴里。

过了一会儿，樱子又开始自言自语：

"……冬吾现在在画些什么呢？……啊，不用问我也知道。……天青石的碎片像火山弹一样飞向天空。到处都是碎片。碎片是在燃烧吗？在天空更高的地方，有许多石头正在散落。蓝宝石、红石英、紫水晶、黄铁矿、铌铁矿……冬吾也还记得吧？我第一次从甲府带这些石头来的时候，冬吾很高兴……"

"……啊，不过那不是铌铁矿……"

我耳边传来了冬吾的声音。这一定是幻听。我紧紧攥住樱子的手，把脸埋在被子里，好让被子吸干我的泪水。冬吾的声音还是不断传来。

"……不过……我现在不太想用蓝色了。我试了试朱砂红，想着要不干脆就用红色吧……怎么样，红色不行吗？"

"红色？哪种红呢？红宝石的红？夕阳的红？还是……"

"不能用红色！绝对不行！那不是你的颜色！"

我本想静静听着，可再也按捺不住了。我看了眼床，发现床上躺着的已经不是樱子，而是冬吾。那张流干了血后惨白的脸，只有脖子上被割开的伤口泛着粉色。我又听到背后传来冬吾的声音。

"……我死了之后，身体完全恢复了。我的脚现在又能跑步了，还能骑自行车。可是，现在恢复又有什么用呢……笛子也不会开心，笛子总是哭，我也总是哭。"

我转过头，看见冬吾和樱子一起蹲在房间的角落。周围长着夏天的草，开着黄色、红色的花，绿色的蚱蜢在草丛里跳来跳去。樱子变回了五六岁小女孩的模样，一边笑着，一边不停地把黄色、红色的花撒在冬吾的头上。额头前整齐利落的黑色刘海在太阳底下闪着耀眼的光。

"……冬吾真是个有趣的人呢。只是像他这么纯真的人注定会像你爸爸一样不懂得如何为人处事,你得好好保护他。"妈妈的声音在我耳边响起。

"你一个女孩子却一点情趣都不懂,这是我唯一担心的一点。你得学会对冬吾撒娇。不管什么样的男人,只要女人对他撒娇,他都会很开心的。"

我一下子没反应过来这是谁的声音,有点像是勇太郎。不,我想起来了。是哥哥,那永远停留在大学生阶段的爽朗笑容。我颤抖着身子哭了起来。蚱蜢在我周围跳动,夏天草丛的气息扑面而来。

冬吾笑了,樱子也唱起歌来。

Ah! godiamo, la tazza e il cantico
Le notti abbella e il riso;
in questo paradiso
ne scopra il nuovo dì!

啊,一起享受吧,推杯换盏,合奏笙歌
用笑容装点夜晚吧;
直到这片乐园中
迎来崭新的日子!

看护阿姨把我叫醒时,我睡得正香。房间里还是一片漆黑,但钟表显示已经早上五点左右了。樱子一定时不时醒来看看我睡着的样子。趴着睡觉的样子太难看了,我急忙站起身去病房外面上厕所。我没有照镜子,往脸上擦了粉底、涂了口红后,我又回到了樱子身边。我整理好樱子的头发，用毛巾给她擦了脸和手臂，又倒好了水，就准备回江古田了。

我正要出病房，听见樱子低声说："笛子姐，不要自责……笛子姐已经很努力活着了……"

我忍不住回头盯着她的脸。樱子正看着天花板，她惨白的脸已经形销骨立。

"……嗯，我先走了，我还会再来的……"我努力挤出这些话，走出了病房。外面已是晴空万里，光线有些刺眼。

樱子究竟看穿了些什么！

我望了一会儿天空，顿时不想回江古田，于是进了勇太郎的研究室大楼，一口气上到了屋顶。所幸，通往屋顶的门开着。我一个人站在空无一人的屋顶正中间，抬起头深深吸了一口气。望向西边的天空，白色的富士山似乎近在眼前。冬日清晨的天空很澄澈，东京那些烧剩下来的成排房屋、富士山、周围的群山，此刻都显得十分清冷。我又吸了一口气，白色的光流进我的身体，蓝色的天空笼罩着我。我看见不知什么东西闪着亮光掠过了天空，晃得我有些眼晕。我面朝富士山，想要飞向天空。这时，我听到一个声音。好像是我自己的哭声。不，不是，是樱子的哭声？冬吾的哭声？孩子们的哭声？还是哥哥？驹子姐？……

……那么，接下来，我勇太郎该写些什么呢？

我已经没有精力写下去了。先前我一直在为我的姐姐们挥动笔杆，或者说，一直在被姐姐们催促着挥动笔杆，如今已经无法再继续……对我们来说，那段日子太痛苦了：每天都只是拼命地拨开周围沉重的空气，活动着失去知觉的双腿，也不再怨天尤人。难道人就是要这样拼命地按本能活下去吗？我和笛子姐"姑且"活了下来。

后来由纪子长大了，和我的女儿牧子在巴黎见了面。再过两天，两个人就要来波特兰与我见面了。虽说不是什么值得骄傲的事情，可我们活下来了！

既然都活下来了，不管多不情愿，我也还是再写一点吧。不然，我的记录就成断尾蜻蜓（从被扯下躯干的蜻蜓形象引申而来，指缺少最后一个重要部分。——帕特里斯注）了。因此，我尽可能简略地只陈述一些事实。

二十七号，下午开始下起雨。前一天，笛子终于回江古田与我交接了。我回到大学，简单处理了研究室的事务，久违地在大学里度过了悠闲的一晚。和总是人挤人的澡堂相比，大学的浴室人很少，舒服多了。虽然笛子和樱子她们都很心疼我只能住在大学里边，可比起照顾三个轮番哭闹的孩子、招待络绎不绝前来吊唁的访客，我这儿可比江古田清静多了，我也终于感觉找回了自我。不过，大学里的餐食单调，缝补和洗衣也不方便，这些都是没办法的事。

早上起来，整理了研究室的资料，看了几位学生的报告，午饭吃过笛子给我的饼干，之后我去了樱子的病房。听笛子说，樱子的精神状态格外好，说不定还能撑过新年。可我对此表示怀疑——那段日子，笛子脸颊深陷、面色惨白，每天都活在痛苦之中，早已没了生气，哪怕神志不清的人看了也会被吓得屏住呼吸，樱子却什么也没察觉到，这难道不是说明了她的病情更加严重了吗？

那天，达彦也来看樱子，不知道是不是因为此，樱子心情特别好。看到我以后，樱子满意地笑着说："小勇今天头发真利落啊，是洗过澡了吗？"

我点点头。

"爸爸以前常说，做人清洁第一位，对不对？"

我又点点头,但这次没忍住笑了出来。因为从前父亲对我说的是要注重清洁下体,可我不好意思和樱子解释。

樱子又对达彦说:"帮我拿一下镜子吧。"

达彦有些犹豫地把一面圆镜子拿到樱子面前。樱子端详着镜中的自己,然后叹了口气,闭上眼睛。

"你想化妆吗?"

达彦问道。樱子摇了摇头。年轻女子总是很在意自己的脸蛋,头发乱了也会整理。可樱子在镜子中看到的已经不是自己的脸了,更像是在看着自己的外骨骼。

"小勇……你还在吗?"

过了一会儿,樱子开口说话。听到我的回答,樱子又喘着气小声说道:

"小勇,摸摸我的脚,好冷,好冷……"

我立刻把手伸进樱子的被子,开始摩擦樱子的脚,她的脚也已经瘦得只剩骨头了。可她的脚实在太凉了,我摩擦了十分钟、二十分钟,血液还是没有回温。我有些不知所措,抽出手坐在椅子上,豆大的泪珠滴在地板上。此刻,眼泪连续坠落在地板上的声音在我耳边放大。我害怕樱子会听到那声音。

樱子又睡着了,时不时会像说梦话一样沙哑地低语。

"小勇,快去洗澡……"

"达彦,那孩子太孤单了……"

"我们一起去野餐吧,带上便当……"

"冬吾先生,你去哪儿了……"

"辉一……"

"我找到黄玉了……"

不知过了多久,樱子的头突然开始上下规律地动起来。达彦急忙站起身握住樱子的手，接着，樱子不动了，闭上了眼睛，也没有了呼吸。

病房的墙上挂着冬吾的画，是先前笛子带来的。那是《石与火》中最朴素的一幅小画，画的是水底的石头，中间一条朱砂红的线横穿整张画布。

清美他们大费周折搬来的幻灯机被放置在房间的角落。樱子的眼睛已经连幻灯片微弱的光也无法忍受了。

床边的桌子上杂乱地放着辉一的写真集、杏子的《育儿日记》，还有十来块石头。黄玉、红石英、发晶、蓝宝石、铌铁矿、方解石、黑曜石、辉石闪绿岩……

第二天，又好像是第三天。我一个人沿着医院后面的坡道走到了不忍池畔。出了上野车站，好像就是去往樱子家所在的赤羽的路了。天空下着雨夹雪，空气湿冷。渐渐地，雨夹雪变成了雪。不忍池更加荒凉寂寥了。我蜷缩在冬吾的大衣里，突然被一种强烈的孤独感和空虚感侵袭，再也抑制不住，像呕吐般哭出声来。路边行人的目光让我感到羞耻，可眼泪还是止不住，就像空中的雨夹雪一样不停往下掉。我继续走在灰色的池塘边，不知为何，耳朵听见远处下雪的天空传来一阵马嘶声。是附近动物园里的大象、斑马，或是老虎在嘶鸣吗？

那年的最后一天，樱子的葬礼在赤羽举行，并没有邀请外人。天色晴朗，气温却越来越低，樱子躺在棺木中，头发上别着一枚白色小菊花发饰。那是她与达彦重逢那天向照子姐借的木雕发饰。

出殡的时候，我们聚在院子里，我看见远处一棵椎树树荫下，有一个高大的人影孤零零地站着。还是从前那个冬吾，穿着满是窟窿的长袍伫立在那儿。冬吾也是来送樱子的吧，不，应该是来接樱子的。这件事我没有告诉笛子，也没有告诉其他任何人。我抬头望向蓝色的天空，一望无际，却没有我想看见的东西，只有一片纯粹的蓝色。

终

（我的故事到这里就结束了）

由纪子，牧子，此后的故事你们也已经都知晓了。我原本想选个愉快的场景做收尾，可事实就是如此，无法改变。而且，时间也没有真的到此中断。樱子的葬礼正好是昭和二十二年（1947）的最后一天，第二天天一亮，又是再寻常不过的一天。我们在照子姐家吃光了她们一家分到的新年用的年糕和青鱼子，还有杏子带来的蝾螺和鲷鱼，然后就各自回家忙活自己的事了。杏子和平辅抱着辉一回逗子家，清美回横滨，我和笛子带着三个孩子回江古田。

第二天，第三天，第四天，日子持续着，不曾中断过。我们的时间一直在流逝，所谓"活下去"就是如此。

那一年，善政的公司破产了，他自己也倒下了。到了夏天，我用先前卖掉北堀町土地的钱在本乡盖的房子也终于完工了。笛子想住在那里，所以我把她和三个孩子从江古田接了过来。房子不大，二楼有一个四帖半榻榻米大的房间，一楼有一个六帖和一个四帖半的房间，仅此而已。笛子和三个孩子住在一楼，我住二楼。虽然笛子为我做饭洗衣服让我很感激，但和三个年幼的孩子住在一起并不轻松。崭新的拉门和纸窗转眼全是窟窿，每天都能听见楼下孩子们不分昼夜的哭声。而且我还得带着孩子们轮番去澡堂。搬到本乡后，冬吾的丑闻依然纠缠着我们，街坊邻里好奇的目光让我和笛子焦躁不安。一起居住一年后，我和笛子开始互相有些不耐烦，到了第二年，关系更是变得剑拔弩张，一见到对方的脸就生气。我想，笛子的愤怒中大概也夹杂着对冬吾的埋怨：为什么死后还要让妻子活得如此辛苦？其实，不管死者生前做过什么，熟知他的生者们基于对死亡的恐惧，都会产生怜悯之心，原谅他所做过的一切。可随着时间流逝，那份恐惧渐渐消散，生者们便会开始对自己的不幸怨声载道。

冬吾生前画画攒下来不少钱，笛子终于找到一间战前烧剩的房子搬了过去。说实话，我打心底感到高兴。毕竟我不能自己亲口说让笛子搬出去。我新盖的房子虽然场所和样子都与从前住的家不一样了，但也算是笛子的"娘家"。不管笛子多么挑剔，说新房子寒酸、房间有多小、摆设有多廉价，我都无法反驳，因为这是事实。笛子从来不付房租，我也不能责怪她。孩子们弄坏拉门、打碎玻璃窗，我也不能向笛子索要维修费。因为我家是笛子的"娘家"，我家是我们父母的家。

我真实的想法从没有变过：我想做笛子的支柱。作为唯一一个血缘关系亲近的舅舅，我会带孩子们去动物园或植物园，也会带他们去看电影；我充当过笛子的会计师、冬吾回顾展的负责人，还做过画集的编辑；为了患有唐氏综合征的亨，我找了最好的医院，还把他介绍进医院附属的养护学校。笛子理应对我心存感激，可事实是，她对我的不满从没消散过。在她眼里，我就是一个做事莽撞、总惹她生气的"自私的弟弟"。仿佛只有我变成冬吾，才能安抚冬吾的死在她心里留下的伤痕。可是，我既不可能变成冬吾，也无法成为冬吾那样的大人物，我不过是个不懂人情世故的毛头小子。或许我成为像父亲源一郎和哥哥小太郎那样的人也能使笛子感到慰藉，可对于比笛子小了足足七岁的我来说，这也是不可能的。我越是努力，笛子就越把她关在自己的壳中，沉溺于自己的孤独里，不愿看向我。笛子的伤，已经深到了这种地步。虽然我们不得已分开生活，但我时常会对自己说，从前那个"笛子姐"还会回来的吧。只要再过一些时日，从前那个总是笑眼相迎、边笑边讲笑话给我听的"笛子姐"还会回来的吧？时至今日，我只能说我当时的想法太幼稚了。说什么"只要再过一些时日"，可是，当时间流逝，一切事物都会发生变化，从前那个"笛子姐"和"小男孩"都只会越来越远。笛子带着自己的伤痛继续过活，我也不得不朝着与她完全不同的方向继续活下去。

我在外甥女由纪子的催促下开始写回忆录，出乎意料的是，我居然写了这么长时间。不知不觉中，这竟然成了一种执念，不知道写光了多少支圆珠笔。而且，我在大开本每页的正反面都密密麻麻写满了小字，字数足以写满五本笔记本。还说笛子姐，我自己又是多么啰唆啊！由纪子明天就要从巴黎来波特兰了，这本回忆录终于要整理完交给她了。由纪子看到应该会大吃一惊，在心存感激的同时，可能还会感慨：这位舅舅究竟是有多热衷，才会写出这么厚厚一大本啊！继而也会感到有些无所适从吧。当初由纪子从巴黎寄来的信中只是说她想知道一些过去的事。我想，她最多只会觉得"这个舅舅已经年过七十，是个老人了"吧。

我确实已经是老人了。在美国社会中，承认自己是个老人就意味着服输。我并不服输，这也是我固执地写下这么厚一本回忆录的原因。可不管怎么样，事实上我就是一个老人。说起来，一百年前，日本有"古老"一词。这个词不管我和美国人解释多少遍，他们也无法理解，换作今天的日本人，或许也无法理解了吧。

"你这套自以为是的毛病真是改不了了，在美国到死也还是个吹牛大王。"我眼前又浮现出笛子侧目瞪着我的那张脸。

由纪子，在你看来，我这样的老人可笑吗？我已经累了。如今完成这项"大业"之后，我却有些讨厌自己，写下的记录一个字都不想回看。希望把它交给你之后，我就能忘得一干二净。我现在的状态，可能就和女人刚生完孩子陷入产后抑郁一样。

九月，纳什维尔依然很热。那个闷热的夜里，我一个人待在偌大的家中。这个家对我们来说已经太大，大得像废墟一般。四天前，广子去了波特兰，现在应该已经在跟由纪子和牧子一起享受初秋清凉的风了。明天早上，我大概会带着这张阴郁的脸启程去波特兰。上次与牧子见面是去年的圣诞节，也不算特别久，但和由纪子真的是数年未见了。那时候笛子和杏子都还很健康，由纪子的孩子卓也还在我们眼皮底下活蹦乱跳。现在卓也和杏子已经不在了，笛子也得了阿尔茨海默病，或许到死我们都不会相见。

我突然很想在桌上点把火，把这些堆成山的稿纸全都烧了！

我怎么会有这么可怕的想法！

费了这么多张纸写下回忆录，我究竟得到了什么呢？我想对由纪子和牧子说的话，一句也没有写下来。我被这样的想法击垮了。

一阵玉兰花的清香伴着邻居家电视的声音从敞开的窗外飘了进来。

"你现在肯定在后悔，当初要是好好学英语就好了吧？"从前笛子说这番话嘲笑我的时候，也像现在这样飘来过一阵桂花香。说起来，到美国之后，我好久没闻过桂花香了。

"广子的英语说得这么好，小勇一定很安心。广子，你可要小心被这家伙拖累呀！"那时杏子也笑着说。到了三十五岁，她渐渐发胖，下巴都埋到肉里去了。

"可是……我已经完全不记得十岁之前的事了。而且其间还发生了战争。美国倒是没什么变化，我们却发生了很大的改变。因为我们是战败国的国民。"

广子像个爱讲道理的女学生。那时候，她的脸很白，少女般光洁的脸颊上，汗毛闪闪发光。那会儿我们刚结婚，她也即将从女子大学毕业。由于广子的父母已经不在了，我就作为她唯一的男性家人参加了她的毕业典礼。

"接下来她有得苦吃了……"照子姐小声说，笛子也叹了口气。笛子那天的打扮与平时很不一样，她烫了头，戴着一条黑水晶项链。亨紧贴着笛子支支吾吾。另一边，三岁的由纪子皱着眉头紧紧抱着笛子，一脸不安。加寿子也满脸不耐烦地坐在旁边。辉一老老实实地夹在杏子与平辅之间，他和由纪子同岁。照子和抱病的善政带着女大学生红，清美也带着两个领养的孩子来了。

这是我新婚后第一次在家里开大派对，也是我去美国之前的最后一次派对。我和广子两个人在三天里尽心尽力招待了每位客人，尤其是广子格外劳心费神。对广子来说，招待照子、笛子、清美、杏子这些与她年龄差异悬殊的姐姐无疑是项艰巨的任务，光是想想都要头大。但广子还是顽强地完成了这项"艰巨的任务"。在年纪相仿的红的帮助下，再加上清美和杏子的慰问品，这才促成了这场名副其实的大宴会，摆了气派的一大桌。但具体摆了什么菜，我现在已经想不起来了。只记得我们点了寿司，应该还为孩子们特意准备了吃的。为了祝我们一路顺风，杏子送来了一条大鲷鱼，清美搬来了堆积如山的甲州葡萄，还有甲州特产的煮贝（煮过的鲍鱼。——帕特里斯注）和猪肉。清美认为这些东西等我们去了美国以后再也吃不到了，所以那天特意采购了甲州的各种食物。对她来说，那天也是她首次向我们公开她收养两个孤儿的大日子。两个孩子一个五岁、一个四岁，尽管他们长身体的时候营养一直跟不上，但还是发育得很好。清美发誓说自己绝不是因为他们两个生得漂亮才选择收养的，但两个孩子的脸确实生得精致。我记得他们好像分别叫道夫和明夫，一个皮肤黝黑，另一个皮肤白皙、一头茶色的头发。他们不愧是在福利院长大的孩子，非常讲礼貌，让他们坐着，就一动不动地一直坐着，懂事得让我们这群大人有些心疼。吃完饭后，我们准许他们去院子里玩，他们也会开心地跑来跑去，像小狗一样。两个孩子正好与年幼的辉一、由纪子和亨一起做玩伴，在狭小的院子里你追我赶、爬树、捉迷藏。（很遗憾，我之后再也没有见过这两个孩子。如果清美是有森家的人，说不定我与他们的缘分会更深一些。）

"多好的孩子啊……"

不知是照子还是笛子望着庭院低声说了一句。

"有谁会不喜欢小孩子呢，我还想领养更多更多的孩子。"

清美自信地答道。说完，不知谁又接着说：

"两个孩子已经够了。现在他们年纪小，养起来还算轻松，等他们长大了，不知道要经历多少历练呢。"

"真没想过会有这一天。勇太郎竟然要去美国了，清美也成了两个 GI 儿（领取政府配给品，即 Governmental Issue 的美国士兵被称为 GI。战争结束后，曾支配日本的 GI 与日本女性留下的孩子称为 GI 儿。——帕特里斯注）的妈妈。"

善政一边喝着啤酒一边说道。自从生病以来，他嘴巴右侧就无法随意活动，只能歪着嘴说话。

"战争已经输了，这还有什么好惊讶的。"红说话的声音十分清脆。她长得与母亲照子很像，但她的要强和美丽又会让人不禁联想起格蕾丝·凯利（二十世纪前期美国著名女演员，与摩纳哥国王结婚后因车祸而死。——帕特里斯注）。

"日本人现在去美国，岂不是头都抬不起来……"笛子小声说道。当初她极力反对我去美国，在我的恩师教授和清美的劝说下才终于同意。尽管如此,她和照子还是没有彻底死心,总想着改变我的"命运"。

"勇太郎是堂堂正正被美国的大学邀请过去的,你就放心吧。现在这个时代已经不拘泥于什么美国、日本了,那两个孩子就是证明。"平辅倚靠在敞开的玻璃大门上,一个人抽着烟斗说道。他的样子看起来就像是某个大学的哲学系教授。

笛子瞪着平辅回道:"我怎么可能傻到这么古板?只是勇太郎到这个年纪才第一次去美国,不管那边怎么样,这家伙都会把日本这一套带过去。而且,最主要的是他英语也说不好。"

院子里金桂的香气扑鼻而来。午后,房间里的大人们因为喝酒脸都涨得通红,起了睡意。病刚好的善政不能喝酒,平辅不爱喝酒,我自己也完全不会喝。这天,反而是女人们在畅饮啤酒。我不禁暗自想:如果这时候冬吾也在的话,场面应该会马上热闹起来,笑声也会不断吧。如果那个活泼开朗的樱子也在,那就更不用说了。

"……你真的要把这儿借给小红和她的朋友住吗?"

杏子小声问。我还没开口,笛子先答道:"一旦把这儿借给别人,到时候就没法轻易让人搬出去了。你俩说不定去美国一个月就灰溜溜地回来,总得保证屋子随时能住吧。就算不止一个月,我觉得一两年就是极限了。哪怕广子在背后拼命支持你,美国的生活也绝不会像小勇你想象的那么轻松。"

不仅是照子和善政,连杏子听了也都极其赞同地点头。

"那么你就先替小勇看好这个家吧,不过我觉得红她们不会把这个家弄得一团糟的。"

照子对笛子说道。笛子恭谨地垂下眼点了点头。

"……唉,红也很高兴,要是她能住进来,上下学就轻松了,这么做也是最稳妥的。况且,万一过了三年、五年,小勇和广子还没有回来呢?万一他们不知不觉间成美国人了呢?"

对于照子的这些不安,清美答道:"那都是后话了。如果他们真能在美国安身立命,那当然是祝贺他们,这个屋子卖掉就可以了。没有什么不合适的,人虽然无法选择自己出生在哪里,但有权利选择住在哪里。"

清美的眼睛不自然地看向院子。杏子有些不满地小声说道:"可是……话是这么说,这间房子毕竟是北堀町老家的替代品……"

"按理说,这确实算是我们的'娘家'……虽然有些想不通……"照子突然向我探出身子说,"小太郎死后,按照旧民法,你就是有森家的户主(一个大家族的负责人。——帕特里斯注),所以继承了北堀町,对吧?那是户主的义务,也是你为了继续守护北堀町而做的决定。可是,现在已经是新民法时代了,户主这种旧观念已经消失,孩子们都平等地继承财产,这是个人财产,怎么处置都可以。但是,按照旧民法继承的财产,不按照旧民法处理,不是很奇怪吗?如果要按新民法来考虑如何处置这些财产,那么继承也应该按照新民法重新来过。我知道你为了建这个房子吃了不少苦头,但在这一点上,我实在无法理解。"

杏子、清美和红几乎同时说出口:"照子姐,你为什么非得在这里说这些呢?你究竟想让小勇怎么做?"

"我只是不太理解法律为什么要更改,就好比从前那些人因为治安法被处死,他们在九泉之下要是知道如今治安法已经被取缔了,也会抱怨呀。"

"更改民法的是驻日美军司令部,又不是勇太郎舅舅。既然从前没想过民法有一天会改变,现在也没资格说什么。"

照子没想到自己会被女儿斥责,于是撇起嘴看向在成年人中间一个人孤零零的加寿子。

"我并不是想抱怨什么。"

加寿子意识到照子在对自己说话，立刻睁大眼睛，像个被老师发问的优等生一样答道："是，照子阿姨。"

听到这稚嫩的声音，照子和其他大人都笑了起来。然后，她们又继续喝啤酒。加寿子有些尴尬地低下了头。广子向加寿子搭话。红站起身，从厨房端来一大盘冰镇过的特拉华葡萄。我们兴高采烈地品尝起这世上最亲切的葡萄，酸甜可口。可以说，我们就是吃着这小小的红色葡萄长大的。广子拿了十来串葡萄放在盘子里，去送给在院里玩耍的孩子们。孩子们直接坐在杂草上吃起了葡萄。辉一和清美的两个养子吐了皮，由纪子和亨没有吐。这两个孩子就像双胞胎一样形影不离，连个子都一般高。

这次轮到喝了啤酒后脸涨得通红的清美叹气了："说起想不通，想不通的事可太多了。就连这几个孩子，一定也会有自己想不通的事，一直伴着他们接下来的人生。"

杏子点点头，朝平辅倚靠的玻璃门走去。笛子和加寿子也跟在后面，走到玻璃门的门槛边。院子里传来孩子们尖锐的叫声。孩子们的声音都很相似。玉米还没割完，早早吃光葡萄的五个孩子兴致勃勃地在这片"密林"中跑来跑去。狭小的院子里树木屈指可数，种的几乎都是红薯、南瓜、玉米、芸豆。平辅当时热衷于打造观赏用的庭院，在他看来，这片地连庭院都称不上。除了金桂，还有枇杷树、山茶树、八角金盘、青木、夹竹桃。这些树并不是我种的，而是土地上固有的。

红和广子两人整理完桌面，把用过的餐具拿到厨房。

照子对我说："话说回来，美国的首都也太……要是你能留在日本的话，我们还能时不时在这里聚一下。总之，早去早回，小勇，一定要尽快回来啊，不然我们可就太孤单了。"

杏子听到后,回头看向房中。夕阳从外面照进来,杏子和笛子背着光,脸成了一片阴影。

"他们肯定很快就会回来的。毕竟美国没有富士山,也没有南阿尔卑斯山脉。"

醉醺醺的清美爬到门槛边。

"不回来也没关系,就这样到死都不复相见也好,反正都要去了,就得做好这样的打算。"

平辅笑着说道。夕阳照在他脸上,眼镜闪着金光。

杏子则说:"一去不复返可不行,汤川博士不也回来了吗?爱因斯坦博士也不会离开美国。"

照子低下头小声说:"……可是,美国实在是太远了。不管是过去还是回来,都得赌上性命。日本竟然和这么远的国家开战过。"

"战争还在继续呢。也不知道中南半岛的战争和朝鲜战争会怎么样……"清美说。

"小勇,你别一声不吭呀。"笛子说。

"就是啊,为什么刚才就一直沉默呢?"杏子也问道。

院子里嬉闹的孩子们的叫声伴随着桂花香飘进来。我好像听见自己的孩子在用英语叫道:

"Daad! Where are youu?"

"Dad! Pleease, aanswer to us!"

院子里,晚霞灿烂。

"别不说话,说点什么吧,"好像是广子的声音,"小勇,张嘴回答我们呀。"

又不知是笛子还是樱子说:"小勇,你怎么了?说话呀。"

"Dadd! Youu don't heaar us? Maggie's gettin' aaangry!!"

"小勇!"

"喂，张嘴，说句话，别害怕。"

"小勇！不要哭，回答我们！"

传来一阵玉兰花香。

一股桂花香在涌动。

傍晚的天空点缀着赤色的云霞，将天空逐渐染成深邃的天青石色。

我该怎么回应姐姐们呢？

总之，我的回忆录就到此为止了，我想休息一阵子。思考就留给以后吧。

我国秀丽之表征富士之美天下皆知,北方甲州山麓之景胜,雄大乎亦富雅趣,世上鲜有出其右者。其面积约十四方里,高一千米,与缓缓倾斜的高原相连数里。矗立空中之针阔叶树林青木原不仅是天下奇观,蜿蜒数里的熔岩(丸尾)更是被奇花异草覆盖,美不胜收。熔岩之上零星分布的喷气孔、风穴、冰穴、人穴等各种熔岩洞穴,以及栖息在此的特有物种引得学者与探险家们垂涎。夏季洞穴气温平均在二十二摄氏度上下,富士山山麓四周如面面明镜般相连的山中、河口、精进、本栖等地,各有其独特风光与气象之变,湖泊沿岸用水便利,乐园与别墅林立其中。加之富士山山麓自然景胜皆美丽之至,春日新绿和煦,夏日百花烂漫、延绵数里,秋日红枫点缀绿林。芙蓉峰下之伟观,所见之人,无不神往。冬季山中湖等水面皆冻结长约三月之久,乃日本最佳滑冰与滑雪场也。简而言之,富士山山麓无论风景之美,或避暑之用,抑或是作为国民性运动场地建造各种体育设施,几乎都是最理想之地。

湖面春融雨后风,云开万顷镜光镕。

岳影映波无剩碧,惊看忽有两芙蓉。

吉江昂斋

鹤驾鸾骏何所美，短筇支到白云边。

豪怀不觉地球大，放眼真知天体圆。

绝顶寒风无六月，阴崖积雪自千年。

腰间我有一瓢酒，欲醉玉皇香案前。

小野湖山

　　石室的主人曾曰，日将升之时起身盘踞于门边一平石观此景，东方最初一片昏黑，忽而有紫气微微摇曳，天色渐变微红，凝眸静待，俄顷亮如火炬，色如渥丹，或升或降，须臾之间，海上混沌之处依稀可见五彩龙纹，逐渐清晰，光芒陆离。最终变为猩红，其间似有何物浮动，又如两枚卵蛋相融，成熔铜色。如石室主人所说，此为太阳是也。熔铜之色又转为烂银色。四周的紫色最终转为白炽铁色，忽而向天边射出千百道金色光箭，海上的猩红色也随之上升，太阳就此升起，天地清明。

迟塚丽水[①]

---

① 吉江昂斋、小野湖山和迟塚丽水都是日本明治时代的汉诗诗人。

0 − 8

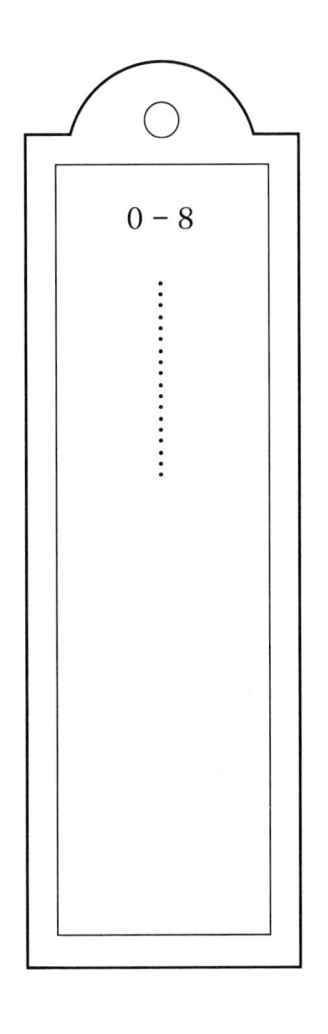

……喂，我是勇平。……嗯，我一切都好。再过一会儿我就要出发去机场了。……现在是还早，不过我待在家里也无所事事。对，家里已经空了。家具已经搬到蒙彼利埃让我母亲保管了。……母亲精神很好。她现在在巴黎。……嗯，住在久仁子的别墅里。我们昨天去看她了。……久仁子也很有精神。她们说明年春天也要去日本，我很期待。不过她们似乎要先去美国一趟。……对，真是千里迢迢。不过，母亲出生在美国，所以我并不担心。登志夫舅舅也在。……不过，日本太远了。……东京还是很热吗？巴黎似乎快要入秋了，很阴冷。……嗯，我一到日本就立刻联系你。东京时间比巴黎要快八个小时吧？……哦哦，七个小时啊。……到时候我就在飞机上睡觉，一觉睡到日本。勇太郎外公的回忆录里写到过，说这是一段"很漫长很漫长的旅程"。……嗯，两个星期前我已经读完那本回忆录了。……我当然很开心啦，久仁子和我一起读的，她也很开心。……母亲现在估计还在读我翻译的法语版本的最后部分。……不，我并不想知道母亲是怎么想的。……我和母亲不一样。从前母亲就和我讲过一段日本的古老传说。如今，它变成了一段更长的传说。但是，传说终究只是传说。……谁都有自己的传说。你应该也有。……母亲也有，我自己也有。我很珍视自己的这一段传说。……放心吧，就算明天到了日本，我也不会去找什么"山姥"或者"飞马"的。……我打算去看看杉冬吾的美术馆，反正好像离仙台和青森都不是很远。……啊，你要一起去吗？……去墓地？可是比起墓地，我更想看看画作。……我打算去甲府的墓地。……等我们在东京见面以后，再慢慢商量吧。……嗯，我要准备出发去日本了，但愿我们的飞机不会坠落。……对了，米米让我向你问好。也请你代我向你的亚美问好。……

引用资料（作品中引用了一部分）

山梨县编写《富士山的自然界》（『富士山の自然界』），著作代表者石原初太郎，东京宝文馆，一九二五

浅间神社社务所编写《富士的地理与地质——富士研究Ⅴ》（『富士の地理と地質—富士の研究Ⅴ』），石原初太郎著，古今书院，一九二八

《山梨百年》（『山梨の百年』），上野晴朗、饭田文弥、佐藤森三共著，NHK服务中心甲府支所，一九六八

《甲斐传说故事集》（『甲斐昔話集』），土桥里木著，"日本民俗志大系第六卷中部Ⅱ"（「日本民俗誌大系第六巻中部Ⅱ」），角川书店，一九七五

《甲斐民谣采集》（『甲斐民謡採集』），椎桥好著，一九七五

《山梨民谣》（『山梨の民謡』），手塚洋一著，山梨故乡文库，一九八七

《山梨方言与俚谚》（『やまなしの方言と俚諺』），小西与志夫著，泰流社，一九七五

《日本民间故事1：津轻·岩手篇》（『日本の民話1津軽·岩手編』），斋藤正、深泽红子、佐佐木望编，未来社，一九七八

歌剧《茶花女》全曲，威尔第作，小野桃代日文歌词翻译，伦敦宝丽多，一九九五

歌曲集《冬之旅》，舒伯特作曲，威廉·穆勒作词，日文翻译者不明，天使唱片，一九六〇

《狱中书信》（『獄窓から』），和田久太郎著，改造社（改造文库），一九三〇

《死之忏悔》（『死の懺悔』），古田大次郎著，"日本人记录3·叛逆者"（「ドキュメント日本人 3·反逆者」），学艺书林，一九六八

《叶甫盖尼·奥涅金》，普希金著，金子幸彦日文翻译，"世界文学大系26"（「世界文学大系 26」），筑摩书房，一九六二

《贺川丰彦全集》（『賀川豊彦全集』），基督报社，一九六三

《村山槐多全集（增补版）》（『増補版 村山槐多全集』），弥生书房，一九九三

《松本竣介》（『松本竣介』），朝日晃著，日动出版部，一九七七

《小熊秀雄诗集》（『小熊秀雄詩集』），岩田宏编，岩波书店（岩波文库），一九八二

《斋藤茂吉歌集》（『斎藤茂吉歌集』），山口茂吉、柴生田稔、佐藤佐太郎编，岩波书店（岩波文库），一九五八

《日本唱歌集》（『日本唱歌集』），堀内敬三、井上武士编，岩波书店（岩波文库），一九五八

《海潮音——上田敏译诗集》（『海潮音—上田敏訳詩集』），新潮社（新潮文库），一九五二

主要参考资料

《史迹名胜天然纪念物调查报告（第四辑）——天然纪念物》（『史蹟名勝天然紀念物調査報告 第四輯—天然紀念物之部』），石原初太郎编写，山梨县，一九二九

《山梨县名木志》（『山梨縣名木誌』），石原初太郎调查报告，山梨县，一九三〇

《富士山麓史》（『富士山麓史』），矶贝正义等著，富士急行，一九七七

《富士山：自然全览》（『富士山 その自然のすべて』），诹访彰编，同文书院，一九九二

《富士山——地质与变貌》（『富士山—地質と変貌—』），滨野一彦著，鹿岛出版会，一九八八

《富士·御岳与中部灵山》（『富士·御嶽と中部霊山』），铃木昭英编著，"山岳宗教史研究丛书9"（「山岳宗教史研究叢書9」），名著出版，一九七八

《甲斐的地域史展现》（『甲斐の地域史的展開』），矶贝正义先生古稀纪念论文集编写委员会编，雄山阁出版，一九八二

《甲府盆地——历史与地域性》（『甲府盆地—その歷史と地域性』），地方史研究协议会编，雄山阁出版，一九八四

《甲斐方言稿本：别名山梨县方言辞典》（『甲斐方言稿本一名山梨県方言辞典』），羽田一成著，一九二五

《精粹中巨摩郡志》（『精粋中巨摩郡志』），山梨县中巨摩郡联合教育会，名著出版，一九七七

《甲州风土记》（『甲州風土記』），上野晴朗著，NHK服务中心甲府支所，一九六七

《近世数学史谈》（『近世数学史談』），高木贞治著，岩波书店（岩波文库），一九九五（共立社初版，一九三三）

《池袋蒙帕纳斯——大正民主主义画家》（『池袋モンパルナス—大正デモクラシーの画家たち』），宇佐美承著，集英社（集英社文库），一九九五（集英社初版，一九九〇）

《先锋派的战争体验：松本竣介、泷口修造及绘画学生们》（『アヴァンギャルドの戦争体験 松本竣介、滝口修造そして画学生たち』），小泽节子著，青木书店，一九九四

《20世纪30年代——青春画家们》（『1930年代—青春の画家たち』），创风社编集部编，创风社，一九九四

《我挚爱的夭折画家们》（『わが愛する夭折画家たち』），窪岛诚一郎著，讲谈社（讲谈社现代新书），一九九二

《日本史小百科：海军》（『日本史小百科 海軍』），外山三郎著，东京堂出版，一九九五

《江田岛——英国人教师眼中的海军学校》（『江田島—イギリス人教師が見た海軍兵学校』），塞西尔·布洛克著，西山真雄日文翻译，银河出版，一九九六

《海军故事集》（『海軍よもやま物語』），小林孝裕著，光人社（NF文库），一九九三

《想要代代流传下去——父母和我战争期间的记录》（『語

り継ぎたい―父母たちと私の戦中記録』），花田Miki著，花田Miki，一九九四

《海神之声永不消失：回天特攻队员手记》（『わだつみのこえ消えることなく 回天特攻隊員の手記』），和田稔著，角川书店（角川文庫），改版一九九五（筑摩书房初版，一九六七）

《巴厘巴板的天空赤赤燃烧》（『バリックの空は赤く燃えて』），足立严编，新风书房，一九九五

《给孙辈们的证言1～9》（『孫たちへの証言1～9』），新风书房编，一九八八～一九九六

《昭和史记录》（『ドキュメント昭和史』），林茂等编，平凡社，一九七五

《昭和的历史》（『昭和の歴史』），小学馆Library，金原左门等著，小学馆，新版一九九四（小学馆初版，一九八三）

《东京大空袭·战祸志》（『東京大空襲·戦災誌』），东京空袭记录会编，讲谈社，一九七五

《昭和两万日全记录》（『昭和二万日の全記録』），讲谈社，一九八九～一九九一

《年表：昭和事件·事故史》（『年表 昭和の事件·事故史』），小林修著，东方出版，一九八九

《山梨日日新闻》（『山梨日日新聞』）